晩年の越知保夫

新版
小林秀雄
越知保夫全作品

若松英輔 編

慶應義塾大学出版会

目次——新版　小林秀雄　越知保夫全作品

III

IV

V

Ⅵ

凡　例

本書は、著者の遺稿作『好色と花』（筑摩書房、初版一九六三年、筑摩叢書初版一九七〇年、筑摩叢書第二刷一九八五年）の収録作品に、詩、書簡、評論などを集成した著者の全作品集の新版である。原則として、新仮名遣いに改め、漢字は一部を除いて新字体とした。明らかな誤記・誤植については、著作権継承者の了解を得て、適宜訂正した。〔　〕は編者による補足である。なお、個々の著作の初出については「初出一覧」として巻末に付した。本書中の著者による小林秀雄の引用については、原則として『小林秀雄全集』（全八巻、創元社、一九五〇年—五一年）を底本とし、例外については、使用底本を各引用に付した。本文中、今日では不適切と思われる語句や表現があるが、時代的背景と作品の歴史的価値にかんがみ、加えて著者が故人であることから、底本のままとした。

I

小林秀雄論

I

お前は自分を狭苦しく感じている。お前は脱出を夢みている。だが蜃気楼に気を付けるがよい。脱出するというのなら、走るな。逃げるな。むしろお前に与えられたこの狭小な土地を掘れ。お前は神と一切をそこに見出すだろう。神はお前の地平線上に浮動しているのではない。神はお前の厚みの中にまどろんでいる。虚栄は走る。愛は掘る。たとえお前がお前自身の外に逃げ出してもお前の牢獄はお前について走るだろう。その牢獄はお前が走る風のために一層狭まるだろう。だがもしお前がお前の中に留まって、お前自身を掘り下げるならば、お前の牢獄は天国へ突き抜けるだろう。

——ギュスターヴ・ティボン

われは常に狭小な人生に住めり

——室生犀星

十五、六年も前のことである。当時健在で居られた吉満義彦先生のお宅を訪ねた折のことである。偶々小林秀雄氏（以下敬称を略す）の話が出た。先生は小林秀雄とは一高当時同級であった間柄だがヨーロッパから帰朝されて以来ゆっくり話をされる機会もなかったようである。ところが先日偶然バスで乗り合わせ、小林の方から、実は君と一度話がしたかったのだということで、早速二人でバスを降りて、近所の料理屋で酒好きの小林がうまそうにちびりちびりやるのを見ながら久し振りに色々と話をされたということだった。丁度『ドストエフスキイの生活』が発表されて間もない頃で、当時熱心に聖書を読んでいた小林は、聖書は実に比類に絶した書物だ、これに比べたら他の書物なんか全くとるに足りない、といった意見を述べたが、その折、ふと神の問題について次のような言葉を洩らしたそうである。

「矢張り一元論なのだろうね。……」

これは「カトリックの神も、一元論なのだろうね」という意味で言われたのである。何しろ古い話なので話の前後のことも記憶にない。

当時の私には未だ小林の思想の深さは充分理解されていなかったし、『ドストエフスキイの生活』にすら或る種の反撥を感じていたくらいだったが、この「一元論云々」の一言だけが不思議に記憶に残った。そして折にふれては思い出す中に、其処に矢張り小林でなくては言えないような、ぎりぎりの美しさを感じるようになった。残念なことには先生が小林の問に何と答えられたか思い出せないのだが、思うに先生はどちらともあまり明瞭な答はされなかったのではなかろうか。何故ならこの問題はその性質上一口にどちらとも片づけることは不可能だからだ。キリストと一体化するという意味では一元論とも言われようが、神と人とを一つに見ることは人神思想とも見られよう。ここに小林の思想の主我的乃至は主観的ともいうべき一面が見られぬこともないが、外的な証明を嫌って直接的な確実性を求めている点では、マルセルの考え方にも通じるものを持っている。元々小林自身は哲学的な議論をやる気はなかったことだし、十年以上も昔の偶然の言葉の一端から何かを論断するなどということは慎しむべきであろう。にも拘らずここにこの言葉を取り出した理由は、一つには吉満先生への追慕の気持からであるが、今一つには、それから十年後に書かれた「信仰について」という短文が先刻の言葉に応ずる内容を示しているように思われたからである。この文章は実に測り知れぬ深さを持ったもので、小林秀雄を研究する人が再三熟読すべきものの一つである。彼はその中でこう書いている。

……「君は信仰を持っているか」と聞かれゝば、私は言下に信仰を持っていると答えるでしょう。「君の信仰は君を救い得るか」と言われゝば、それは解らぬと答える他はない。私は私自身を信じている。という事は、何も私自身が優れた人間だと考えているという意味ではない。自分で自分が信じられないという様な言葉が意味をなさぬという意味であります。本当に自分が信じられなければ、一日も生きていられる筈はないが、やっぱり生きていて、そんな事を言いたがる人が多いというのも、何事につけ意志というものを放棄するのはまことにやすい事だからである。（中略）

例えば、私は何かを欲する、欲する様な気がしているのではたまらぬ。欲する事が必然的に行為を生む様に、そういう風に欲する。つまり自分自身を信じているから欲する様に欲する。

自分自身が先ず信じられるから、私は考え始める。そういう自覚を、いつも燃やしていなければならぬ必要を私は感じている。放って置けば火は消えるからだ。

人間が何かを本当に欲するとすれば、必然的に行動しようとする。行動しようとすれば現実の壁にぶつかる。そこで否でも応でも戦う意志を必要とする。ところで我々現代人の頭の中は、屢々あれもこれもという風に様々な夢で満たされてはいるが、その夢を一つの現実の欲望に変じ、現実の意志と行動を生み出させる何物かに欠けているのだ。我々は戦う前に欲望の方を放棄してしまう。その方が楽だからだ。そこでは人間の欲望も思想も現実の欲望、現実の思想とならずにあやふやな夢のままにとどまる。悲しむべき習性である。小林はそこに自己への不信という現代の悪を見ようとしている。『罪と罰』について」の最後で、罪とは何かと問いながら、信なきものは総て罪なり、というパウロの言葉を引用した意味もここにある。彼の求めているものは、夢ともつかず現つともつかぬようなものではなく、まさに現実なのである。現実にしかと欲し、現実にしかと考えること、換言すれば、現実にしかと生きること、実存することなのである。その為には先ず自己を信じなければならぬ。これが一切の根底である。この自覚を絶えず燃やし続けること、それが彼の半生を賭けての戦いだった。十年前に彼が洩らした一元論という言葉の意味するところもここにあったと思われる。すなわち、自己を信じるということが、そのまま神を信じることとなり、生きることの根底となる。そういう神でなければ私には解らない、と。

小林は、パスカルやドストエフスキーの神、隠れて居ます神については、深く思いを潜め屢々語っている。しかし自分自身に関する場合、私は神を信じるとは言わない。そういう言い方を極力避けているように見える。それは第一には語感に対する文学者としての誠実に由来するものと思われるが、神という言葉は彼にはあまりにも客体化された概念、「空中に浮動する神」しか感じさせないからではあるまいか。彼は、神を信じるとは言わずに自己を信じる、魂を信じる、と言う。彼にあっては、その信じるべき自己、信じるべき魂はパスカルの神の如く隠された自己、隠された魂であり、「厚みの中にまどろんでいる。」それ故にこそ、先ずそれは信じられねばならなかったのだ。吉満先生は小林が話の途中で「自分は pur（純粋な——という意味）なものが何処かにあると信じている」と言ったと語られたが、今思うとこの pur なものとはこの隠された魂を指していたのだと気付かれるのである。自己は知られるべきではなくして、信ずべきものであるとは、まさに自由というものの意味に他ならないのだが、この信念は小林が終始一貫守り続けた信念であり、彼があれ程自己分析という業を排斥した理由であるが、彼は自己の純潔性、彼の言葉を借りれば「自己を救うかどうかわからぬ」純潔性の源もこの信念に託して来たのである。彼は「白痴について」の中で、自己を知ることを信条とするソクラテス的人間と、それとは全く別の信条に生きる旧約聖書の人々とを対照させているが、これを自己を知る人と自己を信じる人とよんで差支えなかっただろう。小林は自己を知ることと自己を信じることとが全く別個の事柄であり、全く別個の人間を造り出すことを見抜いた。彼の目には、自己を知ろうとすることが、「自己分析という空しい業」を通じて現代のシニスムに至る道が、はっきり見えていたのである。小林は現代人の得意とする心理も心理学も信用しない。所謂人間の心というものと魂とを別に考えている。人間の心はいつも哀れで愚かで弱く不純であり、魂は、その重い外被の下にまどろんでいる。人間はただ自分自身の心とのたえざる闘いを通じてのみ魂に達するのだ、自己を知るのではない、自己と闘うことが問題なのだ、彼は聖書の無私の意味、魂の意味をそう考えている。ここで驚くべきことは、青年時代からフランスの象徴派文学に養なわれて来た小林が、この文学に浸透しているナルシシスムの影響に対して、このような明確な自覚を持って抵抗することを止めなかったことである。何が彼を守ったのであろうか。ともあれそれは彼の生命本能の深みから発したものであろうが、この辺に小林の秘密を解く大切な鍵があるように思われる。

アランは、デカルトの思想を理解するためには、この革命を徹頭徹尾嫌悪した哲学者の保守的な精神を理解するようにしなければならぬと言っている。小林秀雄に対する場合にも同じことが言えるのではないかと思う。私も長い間の病床生活を経て漸く周囲の身近な人達の生活を注意して眺めるようになり、その人達が一日一日をどのような心持で送っているかを理解し始めた時、人間生活に深く根を下ろしこれを土台から支えている保守的な精神というものの偉大さが解って来た。と同時に、小林という人の思想へ入って行く道が開けて来るような心地がした。私は、小林がドストエフスキーをトルストイに比較しつつ屢々語った、「ドストエフスキイは一所にとどまって円熟して行く芸術家であった」という言葉の前に幾度も立止った。私には、ここで小林はドストエフスキーばかりではなく、創造的な精神というものの微妙な本質を言い表わそうとしているように思われたが、このような洞察の陰には小林という人の内部にある女性的なあるものが覗いているように感じられるのである。女性的なものとは我々の内にあって母親から享けた何物かであり、解きほぐせぬまま晦渋なままに一つの独自の智慧、独自の直観力を形づくりつつ、我々の自覚しない深みで我々を守り、我々を生命の根にしっかりと結びつけているものである。思うに我々はただ母親からのみ生活について学ぶ。そして学びつづける。カロッサが何処かで、自分の年配になると、亡くなった父は年下の友人のような気がすることがあるが、母の方は何時までも変らないと言っているのも同じ意味であろう。又小林が歴史の精神を捉えたのも、ここであった。歴史について語りつつ彼は、亡き子の面影をその遺品に偲ぶ母親の技術を思い浮べているがこれは単なる比喩以上の意味を持っていたに違いない。小林は歴史の世界の根源に、生命の解体に抵抗する母性的なものを見ていたのではなかろうか。我々が我々の内なる母、我々の歴史的実存、ゴッホが手紙の中で語っている、我々の内に深く根差した「古い感情」、を否認しようとする時、我々は自己を生命に結びつけている根を絶ち切ろうとしているのであって、ここにシニスムが生れて来るのである。

小林秀雄ほど現代のシニスムを看破し、これと果敢に闘いとおした作家はない。我々を駆って奇妙に我々自身に敵対せしめるシニスム。自己を自己の敵たらしめるシニスム。ガブリエル・マルセルは父性について論じた文章の中で、現代の父親は父親であることに対して疚しさを感じている、と言っているが、彼はそこに人間と生との pacte（契り）に対する裏切りが潜んでいると考えている。

我々は何時も自分自身であることに不安を覚え、何事からも身を引こうと身構え、絶えず脱出を夢みている。父であること、子であること、夫であること、日本人であること……、そうした総べてが、ただもう無意味で、重苦しく、不安なのだ。愛していても、憎んでいても、寝たり食ったりしていても、いつも不安なのだ。現在の自分と和解することが出来ず、これを信ずることが出来ず、そこに根を下ろすことが出来ない。自己への誠実は、絶えず自己を裏切ることとなる。例えば、太宰治。彼は逃げつづけた人である。子であることから、夫であることから、父であることから……。しかし牢獄は彼を追いかけた。最後に彼は人間から逃れようとした。『斜陽』の中で彼は、誰れも彼もみな不良なのだと言っているが、その意味は我々は所詮悪い父、悪い母、悪い子でいるしか仕方がない、これが現代の正直な人間に許された唯一つの誠実な生き方なのだ、ということにある。彼が一番恐れたものは、その反対の人間、父親然とした父親、細君然とした細君等だった。それは取りつく島もない空恐しいものにすら思われた。そしてそれから死物狂いで逃れようとした。無論彼はよく知っていたのだ、彼が逃げようとしているものが結局は現実そのものであるということを。とはいえ彼の必死の逃亡には切なる祈願がこめられていたことも事実である。そこに彼の悲劇があった訳だが、我々は又同時に彼を追いつめた現代のシニスムの悲劇、マルセルのいう人間と生との pacte の崩壊を見ない訳にはいかないのである。小林の批評はこの現代人の急所をつき、現実そのものに耐え得ない我々の弱い心を厳しく責めることを止めない。かくて彼の一元性への希求は、現代のシニスムによる自己分裂を乗り越えて、人間と生との pacte を回復しようとする、ティボンのいわゆる「人間の統一性」への祈願を物語っているのである。

労働ということが問題となるのもここである。ドストエフスキーは、プーシキンに関する有名な最後の講演で、知識人に対して、「働け」と呼びかけた。人間の統一性を回復するものは労働をおいて他にないからである。思想も信仰も労働なくしては空しい。『ゴッホの手紙』の中で、小林は、ゴッホは、農夫は耕さねばならぬという意味で画家は描かねばならぬと言い得た稀有の画家の一人であると述べている。非常に含蓄のある、だが難解な言葉である。これはどういうことなのか。アランは、私は坑道を掘るように思索して来たと言っている。又他の個所では Rustique なもの（ゴッホが「田舎者でなければならぬ」と言ったのも同じ意味であろう）が必要だと言っている。ここにも同じ思想の反響が聞かれる。ベルグソンも哲学の仕事を牛のあとから大地に屈みこみ土を鋤いて行く単調で忍耐強い労働に比較している。哲学がつぎつぎに新しい体系を生み出しつつ、つぎつぎに新しい体系に打ち倒され、遂には哲学そのものの自己否定に終るような従来の哲学ではなく、実在の共同的な探求を目ざす創造的な哲学を夢みた時、哲学者も又掘らねばならぬと考えたのだった。小林の心もこれと変りはない。彼も又耕さねばならぬのである。ここに、私は「人生の評論化を断念した」という小林が現在到達している境地を見るのであるが、これは又自己を深く反省する思想が総て最後に到達する境地ではなかろうか。現代は政治の時代である。ということは、意見の時代であるということである。この時代には、意見がすべてであり、意見が横行闊歩するのである。すべてが意見の対象として取り扱われ、生活はすなわち意見となり、人生は生きられるよりも、論じられる対象となる。小林のいう人生の評論化である。これは別の意味では文学の政治化とも見なされるのだが、かくして人は「愛は掘る」とは如何なることかをもはや理解しなくなるのである。

ではどうすればよいのか。批評家である小林の仕事が、人生の評論化ではなく、農夫の労働と変らぬ労働であるために、又、思想家である彼が、これらの黙々と大地と共に生き死んで行く人々と別種の人間ではないために、一言にしていえば、思想の労働者であるためには、どうあらねばならないのか。小林が彼のドストエフスキー論の筆を中絶して、ゴッホ論を書かざるを得なかった一つの動機がここにあったと思われてならないのである。ゴッホの手紙には、画家と聖者が交々現われる、と小林は言っている。彼は、ゴッホの手紙の中に、画に表現されたゴッホだけを見ているのではない。このことは彼の『ゴッホの手紙』を理解する上に大切なことである。彼はゴッホの手紙を告白文学の傑作と呼びつつ、手紙を通じて見られるゴッホは、手紙を書いているゴッホであって、画家ゴッホではない、両者の間には微妙な間隙が存在していることに注目している。彼によれば手紙の中には、しばしば画には到底表現され得ないような、画として表現されるには適しないような或るものが顔を出しているのであって、それは、例えば、ゴッホが不幸な倫落の女を救おうとして失敗に終った結婚を振りかえりつつ、「この世になくてはならぬ僅か許りの光」について、或は又、「悲しみの崇敬の中に自分の心が平静を見出している」ことについて語る時、又売春婦たちの蒼ざめた顔を見ているとその女達が自分の妹か何かに思われてくる。そのような心の奥深く根を下ろした「古い感情」について語る時、我々はこれを感じるのである。それは画のモチーフを越えた何物かである。この或る物がゴッホを終生責め続けたのである。それは、彼が画に向う根本の動機の奥に介在していて、あのような人間業とも思えぬような超人的な仕事に彼を駆り立てたのだが、しかも尚この「人生のモチーフと画のモチーフとの間の割目」は埋められず、小林のいう「未完了性」の刻印をその作品にとどめたのである。小林が始めて「烏の居る麦畠」の複製画の前に立って覚えた不思議な感動は、いわばこの画の限界を突き抜けようとする或るものの影であったとも言えよう。それは彼の言い方をすれば、ゴッホという人間の「運命の主調低音」ともいうべきもので、彼はこれを「未完了性」と名づけたのである。ゴッホの画に於けるこの永遠に未完了な部分は、作品そのものよりも、否人生そのものよりも美しい余白、すなわち「永遠」を指示するものであって、書簡を通じて小林を魅了したものなのである。ここで私はリルケの『風景画家論』を思い起して見たい。この書については、すでに「ルオー論」の中で触れたが、これと『ゴッホの手紙』との間には、同じテーマ、同じ体験、同じ思索が見られ、後者は小林の「風景画家論」であると言ってもよい位である。リルケは、その著書の中で、僻遠の地ヴォルプスウェーデの荒涼とした自然の中で、如何にして風景画家の魂が目覚め、生育して行くかを探求しつつ、ドイツ文学の伝統ともいうべき諦念の思想を語っている。小林も又ゴッホの性格の素地をなすものを訪ねつつ、ミレーにさかのぼる。そこに旧約聖書の前に頭を垂れた人の敬虔なペシミズムを発見し、こう語っている。

有名な《木を接ぐ男》が描かれた時、テオドル・ルーソーは、こう言ったそうである。「ミレーは自分に頼る者たちのために働いている。丁度、花や実をつけ過ぎる木の様に、身体を弱らせている。子供たちを生かして置く為に、自分を使い果している。野生の頑丈な幹に開花した嫩枝を接ぎ、ヴィルギリウスのように考えている――ダフニスよ、梨の木を接げ。汝の孫たち、その実を食うべし」、これが、ミレーの敬虔なペシミズムである。どんなにゴッホは、こういうペシミズムを求めていたろう。愛する妻を持ち、九人の子供の父親となり、彼等の為に梨の木を接ぎ、彼等の為に自分の身を使い果す、ゴッホがどんなにそういうものを望んでいたか、僕はそれを疑う事が出来ない。このルーソーの言葉をミレー伝に読むゴッホの心を、僕は想像してみる。彼が牧師になりたかったのは、説教がしたかったからではない、たゞ他人の為に取るに足らぬわが身を使い果したかったからだ。……

〔『ゴッホの手紙』、新潮社、一九七八年〕

ここに引用した文章は、私が最も愛着をおぼえているものの一つである。私ははじめてこれを読んだ時、小林の中にこれまでに見られなかったあたたかな人間理解がそこに感じられて非常に心を打たれたものである。この見方は、伝記の後半部に至って、ゴッホの発狂当時ゴーガンとの間に生じた不幸な出来事を扱う際に、もう一度取り上げられ、この伝記を貫く大切なモチーフの一つをなしているのであるが、それと同時に、この敬虔なペシミズムという言葉には、何かしら小林の心にじかに触れさせてくれるような告白めいた響きがこめられている。私は小林がミレー伝を読むゴッホを想像してみたように、ロマン・ロランの『ミレー』とか、『夫セバスチャン・バッハの回想』

とか、そういった書物に親しんでいる小林の心境を思い浮べる。いまの小林にはこの言葉ほどぴったり来る言葉は他に求められないのではないかと考えて見る。だがこの敬虔なペシミズムとは、近代人のペシミズム、その憂鬱や倦怠などとは凡そ性質を異にするものであって、バッハやミレーのような堅固で誠実な性格をつくり上げる根底をなしているものである。それは人生の謎を解こうとせず、その前に頭を垂れる人のペシミズム、人生に深くなずまず、人生を通りすぎて行く地上の旅人(ホモヴィアトール)の心に通うペシミズムである。ゴッホの中には、聖者への飢渇ともいうべきものがひそんでいたが、このペシミズムこそ聖者をつくる地金となるものだった。同時に聖者が生い育ってくる土壌である民衆のペシミズム、黙々と他人のために一生働きつづけている人々の一人一人の心の奥ふかく秘められたペシミズムでもあったのである。民衆の気力も純潔も、その智慧もその品位も、すべて心をこれに培われたのであって、このペシミズムを理解することが民衆を理解することとなるのである。我々の傍で我々に忘れられている民衆は、我々の精神の遍歴が最後に行きつく謎である。それは単純で、裸である。が、その沈黙の深さ、孤独の深さをはかろうとするには、ゴッホのいう「深いまじめな愛」が必要なのである。私はここで一人の詩人が「深いまじめな愛」に導かれるとき、いかに日常思いもかけなかったような遠いところにまで分け入るものであるかを、リルケの『風景画家論』中の一節を引用することで示したいと思う。詩人は、「喪家」と題された画について語っているのだが、その画は、不慮の死に奪われた幼児の死骸を前にして夫婦がうなだれて立っている傍に姉が固い眼付で寄り合っている図であるが、夫婦の顔にあらわれているものは、普通考えられる悲しみではない、それは暗くはないが、馴じみ易いものではない、何か不透明なものに蔽われていて内部をうかがうことが出来ない、この謎の前に立止りつつ詩人は謎を解くよりも愛情のこもった言葉で謎を飾ろうとしているかに見える。

この「喪家」においては、普遍的なもの、いわば風物的なものが語られている。われわれが森をみて哀しというときは、すこしの隙間もなく生い茂りつつ、樹という樹がそれぞれに、なにか眼にみえぬものに縛られたごとく、黙々と佇んでいるさまを指すのである。この図のひとびとは、仕事をしていたのである。幼い子供をかまっている暇など、ほとんどなかった。子供は、馴染みのない、まるであかの他人のようなものであった。子供がやって来れば、客人でも来たように、すっかりどぎまぎしてしまう。幼い子供は大抵は兄姉たちに委せきりであった。こうして、兄姉たちと生活して来た子供は兄姉たちに笑いかけるようになった。兄姉たちはまた子供のこころがすこしずつわかって来た。そこへ忽然として喪亡の影がかれらのうえをおそったのである。だが、生命の喪失もかれらにとってはひとつの椿事にすぎぬ。驚愕は瞬間である。翌日になれば、かれらは笑うであろう。両親はまた仕事にかかるのである。寂寞、身にまとった服、週日のただなかにはいって来たおもいもよらぬ休日。すっかりかなしくなって、しずかにいまは寄りあっている。だが、かれらがかんがえているのは死ではない。はかなき生である。

かくのごときが、民衆の心、自己を語らず、自己を語ろうなどとは夢にも考えていない民衆の心の奥深いところで、黙々と生きられている敬虔なペシミズムである。それは民衆の労働生活が民衆に教える智慧であり、我々に人間の仕事や地上の生が本来いかなるものかを教えてくれるのである。ゴッホの「馬鈴薯を食う人々」の中に盛ろうとした思想もこれと変るところはなかった。明日働かんがためにのみ今日食べている人々。ゴッホは晩年の静物、小林が「長い間の祈願の実現」とよんだ「寝台」や「椅子とパイプ」に至るまで、この「馬鈴薯を食う人々」の思想に忠実だった。そしてこの、初期の作品と晩年の作品をむすびつける一線に、小林はゴッホの「良心の持続」を見ている。その良心とは、画家が一人の農夫、一労働者、一人の民衆、たとえば「雪の中でにんじんをぬいている女」や、「寒さが冬の麦にこたえる位、冬は俺にはこたえるよ」、といった工夫や、「上っ張りを着て、小さな赤旗を持って、今日は何て陰気なお天気なんだろうと呟きながら、空を見上げる踏切番」や、タンギー爺さんや、郵便配達夫や、そうした人々の心をあく迄己が心として、彼らの労苦や忍耐や愛情を通じて自然と人生を理解しようとし、彼らに与えられている以上のものを、身を守るためのいかなる特権をも自己に許さなかった点にある。小林はまた言う。

彼（ゴッホ）が、現代の悪を言う時も、それは如何なる立場から言う主張でもなく、わが身を守る知識や教養の贅沢を奪われ、たゞ眼前に与えられたものにしか生きる糧のない事を、常に感じている人の悲しみなのである。

この「眼前に与えられたものにしか生きる糧をもたぬ人々」とは、別の言葉でいえば、心の貧しき人々ということだ。心の貧しさとはこういうことを指していうのである。それは民衆の中の嬰児の心ともいえよう。この貧しい心を、ゴッホの「寄るべのない古い感情」がひたすら求め、ゴッホの良心はこれを摑んで離さない。そういう人々の心で感じ、苦しみ、考え、彼等と変らぬ生を生き、死を死にたいという真剣な願いは彼を去ることがなかった。そのような願いを抱いて彼は画家になったのである。それはもはや単なる画家の願い以上のもの、聖者の願いというべきであろうか。小林が晩年の静物を、「長い間の祈願の実現」と呼んだとき、聖者の無私の実現をそこに見ていたのである。

以上は『ゴッホの手紙』を読みながら、著者の思索のあとを辿る中に、私の心に描かれて行ったゴッホ像であるが、ゴッホの中なる聖者の姿は晩年に至っていよいよ裸になって来、遂にその前に小林は解説の筆を捨てるに至る。しかし彼の眼は手紙のすみずみまで行き渡って何一つ見逃してはいない。「狂気との戦い」という表題を見れば、その言わんとするところはすでに明瞭であろう。それは、ともすればゴッホの天才が狂気に負うているかのごとく考える通念を強く否定し、晩年の作品がいかなる闘いから生れたかを示している。手紙に見られるゴッホには、天才を気負っている狂人の自己陶酔や英雄気取りは微塵もない。あく迄も自己の運命に徹し、これと最後まで闘いぬこうとする一人の人間の誠実な意志があるばかりである。ここにゴッホの心の貧しさが実によくあらわれている。小林は、狂気を論じたあの見事な「金閣焼亡」の中で、狂人を「閉ざされた精神」であると言っているが、『手紙』の中で語っているのは、そのような「単純な論理のメカニズムの中に閉じこめられて出口を見失っている精神」ではない。むしろそれはパスカルの考える葦である。一本の傷みやすい柔かな葦、小林が語った、あの考えれば考えるほど、自らが一本の葦にすぎない自覚に徹していく、そのような葦の思想である。これは或る意味では狂気の正反対だと言えるだろう。何故なら狂気とはそのように考えることが出来なくなった状態なのだから。

ゴッホの発狂後の手紙を読んでいると、ドストエフスキーの流刑当時の手紙が思い出される。両者の間には同じ音調《ノート》が聞え、それが小林をつよく惹きつけていることがよく分る。それは運命がじかに語っているとでも言いたいような、何かしら異様な底しれぬ声である。小林は、ドストエフスキーがシベリアへの護送の途中、トムスクから出した書簡について、「このような異様な体験をこんなに沈着に語れるのは、容易ならぬ心である」といったが、ゴッホの手紙にも同じ容易ならぬ謎がのぞいている。それにしても、あのような、人間の自負心を悉く洗い落した、殆ど無関心といっていいような、しずかな身に沁みる声は、人間の魂のどのような隠れた深みから発せられるのであろうか。両者の手紙を比較してみると、一方は兄から弟へ、他方は弟から兄へと両方とも肉親の間で取りかわされたものであることが注目を惹く。恐らく、これが肉親の間でなかったら、このような手紙は書かれなかっただろう。そこには血を分けたもの同志でなければ伝えられないような何かがある。彼等以外の者に分つことの出来ない理解がある。虚栄心の影すら見出せないのもこの故である。ゴッホは、発狂直後ゴーガンのことにふれて、あの人達はわたし達とは違うのだよ、といったことをしきりに弟に書き送っている。又いつも自分達兄弟を同じ運命のもとにおいて考えつづけている。その中でこんなことを言っている。

さて、今僕が抱き始めた希望とはどんなものか、君に解るかな。僕にとっての自然、土くれや草や黄色い麦や百姓は、君にとっての家庭の様なものだろうという希望だ、と言うのは、君は人々に対する君の愛の裡に、必要とあれば、ただ人々の為に働くばかりではなく自分を慰め、自分を建て直す何物かを見付けてよろしい、という意味だ。

炉辺の夢は、依然としてゴッホの心から消える時はなかったようである。ここに弟という人に対する実に深い理解が見える。そしてこのささやかな、だが苦悩の奥底から拾いあげられた言葉は兄として一生世話になり通した弟に与え得た唯一の物だったのである。ゴッホは発狂という怖しい体験のもとで、一層自己の血への理解を深めて行ったように思われる。外へ向いていた眼がひたすら内にむけられ、そこに自己の支えを見出そうとしたのであろう。思うに人はこのような試練に会っては、ただ自己の血の中に受けついでいるものによってのみ、耐えうるからである。こうして血と血がよび合い伝統の深みから、自負心も入り込む余地もない「古い感情」の源から聖者の面影が立ち現われてくるのである。

II

小林秀雄は、ドストエフスキーとトルストイとを比較しつつ、屢々興味のある洞察を示しているが、その中で『罪と罰』と『復活』の結末を対照して、次のように語っている個所がある。それによると、『罪と罰』の結末には、トルストイの作品が言わんとする意味での復活は全く見られない。ネフリュウドフはシベリアへ来て、人間最高の幸福に至る真理を聖書の中に発見し、人生へ再出発するのだが、ラスコーリニコフにはそのような新しい出発はない。彼はただ「あたかも時が歩みを止めた」かと思われるような太古さながらのシベリアの曠野の風景を前にして、病み上りのソーニヤの蒼ざめた顔をつくづくと見守るだけだ。そこにどんな復活があるか——と言うのである。言うならば、そこには出発よりも到着があった。生よりも、より多くの死があった。だが同時に、その死とは、「死なば実を結ぶべし」と言われた死にも通じるものであったと言えよう。ラスコーリニコフは此処へ来るまでにどんなに多くの死を体験しなければならなかったか。さまざまな希望や夢や愛情や理論や理想が次々に彼の中で死んで行くのを見た。そしていま彼は果てまで来てしまったのである。もうこれから先行く処がない。途はすべて断たれている。教養も知識も習慣も経験もこれまで身につけていたものは悉く奪い去られた。彼がソーニヤの面上に見ているものは、もはや時間の彼方の一つの永遠である。人は永遠を前にして止まることを知る。その時何かが起る。……この何かを作者は一応復活という名で呼んではいるが、小林によれば、それは通常考えられているような精神上・生活上のどんな革新とも凡そ似ていない、作者ドストエフスキーのシベリア体験につながる、最も語り難い彼の思想の秘密を形づくっているものなのである。小林は二つの『白痴』論でムイシュキンの誕生の場としてこの何ものかの謎の前に思いをこらしているが、謎は解かれない。作者が解こうとしなかったものを評者が解こうとしてはならぬと考えている。ところで、人間の成熟とはこうした言い難い何ものかを中核として形成されるものであるとすれば、小林が言う「一点にとどまって円熟して行く」その成熟は、この永遠を前にしたひそかな営みを指して言われたのではなかろうか。小林は「『罪と罰』の終編では生命の概念が怖しいほどの純粋さに達している」と言っている。ラスコーリニコフの見入るソーニャの顔は、ゴッホが手紙の中で、自分の血を分けた妹のような気がすると書いたあの売笑婦達を思い起させるが、小林の言うゴッホの心の「寄るべなさ」は、そのまま『罪と罰』の主人公が最後に到達した境地であり、それは一切の不純さから浄められ、いわば無力な嬰児にかえった生命の姿と見ることができよう。この純粋性は小林が生命の極限として、固くその存在を信じてきたものであり、美に彼が常に求めてきたものである。最近の「近代絵画」の中にこういう一節がある。

伝統や約束の力を脱し、感情や思想の誘惑に抗し、純粋な意識をもって人生に臨めば、詩人は、彼（ボォドレール）の所謂人生という「象徴の森」を横切る筈である。それは彼に言わせれば、夜の如く或は光の如く果てしなく拡がり、色も香も物の音も互に応え合う。こういう世界は、歴史的な或は社会的な凡ての約束を疑う極度に目覚めた意識の下に現れる。それは彼の言う「裸の心」が裸の対象に出会う点なのです。
〔「新潮」第五十一巻七号、七月〕

作家意識が「社会」という新しい絶対的な権威者の前に脆くも屈服した時代、そこからさまざまな混乱の生じた時代、その中で仕事をはじめた彼が、終始時代に抗して守ろうとしたものは「純粋な意識」であった。それは時代の中に棲処を持たぬ、いわば時代の中の寄るべなき孤児である。だがこのことは、「純粋な意識」がヴィジョンにすぎぬということを意味するものではない。否、反対に「純粋な意識」の側から見れば、時代というものがヴィジョンにすぎず、意識は時代というヴィジョンの坩堝をくぐりぬけた時、はじめて自己の純粋性に到達することができるのである。ラスコーリニコフの辿った途はそれであった。彼は先ず時代の精神に捉えられた。彼は遅疑するところなくその渦中に躍り込んだ。そして悪戦苦闘の末、いつか時代を突き抜けて、永遠の岸辺に打上げられたのである。

小林が人間を捉えるのは、まさにこの地点である。これから先もう行く処がないという地点、そこに一つの窓が永遠に向って開かれようとしている地点、裸の心が裸の物に出会う場所、彼のよく用いる表現でいえば、「物をじかに見、物に見られる」場所である。それはまたたとえば『平家物語』中の一女性が愛人の戦死の報に接し自殺を決意する時、その眼が「常にあり、しかも一度も見たことのない自然」と面接する筈の場所である。ニイチェもこの場所に身をおいて内奥の体験を語ったのだし、雪舟もここでその赤裸々な自然を凝視したのである。

　では「物を見、物に見られる」という「物」とは一体何か。それは科学が対象としている物、観察の一対象として理性の前におかれ、理知によって限定された物ではない。それは我々が見ると共に、我々が見られる「物」、我々の周囲に、我々を超え、光のごとく夜のごとくみち拡りつつ、折ふしおぼろげな言葉を洩しはするが、我々が決してその全貌を見透すことが出来ない「物」、我々の小さな存在を十重二十重に取り囲んでいる謎をさして言われているのである。この「物」との出会いは、何よりも根源的な体験である。一度この体験にさらされる時、人はいかに己れが貧しく、いかに己が世界が狭いかを悟る。だがこの貧しさ、この狭さの中でのみ、何ものか価値あるものが生み出されるのである。

　リルケが巴里から妻のクララに宛てた書簡の中に次のような言葉が見られる。「お前は、恐らくは一輪の薔薇を買う気持になる時も長い間なくなるだろうということを忘れないように。この都会は非常に大きく、隅々まで悲しみで一ぱいになっているのだ。そしてお前はこの中で孤独になり、貧しくなり、非常に不幸になるだろう。（中略）だがそれが本当なのだ、それはお前が担わなければならないお前自身の苦しさ、お前の心の、お前の憧れの苦しさ、お前の仕事の重荷となるだろう。だから喜んでいいのだ、深い心の奥で、言葉や思いの背後で喜んでいいのだ。」

　人は一度ならず私がリルケを引用し、小林とは甚だ縁遠く思われる詩人を小林と結びつけようとするのを見て奇異の感を抱くかも知れない。だが私にとっては『マルテの手記』の作者と小林との結びつきは決して偶然ではないのである。こんどこの作品を読み返して見て、マルテという思想と小林がムイシュキンの中に見ている思想との間に意外な類似を発見して非常に心を打たれたのである。リルケ自身「マルテはラスコーリニコフだ、彼は行動を起そうとする前に没落する」と言っているが、これはむしろムイシュキンの運命である。また一方「凡そ人間的可能性を剝奪されたかに見えるムイシュキンの極度の無抵抗性の上に、無気味な独特の人間観照が開けて行く様を見よ」という小林の言葉はマルテにそのまま当てはまる。私にはリルケが、ロシア的なものへの復帰を念願しつつ、「マルテ」の筆をとっていたように思われる。そしてリルケがロシアの魂によってみたそうとしたものは大地とのふれ合い、貧しさへの渇きに外ならなかった。マルテもマルテの作者もこの貧しさに身を曝さんがために大都会にやって来たのである。そこで家もなく友もなく過去もなく、一異邦人として、もはやどん底の最悪の悲惨と自分との見分けもつかぬような大都会の孤独の中で、「一輪の薔薇を買う心持も長い間なくなる」ような魂の極貧に耐えること、これが彼等が自らに課そうとした十字架であった。リルケはセザンヌについて、「ここに一人の貧しい人間がいる」と言っている。彼はセザンヌの作品の前に絶えず立ち戻りつつ、このような完璧な「物」がいかにしてつくられたか、このような「徹底した即物性の展開」がどうして可能であったかを反省する。そしてセザンヌがボォドレールの《Charogne》(「腐肉」)を一句違わず暗誦することができたという事実の前に深く感動する。そうだ、ボォドレールのこの詩がなかったならば、セザンヌの「仕事」

はありえなかったのだ。フローベェルの聖ジュリアンが癩者を抱き、その病み凍えた肉体を自分の体温で暖めたような、最悪のものをも拒まぬ絶対な無私がなかったならば、あのような純粋な「物」は生まれえなかった筈だ。芸術家は何一つ選り好みすることを許されない。一つでも拒めば、彼は芸術家ではなく、恩寵を失ったただの罪人にすぎなくなる。セザンヌにとっては、美も醜もすべて、最悪のものまでも、彼の無私の前に、等価に還され、たとえば、コップはコップ、林檎は林檎としての一様に究極的な単純性を露呈していたのだ。だからこそ、あのような日常卑俗な材料からあのような高貴な作品を生み出すことができたのだ。こうした芸術家の無私と貧しさとの徹底した実践こそ芸術的創造の無償性に外ならず、これは同時に聖者の一切平等の自己犠牲に通じているのである。セザンヌ、ゴッホ、ボォドレールなどの近代の詩人芸術家達の作品のかげに見出される「貧しい人間」、霊の乞食たちの胸底には、常に«Sainteté»（聖）への熱烈な渇きが秘められていたのである。

小林は「私の人生観」の結びで、平和の問題に言及し、「平和という空漠とした観念のために働くのではなく、働くことが平和なのであり、そこから生きた平和の思想が生れてくる。そのように働いて、自分が精通している道が一番困難な道であると悟った人々は到る処にいる筈だ。私はそれを信じる」という言葉で講演を終っている。この言葉は日本の国土にかくれた無数のセザンヌの存在を信じるという意味にとってよいだろう。それは日本のどこかの片隅で、「担わねばならぬ自分自身の苦しさ、自分の心の、自分の憧れの苦しさ、自分の仕事の重荷」に耐えている人々である。

魂の平安とはこのような苦しみに耐え、自己の道をどこまでも歩みつづけた人々がその果てに到達するものであって、それがまた平和というものの本当の姿なのだ。これが小林の言わんとしたところである。生前彼と親交のあった島木健作も、自分は農村のどこかに聖者がいることを夢みる、と言っていた。二人は恐らく同じ心を語ったのであろう。この思想は国土に対する信仰につながっている。こういう信仰は、以前は無意識の間に各人の中にひそんでいたものだが、現代はこういう信仰が日に日に失われつつあるように見える。国土と我々との間には生きたつながりが断たれ、それが我々の大きな不安をなしている。国土はこれまでもっていた深さを失い、底をつき、生産性を停止したかに見える。そのことは、我々の精神生活がそれだけ深さを失い、無意識的な持続性を断たれ、浅く貧しくなっていくことに外ならない。芭蕉が「奥の細道」という美しい言葉で現わそうとしたものも、国土と精神生活とのつながりであって、分け入れば入るほど深く遠くなって行く自己の道を国土そのものの深さとして感じたいという詩人の願いを語っている。聖者とはそのような深さの世界に生きる人である。この国土への信仰なくしては、真の芸術はあり得ない筈である。何故なら、芸術的な創造活動とは本来無意識的な活動なのだから。小林は終戦直後大阪でした講演で、ベルグソンの名前をあげて、人生は永遠の持続なのだから、戦争に敗けたことなど何でもないのだ、と断言したと聞くが、そこまで言い切った小林の心中に、その時どんな決意が生れようとしていたか、やや察せられる心地がするのである。

先刻私は何気なく、国土に対する信仰が現代失われつつある、と書いた。だが、隠れたセザンヌは到る処にいる筈だ、と断言する小林は私のそういう考え方をも厳しく拒絶しているに相違ない。これを、たとえば、中村光夫が『志賀直哉論』の中で、「痴情」の妻の手紙を評して、このような祈りが失われて行くのが現代の特質であると断じ、事態を既成の事実として承認して、そこから彼自身の近代観をうちたてようとしているのと比較すると、両者の態度に根本的な対立がある。ところで、祈りに対立するものが、技術であるとすれば、祈りの喪失とは技術化ということになるが、それが近代といえるかどうか。少くとも中村の学んだフローベェルの近代にそれが言えるかどうか疑問である。中村はどこかで自分は価値を引っくりかえしたいのだと言っていたが、彼の真意は、祈りの喪失という消極的な契機を積極的な契機に転じたいというところにあるのだと察せられる。

この問題をもう少し考えて見ると、祈りとは、別の言葉で言えば一すじの道を指す。リルケの考えているセザンヌはこういう一すじの道を歩みつめた聖者であり、小林の考えている自己の仕事の苦しみに耐えている人もそういう人達である。そういう人達はいつ、どこにでもいる筈なのだ、人間生活というものはこういう人々の忍苦によって支えられているのだ、と小林は考えているのである。彼はそういう人達から眼を離すまい、否そういう人達しか見まい、彼等の心を心としてそこに自己の良心をおこうと決意しているようだ。ところが、中村にとっては、現代人にはそういう道は失われているのだ。いくつかの可能性の中に自己を分裂させているのが現代人の生きている姿である以上、彼の現にとっている道は、こうした可能性の中の一つにすぎない。それはあく迄も偶然的な一時的なものでしかありえない。そこから彼は絶対的相対主義といったものを考えているように見える。一すじの道、祈りの道というものは美しいかも知れない。しかしそういう道を信じていられる人は幸な人というべきであろう。何故なら現代はそういう道を奪われた人々にみちているのだから。いかに多くの人々が己れ自身の軌道から投げ出され、思いがけない境遇で思いがけない暮し方を強いられていることか。こういう人に一すじの道という思想がどんなに残酷な意味をもつか。中村の思想はこういう現代の考え方を代表しているとも見られるのである。小林自身このことを知らないではない。それを知りつつ、彼自身の世界を、「思想と感情の誘惑に抗して」守りぬかねばならぬところに彼の大きな苦しみがある。もはや小林は、所謂批評家のいる世界、すべてを批評の対象と化し去る批評家の広い世界にはいない。彼のいまいる場所は「物」の前である。それは狭い土地である。言葉が沈黙と変り、「愛が掘る」場所である。聖書の中でパウロは「日はちぢまりぬ」と告げたが、小林にとっては「世はせばまりぬ」といってもよかった。彼がいまどんなに狭いところにいるか、これに気付いている人は多くはいないかも知れない。私自身は彼の中にこの狭きに生きる人を感じえた時、そこに批評家小林に対する以上に、言いしれぬ暖みを覚えたのである。そして彼の沈黙と悲しみは日々私にとって貴重な糧となる。

後記（民衆について一言）

この間の合評会で拙文中の民衆という観念が話題に上りました。この点について、その後考えたことを補足の意味で少し書いてみたいと思います。小林は一般観念 idée générale というものを信じません。これを極力排斥し、殆どそこに現代の悪を見ていると言っても過言ではない位です。したがって二宮さんもあの折いわれたように、作者が極力避けているものを使わなかった方がよかったかも知れません。ただ私としては「敬虔なペシミズム」という言葉に動かされ、それによって呼び醒まされた思想を語るのに、民衆という観念を必要としたのであります。しかし一般的に民衆を論じたいという気は全然ありませんでした。私の民衆というのは、ごく狭い個人的な経験から引き出された思想であって、それを説明するために、リルケの『風景画家論』から長文の引用をしました。あの文章は私の非常に好きな文章で、読む度に、いつも感動を新にするのですが、ではあの文章の何がそれほど私の心を動かすのか、またリルケ自身一体あそこで何を語ろうとしているのか、それについてあれを書いた当時不明瞭であったものが、最近『マルテ』や『セザンヌ書簡』などを読んでいる中に、ややはっきりして来たように思われるので、それについて書いてみたくなりました。

私の引用した文章の中のリルケの思想は、彼の思索をみちびく大切な糸につながっているようです。彼は巴里でセザンヌとの出会いを体験しました。彼はセザンヌの作品の前に立って、どうしてこのような完璧な「物」が生れたかを考えます。そしてセザンヌが暗誦したというボォドレールの「腐肉」という詩のことから、あの詩にあるようなあの最悪のものをも拒まぬ「無私」がなかったなら、セザンヌの仕事はありえなかったと考えます。このことは先に述べました。彼はセザンヌを通して仕事というものの本質について深く反省したのです。彼はセザンヌの生涯、特に淋しい晩年に思いをいたしつつ、そこに貧しい一人の人間を見、セザンヌがいかに「仕事によって愛をのりこえて行った」かを考えます。彼はこう言っています。セザンヌは恐らく人間を愛してはいなかっただろうが、しかしその愛は空しくはなかった。それは仕事の中にとどまったと。このことはセザンヌ一人でなく多少とも仕事の苦しみを味わい、その苦しみを愛した人の経験の中に必ず見出されるものではないかと思います。又セザンヌが母の葬式に顔を出さずに、画をかきに出て行ってしまったことにもふれ、それはセザンヌが母を愛していなかったのではない、と言っています。恐らく毎日曜日の安息日の務めを忠実に実行していたセザンヌとしては、時間を惜むというだけのものではなかったでしょう。むしろセザンヌはそうするのが本当だと信じたからこそ母の葬式に行かずに画をかきに出て行ったのでしょう。セザンヌに関するリルケのこうした考え方は、私が前号に引用した文章、あの子供を不慮の死に奪われた百姓の夫婦を描いた画につけた彼の文章にすでに現われています。あそこでリルケはこう考えている。彼等は子供の死を悲しんでいるのではない。彼等の顔にあらわれているものは、子供の死を嘆く悲しみではない。そこに刻まれた深いかげを悲しみと呼ぶならば、それは子供の死から来たものではない。それはもっと別なもので、もっと深く、もっと動かしがたいものから来ている。彼等はこう考えているにすぎない。これからこの小さな亡骸を墓に運んで、明日は子供が生きていた時と同じように野良へ出て働かねばならない。そして次の日も、又その次の日も、と。このことは彼等が子供を愛していないというのではない。彼等は子供を愛しているのである。彼等は働いているのだから。しかし彼等の愛は彼等の中にとどまっている。何ものかに堰き止められたように、彼等自身にも気付かないような片隅に埋められてしまっている。そして彼等の日々を満たしているものは、愛の日々ではなくて昔も今も変らない労働の日々なのだ。そのことは彼等が厭人家だとか厭世家だとかいうのではない。彼等はただ孤独なのです。これは宗教的な孤独です。私は彼等の中に黙々と地上をすぎて行くホモヴィアトール（旅人）を感じます。これはヒューマニズムとは全く質のちがった、ヒューマニズムの考えおよばなかったような思想が垣間見られます。敬虔なペシミズムという言葉から私が感じたものはこのようなものであります。この思想は私にとっては大変新しい、いわば未知の思想であって、私はようやく人生というものがこれまで考えていたようなものではなかったということに気付くようになったのであります。この経験は苦いものではありますが、心を和ませるものでもあります。だが我々の人生について作り上げる観念は人生によって常に破られねばならないとすれば、これもまた私だけのことではありますまい。アランでさえ私は懺悔をしているのだと言っています。メディタシオンの神は無智な農婦の神だと言ったアランは、民衆の智慧に即して考える努力を怠らなかったと思います。そして上述の言葉をつきつめれば、ボンサンスとは民衆の敬虔なペシミズムに通じるということも出来るでしょう。我々の思想は最後はここに帰ってくるのが自然なのではないでしょうか。たとえ民衆という言葉は使わずとも、小林も又民衆の中にある智慧に学ぼうとしているのであって、敬虔なペシミズムという観念は単なる一芸術家の生き方から出て来るものではないと思います。ゴッホやミレーの中に民衆と深くつながるものを見なければ、さぐりあてることは出来なかったものです。

我々もまた民衆であることは、いうまでもありません。我々の中には我々個人に属するのではない共有の体験に根ざした智慧があり、我々の日常生活は各人のイデオロギーなどよりもそういうもので営まれています。しかし私には、バッハが偉大な民衆であったという意味でこの私も民衆だと言えないような気がします。バッハの偉大な生涯の中には、当時の民衆に理解しえなかったようなものは何一つなかったと思います。だからバッハの偉大さには、民衆の心を傷つけるようなものは何一つなかった。バッハと民衆とは同じ精神、同じ義務、同じ喜怒哀楽でむすばれていた、偉大な凡人ということが真に言えるのはバッハのような人でありましょう。そしてそれが私には、宗教というものの本当の姿だと思われます。ところが、たとえば私の誤ちだらけの半生を民衆に理解してもらうことは到底不可能なことです。宗教の喪失は我々と民衆との間に断絶をつくりました。現代のシニスムというものも実はこのような断絶から発生したものであると見られます。ドストエフスキーや、又或る場合リルケも、この民衆との間の断絶の自覚から出発して、民衆に近づいて行った人であります。私もまた、自分の民衆という観念をそういう場所に置きたいと考えております。

Ⅲ

こんど小林秀雄論を書いて見て、一番難しいと感じたことは、小林には特に取りたてて、彼の思想と言えるものがないと言うことだ。こう言えば、意外な気持のする人もあろう。が私としては、この評論で小林の思想よりもそのもう一つ奥にある一つの心を汲めるものなら汲みたいと心掛けてきた積りである。勿論小林は長年にわたる批評家生活を通じて種々の問題を取扱ってきたことは事実だが、そこで一つの説をたてるということはしていない。これが中村光夫であれば、彼には近代とか私小説とかについての彼の理論がある。これを取り出してくることは必ずしも困難ではあるまい。ところが、小林にはそういうものがないのだ。彼の言っていることは、表現はいかにも晦渋に見えてはいるが、つきつめれば当り前のことなのだ。自分は一般の人たちが心の中で思っていることに表現を与えようとしたまでのことだ、文学者の仕事というものは、結局それだけのものなのだ、という意味のことを洩しているが、これは決して誇張ではなく、物を書く上に彼がたえず実行してきた覚悟であったに相違ない。だが、実をいえば、この当り前が決して簡単ではない。現代のように当り前のことが忘れられ、殆ど抹殺されている時代にあっては、当り前のことを言うために時代全体を相手とするような烈しい気力と正義感とを必要とする。そうした苦痛が小林にあのような表現を強いたのだが、自己の思想を持たず、また持つまいと決意していた彼は——彼は自己の思想などというものは何か汚らしいものと感じていたかもしれない――、矛盾を恐れない。ドストエフスキーに対する時にはドストエフスキーになって考え、志賀直哉を論ずる場合は志賀直哉になって考える。それが彼の流儀であった。ドストエフスキーと志賀直哉が矛盾しているだけ、彼の思想にも矛盾があるという訳であるがそれでよいのだ。彼の念願とするところは、何よりも事物の前に己れを空しくするということである。だが、ここで注意しなければならないことは、彼の考えている無私ということと、所謂客観的ということとを同一に考えてはならないということである。客観的とか科学的とかいう言葉は現代人の愛好する言葉であるが、このすべてを客観的に見ると自負する態度は、またすべてを技術的に処理しようとする態度に通じ、それは対象を自己の目的のための一手段と見なすことでもある。ところで小林が終始一貫烈しい懐疑の眼をむけてきたのも、この現代人一般に共通する精神的態度であったのである。彼は観察という言葉を嫌っていた。それは見る者と見られるものとの分離の上に成立つ行為である。これに対して彼は直観というものを考え、そこに見る者と見られるものとの一如の姿を見ようとする。彼は青年時代からベルグソンを愛読していたが、しかも年と共に益々この哲学者に対する愛情と理解を深めつつあるように見られるのも、直観というものに一層深く思いをひそめるようになったからであろう。小林は戦争中もベルグソンの全著作を読み返したと伝えられる。次の文章にも私は何かベルグソンの匂いをつよく感じないではおられない。

絵を見る楽しみとは、違ったヴィジョンを通じて、同じ物へ導かれるその楽しみではあるまいか。画家は、物理学者の様に物体の等価を認め、而も物体の外見を決して壊さぬ。物理学者が、物体の壊して得る物体の内部構造は、画家にとっては、物体の不滅の外形にまつわるヴィジョンの一様式に過ぎないのではないか。〔「絵」「新潮」第四十七巻第十一号、一九五〇年十一月〕

ここで小林は芸術家の無私と科学者の客観的態度とを対照させているように思われる。物体の等価を認めるとは、芸術家にとっても、科学者にとっても、事物は一様の物的価値をもって現われるという意味である。だが、それは芸術家の場合は、リルケがセザンヌについて言ったように、最悪のものをも拒まぬ自己犠牲を意味し、どんなささやかなものに対しても、そのものをかく在らしめている存在の謎――それがつまりはその物の形ということになるのだが――を摑もうとする努力をさすのであって、この犠牲、この努力があればこそセザンヌやゴッホは粗末な敷布や皿や水差や林檎や椅子などから、あのような気高い作品を生み出すことができたのである。ゴッホの椅子は一日の労働で疲れた労働者が重たい足を曳きずってきて腰を下ろす椅子だ。そういう人達が見れば、あこれは俺たちの椅子だ、と心から叫ばずにはいられないように描かれている。この即物性の極限ともいうべきものを小林は無私の実現と呼んでいるのだが、このような純粋な即物性は、彼の考えでは客観的な観察などで到達されるものではなく、直観に対して啓示されるものなのだ。それは彼のいう「良心の持続」、リルケの「物への畏敬」、いわば「物」への絶対的忠誠 fidélité に対して与えられる恩寵ともいえよう。ところで、科学はこのような「物への畏敬」を知らぬ。一つ一つの「物」に秘められた存在の謎はその問うところではない。否、そのような畏敬や謎を物から駆逐することが科学の客観性乃至合理性なのである。だから科学者が客観的であるということは、彼にとって事物が一観察対象として以外に意味をもたぬという意味である。だが、一観察対象にすぎない物と芸術家乃至は詩人の眼にうつる「物」とは同じではない。たとえば芭蕉の見た蛙は、メスを手にした生物学者の前にある蛙と同じ蛙ではない。芭蕉は一瞬の水音の中に蛙というものの「不滅の外形」を見た。それはまさに「かくの如く在る」蛙であって、芭蕉の句を読む者に一様に、全くその通りだ、と心からうなずかせるような、そんな蛙なのだ。ところが後者の場合、そこにあるものは、単なる生物学者の研究材料にすぎない。それはメスで裂かれる以前にすでに蛙ではなく、これから研究されようとしている生物学的要素の寄せ集めにすぎぬ。それは観察という行為によって、この蛙としての「かくの如く在る」存在の源から切り離され、変質され、抽象化された蛙であって、観察が精密さを加えれば加えるほど益々分解され、抽象化されていく。こうして観察という行為は、我々をば、我々を取り巻いている、我々に直接与えられたこの世界から切り離し、世界との生々とした交わりを断つ。我々は観察者として世界の外にでるのだ。小林が観察というものについて抱きつづけた懐疑の原因はここにある。彼が「物」という時、それはこのような知性の解体化に対して抵抗する究極の分ちがたい物を考えているのである。もう一度蛙を例にとれば、蛙の解剖学的知識がいかほどに進もうとも蛙は依然として蛙であろう。そして、それが「かくの如く在る」存在の謎はいつも分ちえない一体をなしていて、どんな知識にも分解されることを拒むであろう。これが「不滅の外形」という美しい言葉で小林が語ろうとした思想ではなかろうか。

小林が心理学を全く信じようとしなかったのも同じ理由による。彼は、心理学者は生物学者が蛙に対してとった態度を人間に対して取っている、と考える。ところが心理学の場合は、観察者も観察対象も同じ人間であり、見る者と見られるものとを分離対立せしめることは不可能な関係にある、したがって純粋な意味では人間は人間の観察対象たりえない筈なのだ。

小林は、『「罪と罰」について』の中で、パスカルの「ピロニスムについて懐疑的に語る人はすくない」という言葉を引用して、恐しい言葉だと書きそえている。彼によれば、パスカルこそ、人間を人間らしく語りえた稀有の思想家であったのである。小林は言う、パスカルが人間は考える葦であるといった言葉を人は屢々取りちがえている。人間は葦のように脆いものだが、考えることによって強くなるという風に解釈したがる。だが、葦である人間が考えることによって葦でなくなるとしたら、それは人間が人間でなくなることであって、そういう思想は不正ではないか。パスカルはそう言ったのではあるまい。人間は葦なのだから、まさに葦が考えるように考えよ、といったまでだ。そしてこれが人間が人間を考える唯一の正しい考え方だと信じ、パスカルはこれを実行したのである。彼は客観的な観察者となって人間の上に立とうとはしなかった。彼は人間のおかれている条件を離れず、この「ただの葦であるには考えがありすぎ、ただ考えるには葦でありすぎる」人間という状況にしっかり身をおいて、見るものと見られるものとの奇妙な縺れを解こうとはせず、縺れと共に動きつつ、縺れの中にとどまろうとした。ここにパスカル的発想法の独自性がある。それは問いから解決へと一すじの論理の糸を辿るような思考法を拋棄する。それは到る所に問いを見、到る所に解決の挫折をみる。問いから問いの外へ出て行くことを欲しない。小林は、『パンセ』は問いから出発して問いそのものが解決となった書物である、と言っている。すなわち、ここで問いは問いを問いつくすことによって問いそのものを深め、純化するのである。私は小林が驚嘆しているパスカルの方法の源をさぐりつつ聖書に行き当った。気が付いてみれば、それは聖書の方法そのものではなかったか。聖書もまた我々の問いに解決を与えてくれるような書物ではない。

Je ne suis pas venu expliquer, dissiper les doutes, avec une explication, mais remplir, c'est-à-dire remplacer par ma présence le besoin même de l'explication.*

（クローデル訳）

信仰は謎の解決ではない。解決を求める心の拋棄である。キリストが十字架上に死んだ以上、汝も謎を解くことを求めてはならぬ。謎に手を触れようとしてはならぬ。己れを捨てねばならぬ。キリストが死んだ以上はこの世の闇は何かの間違いといったものではない。それは動かしがたいものなのだ。十字架の上にはこの世の一切の謎、一切の闇が集中され、深められ、完成されているのである。クローデルやベルナノスやモリアックなどのカトリック作家が闇の描出に精魂を傾けるのも、ここにその秘密がある。小林がパスカルやドストエフスキーを「呻きながら神を求める人」と呼び、彼らの懐疑は、解決にいたろうとする絶望的な計算ではなく、逆にはじめに解決があってそこから出てくる懐疑というものの現実性である、と言う時、又先にふれたように、パスカルが謎を解こうとせず、謎を深め、謎を純化する、と言う時、彼の言葉はキリスト教の真髄をなしている、最も難解で、しかも最も単純な部分に触れている。かくして『パンセ』においては、人生の謎、人間の謎が知性によって納得のいくように処理されていず、我々の日常体験の中でじかにあらわれてくる、その直接の形がそのまま把えられているのである。一つ一つの文章が謎であり、謎の力で我々を打つ。『パンセ』を読んでいると私は無数の謎に四方から見入られている心地がする。これを象徴主義とよぶならば、『パンセ』は象徴主義であるだろう。小林はパスカルが、生活人として人生に溺れもせず、思想家として人生の上に出ることもしなかったところにパスカルの偉大さを認めているが、この言葉もまた聖書の教えに深くつながっている。歴史的見地にせよ、心理学的見地にせよ、人間を上から眺めている人は、自分が同じ人間であることを忘れている。その人の立っている場所からは、物がよく見えるかもしれない。が、見えすぎるのである。『パンセ』が我々をつれて行く場所は、そのような高みではない。パスカルは我々をもっと低い場所へ導く。もっと空気の濃密な場所へ。そこでは事物は不透明で、見すかし難く、だが、見すかしがたいからこそ、物の形が、謎が生々と迫ってくるのである。小林が我々をつれて行く場所もまたそこである。

ここで小林秀雄の批評の倫理という問題について一言しておきたい。言うまでもなく小林は批評文学という一つのジャンルをわが国の文学に確立した人である。小林以前の文芸批評は多くは作家同志の間の職人的な技術批評以外は、学問的乃至は啓蒙的な文学論といった類であったが、この両者はかけ離れているようで案外に共通したところがあった。ということは学者が観念を扱う操作に非常に技術的なものが見られるということである。学問的であると職人的であるとを問わず、すべてを技術的に見ようとする傾向は我々日本人にとっては非常に根強いものであって、この傾向は今日の文学にも依然としてつづいているといっていいだろう。これに対して小林の批評はあくまでも倫理的であった。そこに全く新しい性格があって、この基礎の上に彼は自己の批評を築き上げたのである。小林が我が国の批評家の中で、先輩として最も敬意を払っていた批評家は正宗白鳥だったが、この明敏な作家もまたこれまでの技術批評の狭さをよく見抜いていた。彼は小説家として鍊えてきた人間理解を自在に発揮した一種の人間批評ともいうべき文学批評をかいたが、このサント＝ブーブを思わせる柔軟な白鳥の作家批評を足場として、小林は批評を倫理の方へ掘りさげて行ったということができる。

ところで小林の批評が倫理的であるということは、彼の文章のつよい倫理臭からも直ちに感じられることではあるが、さて何処が倫理的か、その倫理の在り場所を探りあてることは容易ではない。たとえば、芥川龍之介が藤村の『新生』の主人公をエゴイストであると評したことは有名だが、そういう倫理感覚とは非常にちがったものが小林の中にある。この芥川の一言はその後藤村に対する一つの見方を決定してしまったほど重大な発言であったが、この倫理感覚は現代日本文学の一つの流れをなしていて、最近の中村光夫の志賀直哉論にまで引き継がれている。芥川のこの批評、藤村という一生沈黙を守りとおした作家に対して傷つきやすい近代人の心をのぞかせたこの批評は理解もしやすく、共感もひきやすい。小林の倫理はそういう現代人的な倫理への懐疑と反撥であったということが出来る。ここに青年時代の小林の反芥川意識の原因がある。彼は芥川のことを三十面さげて道徳は人生の左側通行だなどと言っている男とか、或は人間を裏がえしにして見ることに無上の快楽を見出していた男とか酷評し、芥川が乃木大将が自殺する前に写真をとった態度について疑問を洩したのに対しては、乃木大将の自殺は大願成就だったので、どこかの神経衰弱患者の自殺とは訳がちがうのだと言い放っている。こういう小林の批評は多くの人をひどく不安にしたに相違ない。それが手荒く、しかも正確に同時代人の倫理的盲点を衝いていながら、衝かれている者には相手の正体が摑めないため、一層人を脅かすと同時に、一部の強い反感を買っただろうことは想像に難くない。だが、この横紙破り的な小林のポーズのかげには、はげしい倫理的な渇きがひそんでいたことはいまは明らかである。その渇きとはどんな渇きか。戦後のことである。梅原安井両氏の絵画の展覧会の時のことにふれた文章の中で、小林は、会場に集った人たちを見ながら、この人たちの中果して幾人が今絵を前にしておぼえている自信を家に帰るまで持ちこたえることができるだろうか、と心に問うている。いま一つ、「私の人生観」中で、オリンピックの映画で選手がスタートに立った時の表情について、これは闘志などというものではない、そんなものとは全く別の、自己の世界へどこまでも分け入ろうと決意している人間の顔だ、と言っている個所がある。これらの言葉は、私には最も端的に小林の倫理を示してくれるように思われる。私は、展覧会場の人込みの中に佇む小林、映画館の暗がりの中にいる小林を思いうかべる。すると小林の心の揺らぎがじかに感じられるような気がするのだ。この心の感動そのものが、小林の倫理なのである。小林は倫理としてはそういうものしか信じない。一般観念化されるようなものは、小林には単なる約束でしかない。むしろ一般化されないもの、非個性化に抵抗する個人的なもののみを信じて行こうとするのが小林の生き方であり、彼の苦しい点もそこにあるのである。このような倫理が『新生』の主人公はエゴイストだという風な批評からどんなに遠いだろう。また人間の心の裏側をのぞきこみ、エゴイズムを嗅ぎ出そうとする倫理感覚からどんなに距っていることだろう。彼の眼は物の形を謙虚に見つめている。彼は「当麻」の中で、近代というものは、仮面をとれ、素顔をみよ、と叫びつつ、何処ともしらず走り出した、と言っているが、この近代は形を見失うと共に人間をも見失わねばならなかった。再び形の方へ帰らねばならぬ、そう小林は決意しているように見える。

これは小林が後年に到達した境地ではあるが、青年時代の小林も本質的に変りはなかったと思われる。ここに彼の魂の生地ともいうべきものが出ている。それは彼の批評精神が小説家のそれではなく、詩人の批評精神であり、詩によって培われたものだということである。このことはまた彼の倫理が、人間からではなく、「物」から来た、ということである。小説家は人間と人間との交渉やその裏面の関係などに興味をもつ。詩人は、小説家のどこまでも人間的なのに対して、あく迄も即物的である。彼の精神はいつも即物的に即物的にと展開して行かねばならない。その心の中にはリルケが風景画家について語った「人間への嫌厭」がひそんでいる。その魂は人間よりも物に対して一層の親近感をおぼえる。小林の中にもこの詩人の資質、人間を愛しえない心と、物への郷愁がある。小林にとっては、文学作品も、思想も、歴史も物であった。モーツァルトの音楽も「海からやって来た」と書いている。そこに彼が求めたものは、「さまざまなヴィジョンを通じて、同じ一つの物にかえって行く喜び」であり、彼の批評はそこから生れたのである。

リルケは、その書簡の中で、人間がいつまでもつれなく見えた時、自分は人間を離れて物に近づいて行った。するとその物から、一つの喜びが、「存在する喜び」がやって来たと言っている。この「存在する喜び」こそ小林の倫理なのである。小林はリルケについては余り多くは語っていないが、リルケが物を通じて体験したものはすべてよく理解することが出来たと思う。リルケは先の言葉につづけてこうも言っている。さらに後になって、「物」の忍耐づよい持続から、新しい愛とおそれをしらぬ大きな信仰がやって来たと。そしてこの信仰は生すらもその一部であるような信仰なのである。人間は物と共にある時、人間の間ではさけがたい虚栄も入る余地がない。死の恐怖すらも超え得るものがそこにあるのである。だが、それにしても、何故人間が、人間同志の間で失ったものを、否、人間が与え得ないものを、「物」があたえてくれるのか。何故、存在する喜びを、生への信頼を、愛を「物」に求めに行かねばならないのか。ここに人間と人間との関係についての深い意味がかくされているように思われる。人間には媒介者が必要なのではないか。人間と人間との間では愛も信頼も媒介者なしに直接的に与え合うということが不可能なようにつくられているのではないか。人間を愛するためには人間から遠ざからなければならぬ。否、人間を愛することを断念しなければならぬ。人間に注ぐべきものを人間ではないものの方へむけねばならぬ。これがリルケの信念であったように思われる。

Ⅳ

歓喜は河のようなものであり、それは休みなく流れる。このことを道化役者はわれわれに伝えようとしているのではないか、われわれは休みない流れと運動に、どこまでも加わるべきではないか、立ちどまって考察し、比較し、分析し、所有しようとはせずに、音楽のように、どこまでもはてしなく流れつづけるべきではないか。そんなふうにわたしには思える。これは自己放棄から来る賜物であり、道化役者はそのことを象徴的に行う。それを現実のものにするのはわれわれの役目である。

――ヘンリー・ミラー

大小説を読むには、人生を渡るのに大変よく似た困難がある。

――小林秀雄

「詩人を理解するということは、詩ではなく、生れ乍らの詩人の肉体を理解するということは何と辛い想いだろう」と「中原中也の思い出」の中で小林は書いている。その語るところによれば、中原と彼との間には第三者に窺いえない関係がひそんでいたようである。彼が友人中原論を書くのに、その死後二十年を要したことを思えば青春の手傷の深さが思いやられるのだが、この沈黙の間も小林は詩人の肉体を理解する辛さを嚙みしめて味わいつづけてきた訳である。

ところで、このことは中原中也一人にのみ言われることではない。小林にあっては、作家の人間を理解する辛さは、彼の批評とは切り離すことのできないものであって、批評家として彼は、このような人知れぬ内的努力を何よりも大切にしていたように思われる。

一般に批評家は作家の人間から作品へ進む。つまり、先ず原因があって、次に結果という順序である。だが事実はこれとは逆である。人は先ず作品に接する。そして作品に対して抱く関心の度合に応じて、作家の人間が我々の関心の前に現われてくる。その際我々が打たれるのは、作品とこれをつくった人間とは同一に扱えないものであって、生きた人間というものは作品が要求するとは別の努力を要求するものであるという事実である。作品をどんなに愛する人でも、作品を愛するように、直ちにその人間を愛することは出来ない。そこに小林のいう辛さがあるのだが、この辛さも作品を愛すればこそなので、愛情はここで一つの試練に会うのだとも言えよう。大切なことはこの辛さを愛することである。この作品と人間との間にひそむ一つの深淵、一つの断絶は近代批評の根底にあるヴィジョンであり、そこにまた創造の秘密があるのだが、小林の批評もまたここから出発しているのである。

リルケは、「芸術家は霊妙なものであるが、人間は説き明しうるものである」と言っている。彼によれば、人間はいつまでも環境の所産であるが、芸術家は何らかの所産というものではない。それはあく迄も霊妙なものであって、芸術家自身にすら説き明し難いものだというのである。彼はロシアの旅行の途中で、トルストイを訪問した折、ドアのかげでトルストイ夫婦が諍いをしているのを耳にしたという。事によったら、リルケはこの文章を書きながら、そういうトルストイの姿を思い浮べていたかも知れない。彼はこう言おうとしているのだ、夫婦喧嘩をしているトルストイは世間の夫婦と別に変ったところはない。しかしクロイツェル・ソナタを書いたトルストイは全く別のトルストイである、これを混同してはならぬと。

この問題は、いきおいあの有名な、トルストイの家出に関する正宗白鳥と小林との論争にふれてくる。白鳥は、トルストイの晩年の日記を読んで、トルストイは人生に対する抽象的煩悶のあまり家出をしたように言われているが、実は細君のヒステリーを怖れて家出したまでだ、そこに反って赤裸々な人間トルストイの姿があらわれていて面白い、といった感慨を洩したのだが、この白鳥の意見は、リルケのいう、説き明しえないものを、説き明しうるものに還元しようとする自然主義的理解の典型的なものである。つまり、日本の自然主義者には、思想乃至芸術と生活を分つ断絶の意識が全く欠けていたのである。小林が食ってかかったのは、そこである。彼は言った、世の中には女房のヒステリーに悩まされている亭主は無数にいる、がトルストイのような最後を遂げた者はトルストイ一人だ、トルストイが抽象的思想に苦しんでいなかったなら、山の神なんか怖れることはなかっただろうし、家出することもなかっただろう、彼をそこまで追いつめたものは、彼の抽象的思想ではないか、と。後に小林はこう書いている。思想は「あらゆる所与を課題に変ずる」と。夫婦喧嘩も、性欲も、所与としてリルケの言う通り環境の所産であり、似たり寄ったりだが、ひとたび思想の火に会えば、凡ゆる所与は一つ一つ課題と変じて燃え上り、トルストイに迫って行ったのだ。自然主義者は所与だけを見て、課題を見ない。そしてトルストイもドストエフスキーも凡人と選ぶところがないと考え、それが人生の真実だと思い込んでいる。だが彼等の生活、その「人生の真実」がそんなに分りきったものであったかどうか。彼等の苛烈な問いの前には、我々が何気なく見すごす極く些末な出来事ですら、どんな課題をひめていたか分らないのだ。してみれば彼等の生活もまた謎ではないか。作品も謎なら、生活も謎だ。この二つの謎は断絶を孕みつつ、しかもトルストイ、ドストエフスキーという全的謎に一つにむすびつけられているのである。これが『ドストエフスキイの生活』を書いた小林の根本的態度であったと思われる。

ここで話が逸れるが一言触れておきたいことがある。こんど小林秀雄論を書いたおかげで、屢々人と小林の話をする機会を得たが、その際気付いたことは、殆ど誰もが小林についてある種の先入見をつくり上げているという事実だった。これについて小林自身責任があるかどうか知らない。ただ私自身としては、小林に対するそのような警戒心は全く無用だと考えている。「ニイチェ雑感」の中で、小林は、ヴァレリーの「私はニイチェを読む、彼を読むに必要な悪意をもって」という句を引用し、これはヨーロッパ的な読み方だが、我々日本人には、ニイチェを読むにはおよそ女々しさを知らぬ善意が必要ではないか、といっている。これはそのまま小林にあてはまる。ところが、多くの人は、ヴァレリー流に、小林を読むには若干の悪意が必要であると考えているらしい。しかし小林の批評は、よく見ればすべて愛情の批評であって、悪意の智慧をかりたものは一つもない。小林は音楽を愛した人だ。文学作品に対しても音楽に対するように、これを聞いた人である。「様々な意匠」の中の言葉をかりれば、「作品の豊饒さの底を流れる作者の宿命の主調低音」をききとることが批評であると考えた人だ。こういう批評にとって悪意が何の役に立とうか。ここでも中村光夫と小林との方法上の著しい対照が見られると思う。人間的反撥から出発し、これを掘り下げて成功した中村の所謂さめた批評はヴァレリーを思わせるものがあるが、小林はこの点ヴァレリーとも非常に異質な、むしろニイチェに近い批評家ではないかと思う。人はニイチェのシニスムの仮面にまどわされて愛の人であったニイチェを見誤るように、小林をも誤解する。だが彼のドストエフスキー論は、彼がいかにシニスムから遠い批評家であったかを先ず考えさせると共に、愛情による理解が人をどのような深みにまでつれ行くものであるかを示している。

小林秀雄にとっては、ドストエフスキー体験とはとりもなおさず愛の体験であったと言えると思う。だが、彼自身の語るところによると、彼がドストエフスキーに入って行った動機はランボオの場合とはかなりちがっていたようである。ランボオとの出会いは、運命的であり、彼は一挙にとらえられたのである。それは突然の啓示であり、世界と自己とは一瞬にして変貌したのである。これについて思いあわされるのは印度の神秘主義者ラマクリシナ師の話である。私はこの話をホフマンシュタールの評論の中で読んだのだが、師は十七歳の時、一日、雲のない蒼穹を遠く小さく一群の白鷺が飛翔して行くのを見た。彼は何かに打たれたように地に俯したが、再び立上った時は全くちがった人間になっていたという。私は小林のランボオ体験とは何かこれに似たものではなかったかと思う。イリュミナシオンの詩句が啓示した世界とは、ラマクリシナが見た紺青と純白との対照のみからなる純粋な色の世界のごときものではなかっただろうか。そして小林がランボオの中に見たという、文化や伝統や民族や国家やそうしたものを全く絶した純粋で普遍的な世界とは、そういう世界ではなかっただろうか。これに反してドストエフスキーの場合は事情が異っていた。彼は丁度一生の伴侶を選ぶ時のような心で、慎重な配慮の末、この人なら一生をかけて研究するに足ることを見定めた上、ドストエフスキーを選んだというのである。その後彼は自己の選択に忠実であった。一人の女が紆余曲折をへながらも最後まで夫と共に歩むように、彼も又半生をドストエフスキーと共に歩んだ。一人の女が愛の忠実に導かれて思いもかけぬところまで歩むように、彼も又ドストエフスキーの世界に深く分け入って行った。

したがって、小林のランボオ体験を年月をとびこえて一挙にランボオの核心に迫ろうとする直観主義と見るならば、彼のドストエフスキー体験には三十年に余る年月がかけられている。ここに蓄えられた富はすべて年月がもたらしたものである。小林秀雄というこの早熟な精神がドストエフスキーから学んだ最大の教えは成熟ということであった。成熟するためには年月をとびこえようとしてはならぬ。一つの理解にも時ということがある。それは分析による理解ではない。彼が、「辛い想い」とよんだ、人知れぬ不断の内的努力による理解である。待つこと、耐えしのぶこと、年月というものの無意識の営みへの信頼、これが「時」というものの体験である。彼のドストエフスキーは分析されたドストエフスキーではない。年月をかけて生きられたドストエフスキーである。そこには、彼が「掌にのせてはかって見たい」と言った「生きてきた心の重み」がしみじみと感じられる。「ドストエフスキイは解決を求めて模索する思索人ではなく、一点に止って円熟して行く無意識な芸術家であった」という深い洞察も、そういう彼自身の体験から生れたものに相違ない。そして小林がドストエフスキーを思想家ではなく芸術家であると呼ぼうとする時、彼はドストエフスキーの中に文学者としては稀な一つの資質、すなわち fidélité（忠実）、無意識の、豊かな、創造的な fidélité を見ていたのである。

彼は自己の周囲に夭折した、すぐれた友人を多く持っていた。又彼が惹きつけられた詩人や芸術家の中には夭折した天才が少くない。夭折と彼とはどうやら浅からぬ因縁があるらしい。それにも拘らず、彼は生きのびた。ということは、何とかして成熟したいというつよい念願が彼の胸底にひそんでいたからだと言えないだろうか。彼は青年時代の夢をいつまでも見つづけたいと願う人ではなかった。青春は彼にはランボオの「やりきれない酒」だった。それは一度見れば沢山であるような夢、そしてまた一度きりであればこそ何ものにもかえがたい夢であった。彼はそこで見たものに対しては、誰よりも忠実であった。だが成熟には犠牲が要る。実を結ぶためには花は萎れて地に落ちねばならぬということを彼は忘れなかったのである。

私が小林とドストエフスキーとの関係を夫婦の間にたとえたのは、その関係が平穏無事であったという意味ではない。それどころか詩人の肉体を理解することの辛さは、ここで一層痛切なものであったに違いない。偉大な作品のかげに埋れたドストエフスキーという一人の人間のその孤独の深さ、その内的暗黒の底しれなさに思わず慄然として「心のうちにも冷い風が通る」のを覚えたことも一再ならずあったと思う。しかし彼は試練に耐えた。そうすることによって自己を乗り越えて行くことができた。愛は自我から浄められた。小林がドストエフスキーという巨大な世界に入って行く道はこれしかなかったと思われる。

ニイチェは、愛は尊敬とはちがう、と言ったそうである。尊敬は社会的なものであり、他人と共に分ち得るものである。愛は孤独である。それは分ちえない。愛は世間の通念をふみ越える。そこで出会うものは、世間の通念がつくり上げている、多かれ少かれ他と似たりよったりの人間ではない。それは他と交りようのない、この世にただ一人きりの、愛する者以外には誰も知らぬ、孤独な人間である。ソーニヤがラスコーリニコフの中に見たのもそういう人間であった。それは尊敬という言葉からは何とかけ離れた人間であろう。このような世界にふみ入ることは恐しいことである。だが、愛するとは、愛する孤独に耐えることではないか。小林が見ているドストエフスキーとは、そのぎりぎりのところでは、彼以外の何人とも分ちようのない孤独な体験者なのである。

小林は『ドストエフスキイの生活』を描くに当って、いささかもこれを理想化しなかった。それは偉大なものを卑小なものへ引き下げようとする自然主義的な暴露的な心から出たものでもなければ、実証主義者のいう意味での客観主義でもない。彼の孤独な愛には理想化などの入り込む余地はなかったのである。愛は本来無差別的なものである。それは己が愛する者に関する一切の是非弁別を拒絶する。愛している者には、己が愛する者を裁かねばならぬ義務はないのだ。小林にとっては、ドストエフスキーの一切はかけがえのないその生命の遺品であり、良きものも悪しきものもドストエフスキーという稀有の運命を形づくる貴重なかけらであった。彼はこれらの遺品をあらゆる解釈から浄めようとする。彼は何物も拒まない。一物でも拒むならば、愛するという恩寵を失うこととなるだろう。小林は、見なければならぬ、考えるのではなく、見ねばならぬ、とくりかえし言っている。彼の願うところは、目のあたり見ること、見て信じることであった。すなわち、その遺品の中にドストエフスキーその人のまぎれもない生命の実在とその全的謎の現前を確めることである。ここに見る小林に出会う。見るということは、詩人の最も奥深いいとなみ、最も気高い天職に属している。詩人は一切を見る、ダンテにおけるがごとく。彼は哲学者が考えるところを見るのである。哲学者が考え、分析し、謎を解決しようとするのに対して、詩人は逆の歩みを取る。彼は謎を愛し、それを一層生々と現前せしめようと願うのである。

　小林は、ドストエフスキーは「現代ロシアの混乱」をかたく信じていた、と言っている。それは自己の創造の場としてドストエフスキーが先ず信じなければならぬものであった。フローベェルのように閉じこもるべき書斎もなければ、そこから時代を冷静に観察すべき窓ももたなかったドストエフスキーは、ひたすら時代の嵐のただ中に身をおいて、時代と共に混乱し、自ら時代の不安と懐疑の犠牲となりつつ、自他ともに救われようと欲した。そこに彼の全思想の骨格がある、と言っている。同じように、小林はドストエフスキーの「混乱」を信じた。それはドストエフスキーを語るための必須の条件であったとも言えよう。彼はそこにドストエフスキーの天才の最も驚くべき独創性を認めていた。彼はこの「混乱」を整頓するためのいかなる支柱、いかなる観点をも求めず、ドストエフスキーの混乱するところ、彼もまた混乱し、ドストエフスキーが耐えた乱脈さ——彼のいわゆる「無動機の行為、無目的の浪費」——に彼もまた耐えようとしたのである。

そこから、物に動ぜぬ独自のリアリズムが生れてくるのである。彼がこのような混乱を怖れなかったのは、彼が愛の統一ともいうべきものを信じていたからである。他人の眼にドストエフスキーという人間が、いかほど矛盾撞着し、いかほど支離滅裂に映じようとも、たとえば二十年間の友人ストラアホフの言葉によればスタヴロオギン風の悪魔的人物、妻のアンナによれば聖者、という風に全く分裂して描き出されている場合でも、小林はそのいずれの立場にも立たず、又両者を調和させようと努めなかったのも、彼が一切の中に醇乎たるドストエフスキーを摑んでいると信じていたからであろう。これが愛する者の眼なのだ。これは実証主義者の客観的観念とはちがう。彼はドストエフスキーを観察したり分析したりしてはいない。小林には実証主義者が事物を対象化するように、ドストエフスキーを対象化することは不可能であった。彼はドストエフスキーに対して、その全貌が見渡せるような観察者の地点に立ってはいない。ドストエフスキーは生死そのもののごとく、彼を超えた存在であり、彼が決してその全貌を見透かすことのできぬ象徴の森であって、彼はその中をさまよっていたのである。

「生活」から作品論に移っても、この方法は根本的には変らない。戦後に発表された『罪と罰』について」は批評の形式からいってもまことに型破りで、他に類例のないものではないかと思われるが、小林としては殊更独創を意図したのではなく、内心の自然な要求に従ったまでであったのだろう。私としてはそこに何か非常に日本的なものが感じられ、その点つよく心を打たれる。たとえば私は本居宣長の古事記伝のような書物を思い浮べる。小林は最近大阪の講演会で二時間にわたって宣長の話をしたそうだが、彼の宣長論は「実朝」以来いつかは聞かれるものとして期待してきたもので、それを聞き洩したことはかえすがえすも心残りな次第である。それはさて措き、この古事記伝の方法を私は『罪と罰』について」の中に感じるのである。小林は宣長のことを言語に絶した美的体験をした人だといっていたが、宣長は古事記の中に「絶対」を見た。この書の中の一言一句は皆神から直接つたえられた真理であって、ゆめ疑うてはならぬ旨を強調している。その厳密な客観性はこうした信念と表裏一体をなすもので、人の手これをつくらずという信念から出たものであるが、彼のすぐれた鑑賞もこの信仰を根底においている。『罪と罰』に対する小林の心持にはこれに似たものがある。もう二十年も昔に、その頃すでに何回目かの『罪と罰』をよんだ小林が、『罪と罰』にはただの一語も無駄がないと人に語ったとかと聞いたことがある。それから二十年間この信念は一層深められて行ったに違いない。そこには絵そらごとは一言もない。一般に考えられているように悪夢めいたものも、何一つないのである。成程悪夢のような現実が描かれてはいるが、作者は悪夢など見てはいない。作者の眼は悪夢を破って輝かしい実在を見つめている。深い厳粛な実在の書。宣長にとっては古事記とはそのような書物ではなかったか。小林が『罪と罰』を読むその読み方は、キリスト信者が聖書の一言一句に思いをこらす態度にも比較されるかも知れない。ここではフィクションという言葉すら何かしら不適当な感じがする。小林には『罪と罰』の中の何一つも疑いえないものとなっている。血はたしかに流され、ラスコーリニコフはネヴァ河の橋の上に立って「壮麗なパノラマ」に見入り、殺人者と売笑婦は見窄しい部屋の蠟燭の灯の下で福音書をたしかに読んだのである。このような実在の書に対しては、作品を一つのメカニズムと見て、これを分解しようとする近代的な合理主義的方法は無用であろう。実在は不断の持続である。作品も又休みなく流れる。『罪と罰』の世界が人生そのものと見え、「作者の全努力によって支えられている解いてはならぬ謎として現われた」時、小林は年来書き溜めてきた覚書を悉く破棄する。彼は「背後から押され」(ロマン・ロランも日記の中で全く同じ言葉を用いているそうである)「白紙の原稿を前に、目当てもつかず歩き出す。」ヘンリ・ミラーのいうように、流れの中で立ちどまって考えようとせず、作品の流れと共に「音楽のようにどこまでも流れて行こう」と決意するのである。

これはパスカル的であると同時に、日本的な伝統的な発想法ではないか。小林は彼の『ドストエフスキイの生活』をデッサンと呼んでいる。だが、「生活」がデッサンなら、「『罪と罰』について」もデッサンなのであって、このデッサンという言葉は仲々含蓄に富んだ言葉である。彼はこう言おうとしているのではないか。私のドストエフスキーは、流れの中に立ちどまって考察し、分析し、比較し、所有しようとする努力から生れたのではない、いま一つの方法、道化の自己抛棄、すなわち、流れと共に音楽のようにどこまでも流れて行くことから自ら出来上ったのである。デッサンの線は白紙の上をすべる未知への誘いではないか、それは音楽のように流れてはいないか、と。

私は『生活』や「『罪と罰』について」を読んでいると、何故かリルケの次の文章を思いうかべる。「われわれが森をみて哀しいというときは、すこしの隙間もなく生い茂りつつ、樹という樹がそれぞれに、なにか眼にみえぬものに縛られたごとく、黙々と佇んでいるさまを指すのである。」そして私には、小林にとってドストエフスキーの世界が、そのような世界であったと思われ、『生活』や「『罪と罰』について」から森のざわめきが聞えてくるような気がするのである。

かくて観察や分析は放棄された。彼は流れる。彼は見る。彼の全努力は見ることに注がれる。小林が『罪と罰』を読んだ回数は恐らく十度を下るまいが、彼がこの作品に注いでいる愛情、わけても主人公のラスコーリニコフという貧しい不幸な青年に注いだ愛情には実に深いものがあったのである。創造の秘密は愛の秘密である。愛の秘密に参入する道は愛しかない。小林はドストエフスキーに到る道をラスコーリニコフへの愛情というただ一筋の途に見出していたという風に見える。作者が創造した様々の人物を遍歴した後も最後に彼が戻ってくるのは、ラスコーリニコフという謎の前であった。ここに彼のドストエフスキー理解の全骨格を見ることが出来るのである。それでは彼のラスコーリニコフ理解とはいかなるものか。彼は言っている、考えるよりも見よ、すれば明瞭であろう、と。その意味はこうである。近代文学は或る意味ではすべて告白文学とも見られる。少くともそういう見方が存在する。それによれば、作者は主人公を設定し、これを通じて自己の思想を語り、自己の体験を告白するものである。フローベェルの「ボヴァリ夫人は私だ」という言葉も屢々そういう意味に解釈される。従って批評も作中の人物に作者の告白乃至は思想表現を見、主人公の分析を通じて作者の思想や体験を解明しようとするのが常である。小林は断乎としてこの方法を拒絶する。愛する眼には明らかなように、ラスコーリニコフは作者の影法師ではない。血と肉をそなえた一つの全き生命である。創造の喜びは新しい生命を生み出す喜びである。その生命が作者自身から離れて全き独立性を獲ち得れば獲ち得るほど創造の喜びは大きく、その上に注がれる作者の愛は深いのである。この作者の深い愛を理解するためには、ありのままに見なければならぬ。作者はどのようにラスコーリニコフを描いているか。

「聡明な頭と優しい心とを持ち乍ら、貧困と烈しい疑惑とにより何もかも目茶目茶にしてしまった憐れな肩書だけの大学生であって、それ以外の何者でもない」と小林は書いている。（傍点筆者）これは取るに足らぬつまらぬ人間であろう。しかしこのどこかの片隅で絶望している取るに足らぬ生命の謎を育てるために作者がどれほどの愛の緊張に耐えているか。このことに気付いた批評家が小林以外に何人いただろうか。又たとえば、ラスコーリニコフが二十三歳の青年であったということが、彼のニイチェアン的思想よりもはるかに重要であり、彼の身に生じた悲劇についても一層深い意味をもつものであるということに気付いた人も小林の外にどれだけあっただろうか。小林のラスコーリニコフ理解の独創性は、ここにある。彼の愛の全努力はラスコーリニコフの中に、自分で自分の運命を目茶目茶にしてしまった憐れな二十三歳の青年以外の何者をも見ないということにある。何故なら、ラスコーリニコフの謎は二十三歳の青年の謎なのだから。彼についての一切の洞察はそこから出て来なければならない。彼の不幸の原因も、二十三歳の青年の魂の秘密として彼自身の奥ふかく隠されていたのだ。そのことを絶えず生々と感じることが、ラスコーリニコフを理解することなのだ。『罪と罰』の批評家はすべてラスコーリニコフの行動の動機を解明しようとして、さまざまな分析を試みて失敗している。動機というものはもともと分析の達しえない場所にあるものだ。人間である限り、その行動の由って来るところは、常に我々の認識を超えたものがある筈である。それが生きているという意味でもあるのだから。小林が「大小説を読むには、人生を渡るのと大変よく似た困難がある」と言った意味もここにある。かくして、原因とか動機とか、我々を見るよりも考えさせるこれらの観念を捨て去って、ラスコーリニコフという人間と相対すること。そしてこの人物が、行動の動機を深くかくされたまま、あたかも動機もなく動くように生きている不安定な姿を見守ること。そこにラスコーリニコフという謎を生かしている作者の愛の全緊張を見ること。これが小林のとった道である。

最後に「『罪と罰』について」から、私の好きな文章を二個所引用しておく。

＊　＊　＊

暫くの間不安な眠りを貪ろうとするこの男が、もはや殆ど生きた人間ではない事を、作者は、どんなによく理解していたであろう。こんな男が、人殺しをする為に、数時間後再び目を醒まさなければならぬとは。あわれな奴め。せめて美しい夢でも見たらどうか。美しい夢が訪れる。凡そこの男の意識には似合しからぬ麗わしい夢が。金色に輝く砂の上を音を立てて流れる空色をした冷い水を、彼は口づけに飲む。あゝ、この男は生きている、夢のなかで。遠い昔、自然が生物に与えた、自然への信頼は、この男には、はや夢のなかにしか見付からないのか。時計が鳴る。彼は、ハッとわれに還り、自動人形の様に動き出す、婆さんの素頭に、斧が機械的に下りて来るまで。

もう一つ。

ラスコオリニコフはソオニヤの沈黙の力の様な愛を痛切に感ずるのだが、これに答える術を知らぬ。こゝで彼の孤独も亦新しい暗礁に乗り上げるのである。何故俺は一人ぽっちではないのか。何故ソオニヤも母親も妹も、俺の様な愛しても仕方のない奴を愛するのか。何という俺は不幸な男だろう。「あゝ、もし俺が一人ぽっちで、誰ひとり愛してくれるものもなく、俺も決して人を愛さなかったとしたら、こんな事は一切起らなかったかも知れぬ」と彼は考える。これは深い洞察である。この時この主人公は、作者の思想の核心をチラリと見る。だが彼には、この考えを持ち堪える事が出来ぬ。洞察は群がる疑いの雲のなかに星の様に消える。ラスコオリニコフという陰惨な空には、実に沢山の星が明滅する。それは彼を一番愛している作者が一番よく知っている――。

＊クローデルの引用（四十頁参照）については、著者による次の日本語訳文が草稿から発見された。（編者）

私は謎を解決し、解決をもって謎を晴らさんがために来たのではなくして、謎を充実させんがために来たのである。いいかえればわが身をもって解決の要求そのものに代らんがために来たのである。

近代・反近代

――小林秀雄「近代絵画」を読む

凡ての造られたるものをして、汝のみまえに黙さしめ、汝のみ我に語りたまえ

――『基督の模倣』

小林秀雄はヨーロッパ旅行に出掛ける直前、外遊の目的を尋ねられて、「こちらにいて考えていたことが、間違っていなかったという事を確めて来たい」と答えたそうである。恐らく小林は、万事予想通りであった、旅行前の自分の言葉に何等訂正を加える必要はない、と考えているだろうと思う。そういう意味では、この「近代絵画」にもこれ迄とちがった小林は全く現われていないと言うことができる。しかし彼の地で親しく接した数々の芸術作品からうけた感動は、言葉を極度に惜しんだ文章の底に暖く流れていて、この作者が、持ちかえった感動をどのようにして純化し、育てていくか、ということを窺わせてくれるのである。彼はセザンヌがピサロに教えられて風景画家として再出発した当時の「回生」について、「自然が彼を襲い、彼の心は空しくなり……」と書いているが、これは又、傑作を前にして、それらの作品の中に実現されている深い沈黙――それは作品の制作者が耐えてきた沈黙の深さであり、こればかりは実物にふれて見なければ到底味わえないものである――に打たれた小林自身の体験でもあったかと思われる。大いなる沈黙が彼を襲い、彼を呑み込んでしまう、そのような彼の心の空しさが言葉のかげから覗いているような気がする。これを信仰告白とよぶならば、ここにはそれが感じられさえする。

近代・反近代という問題は小林のすべての文章を一貫している主題である。この評論で一番興味

のある部分はセザンヌを取扱っている部分で、論文全体をセザンヌ論と見てよい位である。そこで小林は古い形をこわそうとする近代の動きと、これに対する抵抗として、安定した形に戻ろうとする動きをセザンヌを通じて詳細に論じようとしている。ここに古典主義者として、小林が見られるのだが、この「形」に対する彼の関心は、彼の思想の核心をなすものであり、彼の「反近代」の本当の意味もここにあるのだ。現代における「形」の混乱と堕落は、彼が近代の中に見ている主要な悪といってよい。こういう彼にとっては、セザンヌの「形」は、画家の「血の出るような眼」が近代の混乱の中から新たに発見したものであって、近代の懐疑に対する勝利であり「自然」と「物」についての新しい「信仰告白」であったのである。セザンヌは「自然は表面的なものではない、深さがあるのだ。色は深さの表面に出た表情である。色は世界の根に通じている。それは世界の生命であり、思考の生命である」と言っているが、小林にとっても「形」というものは、そういうものだったに違いない。形は表面にあって、深さを蔽うものではない。形をこわすことによって深さが現われるのではなく、形がととのえられるにしたがって深さが現前してくるのである。一言に言えば、混乱は底が浅い、深さとは秩序の世界なのである。それは『悪の華』の詩人が

さながら　夜のごとく　また　光のごとく　広大無辺の
仄暗く　奥深い統一のうちに
長く尾をひいた　木霊が遠方で　まじり合うごとく

と歌った、調和の世界である。

小林は、アンドレ・ロートという人の著書から借りたとして、次のような意見をのべている。近代絵画は文芸復興期の遠近法の発見によって発足したが、この技法は、物を「在るがまま」に描こうとせず、「見えるがまま」に描こうとする審美上の懐疑主義であるという。これはどういう意味か。物は近づけば大きく見えるし、遠くなれば小さくなる。視点を移すごとに、「見えるがまま」の物は形を変える。しかし「在るがまま」の物は、大きくも小さくもなったのではない。いつも変らぬ自己の形を保っている。中世は神のさだめた永遠の秩序を確信していた時代である。一つ一つの物は、その最も小さき物に至るまで、神の手によってつくられた秩序の下に、この林檎はこの林檎、あの石ころはあの石ころ、という風に、かけがえのない、己れ自身の固有の形を保ちつつ、他とまぎるる方なく存在している。これが神の秩序の世界である。こういう秩序を信じていた中世の画家は、物を「あるがまま」に描いたのであって、「見えるがまま」に描こうなどとは夢にも考えなかったところである。従って、「見えるがまま」に物を描こうとすることは、見る者と共にたえず変化する不安定な形を追うことであり、それは「存在の秩序を不安定な視覚のイリュウジョンと置きかえようとする懐疑主義」であり、すでにデフォルメの思想がここに現われている。それは物の固有の形を否定し、伝統の拘束を離脱しようとする懐疑と解放への動きであった。「私は存在《エートル》を描かず推移《パッサージュ》を描く」とはモンテーニュの言葉であるが、絵画も同じ傾斜に沿うていた訳である。

それでも絵画は印象派が現われるまでは、「見えるがまま」と「あるがまま」とは、ある種の均衡を保っていた。元来絵画というものは両者の均衡乃至は妥協の上に成り立っていると小林は言う。ところがこの均衡が印象派に至って破れた。絵画は徹底した「見えるがまま」の追求となった。色彩は光であるという立場から、遠近法が固有の形を否定したように、固有の色彩は否定され、その徹底した分析的な方法の下に、物は光の無限の反映の中に完全に解体されることとなった。小林はモネの絵を「視覚の経験批判論」と評しているが、物を瞬間の印象にまで解体し、一瞬の印象を求めて光の反映の中に溺れて行った印象派にとっては、物を見るとは、凝視の一瞬間の状態を捉えることに外ならなかった。小林はパリでモネの水蓮の壁画を見た時のことを語っているが、そこではもはや現実の水蓮は消え去って、揺れ動く光と化し、光はこれを見つめるモネの狂おしい凝視と化して行く、その異様な感動を彼の文章は力強く伝えている。

セザンヌは再び存在《エートル》に還ろうとする。「私達の見るものは、皆ちりぢりに消えて行く。何一つ残りはしない。だが自然は変化する外観と共に持続している。その持続を輝かすこと」と言っている。小林は、セザンヌの独創性は彼が「音楽家のもつ純粋な構成家の精神」を持っていたところにある、と言う。しかしこの構成は、たとえばアブストラクトの画家の構成――彼等も又逞しい構成家である――すなわち物を自在に解体し再構成する知的機能をさしているのではない、セザンヌにとっては自然はこのような知的機能に置きかえることの出来ぬものであり、むしろそれに抵抗する何ものかであった。小林は、セザンヌのプランは、印象派の光が物に加える解体作用に対して、自然が形や構造で示す「抵抗面」なのだと言う。自然をそういう風に感じていたところにセザンヌと印象派を分つものがあったのである。小林は又、プランということについて、ギヤスケから質問をうけたセザンヌが、相手の眼の前で二つの手をくりかえし握り合わせ、指を一本一本組み合わせて、これがプランだ、この手が少しでも弛んだら情緒が逃げて行ってしまう、と語ったというエピソードを引用し、セザンヌに関する言葉でこんなに面白いと思ったものはなかった、と言っている。セザンヌも印象派も眼で見る世界しか信じなかったという意味では画家であったことには変りはない。が、印象派の眼が鋭敏な一瞬の戦きをも見逃さぬ眼ではあったが、それは仮借なく分析する知性に結びついた眼であったのに対し、セザンヌの眼は心に直結していた。自然はいつも知性の対象として与えられるのではない。又別の自然がある。我々は自然を母なる大地とよぶ。そういう根源的な感覚に通じるような感情で感じている。自分の存在と分かちがたいものとして、それから離れることは直ちに存在の死を意味するものとして、苦しく切実に感じている。心は分割しない。自然の中にあるものを何一つ失うまいと、知性が分解しようとするものを、一つにしっかりと握り合わせ、じっとこらえている。小林はこう書いている。

在るがまゝで、自足しているが、望めば望むだけいくらでも豊かになる、そういう感覚はある。〔中略〕静かに組み合わせ、握りしめた両手の中にある。一方の端は、自然に触れ、一方の端は、心の琴線に触れていて、その間に何の術策も這入ってくる余地はない。

〔「新潮」第五十二巻第三号、一九五五年三月〕

それは祈りのようなものである。心はこのような自然との親近感に発する愛の緊張の中に、世界の生々とした統一が保たれているのを感じている。緊張が弛めば、統一はくずれてしまう。……セザンヌは「再びクラシックに還らねばならぬ、しかし自然を通して、というのは、感覚を通してである。」と言っているが、ここで言われる自然とか感覚とかいう言葉は何を意味するのか、それを小林は考えようとする。彼は、画家にとって感覚とは、運命的な体験であり、自然との出会いを意味していると考える。彼は、セザンヌの「回生」――ピサロに従って風景画家として再出発したことは、セザンヌの生涯における一大転回であった――の中に、この自然との出会いを見る。

彼が、クラシックに還る、という言葉で、本当に言いたかったところは〔中略〕、ドラクロアに酔っていた心の嵐に、はっきり別れを告げる事であった。自然が彼を襲い、彼の心は空しくなり、自己実現の手段としての絵画という考えがみるみる崩壊したという事であった。

〔「新潮」第五十二巻第二号、一九五五年二月〕

それは自己を出て自然に帰って行くということであった。「自然に帰れ」とはルソー以来のロマン派の合言葉であったが――そして神を失った近代人にとって自然への復帰こそ切なる願いではあったが――これを真実に実行しえた人はロマン派の詩人たちではなく、それはミレーをはじめとするバルビゾン派の画家たちであった、と小林は言う。彼等こそ「自然に還ろうとして誤たず自然に還った」人々であったのだ。ロマン派にとっては自己本位な告白の口実に利用されていた自然、そして後にくる印象派にあって感覚の戯れにすぎなくなってしまった自然は、ミレーにとっては、新しい規準であった。ミレーは、この自然という新しい規準に立って人間を根本的に見直そうとしたのである。これまでのように人間の方から、いわば人間の背景として自然を見るのではなく、自然を独立した厳しい存在として、その中に人間をおき、自然の方から人間を見るのである。フローベェルは、これからの芸術は人間中心主義を去らねばならぬ、と言っているが、ミレー等の風景画の意味するものも、この人間中心主義の否定であったのである。そして樹木や道や巌や空や水や動物の群など、それらの嘘いつわりのない存在の裸の姿を眺め、その沈黙に耐え鍛えられた眼で、もう一度人間存在を見つめ、その意味を問おうとする。その時、「自然は大きくなり、人間は小さくなった。」風景画の中には、名無きもの埋もれたものへの愛ともいうべきものがある。それは厳しい自然の凝視が虚飾を悉く取り去るからであろう。そこでは人間も一本の樹木よりも孤独でなくはない。風景画に見入る者は自らも又名なき存在となって広大な寂寞の中に溶け込んでいく。そのとき彼を取り巻く大きな自然とその中の小さな小さな人間という存在との間に、言いがたい調和が実現されているのを覚える。これが風景画である。小林はミレーの「晩鐘」について書いている。

これは風景画であり、風景画の勝利である。晩鐘は、自然の語る言葉であって、余計な事を考えたり、感じたりする暇のない二人の人間が、自然を相手の日々の勤労によってその事を感じている。そんな強い単純な思想に、一人の弱い人間が、絵筆だけで堪え通したという事は、何か恐しい事のように思われます。稀有な事です。いい絵というものは実に実に少いものだ。生きているのは先ず自然であり、人間は、自然から命を通わせてもらっている。

〔「新潮」第五十一巻十一号、一九五四年十一月〕

小林はまた「心を空うして自然に見入る者の眼には自然は感覚の深さと感じられる」と言う。ミレーの画の農夫たちが耳をかたむけている自然はそのような深さの世界である。この深さの中で、何ものかが――死滅すべき人間の中の何ものかが――、救われる。彼らは無意識の中にそれを感じて耐えしのんでいるのである。私はここで深さの秩序というものを考えてみる。それは、パスカルが精神の秩序に対して、心の秩序というものを考えた、という意味での深さの秩序である。セザンヌが自然に求めたような直接な触れ合いを理解するためには、こういう秩序を考えてみなければならない。自然という言葉の意味をそういう風に解さなければならない。これは現代人には骨の折れる思想である。それは我々がこの深さの感覚を日に日に喪失しつつあるからではないか、生きた自然との親近感を喪失し、パスカルのいう心の秩序を忘れてもっぱら精神の秩序でのみ物を考えたり処理したりしているということではないか。セザンヌが自分の画に自然とのこの直かの親近性を回復しようと願った時、絵画を通してこの深さの秩序に入って行ったのである。これは自然に対して、精神の秩序がもたらすような認識の勝利とか支配の勝利をもたらすものではない。反対に自然を前にして身を守る一切の武器を自ら放棄すること、貧しくなり、無一物となること。自己の魂を裸にすること。そしてこの裸の魂を、自然という測りしれない深淵に向って投げ出すこと、である。これが深さに生きることであり、それは聖者の道である。このような道に足を踏み入れることは、画というものの観念の根本的な変化を意味する。これは「自己実現の手段としての絵画」の否定であり、画家としての特権の放棄をさえ意味するものなのである。

このような画家としての特権の拋棄を、小林はかつてゴッホの中にも認めたことがある。ゴッホの場合、それは不幸な恵まれぬ人間への福音書的な憐憫であり、民衆へのまじめな愛であった。この絵画という本来は精神の秩序に属した仕事の可能な表現をこえたものがゴッホを駆りたてていたが、これが彼に画家としての特権を一切拒否させたのである。セザンヌの場合は、自然に対する絶対的な無知である。二人とも、一方は民衆への愛によって、一方は自然への無知によって、弱い人間でありながら、絵画というものを通じて、一層高い秩序へ入って行ったのである。

小林はこんな風にかいている。セザンヌは自然に向って愛するという、だが、その愛は言葉にならぬ先に自然の沈黙の中に呑み込まれてしまう、と。聖者たちの心の中にも言いたいことはあったのである。しかしそれらの人間の思いは、言葉にならぬうちに、神の無限の中に呑み込まれてしまうのを感じた。そこから聖者の沈黙と無私と実行とがやってくる。セザンヌの客観性乃至即物性といわれるものも、そこにあらわれている言い難い純潔性の魅力もこの聖者の無私の中に源をもっていると思われる。

かくしてセザンヌの握り合わせた手の祈りは『基督の模倣』の著者の祈りと同じものとなる。「凡て画家の意志は黙ろうとする意志でなければならない。偏見の声という声を抑えたい。黙っていたい。完全な反響となりたい。」

私はかつて、小林の批評の中には、Sainteté（聖性）への渇望がひそんでいる、ということに触れたことがあるが、こんど彼のセザンヌ論を読んで見て、自分の見方がさほど的を外れたものではなかったことを確かめることが出来たと思う。この場合、聖者とは偉大な魂の探険家という意味である。彼の言葉をかりれば「自分の見出した道で永久の未開人にとどまる」ことである。文芸は本来ユマニスムに属するものであるが、小林の批評は我々をユマニスムの原野をこえて、一層嶮しいSaintetéの方へつれて行く。そこに彼の批評の力が存するのだが、これが屢々人を不安にもするのである。これは勿論彼の資質によることであろうが、又青年時代から彼が親しんで来たボォドレールを始めとするサンボリストの感化をそこに見ることも出来るであろう。フランスのサンボリストにとっては、芸術は殆んど宗教であった。小林は独自なやり方でその線を掘り下げて行った。そこに私は彼の批評家としての良心の持続を見ることが出来ると思う。

小林秀雄の『近代絵画』における「自然」

「近代絵画」については、四、五年前に一度「くろおぺす」に書いたことがある。未だ雑誌に連載されている途中でセザンヌに関する部分が終ったところであった。そのセザンヌ論を読んでこれこそ小林が言いたかったものだという気が強くしたので、完結をまたずに感想のようなものを書いた。私は自分の文章に「近代・反近代」という題をつけたというのは、その時小林が近代絵画の歴史の中に二つの動きを見ているように思ったからである。すなわち一つはルネサンスの遠近法の発見にはじまり、印象派の分析的方法にいたる自然の解体化であり、これはモネにいたって光の波の中に物象が消失することになる。これに対して今一つはこの解体化に抵抗し、自然との分裂を克服し自然に帰ろうとする動きであり、これはセザンヌによって完成される。ここに近代の分裂と解体に対する反近代の動きを見ることができると考えたのである。しかしこんど一冊にまとめられたものを通読してみると、小林の思想はもっと大きく展開されている。

　しかし自然が思索の中核をなしていることは変りはない。これは小林の近代論なのだが、近代は自然の発見によってはじまったということができる。だが、自然という概念は社会とか文明とかに対照されるのが常である。人工的なものを取り除いていけば自然がえられる、と考えられる。小林自身も確かにそういう考え方をしている。だが、自然という概念を明確にするためには、これを社会や文明に対立させる前に、超自然に対照されるべきではないかと思う。勿論現代人にとっては超自然などというものは、全く無意味な空虚な概念にすぎない。が、中世ではそうではなかった。自然は、超自然によって意味づけられていたのである。超自然界は人間の自然の能力を越えてはいるが、厳存する実在であり、恩寵の世界である。近代の発見した自然はそのような超自然から切り離された自然であり、そのことが自然の発見ということになるのである。だが中世人は近代人のように自然に対したのではなかった。中世の自然は常に超自然なものに関連せしめられていた。たとえば現世は来世があってはじめて意味をもつ、という風に。中世社会は教会の権威の下にあったが中世人の生活は教会を通じて超自然的生命にすみずみまで滲透されていた。中世の自然は、ひらかれた自然とか、あがなわれた自然とか言われる。自然は本来神によって創造され、その姿を反映していたのであるが、原罪によってその本来の姿を失い、堕落した。神とその被造物なる自然との間には断絶が生じた。が、キリストの罪なくして流された血は、父なる神と人間との間を和解せしめ、自然を創られた時のままの状態にかえしたのである。かくて自然は現実的にはいまだ原罪の下にありながら、実質的には本来の姿に復したのである。全き自然は超自然と一致する、と言われるのもこの意味である。「大地よ裂けよ。胎内より救い主を吐きいだせ」という讃歌はキリストの受肉の讃歌であると共に、キリストによってあがなわれ、復権せしめられた自然の讃歌でもある。これがひらかれた自然である。それは、恩寵に向ってひらかれている。

これに対して近代は再び超自然と自然との間をひき裂いたのである。自然は超自然への道をさえぎられ、自然にすぎず、それ自身の中にとざされたのである。しかし自然にかえろうとする魂の動きの中には、自然を通して自然を越えた実在に到ろうとする要求がひそんではいないだろうか。復権せしめられた自然にまみえようとする念願が秘められていないだろうか。たとえばランボオの自然のごとき、そもそも自然とは一つの限界概念であるとはいえないだろうか。自然に深く分け入ろうとする者は、自然のぎりぎりの限界に立って、自然の彼方に眼を投じようとするのではないか。

　この地点こそ小林の言う「裸の心が裸の物と出会う」場所であり、また「コレスポンダンス」でボォドレールが歌った「象徴の森」でもある。小林は、近代絵画の動きを絵画が対象の拘束を脱して己が自主性を確立しようとする動きであると見る。そしてこのことは、芸術家が社会から孤立し、社会の権威や拘束を脱却し、思想や感情の誘惑を排して「象徴の森」に近づくことなのである。

　セザンヌ論はこんど改めて読んでみて以前に劣らぬ強い感銘を受けた。これは小林の評論中で最高のものの一つであろう。こういうセザンヌ論がフランスにもあるのかどうか私は知らない。このセザンヌ論の独創性の一つは著者がセザンヌの自然を、ミレー、コロー、ピサロの自然の系列につながるものとして理解しようとしている点にあるのではないかと思う。小林は深い敬愛の心でバルビゾンの画家たちについて書いている。彼はこんな風に言っている。自然にかえれということは、ルソー以来ロマンチストたちの合言葉となったものだが、彼らの自然は革命と告白を生んだにすぎず、その告白はどんな懺悔の形をとるにしても、彼らの自信のあらわれであって、自然に対する謙虚を教えるものではなかった。自然にかえろうとして真に誤たず自然にかえった人々は彼らではなくて、これらの画家たちであった。彼ら画家にとって自然への道は、絵画というものの本質上文学とはちがって、長期にわたる辛抱づよい職人的努力による自己克服の道であった。彼らの多くは貧窮の中に悲惨な生涯を閉じたが、その中で彼らを支えたものは、語るものは自然であり、聞くものは人間であるという信念であった、と。私は、小林の語るバルビゾンの画家のことを考えながら、有名な『キリストの模倣』(イミタチオ・クリスチ)を思いうかべた。彼らの自然に対する態度には、「イミタチオ」的なものが感じられる。事実この連想はそれほど突飛なものではないのである。コローはこの書を枕頭の書としていたということだし、ロマン・ロランは彼のミレー研究の最後を「些事を捨てよ」というこの書からの引用の句で結んでいる。また「黙したい、反響となりたい」というセザンヌの叫びには「イミタチオ」そのままの響きが感じられる。この『キリストの模倣』という書物は、ヨーロッパでは聖書について広く読まれると言われるが、十六世紀の無名の一修道士の手記になる信心書で、著者は一切の知的感情的誘惑をしりぞけ、世間から忘れられた生活こそ真の生活であると信じ、この世の声ではなく、ひたすら沈黙の中にキリストの声をきき、その声に従おうとするのである。ミレーもその手記に、自然にのみ聞かなければならない。自然以外のものに聞いてはならぬと書いている。これはミレーばかりでなく、これらの画家のすべてが念願としていたところであろう。彼らは『キリストの模倣』の著者がキリストに倣おうとしたように、一途に、じかに自然に倣おうとしたのである。否むしろ、こういうべきであろうか、彼らは「イミタチオ」が聞こうとしたキリストの声を自然の中に聞こうとしたのだと。小林はミレーの晩鐘を、これは風景画の勝利であると言い、若い夫婦が聞いている晩鐘の声は自然の声であり、二人はその声にきくことを正しいと信じている、と言っている。ここでは聖書の教えと自然の語る声とが、超自然と自然とが一つになっている。このような十六世紀の信心書に通じるような体験が十九世紀にどうしてあらわれたのか。祈るべき場所を失った近代人にとっては、ボォドレールが歌っているように「自然は神の御社《みやしろ》」となったのであろうか。少くともここで考えられる自然は、自然科学の探求精神の対象としての自然とは全く別個のものである。

小林は、セザンヌの仕事の中心をなす自然という観念について、セザンヌにとっては、自然は認識の勝利や進歩をもたらす認識対象としてあらわれたことは一度もなかった、と言っている。彼はゾラとセザンヌとの不和にもふれているが、ゾラの眼にはセザンヌは誤った神秘主義にとりつかれて自己の才能を亡ぼしてしまう芸術家という風に映じた。このゾラの無理解は、セザンヌの自然が科学的自然主義を唱えたゾラが考えているようなものとはどれほどかけ離れたものであったかを如実に示している。セザンヌの自然に対する態度は或る意味では非常に客観的であるといえるが、それは科学者の客観主義、小林の言う認識の一様態としての客観主義とは全く異ったものである。「イミタチオ」がキリストに倣うために、無一物となって、ひたすらキリストの交りに生きようとするように、セザンヌも自然の前に裸になる。貧しくなる。一切の介入物を排し密着し自然との親近感をもち、そこからのみ制作しようとした。そのような犠牲を自然はたえずセザンヌに強要していたのである。この呼びかけをセザンヌは「感覚」（Sensation）と呼んでいるように思われる。小林はセザンヌの制作の原理ともいうべきこの「感覚」の本質の非合理性を強調する。というのは、画家がこのような「感覚」を信じ、自然の呼びかけに応じるという事は、自然に対する一切の合理的態度の拋棄を意味するものだからである。

私としてはセザンヌの自然をガブリエル・マルセルのプレザンス（Présence）という思想と結びつけて考えてみたい。小林はセザンヌを音楽との類推で考えている。音楽は、小林がセザンヌの世界に入っていく糸口でもあったが、この音楽性ということがプレザンスと深い関係をもっている。

このプレザンスという概念はマルセルの哲学の中で非常に重要な概念の一つではあるが、殆ど説明らしい説明もないだけに、難解な概念である。プレザンスとは現にここにあるということであり、不在（アプサンス）の反対である。マルセルは或る処で、都会のビルディングのような建物はただの物にすぎないが、古い家はプレザンスである。何故ならそれは語りかけてくるから、と言っていた。無論ここで古いか新しいかが問題なのではない。この存在が、その沈黙が我々に語りかけてくるということが問題なのである。「在る」ということは、常に我々を驚かすものである。単なる物にすぎないものが、たとえば道とか樹木とか家屋とかが突然その存在の固有の相で、言いかえればそのものがそのようにあるということ自体で不意に我々に話しかけてくることがある。その時、その道その樹木その家屋はプレザンスである。それは存在し、かかるものとして現前する。そしてその固有の持続の中に我々をひき入れる。それはもはや何処にでもあるというものではない。それは一つの出会い、運命的な体験であって、一本の樹木も我々の運命と切り離すことができぬ存在の一部となっている。マルセルは、être présent（現に在る）とは、être avec（共に在る）ことであるとも言う。プレザンスにふれるとき、我々をみたすものはこの共在の感情である。セザンヌの「首吊りのあった家」はこのような画家の体験を如実に語っているように思われる。

マルセルにあっては、プレザンスとは絶対に客体化し得ないもの、「汝」としてしか存在しえないものなのである。そして「存在」を一切の客体化から純化して、プレザンスとして、「汝」として、呼びかけとして、交わりとして、把握するということが彼の実存哲学の根本的な課題をなしているのである。このことはセザンヌの芸術についても言いうることである。セザンヌはサン・ヴィクトアール山に向って絶えず存在の奥底から「汝」といって呼びかける。

私はこの春ブリヂストン美術展で始めてセザンヌのサン・ヴィクトアール山を見た。そしてセザンヌの色彩の何ともいえぬ魅力をわずかながらも経験することができた。確かにこれは我々が日常見なれている自然ではない。ヴィクトアール山は写実的には描かれていない。写実家が目をとめるようなものは、純粋に見るさまたげであるかのように取りのぞかれている。しかしこれはアブストラクトでもなければ、画家の幻想でもない。私はまさしく自然の前に立っているのであるが、それはあたかも音楽の力によって現前しているように見える。唯音楽の力によってのみ存在しているかのように見える。それはあらゆる客体性から純化せられたプレザンスそのものであり、セザンヌが自然の中に見ようとしたものはこのプレザンスであった。そしてセザンヌの眼力によって客体化から純化せられた自然は音楽と化してしまうかのようである。

一体プレザンスとは主観的なものか客観的なものか、内のものか、外のものか、マルセルなら、呼びかけは主客の対立を超えた「存在」そのものから来ると答えるであろう。小林の言うようにセザンヌは画家としては眼に見えるものしか信じなかったであろう。しかし又小林が指摘しているようにセザンヌの眼から侵入してセザンヌの存在をとらえたものはモネの単なる光ではない。セザンヌの眼は心に直結していた。そして彼の心の眼の見たものは「汝」といって呼びかけるもの、プレザンスであった。それは分析を超えたものであった。だがプレザンスもある意味では光である。もしこの世界から「汝」が身をかくしてしまう時世界は暗黒となり、サン・ヴィクトアールはがらくた山となるだろう。してみればそれは「存在」の光のようなものである。モネが太陽の光を追うて果てまで歩いたようにセザンヌも又「存在」の光をどこまでも追い続けたということが出来るだろう。

小林が自然ということをしばしば口にするようになったのは、戦争中からではなかったかと思う。「西行」や「実朝」のような歌人について書いたということも、彼の心が自然にひかれていたことを示している。その頃の随筆だったと思うが、近頃自分には何でもない野山の景色が身に沁みるように感じられると書いたのを読んだ記憶がある。私自身はそういう小林が一番理解しやすかった。『ゴッホの手紙』が他の作品よりも小林の思想に私を近づけてくれたのもそのためであろう。そしてセザンヌ論は『ゴッホの手紙』の延長上に展開されている。だから以前にセザンヌ論を読んだ時、これは又小林自身の心境でもあると思われた。しかしこの書物を読んでいくと、後半とくにピカソ論に来ると前半と違ったものが現われる。勿論小林はピカソをセザンヌの継続として理解しようとしているが、一方、両者の自然に対する態度の根本的な相違もはっきり指摘している。セザンヌにとっては制作のもっとも深い動機をなしていたサン・ヴィクトアール山は、ピカソにあってはがらくたの山である。ここではプレザンスは姿をかくす。そして「存在の根源的疑わしさ」が現われる。ツアラトゥストラの「夜」が、地下室の孤独が、物自体が、アプシュウルドの感覚が現われる。破壊が始まる。……しかもピカソ論は或る意味ではセザンヌ論以上に小林の中のあるものを端的に見せているように思われる。

周知のように小林はピカソの評価に関しては、いつも懐疑的な態度をとってきた。ところが今度は従来の態度を捨てて、ピカソの行き方を根本的には正しいと認める態度をとっている。では小林の気持を変えさせたものは何か。その一つの契機として私はヴォリンゲルの『抽象と感情移入』を考えたいのである。私はこの『近代絵画』を同人の福井さんに借りて読ませてもらったのだが、その折福井さんに教えられてヴォリンゲルも一緒に借りて、小林を読む前にこの方を先に読んだのだが、実に面白かった。小林もこの書から強烈な印象を受けたらしい。ピカソ論の始めで、多くの頁をさいて詳細な解説をやっている。小林は一体いつこれを読んだのだろうか。これは非常に知りたい事柄である。これは私の想像だが、小林はセザンヌ論を書き終えた頃にこの書を読んで、ピカソに対する新しい興味を呼びさまされ、ピカソの世界にはいっていったのではなかろうか。私にはセザンヌ論の小林とピカソ論の小林の間に若干調子の変化が感じられる。用語の上でも、感情移入とか抽象衝動とかいうヴォリンゲル用語は前半には全然使われていない。これに対してピカソ論ではヴォリンゲルの用語を全的に受け入れているのである。確かにヴォリンゲルの思想は実に明快であって、一度この見方をとり入れると、すべてのものが感情移入と抽象衝動で解決されてしまうような錯覚をすら覚えるのである。しかしこの用語は主観主義の色合いに染められていて、これを用いることは主観主義的な見解を受け入れることになってしまう。このことをよく知りながら小林が全的にこの用語を受け入れたことは、彼がこの説にどれだけ動かされたかを示していると思う。しかし感情移入とか客観化された自己享受とかいう表現をセザンヌに用いることは、セザンヌの本質をゆがめることになりはしないか。つまりヴォリンゲルにあっては自然と超越とは全く対立されているのだ。彼はひらかれた自然を認めない。自然は閉ざされている。自然に向う動きは超越への動きをはらむということはない。内在か超越か、同人の山田君の表現を借りれば、捕囚か脱獄か、という風に問題が置かれている。

それでは小林はヴォリンゲルのどういう点に共感したのであろうか。ヴォリンゲルは芸術は自然の模倣ではなくて自然との対決であることを直截に主張した。そして芸術意欲の根源として抽象衝動というものを実に明確な形で取り出してこれを従来考えられて来た感情移入衝動に対して、第一義的なものと断定した。小林が言うように、人間はルソーの考えたように自然と調和してはいないのである。人間と自然との間には根本的な不均衡がある。深淵がある。小林はこれを物自体と呼ぶ。原始民族は物自体についての生々とした感情を持っていた。自然科学を持たぬ彼等にとっては自然は絶えざる不安と脅威であった。従って彼等が芸術に求めたものは、この世界不安からの救済であり、万物流転の中に一つの静止点を見出すことであった。それは宗教的な超越的な要求であって、これをヴォリンゲルは抽象衝動と名づけたのである。ところが自然科学が現われ、自然の合理的解釈が進むにつれて、物自体の謎は次第に薄れていく、深淵は蔽われ、人間と自然との間には親和感が形成される。この地盤の上に抽象衝動に代って感情移入が盛んに行われることとなる。小林はここに重大な危険を見ている。そしてこう考える、自然科学の探求がゆきつくところまでいくと再び物自体が現われて来る。深淵が再び口を開く。そしてヴォリンゲルのような思想家が出て来て、芸術を、その第一義的な動機であるところの人間と自然との根源的な対決にまでひきもどそうとするのである。小林がヴォリンゲルの思想に打たれたのは、それが科学のそのような欺瞞を衝いたところにあると思われる。パスカルが人間を無限と虚無との間の中間者として規定したことは有名である。このような中間者的存在に宇宙の無限を究めつくすことなどは不可能な筈である。それなのに人間はあたかもそれが可能なことであるかのように大胆にも宇宙の探求にのりだしたのである。このような人間の途方もない自負心は恐らく無限なのであろうとパスカルは言っている。パスカルも又科学が人間の根源的状況を蔽いかくそうとする事に抗議しているのだ。

小林はヴォリンゲルの用語を全的に受け入れていると書いたが、超越という言葉は使っていない。小林には超越という概念はあいまいに見えるらしい。彼にあっては抽象衝動は超越というよりもエランビタール的な運動、自我の解放という風に考えられているようだ。彼がヴォリンゲルの思想は究極のところ一つのプリミティブイズムに帰着するというのもその意味であろう。ピカソの破壊は自然の拘束からの自我の――生命の――解放の行為なのだ。そういうものとしてピカソの行き方を「恐らくは正しい」と認める。ということは芸術家としての正しい本能からなされていると考えるのである。

小林は、ゴッホの晩年の作品には抽象性が強くなっていくが、これは病的なものではない、むしろ病的なものに抵抗しようとする意志を表わしているのである、晩年の画の中には、しばしば非常に静かなものがあって、セザンヌに大変よく似ているのに驚かされることがある、と言っている。こういう作品には彼の書簡の語っているものをはるかに超えるもの、ゴッホの純粋自我ともいうべきものが表われていると小林は感じているのではないだろうか。彼は、生命とは自我であると言ってはいけないであろうかと言う。その自我は、ロマンチストの自我ではなくてそういうものをぬぐい去った純粋自我をさしていると見るべきである。小林は近代絵画の歩みを絵画が対象の拘束から離脱して自己の自主性を確立しようとする努力として把握しているが、それは純粋自我の抽象衝動が次第に赤裸々になっていく過程とも見られる。結局小林にとっては芸術は自我から出て自我に帰る。だがこの動きが、セザンヌのように自然との調和の達成の方向へ向うにせよ、又ピカソのように自然と激突し、破壊による自我の解放に向うにせよ、いずれにしても自然に向って行動を起すのだ。そしてその出発点となるものは直接に絶対的に与えられたものである。それはセザンヌの「感覚」でありピカソの「注意」である。いずれにしてもその本質は非合理的なものである。

私には小林が考えているものは結局、愛ということになるのではないかと思う。キェルケゴールは愛についての思索の中で、キリスト教の教える隣人とは何かという問題について、あなたがいま部屋で神に祈りを捧げた後その部屋を出て最初にぱったりと出会った人がすなわちあなたの隣人であると言っている。これは小林の考え方と意外によく似ている。キェルケゴールの考えている隣人は、まさに小林の考えている偶然的に絶対的に直接的に与えられたものである。小林の言い方をすればキェルケゴールはここで愛の本質の非合理性を主張しているのだと言うことが出来る。このような愛のみが既成の秩序をかき乱し日常性のかげにかくされた真実をひき出す力を持っている。芸術も又そのような愛の働く場である。その時自我から出て自我への動きも自我以上の何物かを語るであろう。

ルオー

ルオーに関する次の小論は、一昨年秋開かれたルオー展を見てきた直後に書かれたものである。こんど読み返してみて不満な点、訂正を要すると思われる点も少くない。本来なら当然書き直すべきだが、そうなると全く別なものを書くことになりそうである。ところでこれは長年病床生活を送った後で曲りなりにもどうにかまとまったものが書けた、その最初の文章なのである。随分長い間書こう書こうと思いながら、どうしても書けなかった。自分にはもう仕事は出来ないのではないかとさえ思われていたのである。そういう状態からはじめて脱出することができた機縁となったのが、このルオー論なのである。その意味で一応もとのままの形で読んでいただこうと考えた次第である。

最初の標題は「風景画家としてのルオー」というのであったが、風景画家とルオーとの取り合せが、常識には余りに唐突にひびくようなので、ただ「ルオー」とした。だがルオーを全般的に取り扱うというような気持はなかったのである。文中にもあるように、リルケの『風景画家論』から示唆された風景画の精神を辿りつつ、いくらかでもルオーの世界に分け入ってみたいと思ったにすぎない。風景画精神のそのような探求は、一般に考えられているような風景画の概念をはるかに超えた体験の深みへ導いてくれるように思われた。思えば、私にとっては、風景は魂の故郷である。少年時代をふりかえる時、私の魂は風景とともに目ざめたと言っても過言ではない。私は最近、高田博厚氏の非常にすぐれたルオー研究を読む機会を得たが、その中で氏は《ルオーの一律的な魂》ということを言っている。これはルオーの本質を一言で言い現わした、恐らくはルオーに関して言われ得る最も美しい言葉の一つではないかと考えられるが、私が風景画精神の中に見ようとしたものもこの一語に尽されているような気がする。尚、高田氏の文章には美しい言葉が沢山ある。次に二、三をここに抜き出しておく。

《人間と人間の宗教感を直接照応させることが、彼の内心の課題であった》

《人間の魂が最も謙遜になにものかに敏感であるとき、宗教的になる。これ以外の意義はなかった。》

《……そして反逆はなかった、それに代るに宗教的な悲しみがあった。》

《曽つては絵画を通して何物かを現そうとしたことが、今は絵画によって自分がなにものかに近づいて行く。そしてそこでは「題」は要約され、限られてしまう。無限は内部に在るからである。》

《「美」はものを飾ることではない。「自分」を委托する世界である。なにか絶対的なものをそこで一番素直に感じられる世界である。》

（「みづゑ」一九五三年十一月号より）

ルオー展を見て来た、これからその感想を少し書いて見たいと思う。私はいま風景画家としてのルオーというものについて考えているのだが、彼の画でよく問題になる宗教性もこの見地から見て行けば、或はその源に触れ得るのではないかと思われる。風景画の根底にあるそのような宗教性について私に示唆してくれたものは、リルケの『風景画家論』である。これは独自な洞察に富んだ美しい書物であるが、その中でリルケは次のような見解を述べている。彼によれば、近代画の精神は風景画の精神であって、たとえばレンブラントの崇高性も、彼が人物を風景と観じ、風景として描いた点にある。彼の描く人物を取巻くあの光と黄昏は、いわば風景の真髄からとられたものであって、これがために彼の筆になる諸々の生はあの様に力強く広大なものとなり得たのである。……そこでは非人や病者共は灌木叢のように這いつくばり、キリストは枯木のように廃墟のほとりにすっくと立っている。レンブラントの肖像画の秘密は、雲多く地平遥かな国土を見ると同じ態度で人間の顔面のなか深く洞観したところにあると。これらの言葉はルオーにもそのままあてはめて見ることが出来る。そしてルオーの手になる総ての画面から伝わってくる、あのこの世のものならぬ寂寥も、近代の風景画家の中に見出してきたものに源をおいている。彼等はより峻厳なもの、より内密なものを求めて、人間を遠く離れ、物言わぬ自然の奥深く入り込み、はじめて風景というものに面接したのである。風景は、リルケの言葉をかりれば、掌もなければ、顔もない、言いかえれば、人間に通じるようなしるしを見せてくれるものは何一つない。物象は沈黙し、自己の孤独を守って、人を寄せつけない。空も野も樹木も水も、ただ其処にあるということの謎に満ちて我々に対している。この風景に近づくためには、人は畏敬の心をもって自然が課するこの孤独と沈黙に耐えねばならぬ。かくて風景画家達は、人気のない道、侘しげな水、虚ろな海を描いたが、そこに人間が再び現われた時には、それは世俗的な栄光を一切ぬぎ捨てて樹木のごとく岩石のごとく、風景の寂寞を破るどころか、寂寞そのものから生れ、寂寞そのものに溶け入ろうとするかのように見えるのである。これはルオーではないだろうか。ルオーの画面を殆ど東洋的と言っていいような深い寂寞がつつんでいる。勿論ルオーは東洋の画家のように大きな自然を描かなかった。彼の手になるものは、いつも同じ郊外風景であった。しかし郊外は、ルオーにとっては一つの限られた地域を意味するものではなく、全宇宙をなしていた。私はここでボォドレールの「コレスポンダンス」中の一節

自然は神の御社《みやしろ》にして　その生ける柱は
時折　おぼろげな言葉を洩らす

の句を思い出してもよい。ボォドレールが歌った象徴の森は、すなわちルオーの郊外であり、リルケの風景であって、それは永遠に向って開かれた一つの窓であったと言えよう。

ルオーはキリストをはじめ道化その他の多くの顔を描いているが、彼にとっては、人間の顔面は風景の中で最も深い謎を秘めた風景であった。彼がそこに見ようとしたものは、我々の日頃見馴れたさまざまな性格や喜怒哀楽などといったものではない。むしろそうした人間的なものを払拭した後の顔というよりも、裸な一つの物、風景の如く不動で厳しく犯し難いもの、一つの宿命の刻印とも言うべきものであった。ルオーが好んで道化の顔を描いたというのも、この人を笑わすが自分は笑わない、陽気な仮面のために一層孤独である人間の宿命をそこに読みとったからであろう。

ルオーの描く人間は、道化であろうが売笑婦であろうが、詐欺師、悪漢であろうが、夢みるよう

な空気を呼吸していない。彼等は「生きる事は辛い仕事」であることを知り抜いている人達である。彼等はアンニュイなどを知らない。懐疑的なもの、自分で自分を疑うといった風なものは何もない。荒々しい現実が彼等をしっかり摑んでいる。彼等は大地に折れかがんだミレーの人物と変らない。ミレーに自然が示したものは太古以来大地にしばりつけられた人間の運命だった。ルオーもまた大地の作家として、大地が示す人間の運命から目を外らそうとしなかった。彼にあっては人間に負わされた十字架を荷負うとする決意が、この世の誘惑やまどわしを断固として拒絶させ、夢という夢を魂から剝奪し、魂を裸にする困難な作業を遂行させたのだった。こうして彼の画面からは、人間的な空しいよそおいが消え去り、あの荒々しい裸な現実観照が生れて来たのである。

リルケがヴォルプスヴェーデの一画家について語ったところは風景画家全体に言えるのではなかろうか。風景画家の生活は修道僧の生活に似ている。彼は自己の世界に閉じこもる。彼はボヴァリイ夫人のように、自己の限界を超えて彼方へ出て行こうとはしない。憧憬に満ちた眼ざしで地平線を見つめつつ、逆に内奥に向って旅をする。それは人目につかぬ旅だが、それだけに旅の寂しさは一層深い。そこにはボヴァリイ的な波乱もなければ幻滅もない。そのかわり単調で誠実な勤労生活がつづく。日に日に信仰は深まるであろう。善きもの大いなるものがそこに育つであろう。しかもそれら総ては彼がただ一人で耐えている沈黙の愛と悲しみに染められていないものはないのである。

ルオーの画のあの隈どり、物象と物象を劃する、堅実で、神秘で、決意にみちた、美しい廓線はセザンヌの面《プラン》から来たと言われているが又同時にそれはレンブラントの明暗に通じる、画家独自の内生活の深みから厳しい現実観照をへて、生れて来たものに相違ない。私はそこにルオーの諦念の美しさを見たいと思う。

今度の展覧会を見ると、ルオーがすべてのものを聖書を通じて眺めようとしていることが明瞭にうかがえる。それが彼の風景画精神に独自のものを加えている。彼の風景のしずけさはその源ではキリストのしずけさに通う。「郊外の基督」のような作品を見れば風景画の精神と聖書がどのように結合されているかがよく分る。……長屋か町工場かいずれともつかぬ陰気な建物、窓の灯も見えぬ廃屋のようなものが道の両側に立っている。向うに電信柱のような樹木。空地が見える。月あかりに白く浮き出た道が三角形を立てたようにまっ直ぐに伸びていて、その上に僅かに見える空には大きな月が懸っている。前景に月を背にした男とも女とも見分けのつかぬ白衣のキリストが、二人の子供と並んで、足もとの影でも見つめているという風に、ぽつんと佇んでいる。その肩から膝にかけて月光がこぼれている。何処にでもよく見かける寂れた郊外風景で、キリストも子供もそこに住んでいる人たちと何一つ変っていない。ただこの世のものならぬしずけさが三人の周りに漂っていて、こんな寂しさに耐えうるものはただ人ではない――そんな感じにうたれるのである。

この画の中には、従来の宗教画とはまるで違ったものがある。ルオーは宗教的な画題を扱う際、陳腐な宗教画に堕する危険を極力警戒しなければならなかった。そして彼をそのような危険から守ってくれたものが、風景画の精神であったと思われる。彼は聖書をどこまでも風景画的に解釈し、聖書のモチーフを風景のモチーフの中にとかし込み、そうすることによって古臭い宗教画の世界から全く脱け出ている。だから彼の宗教画はすべて現実の風景からうけたインスピレーションが根底に働いている。これを宗教的なモチーフが内部から更に浄化する。そこに普通の風景画には見られぬものが現われてくる。「郊外の基督」は、風景画としてうら寂しい郊外の情趣をよく出しているが、しかしこの画はただ寂しいというだけではない。もしそうだったら、この寂しさは耐えがたいものだったろう。ところが、その寂しさの奥には何かしら恍惚としたものがあって、我々の魂は思わずその世界に惹き込まれていく……。私はふと広重の浮世絵などの雰囲気を思い起した。人生の旅情――この世にあるということのひそけさ、このキリストの姿にそれが実によく出ている。ルオーはキリストの中に何よりも一人の旅人を見ていたように見える。そして旅人キリストは彼のどの風景の中にも感じられる。夜更けの郊外の街角に立てば、通りがかりの旅の親子づれも何とはなしに聖家族を思わせる。夕方、旅芸人をのせた馬車が旅籠屋の前に止っても、エジプトへ逃れるキリストがしのばれる。日暮れ方の川岸近くに帆かけ舟がとまっている。舟には船頭夫婦が見える。妻は乳呑児に乳をふくませ、傍に夫が立っている。そうした夫婦の姿にも聖家族の面影がある。この世に生きて行く貧しい人々の姿はすべて聖家族の中に象徴されていたとも言えよう。否、この世ばかりではない。「死の川」をわたる亡霊たち、世の終りに長い眠りから醒めて墓を出てくる死者たちを描く場合でも、ルオーは聖家族の三人づれの姿をかりて描いている。最後にあの黄金色の旅情とも言うべき荘厳な「晩秋」の平和と静謐と憩い。遥かな丘。野中の大樹。丘につづく一すじ道。しずかな水。キリストに従う善良な婦人たち。樹下にキリストの愛撫をうける子供たち。彼等の間をすぎていくキリスト。これは「郊外の基督」のモチーフのそのままの再現であるが、ここでは風景とキリストとの渾然とした融合は一層完全で、人と自然は全く一つの生命を息づいている。これは風景画の極致であると共にルオーの到達した宗教的境地の頂点を示すものであろう。この連作について面白い話を聞いた。と言うのは、あの画の落日のように見えるのは、実は月であって、あれは夜の風景だと言うのである。成程そう思って眺めると、画面は絢爛として明るく見えるが、どことなく夜の感じである。そうだとすると、ルオーは殆ど夜ばかり描いていたということになる。彼は夜の詩人であり画家であったのだ。夜は霊感の泉であり彼の魂は夜にこがれ、一巻の書物をひらくように、夜をひもとこうとする。夜は物語の世界をひらく。……印象派の画家たちは絵画から夜と物語を追放しようとしたが、今ルオーは再び絵画に夜と物語を導入しようとする。だが、これは人間共の見果てぬ夢の物語、あの悲しいまどわしに満ちた物語ではない。それは世界に唯一つの真理の物語であり、これを外にしては世界はその存在の意味を失う。それは世界の生命である《ことば》、キリストの物語であった。彼の風景画には、風景をぎりぎりの元素的な単純性にまで還元しようとする意志がみられる。風景は色調の変転の中に溶けこみ、風景全体が一つの団塊のようなものになっている。彼には、変化に富んだ風景やこみ入った道具立ては不用であった。重々しくのしかかる天空と、これをがっしりと支えている大地、それだけあれば風景には事足りる。大切なのは、この風景を生かしている《ことば》なのであって、そのためには風景はむしろ単純であればあるだけよいのだ。かくして、ルオーは東洋に近づく。かくて東洋の画家に見られるように、同じ道、同じ樹木、同じ水、同じ月が繰返し画面にあらわれるが、それはいくども画家の筆をくぐることによって、もはや単なる物ではなく、宇宙の寂寞の声となり、ルオーの内奥の現実、その告白となっているのである。

ここで私はあの真昼の画家ゴッホを思い浮べて見る。彼も又大地の画家であった。彼は風景の中に、崇高とも醜怪ともつかぬ異様な自然、目的も理由もなくただ無償の燃焼をつづけている巨大なエネルギーを見た。私は彼の画に大いなる不在を感じる。あの真昼のアルルの原野にも。燃ゆる糸杉にも。一つの期待にみちた不在。ゴッホはキリストを熱愛していたと言う。彼もまた、ルオーのごとく、その風景の中にキリストを描き得たならば幸福であったろう。だが、この巨大な自然の坩堝の中にはキリストを入れる場所を見出すことができなかった。それは彼にとって大きな不幸であった。ゴッホは手紙の中で、自分は夜の星を描く、そしてそこへ仲間をかきたいと言っている。同じく大地の作家であるルオーもゴッホやミレーの自然を知っていた。「土は呪わる」という言葉の意味を知っていた。しかし一方大地はまた夜を待っていること、夜は大地ののろいを解き、大地は「折れたる葦をもたわめぬ」あの永遠の嬰児をうけ入れるものである事を知っていた。さればこそルオーはあのような熱望をもって夜を待ちうけるのである。

ルオーの見たキリストは沈黙の人だった。樹木の沈黙、岩石や丘の沈黙。……あたかもキリストの胸底には全宇宙の寂寞が宿されていて、キリストは孤独と全き服従の中でじっとその重さに耐えているかのようだ。彼は抗わぬ人であった。「十字架にかかりて死するまで従順なりき」(「ミゼレレ」

中の題の一つ）。どんな権力もどんな迫害もキリストの沈黙に打ちかつことはできなかった。キリストはこの永遠の沈黙をたずさえてしずかにルオーの風景を横切って行く。どんな悪党、どんな罪人をも怖れない。どんな喧騒もそのしずけさを犯すことができないし、誰もこの無言の人を拒むことができない。「折れたる葦をたわめず」――そのようにしずかに彼はそこにいる。あの姦淫の女を裁く「裁判」の図を見るがよい。あの画は、はじめはキリストはなかったのだそうである。それがまるでその場に突然キリストが現われでもしたように、あの獰猛な顔の並んだ真中に柔和なキリストの青ざめた顔が描き加えられたと言うのである。このエピソードは甚だ特徴的である。ルオーの世界は全体的な視野の下に包括された世界であって、この世界はルオーが成長して行くと共に充実していったのである。そしてその中心にはキリストが存在し、すべてはキリストとの対照の下に把えられ、決してばらばらに切り離されて眺められているのではない。これはピカソやマチスには言えないことだ。このような意図を一番よく示しているものは「ミゼレレ」であろう。ルオーの作品には完成ということがないと言われる。大部分が一応の出来上りを見る迄数年を要している。ルオーは自分の仕事全体をいつも背負って歩いていたわけだ。そして彼の成長と共に作品の全体がたえず成長をつづけて行く。この全体的視野ということは彼がどんな悪の表現の前にもたじろがなかったことを説明してくれる。ルオーの画にはお上品な人間は一人もいない。彼にとってはそんな人間は現実に存在しなかったのだ。だが何という生の充実であろう。私はルオーの画からうける印象を重さと言いたい。悲しみの重さ、孤独の重さ、沈黙の重さ。……そして沈黙にじっと耐えている、かくれた心の隅々まで見透している一つの眼がある。それを感じている。何ものもこの眼ざしを逃れることはできぬ。「決してハレルヤを歌わないジャン・フランソワ」（ミゼレレ）も「季節はずれの歌をうたう解放された女」（ミゼレレ）も、「弁護士の空虚な饒舌」（ミゼレレ）も、「かつて新鮮であった唇に見える苦渋のあと」（ミゼレレ）も、すべて《ことば》のうちにあって、その外にあるのではない。この世の一切は、録され、予言され、見ぬかれてある。書かれていないようなことは何一つ地上には起り得ないのである。

ここでルオーの旧約的精神について語ることもできよう。あの素晴しい「ミゼレレ」はこの旧約精神から生れたものだ。大部分がルオー自身の作と見られる個々の標題を見ても、ルオーがいかに旧約聖書の精神をわがものにしているかが分る。それでは旧約的精神とは何か。これは大きなテーマである。ただここで一言したいのは、旧約的という言葉で言いあらわし得るような新しい精神の兆しが、哲学をはじめ文学芸術などに顕著に見られるということである。勿論それはキリストの福音に対立せしめられた旧約という意味ではなく、近代のヒューマニズムで解釈されて来たキリスト教をのりこえた、より広大な歴史的視野、或はより全体的包括的立場に立つ予感にみちた新しい精神の一時代がはじまろうとしているという意味である。私はそこに宗教的な精神が新しい時代の要求に応じて擡頭しつつあるのを感じる。

ルオー展をみて帰った夜、私は偶然机上にあったオニールの『楡の木蔭の欲情』という戯曲を読んで、非常に感動した。それはニューアイルランドの農民たちのむき出しな欲情を扱った暗いドラマではあるが、私は読みながら昼間見て来たルオーの絵と一脈通ずるものがあるのを感じないでは居れなかった。それは何かしら宗教的なものであった。たしかに宗教と悪とは切り離せないものである。近代のヒューマニズムがこの「悪」に対して無力で、殆ど眼をとじて来たということはとりもなおさず宗教の喪失を意味している。ルオーの絵にある力強い「悪」の表現は、近代をのりこえて、旧約の精神につながるものである。シュアレスはルオーの描く人間に「罪の咬傷」を見たが、私はむしろドストエフスキーがシベリアの囚人達を通して民衆の中に発見したというあの「嬰児の心」をもそこに見たいと思う。オニールの戯曲で私が感動させられたというのも、そこに描かれた、無智で、奸智にたけた情欲の徒の中に、ドストエフスキーが「嬰児の心」とよんだ民衆の魂の地金が覗いていたからであろう。この聖者にならなければ悪党になる、悪党の中からも突如として聖者が生れる、そういう単純でしかも底しれぬ民衆の心を、私は旧約的な心と言いたい。小林秀雄は「白痴について」の中で、ソクラテスの「己れ自身を知れ」を信条とする人間に対して、旧約的な人間、すなわち反省を事としない人間というもう一つの型を考えようとしている。これはクローデルが近代文学に下した批判、と言うよりも一つの宣告、近代文学が表現し得た唯一の真剣な感情は後悔であるという厳しい近代批判に通じる。反省は常に後悔を生むからだ。反省を事とする人間はたえず自己を反省の対象とする習癖によって自分自身から身を退く。彼は意識によって彼が現実に行動している世界の外に立つ。そして其処に人目にかくれた自負のかくれがをつくろうとするのだ。これに対して「嬰児の心」はそのような自負を知らぬ。行動と思考とのそのような分裂を知らぬ。彼らは自己を守るすべを知らず、裸のままに現実にさらされ、いつも現実の渦中にあって唯一つの源泉から思考し行動する。しかもその源泉は彼等の眼からかくされているのだ。彼等は矛盾を解こうとせず、矛盾を矛盾のままに生きて行く。しかしすべてを見抜いている一つの眼のあることを信じ、子供のように畏怖の心を抱いている。人間がこの逃れようもない眼に見据えられていると感じた時、自己分析とは凡そ無益な業であろう。彼等は自己を知ろうとするよりも主よ憐みたまえ「ミゼレレ」と叫ぶであろう。彼等はエホバの手中にあって、その手に打ち砕かれた人々であり、ルオーの画から聞えてくるものは、この打ち砕かれた人々が地上の業苦の底からあげる「ミゼレレ」の合唱である。

ルオーの人格の本質は全くシニスムを知らぬ稀有の天性にある。彼はどこまでも生一本な子供の心を失わぬ詩人だった。彼の風景の奥からのぞいているものは、子供の柔和な眼ざしではないか。子供だけが大人たちの中に一人残された、孤独で無力な子供だけが、風景というものの魂を知っている。シニスムの汚れを知らぬ子供だけが知っているこの世の悲しみというものがある。ルオーの悲しみは、彼自身の言葉をかりれば、人生が余りにも酷かった子供の悲しみであって、近代人というあの流謫の帝王の憂愁ではない。またそれは己れを知ることの悔いでもなければ、季節はずれの歌をうたう解放された女や、ハレルヤをうたわぬ労働者や、かつて新鮮であった唇に苦渋を湛える女たちの胸底にうずく絶望ではない。そして芸術と言い、信仰と言うのも畢竟この子供ごころを最後まで失わぬところに生命があるのではなかろうか。

II

ルウジュモンの『恋愛と西洋』を読む

ドニ・ド・ルウジュモンという著者はまだ余り知られていないかと思う。私自身も今度始めて知ったのである。「くろおぺす」の同人の堀田さんが、京都の人文書院に勤めている関係で、「今度こんな本を取り寄せてみたが一度読んで見ないか」といって勧めてくれた。丁度軽い喀血をやって静養中であったので、早速読ませて貰うことにしたが、いざ本を手にしてみると、仲々厖大な学問的著述で、菊判三百二十頁細かい活字で頁が埋まっていて、手軽に読飛ばせるようなものではない。いささか辟易の態だったが、カトリック作家らしく同じカトリックとして若干の責任を感じるし、又かねて気にかかっていたエロスとアガペという問題に触れている個所も見られるし、兎も角約束したのだからと思い返して頑張って読んでみた。処で読んでみると非常に面白かった。一冊の書物からこれ程の示唆を受けたという事も近来稀な事である。この読書は私にとっては忘れる事の出来ない経験の一つとなるのではないかとさえ思われる。その点この書をすすめてくれた堀田さんには大変感謝しているような訳である。

丁度これを読む二、三カ月前にジルソンの『中世哲学』を読んでいた。ジルソンが有名な中世哲学の研究家である事はよく知られている。この方はオーソドックスの中世思想を実に整然と見事に解明してくれたものであるが、ルウジュモンはこれに反してオーソドックスでない中世（私は中世はオーソドックスなもので、近代に至ってそれから分離する動きが起ったと考えていた。これまで中世のunité 統一という事がよく言われ、大部分のカトリック思想家は中世を大体そういう風に説明して来た。処がルウジュモンによると中世という時代は仲々もってそんなものではなく、分裂と矛盾を孕みながら、渾沌として激動していた。）の一面を覗かせて非常に興味を覚えたのである。

さてこの書物の思想が如何に斬新なものであるかを一寸わかってもらう為に結論の一つを先に書いてみよう。私はこれまでヨーロッパ文学についてこんな風に考えていた。近代のヨーロッパ文学がキリスト教から離反したものであることは、事実であるが、然しその伝統を遡って行けばキリスト教という源泉に達するものであるという風に漠然と信じていた。少くとも純正なキリスト教ではないにしても、キリスト教的霊感につながる、その俗化 laïcisation 位に考えていたのである。処が、そうではないという事になった。ルウジュモンはヨーロッパ文学の源泉として、キリスト教でもなく、又ギリシャ、ラテンの文芸でもなく、いま一つの源泉――より暗く、より埋もれていて、これをあばくことはヨーロッパ人の内奥の秘密をあばくこととなる、そのような源泉――を考えている。それはキリスト教異端 hérésie である。彼はヨーロッパ的リリシスムの源は十二世紀頃のフランスの南部に栄えたトゥルバドゥル（吟遊詩人）の詩にある、ヨーロッパ文学のあらゆる傑作はそこから出ている、という見方をしているが、これらの詩人によって歌われた Amour courtois はヨーロッパ的恋愛の原型をなすものであり、しかもそれは当時同じ地方にひろがっていた異端の一派Cathares と深い関係にあったと見ている。こうしてヨーロッパ的リリシスムの源流をさかのぼりつつ、著者はヨーロッパ異端の暗黒の領域にメスを入れたのである。

この書の意図する処は現代ヨーロッパのニヒリズムの解明にあるとみられる。然し著者は哲学的批判という形をとることを避けて結婚の危機という風俗現象から出発する。彼によると、ヨーロッパ人の胸中にひそかに抱懐している恋愛の観念と結婚との間には根本的な矛盾がある。著者はこの書のはじめにトリスタン＝イズー物語の冒頭の句、「愛と死の美しき物語」という句を引用しヨーロッパ的恋愛についてこう書いている。「我々の心をかき立てるもの、ヨーロッパ的リリシスムとは、官能の歓びでもなければ、夫婦の稔り豊かな平和でもない。それは満ち足りた愛 amour comblé ではなくて愛の情熱 passion d'amour である。」passion とは苦悩を意味する。彼はこれを、amour-passion 情熱愛と名づけて、結婚愛に対立させている。それは生れながらにして苦悩の子であり、死に運命づけられた愛、不幸な愛、不可能な愛である。それは結婚とは相容れぬ願望を抱ける愛であり、殆ど常に「姦通」という形をとる。姦通なしにはヨーロッパ文学はあり得なかったとすら言うことができる。今日の小説類や映画を見てもその十中八九迄は姦通文学乃至姦通映画によって占められていることは事実であるが、しかもこの事実を明らさまにみようとしない処に危機がある。この我々が我々自身の事実に対して執っている態度には意味深いものがある。というのは、それは我々が明らさまに言ってはならないもの、内奥の秘密に関係して来るからである。パッションとはこのような秘密なのである。それは一個の神話である。著者はこの神話にメスを入れ、パッションの正体をあばこうとする。その為にとり上げられたのが、「姦通の偉大なヨーロッパ的神話」「愛と死の美わしき物語」トリスタン＝イズー物語である。

小林秀雄はどこかで、明治になって誰の手になったか情熱という言葉が passion の訳語としてつくられたが、この言葉が我々の生活に与えた影響にはまことに計り知れないものがあるという意味のことを言っていたと記憶する。たしかにこの言葉は現在の日本人の最も愛好する言葉の一つであろう。しかも我々はごく自然なことのようにこの言葉を用い、何の不安も感じていない。それはパッションが人間性に備わる自然的事実を意味していると信じているからである。処がここに問題があるのだが、それはまたヨーロッパ人自身の盲点でもあるので、この盲点を衝こうとする著者ルウジュモンのねらいが我々自身にとっても如何に切実なものであるか御想像願えるかと思う。

彼はこんなことを言っている。我々現代人は皆ルソー流の自然を信じている。というのは我々はもう古い神話や宗教の支配から全く解放された人間であると信じているからである。我々に生起する事柄はすべて自然的乃至社会的現象に還元することができる。だからパッションも当然そういう現象の一つであると考えている。だが果してそうであろうか。否、パッションの中には自然に反し自然を否定する或るものが潜んでいるのではなかろうか。偉大な情熱の徒は偉大なミスティック（Mystique）ではなかろうか。スタンダールは唯物論者であると同時に情熱のミスティックたろうとする矛盾を犯していたのではないか。古代人はこのような情熱崇拝を知らなかった。彼にとっては恋愛は生殖にかかわる自然の要求であった。この枠を破る者は病気とみなされていた。だからヨーロッパ人の amour-passion の観念は歴史の或る時期に或る場所に発生したのである。その時期は十二、三世紀の頃であり、その場所はフランスの南部である。当時出現したトリスタン物語のヨーロッパ全土にわたる異常な成功は、amour-passion の決定的勝利を意味するものなのである。かくして amour-passion の問題は歴史の問題と深く絡み合ってくる。

従ってトリスタン＝イズー物語は単なる文芸作品ではなく一つの神話である。著者はあくまでこれを一つの神話として扱う。そしてこの神話の解明にヨーロッパ人のパッションの秘密を解く鍵を見出そうと試みる。だが一体神話とは何か、如何にして発生するのか。神話の本質的な力は我々を無意識の中にとらえるところにある。その源泉は「暗い obscur」。そのシンボルの不可思議な生命力は、人間の体験や願望に普遍性のヴェールをまとわせながら、社会の吟味の眼をくぐりぬけて生き続ける。このような神話として、トリスタン物語を眺める時、それは注目すべき幾つかの謎となって現われる。

トリスタンは不幸の子である。彼は誕生と共に両親を失い、孤児となって世に生れ出る。彼は叔父のマルク王に引き取られて養育される。彼は強敵を斃してマルク王を救うが、自分も不治の傷を負う。こうして彼は王の許しを得て、ただ竪琴と剣を残して帆もなく舵もない船に傷ついた身を乗せてあてもなく大海に出て行く。ここに既に何かミスティック体験を想わせるものが感じられる。トリスタンはイズーに見付けられ、イズーだけが知っている魔法の薬で癒される。また、トリスタンとイズーが帰国の途上の船中で過って飲む秘薬がある。これはマルク王と花嫁のイズーとが結婚の夜に飲むべきものであった。二人が飲んだこの毒の中に二人の運命と死があったのだ。物語の作者はくり返し二人には罪がない、二人を迫害したものは皆神に罰せられるのであることを強調する。これは何故か、二人は明白に姦通者ではないか。彼等の恋を妨害したものの方が王に忠誠であったのではないか。ルウジュモンは言っている。この秘薬はアリバイである。その真の意味は、二人を一切の現世的責任から免れさせるところにある。二人が罪あるが如く見えるのは二人を現世の眼で視るからである。だが二人の愛は二人を現世の人間掟の外に置く。二人はただ二人だけの世界にいる。これが彼等の愛の意味なのである。そしてこの愛は現世の制度である結婚よりも遥かに優位に立つ。愛は二人の前に新しい一つの世界を啓示する。二人は罪人であるよりも愛の殉教者なのである。二人の魂は、愛ゆえに耐えしのばねばならなかった様々の苦しみによって現世の汚れから浄化されるのだ。そしてその愛の頂点であり、解放であるところの最後の死まで導かれて行く。それ故二人の愛はこの世で満たされることのない、また満たされてはならない愛なのである。彼等は彼等の愛の永久の渇きの中に止まらなければならない。彼等は満足を拒絶する。所有を拒絶する。所有は、彼等がそこから逃れたいと願っている現実に連れ戻す。著者はイズーがトリスタン夫人になるなどということはナンセンスだと言う。ここに物語の作者が二人の恋人を引き離すために設ける「妨害」obstacle の意味がある。ルウジュモンは二人の恋に敵対する有形無形の力をこう呼んでいるのだが、それは興味本位のものではない。「妨害」はパッションの本質にとって不可避的なものである。死がそうであるように。死と「妨害」、これは別のものではない。「妨害」は死の序曲である。死は最大の「妨害」であり同時に一切の「妨害」の消滅である。

ルウジュモンはトリスタン的愛について、ここには humain な要素が全く欠けていると言う。二人の相手の個性の中に愛の理由を持っていないのだ。「私によって選ばれ私によって滅び行く……。」これが二人の愛である。相手は自己の愛の口実に過ぎない。それは「愛への愛」l'amour de l' amour である。「二人は愛している。が、愛し合っていない。」二人は愛しつつ孤独である。愛は二人を孤独から引き出しはしない。彼等の愛は運命として彼等に課せられたのだ。彼等は、運命の命ずるままに歩むしかない。かくして愛はきわめて単調なメロディを奏でつつ、死――一切の個別性の、したがって人格性の消滅であるところの死――へと不気味に高まって行く……。かくして「愛への愛」は「それよりも遥かに恐るべきパッション」「深く秘められた一つの意志」すなわち「死への愛」を隠していたのである。

ルウジュモンは、パッションは豊饒なのではない。それは「貧しくなること」appauvrissement であると言っている。それは地上の精神的物質的富をすべて剥奪されることであるから。しかも狂熱のとりことなった魂には、どのような富よりも智慧よりもこの貧困の方が一層豊かにみえるのである。

このようなパッションの観念は、おそらくヨーロッパ人固有の認識の仕方に結び付いているものである。それは我々の真の実存は、苦悩の只中に於て、生死のぎりぎりの限界に於て、存在を襲う「根本的破局」に於て、始めて意識に現われて来るという信条である。このような苦悩と死と認識との内容の結合はヨーロッパ精神の固有の本質を形造っているものであり、この「極限に於ける自己認識」se connaître à la limite は戦争の本能とも深い関係をもっていることをルウジュモンは指摘している。

このようなトリスタン的愛は、東洋風の快楽主義とは全く質を異にしている。それは官能を歌っているように見えながら、官能を否定し、否生命そのものをも否定するに至る「禁欲主義」ascétisme をその中にもっている。（ここでボォドレールの「官能」の中にある ascétisme の精神を考えてみてもよい。彼は「官能」を苦悩の渇きをめざませる責め具として追求した否定的官能詩人である。快楽はボォドレールにとっては彼が自らに課した刑罰であった。彼とワアグナーとの関係を思えばボォドレール的官能とトリスタン的愛とは無縁ではない。）ここにまた「妨害」の意味がある。「妨害」は「禁欲主義」が自己の責め具として必要としたものである。それはトリスタン的愛がひそかに欲しているものであって外部にそれが無い時には自分自身からこれを作り出さねばならないのだ。例えば物語の中で、マルク王の手を逃れて森に隠れたトリスタンとイズーが、森小屋の中で眠っている間、二人の身体の間に置かれていた抜身の剣の謎は、このような「禁欲主義」の象徴とみられる。また物語の結末に近くイズーからの音信の絶えたことに絶望したトリスタンは、白い手のイズーと結婚する。それは彼にとっては死より他に出口の無いような場所に自分を投げ込むことであったが、そのような結婚を敢えてしながらしかも彼はその妻に妻としての喜びを拒み、「彼の危険な貞潔」sa périlleuse chasteté を守ろうとするのである。

この官能の中にあって満足を拒絶する純潔性への渇きはトリスタン的愛の特質である。これらの「禁欲主義」はどこから来るのか。

ルウジュモンはこれを宗教の中にさぐろうとするのだが、この場合我々はごく自然にキリスト教を思い浮べるであろう。ここで言われている現世逃避、苦悩への愛、死への憧れ、禁欲主義、それらはすべてキリスト教の中に見出されるように思われる。すくなくともわれわれがキリスト教について漠然と作り上げている観念はそういうものに近い。ところがルウジュモンが考えているキリスト教とはそういうものとは殆んど正反対なのである。事実カトリック教会は中世を通じてキリスト教をそういう謂わば反社会的な傾向へ引き込もうとするスピリチュアリスム的傾向とは絶えず激しい戦を続けてきたとも見られるのである。このところをはっきりつかんでおかないと著者の言おうとしていることは理解されなくなる。

ルウジュモンはヨーロッパ異端 hérésie の起源として次の三つの流れを挙げている。それはローマ以前のケルト族の間の古い信仰とプラトニスムとマニ教である。就中マニ教は三世紀頃から印度からブルターニュに至る印度ヨーロッパ全域にひろがり、到る処で支配者やオーソドックスの側からの非常な迫害を受けながら、しかも根強く生き続けて、ヨーロッパの諸異端の強力な源泉をなしていたという。この書が問題としている十二世紀頃のフランスの南部に拡がっていた異端 Cathares もマニ教の一分派とみなされる。

これらの思想信仰の根底には常に二元論乃至二元論的対立が見出される。すなわち光明と暗黒、霊と肉、精神と物質、善と悪との抗争、そして世界と人間をこの敵対せる二つの力、二つの原理の戦い合う場とみなす思想である。ケルト人の信仰には光明神と暗黒神とがあり、女性をこの我々の内なる光明の部分と、光明へのノスタルジイとの象徴とする女性崇拝が見出される。我々はゲーテの歌った我々を導く「永遠に女性なるもの」にその原始の信仰の遥かなこだまを聞くことができるかも知れない。マニ教の教義はその書物が迫害者の手によって焼き払われた為にその敵側の資料しか残されていないが、その教義の本質は人間の魂の神性ということにあった。人間の魂は神からいで、神であり、この地上にあって流謫の身である。そして己が故郷にたえず恋い焦がれている。この教義は表現の理論的客観的構成を排して、もっぱら個人の内的昂揚 élan exaltation, enthousiasme を目ざしている。その性格は irrationnel であり、著者はこれを essentiellement lyrique と規定している。このエランの力、狂熱の力がプラトンのエロスであり、それは神なる人間の魂が地上の暗黒とその束縛から脱出しようとする動きにほかならない。エロスとは果てしなき欲望 désire sans fin である。それは満たされることがない、また満たされてはならぬ。それは自然の本能ではない。自然の欲望は満たされれば止む。それは自然に内から発するのではなく、外から来て我々人間を襲うのである。この力にとらえられた時、我々の内に永遠の渇きが目覚めるのである。マラルメは「久しき渇望に栄あれ、イデよ」« Gloire au long désir ! Idée ! » と歌ったが、このイデアの国へのエロス的願望は同時に純粋性への非人間的なまでに厳しい要求であった。なぜならそれは本来は地上のものに属さず、神的なものであったのだから。それは神的なものが地上的なものの穢れから浄められ、物質の束縛から解放され、次第に純化されてゆく過程なのだから。ルウジュモンはエロスのこの動きをば無限の超脱 dépassement infini と呼び、この動きには復帰がない、« Ce mouvement est sans retour » と言っている。

また著者はヨーロッパ人がどれほど深くプラトニスムの感化を受けているか量り知れないものが

あると言っているが、ヨーロッパ思想に接して我々がもっとも動かされるのも、このプラトニスムであるようである。私は学生当時牧野信一という夭折した若い詩人がプラトンを読んだ時の強烈な感動について書いていたのを読んで不思議な気持がしたことを憶えている。又先日、或会合で若い人達が「超越」という問題を論じあっているのを聞いた。その時よく分らなかったが、今思うとその人達が考えていたのもエロス的なものをさしていた。このようないわば無意識的なプラトニスムの根の深さというものをこの書物によって始めて教えられたように思う。

ところでルウジュモンはエロスに対し、キリスト教の愛をあらわすアガペを対照させている。エロスがパッションの原理であるのに対して、これは結婚の原理である。彼によれば、これこそ真のヨーロッパ精神の本質をなすものである。彼はエロスの運動には復帰がない、と言ったが、それはエロスが限りなく超脱しつつ無限に上昇し、最後に神と合一する、死はこの合一の頂点であり、完成である、そういう動きを指して言ったのだが、この生から死への脱出の動きに対して、アガペは逆に死から生への復帰の動きである。エロスが救おうとしているその自己において死ぬこと。かくして現実への、地上の仕事への復帰。さまざまな制限と束縛の受諾。ルウジュモンは、エロスは遠きものへのあこがれ nostalgie au lointain であり、アガペは近きものへの愛 amour du prochain であるとも言っている。prochain とは、聖書に「汝の近き者を己れの如く愛せよ」とある、その「近き者」であり、我々の身近にあって我々の奉仕を必要としている隣人をさす。遠きものへあこがれる者には、「近き者」は束縛であり、重荷である。彼はこれら一切の地上の絆を断ち切って、遥か彼方のものとの合一をねがう。このような願望に囚われた眼には「近き者」ははや最も遠いものの如く、すでに存在さえしていない。アガペはこの見失われた「近き者」の存在の発見なのだ。それが又結婚というものの意味である。それは隣人の意味、奉仕と交わりの意味、地上の仕事、日常の生活、負わされた重荷の意味、服従の意味の発見である。それは現実への復帰である。

エロスの二元論に対して、アガペは「受肉」incarnation の秘義に立っている。このカトリシズムの中核をなす思想は、聖書に、「斯くて御言は肉と成りて、我等の中に宿り給へり」とあるごとく、「御《み》言《ことば》」なる神が人となって地上に降ったことを指し、同時に広く霊肉の結合の秘義を意味している。ルウジュモンは「受肉」の原理はあらゆる宗教の終結を意味すると言う。「受肉」の思想がない限りは、精神と物質、光明と暗黒の二元論的対立は不可避であり、二元論的分裂がある限りは、この地上は盲目の暗黒な力の支配の下におかれ、物質は霊を押しつぶそうとする悪しき力として霊に刃向い、人間の救いはこの暗黒からの脱出以外にはない。これは凡ゆる宗教の避け難い結論でもあるのである。ただ「受肉」の秘義においてのみこの二元論が克服される。キリストにおける神性と人性との全き結合は、精神と物質の対立に新たな結合の原理を与え、その無限のへりくだりは天上と地上の和解をもたらした。地はその血によってあがなわれ、善人と悪人の対立の代りにすべての人間は罪人になった。そしていかなる罪人も自ら拒むのではない限り、キリストのあがないから除外されることはできない。地上の悪は、地上を支配する盲目な悪しき力から来るのではない。それは人間の不服従によって、換言すれば自由の濫用によって世界に導入されたのである。だから我々は我々の日常の仕事を通じて我々の不服従の源なる自我に打ち克つことによって神の国のために働くことが出来る。これがアガペである。それは現世の生活の否定ではなくて、sanctification（聖化）である。

ジルソンの『中世哲学』を読むと、教会の哲学者の努力は恩寵によってあがなわれた世界の善性を立証しようとする長期にわたる辛抱強い努力であったというように見える。世界は神によって創造されたものであり、一切は神の曇りなき智慧、その合理性によって支配されている。世界の中には、神の叡智の光を拒みうる如何なる不条理、如何なる暗黒もありえない。ダンテが描いたように地獄もこれを拒否することが出来ないのである。このような中世のオプチミスムの根底は「受肉」の原理によって支えられているのである。キリストの中に、完全な神性と完全な人性を保持することと、ここに一切の調和があった。この調和が破れることは世界を再び二元論的分裂に投ずることであった。

ルウジュモンは東洋と西洋という問題に触れて、東洋の本質はエロス的、西洋はアガペ的と見ている。そしてこの両者の対立の根底には、東洋の神概念と西洋の神概念との間の根本的な対立がひそんでいる。著者は東洋には神人一体説、すなわち神と人とは一であるとする根強い一元論的伝統があることを指摘する。エロスの神は、この神人一体の神であり、その願望の究極は自ら神となることである。したがってエロスは最初は世界の一元論的対立から出発するが、最後は自ら神となる絶対的一元論の中に自他一切の対立を解消し去るものである。これに対してヨーロッパ的神概念は神と人とを根本的に区別するものである。神と人間とは質的に異る。その間には無限と有限との間の越ゆべからざる深淵が横たわっている。この神の無限のへだたりの意識は、たとえばキェルケゴールにとっては人間存在の根源的悲劇性の意識とむすびつくのである。神と人間との関係はしたがって合一ではない。人間は神ではない。ただ神と交わるのである。（キリストを媒介として。）この交わり communion においては個別性は失われない。むしろ固められる。エロスが合一であるとすれば、アガペは交わりである。パッションはその狂熱の瞬間における我と汝の消滅をねがうが、結婚は両者の独立なしにはありえない。交わりは個別化の原理でもある。こうしてアガペは「受肉」の秘義から出発して、エロスとは逆に個別化に向う。この交わりと個別化はヨーロッパの人格思想の根底をなすものである。ルウジュモンが、ガブリエル・マルセルやエマニュエル・ムーニエ等と共に人格主義者の一人と見なされている所以もここにあると思われる。

それでは何故 amour-passion という情熱愛の恋愛観がエロス崇拝の東洋に生じないで、キリスト教化されたヨーロッパに発生したのであろうか。この疑問に対して著者は次のように考えている。エロス崇拝は元来秘教 ésotérisme の形式をとって、一般に門戸を閉ざしていたが、キリスト教は広く万人に向って教えを説いた。ヨーロッパは表面はキリスト教化されてはいたが、それは屡々上から押しつけたもので、内部には異教的要素がまだ根強く残存し、他方東洋からは絶えず異端の思想が流れこんでいた。それらは教会の有形無形の圧迫をうけながらもキリスト教に対して執拗な暗黙の抵抗を続けていたが、とくにキリスト教の結婚観——離婚を許さぬ一夫一婦制、結婚以外の一切の男女の肉体的関係の禁止——は異教的な生活感情にとっては耐え難いものであった。しかも一方封建社会の結婚の実情は上層階級にあっては物質上の打算と便宜に終始していたのである。そこでいま問題となっている十二世紀の頃は社会の動揺と混乱から結婚に対する嫌悪の気風が人心を捉えていた。これらの事情が集って、キリスト教とくにキリスト教結婚に対する反動として、結婚を否定する恋愛の観念の発生する地盤を用意した。そこに生れたのが、トゥルバドゥルによって歌われた amour courtois である。それでは amour courtois とは何か。私にはこの語をどう訳してよいか未だ分らない。courtois とは、普通は愛想がよいといった意味だが、ここではもっと特殊な内容を指している。我が国の「雅」という語がこれに近いのではないかと思う。辞書には arme courtois とは刃を鈍くした武器のことだと出ている。人を傷つけた場合にも相手を余りひどく傷つけないために故意に刃を鈍くしておく、そういう精神が courtois なのであろう。ともあれ、この愛は卑俗な欲望から浄化された高度に洗練された純精神的な愛を指す。それは世俗的な結婚の外に立ち、物質的所有や肉体的関係を否定する。それは独自の掟を持ち、純潔と慎しみを何よりも貴ぶ。「愛は純潔から来る」«De chasteté vient amour»、詩人は先ず自己の崇拝の対象となる女性 dame を選ぶ。だがその婦人の心を獲得するために普通に用いられるような手段は一切用いず、ただ美しい言葉と音楽のもつやさしい力だけを用いて女性の心を捉えるように努めなければならない。そしてその心を征服した暁も、ただその婦人の前に恭しく跪き、永遠の忠誠を誓うだけである。相手の女性はその誓いを受け入れたしるしに詩人の額にかるく接吻し指輪を与える。こうして詩人は永久に思慕する女性の忠実なしもべとなる。ただそれだけである。二人の間にはそれ以上のことがあってはならない。これ以上の行為に出ようとすることは、相手の女性の軽蔑を招くばかりである。秘密と忍耐と慎しみがこの愛の保証である。詩人は婦人の面影を胸にいだきつつ、どんなに苦しくともただ一人みたされぬ恋に耐えていなければならない。こうして詩人の歌は、たえず「否」を言いつづける女性に対するやるせない嘆きの調べとなる。それは不幸な恋である。何故なら永久に満される希望のない恋なのだから。しかしそれが不幸に見えるのは現世の眼で見るからである。詩人には、その不幸な恋は世のどんな幸福な恋よりも貴重なのである。何故ならそれは彼を現実の卑俗から純化して、現実の上に高めてくれるからである。このような恋愛の観念は当時の封建社会の現実とは著しい対照をなしていた。そこでは女性の地位は極めて低く、男たちは粗暴な行為に身を委ねていた。次のようなエピソードがある。嫉妬にかられた夫が妻の愛顧を受けていた詩人を殺し、その心臓を料理して妻に食べさせた。後で話を聞いた妻は、夫に向って、貴方はまたとない珍味を御馳走してくれた、と言い放つや、塔の窓から身を投げた。この物語は、この愛の観念がどのような時代の雰囲気の中に生れたかを如実に語っている。それは自己が現実におかれている社会環境に対する反抗として生れたものであって、当時の社会的条件の中には、女性を男性の上におき、これを霊的憧憬の対象として詩歌の源泉とする思想を生み出す要素は全く欠けていたのである。又低い本能を美化しようとする自然の要求から生れたとする説明も、ここに見られるような自然に反抗する「禁欲主義」を自然によって説明することはできない。その上何故この愛の観念が特に十二世紀のフランスの南部に発生し、忽ち人々の心をあのような勢で捉えたかということを説明することは尚更不可能である。そこには特殊な要因がなくてはならない。そしてそれは当時の宗教事情に求められなくてはならない。

こう考えるとき当時フランス南部に勢力をふるっていたCathares、或は愛の教会と呼ばれた異端の一派が浮び上ってくる。Cathares は pur で純粋という意味である。カタルシスは下剤をかけて体内の毒物を排泄する浄化作用をさすが、このように生命の毒性から完全に浄化された清められた人を指しているようである。

このマニ教の一分派である異端も二元論を根底としているのだが、この二元論の生みの親はいつも悪の問題なのである。余り悪を凝視し、これを絶対化するところに二元論が生れる。Cathares にとっては神は愛である。しかもこの地上は悪であるから、神は悪の創造者たり得ない。かくして愛の創造に属するものと悪のそれとに世界は二分される。彼等は受肉のドグマを否定し、キリストの中なる人性は単なる外見にすぎないとする。キリストは、悪の支配しているこの地上の牢獄から善人の魂を解放せんがために来たのである。この教義では、女性は人間を堕落へ引きこんだ誘惑者であるが、またこれとは反対に女性は光明の原理のシンボルでもあるのである。教徒は parfait（「完全な人」の意）と croyant（「信じている人」）の二つの段階に分れる。前者には絶対的な純潔が要求される。それは結婚と生殖を否定し、夫婦であると否とに拘らず一切の男女の肉的関係を禁止する。又兵役を拒否し、肉食せず、通常は二人ずつ連れ立って諸国を遍歴する。（parfait はここでは完全に霊化された人、普通の肉的存在を脱した純霊的存在になった人、これに対してcroyantはそういう霊は信仰してはいるが、未だそのものにはなりきれず、人間的な束縛の中にとどまっている人という意味であろうか。後者にはまだ夫婦生活が許されている。こういう「完全」という観念は、カトリックのsaint（聖者）という観念とは非常にちがっている。ベルナノスの小説などに現われる聖者は完全でもなく、純霊でもない。肉をそなえた弱い人間である。こういう処に「受肉」を否定したカタールの立場が見られるような気がする。）

カタールとトゥルバドゥルの関係の究明は著者が最も力を注いでいる部分だが、専門の歴史家の間では両者の関係を客観的に立証できるような資料は今のところ存在しないというのが定説となっているようである。これに対してルウジュモンは、トゥルバドゥルが好意的にむかえられた家がしばしば有名なカタール派の中心であった事実をあげて、トゥルバドゥル達がこの異端の勢をふるっていた同じ土地で何時もその噂を耳にしながら、それに対して何の関心も抱かなかったとしたら、その方がかえって不可解であろうといっている。彼はカタールとトゥルバドゥルの問題を専門家が純歴史的な問題としてのみ処理しようとする態度にあきたらず、これを心理的に掘り下げようとする。そういう行き方のみが問題の本質を明らかにするものであると考える。こうして問題を歴史の地盤から心理の地盤へ移してみると、両者の精神の間には資料の有無を離れて、深刻密接な関係が看取される。彼はそれをフロイド学説と超現実主義の詩人との関係に比較している。例えばナチスのような全体主義国家が、フロイドの学説を有害として著書を悉く焼き払ってしまったとする。そして後世の人の手には、フロイド学説の概略（夢の解釈など）と若干の超現実主義の作品のみが残され、両者の具体的な関係を示すような資料は何一つ残らなかったとする。その場合専門家達はきっと両者は無関係であると主張するであろう。しかし問題を心理的に洞察する人の眼には両者の密接な関連が見逃がされない筈である。このフロイド学説と超現実派との関係に似たものがカタリスムとトゥルバドゥルの間に見られる。フロイドなしには超現実主義は考えられぬと同じように、カタールなしには amour courtois は存在しなかったのである。

だが陰鬱厳格な禁欲主義を説くカタールの教義と、花と果樹園と曙と dame を歌った明朗で情熱的なトゥルバドゥルとの間にどんな共通性が認められるのか。まず結婚に対する態度。カタールは結婚と生殖を否定し一切の男女の肉体的交渉を禁じている。その純潔性への要求の中には一切の生産的活動への嫌悪がひそんでいる。活動よりも無活動が、生よりも死が優位に立つのである。私を地上に縛っている肉体から完全に離れ切ってしまうこと。求めもせず、強いられもせず、しずかに死を迎えること。これが parfait の境地である。amour courtois も結婚を卑俗な所有と見なしている。結婚は女性を男性の隷属物、欲望の道具とすることである。そのような不純な関係の中に真の愛はありえない。愛は純潔から来る。amour courtois は女性を生産行為から純化し、純霊的存在として讃美する。ここにも生産活動に対する嫌悪がある。そして創造を否定した純潔性への要求は死への渇望と変って行く。詩人は屢々満たされぬ渇きにやつれた自分を生ける屍にたとえている。彼の不幸な恋は彼の中から dame への欲望以外のすべての感情を殺してしまった。もう何の欲望もなく、生も感じない。生きながら死んでいる。しかもその病いから癒されようともしないのだ。自分の病いの原因である「彼女」elle 以外の何ものによっても救われたくないのだ……。又カタールの兵役拒否は社会の支配者である男性的原理の否定であり、amour courtois の女性的原理の優位と同じ思想から出たものである。この他に両者に共通する秘教的要素 ésotérisme がある。カタリスムは選ばれたもののための秘教である。amour courtois も同じ秘教的性格を濃厚にもっている。それは独自の儀式をもち、掟をもっている。その中の或るものはカタールの儀式を思い起させる。カタールの入門式では水による洗礼を廃して、額に手を置く。またマニ教では信者の臨終には光明の半身が枕頭に現われて手を額の上に置く。そして天使は彼に祝福の眼差を贈る。トウルバドウルがその渇仰する「婦人」dame に絶えず乞い求めているものもまた彼の疲れた額の上に置かれる手であり祝福の眼差である。この手と眼差の中には彼の魂の一切の病いをいやしてくれる力があるのである。彼等の詩の中では、dame は神そのものと屢々混同されているのであるが、それは現実の女性を意味しているものとするには余りに非個性的であり、曖昧で、象徴的である。或る人はトウルバドウルの詩を評してまるで一人の詩人が書いたもののようだと言った。それは全体としては前例のない独自な文学であったが、一人一人の詩人は同じテーマを同じ型にはまった用語で歌いつづけたのである。そこには個々の詩人の現実の恋愛体験を歌ったにしては具体性が欠けている。たしかにそこには何かもっと別のものがある。ミスティックな体験の匂いがする。その語法に付き纏う曖昧さ、秘密の暗示性、たえず二重の意味を帯びて語りかけてくるイメージの象徴性。アレゴリーの栄えた中世という時代を考えれば、そこに繰り返し出てくるイメージ、《彼女》とか《夜明》とか《果樹園》とか《仲間》とか、それらは通常の意味とは全く別の、もう我々には知られないが、当時彼等の間では、馴染深い明白な体験を象徴していたものと見る方が自然であろうと著者はいう。また著者はトゥルバドゥルのレトリックにはアラビアの神秘詩の影響があったことを指摘し、その詩の中から、《一人の光り輝く乙女が、橋の入口に立って、近づく霊魂に向って「私はお前だ」と呼びかける、》という意味の詩を引用して、トゥルバドゥルが歌ったdameは、根源においては共通の神秘的な宗教体験をあらわす象徴であり、現実の女性ではなく、自己の光明の半身であったと主張している。dame崇拝はカタリスムと同様エロス崇拝であり、amour courtoisは言葉の本質的な意味で宗教であったというのが著者の最後の断定である。

十二世紀頃のフランスはイタリア・ルネサンスとは別個のルネサンスに当面していた。社会の全般にわたって精神革命が遂行されつつあった。分裂が社会の上層部から下層部に至るまでを貫き、主従、親子、夫婦、朋友の間も容易に信じ難い状態であった、という。こうして物質上の便宜に堕した結婚に対する反感が一般にひろがっていた。しかも一方ではキリスト教の結婚に関する掟は尚存続し、他方にはカタール派の一切の男女関係を禁圧する禁欲主義があり、この中間に挟まれ、両方から責められながら、当時の封建社会のブルータルな男性の権威に反抗し、女性的な原理principe féminineの優位の中に光明を見出そうとする心の動きがあった。そこからamour courtoisという恋愛の宗教が生れたのである。当時のエピソードとして、「見知らぬ貴婦人」princesse inconnue

を求めて海を渡り、遂にさがし求める意中の女性と巡り会って、その腕に抱かれて此の世を去ったという吟遊詩人のことが伝えられている。これはこの愛の宗教が当時の人の心をどのような熱烈な感激に投じたかを物語っている。

amour courtois が南方から北部地方へ伝えられた時、これに新しい要素が導入された。それは官能という要素である。これはケルトの原始の本能がもたらしたものかもしれぬ。こうして生れたのが、トリスタン＝イズー物語をはじめとするロマン・ブルトンである。だが、amour courtois にとっては官能は禁じられている。これを犯すことは罪である。したがって官能の導入とはすなわち過失 faute の導入を意味する。この詩の世界への過失の導入がロマンの発生の契機となるのである。ここでルウジュモンは注目すべき小説論を述べている。それは旧約聖書の創世記の思想、――人祖のアダムとイヴの罪から歴史の世界が生れたという思想――の上に立つものである。トゥルバドゥルの文学は単なる chanson の世界である。というのは未だ理想の世界であったということである。そこへケルト人の官能が侵入し、理想の世界がこわれて、ここにロマンという新しい世界、時間的空間的展開の世界がひらけた。ここで「妨害」という思想をもう一度思い出してみよう。これは著者の独創的な思想の一つである。「妨害」とは、おしつめれば、時間＝空間的制約、時空の厚みの如きものをいうのである。アダムとイヴは楽園にある時は衣食住のために心を労することはなかった。しかし楽園を追われた後は、日々の糧を得るために額に汗して働かねばならなかった。石ころの多い土を耕し、種をまき、実のなるのを待たねばならない。「大地は呪われる。」病気、死、運命の敵意を経験しなければならなかった。生きることは苦痛となった。これが人間が理想の楽園を追われて時空の世界へ足をふみ入れた時、見出すものなのである。そこに裏切りや争いや過誤がある。一言にして言えば「妨害」がある。人間のドラマがはじまる。……そして amour courtois が理想の世界から人間のドラマの世界にうつされた時、amour-passion となるのである。

以上書いた処は『恋愛と西洋』の前半の部分にすぎない。がこの書の根本思想は一応これで示せたかと思う。後半は主として前半で発見された amour-passion という思想の歴史的適用である。この根元を宗教のミスティックな体験におくパッションがその根元を切り離されて頽廃していく過程を、ペトラルカ、シェクスピアから始めて現代の小説や映画まで跡付けようとする。また戦争というパッションとの密接な関係を分析した興味深い章も別に設けられている。私はこの書でパッションという言葉の意味を教えられたような気がする。勿論私は著者の思想をそのまま受け入れている訳ではない。カトリックの中でも異論のある人が少くないと思う。大体この本は他人の同意を必要としない本だ。私にはこの書の学問的価値について語る資格はない。殆どはじめて聞くようなことばかりであった。そんな私が解説したのだから随分滑稽な間違いをやっているかもしれない。ただこの書には博識ではあるがそれだけではない不思議な面白さがある。私はその面白さをお伝えしたかったのだが、あるいは逆効果に終ったかもしれない。ポオはアウグスチヌスの神国論を読んだ後の感想に、この書は同意はさせはしないが様々な思想を呼び覚ます力がある、と書いていたが、ポオのこの言葉は『恋愛と西洋』にもよく当てはまるように思われる。

『恋愛と西洋』に対するサルトルの批評について

「くろおぺす」二十一号でルウジュモン著『恋愛と西洋』の紹介をしたが、それについて二十二号に小島輝正さんがサルトルの同書に対する批判を訳載された。これは、ルウジュモンの著書があちらで惹き起した反響の一端をうかがわせてくれる興味深いものであるが、他方両者の思想的立場が全く対照的であるだけに、このサルトルの短文の中にも色々重大な問題の萌芽が含まれている。以下それについて少し書いてみたいと思う。

さて、この『恋愛と西洋』は、反対の立場にある者ばかりではなく、同じキリスト教徒の間にも相当の衝撃を与えたものらしい。「われわれは皆カタール教徒であるか」という表題で書かれた批評もあるようである。その筆者がカトリックであるかどうかは分らないが、私自身もこの書の読後に同じような印象を受けた。ルウジュモンは、エロスとアガペの対立の上に彼の思想を展開しているが、それは非常に魅力的であるだけに、この二つの型の中へ何もかも押しこめようとする危険がなくはない。サルトルのルウジュモンへの反撥には、そのような類型化に対する反撥も働いているようだが、しかし彼の場合はそれだけではない。サルトルにとって、パッションは非常に大切なものので、ルウジュモンはこれに攻撃を加えたのだから、サルトルはこれを守る必要があったのである。このパッションについての根本的に対立した思想が衝突しているとも見ることができる。

話が少しそれるが、先日文学座の「ブリタニキュス」の上演を見て、この古典劇のすさまじいパッションの表現に驚かされた。これは、一人の平凡な国王であったネロ——野心家の母親を怖れ、忠臣の勧めにも従い、多少の善政も行っていたネロ——が、歴史に見られるような残忍邪道なネロに生れかわる運命的な一日の出来事を取扱ったもので、その新しいネロの誕生は、とりもなおさず、パッションの発生に外ならないのである。しかもラシーヌの描くパッションは、ルウジュモンの分析と符合するところが多く、私ももしルウジュモンを読んでいなかったら、これほど興味を覚えなかっただろうと思われる。とくに「パッションは決断である」というルウジュモンの言葉はこの劇の中心的主題をなしている。ドラマは、ネロが横恋慕から、恋仇の義弟の暗殺を決行するまでの内心の動揺と、それを通じて次第に暗いパッションに征服されていく過程を描いている。最後に決断が下され暗殺が決行され、鎖をとかれたパッションと共に、夜と死が一切の上に支配を完成する……だが、私が興味をひかれたのは劇そのものの外に、この典型的なヨーロッパ的パッションの表現を前にした日本の観衆の態度である。私の感じでは、観衆はかなり劇にひきこまれているように見えたが、最後に、死の影につつまれた廃墟のような、陰惨な、だが美しい舞台に幕が下りた時、まばらな拍手が起っただけで、観衆の間には困惑の表情が見られたようであった。それは、異質的なものを前にした時におぼえる難解さの感じであった。それではこの劇のどこが難解なのか。暴君や暗殺は東洋に珍しいものではない。しかしこのような悪は、ルウジュモンのいう昼の世界に属する悪である。ネロを捉えているものは、本当はそのような昼の悪ではなく、まさしく《夜のパッション》なのである。だから、劇のテーマは道徳と情欲の葛藤でもなければ、暴君や暗殺や淫蕩でもない。真の主題をなすものは、ルウジュモンのいう夜への exaltation、あの自己破壊的な狂熱ともいうべきものである。このヨーロッパ的魂を形づくっている《夜》は、ヨーロッパ文学の到る処で、我々が出会うものであって、我々はこれにつよく惹きつけられはするが、実際はこれを本当に理解しているとは言えないのである。それが偶々ラシーヌのような完璧なクラシック的表現の枠の中にはめられると、ヨーロッパ的《夜》の本来の異質性が一層はっきりと印象づけられることになったのではないかと思われる。こういう事実は、パッションをヨーロッパに局限しようとすることに不満なサルトルに幾分不利な例証となるだろう。

サルトルは、ルウジュモンがシナにはアムール＝パッションは存在しないと言った点を取上げて、これに対し、自分にはそういう問題には答えようがない。が、ルウジュモンがそのような大胆な断定を下した根拠となっているものもごくありきたりの知識にすぎないのではないか、といった態度を示している。そういうサルトルの気持は、アムール＝パッションというものは、ルウジュモンが考えているように、古代や、或はヨーロッパ以外の或る種の地域に存在しなかったとしても、それはパガニズムのタブーとか家門的制約によるものであって、それらの妨害が除かれさえすれば、どこにでも発生しうる普遍的な現象ではないかというにあるようだ。つまり近代化の進行とアムール＝パッションの発生を平行的に考える立場であると見られる。（ところがルウジュモンにとっては現代の恋愛崇拝は現代のパガニズムであって、このパガニズムの根源をつきとめようとするのが、彼の書物の目的であった。）

さて、問題の個所であるが、ルウジュモンはそこで、シナにはアムールとかラヴとかいう言葉に相当する言葉がないと言っている。また夫婦の間にもヨーロッパ人のような愛情表現がない。そういう事実は、ルウジュモンにとっては、結婚愛と情熱愛との本質的な相異を示すものなのである。情熱愛は、己れ自身から生れ、à partir de soi, non de l'autre 己れ自身に向う《愛への愛》であるから、常に愛していることを感じていなければならない。否、愛していると感じていることが、愛することなのである。だから愛という言葉がどうしても必要である。愛情を表現し、美化することが、愛することが必要である。しかるに結婚愛は、ルウジュモンによれば、仕事 œuvre への意志である。夫婦は協同者であり、毎日毎日の緊張した仕事の中にとけ込んでいるので、愛を感じる必要はない。又美化する必要も感じない。夫婦が自分達の愛情に意識をむけているということは、別れているとか、この他正常でない場合である。だから結婚というものは愛という言葉を必要としない。ルウジュモンは、こういう結婚観に関連してシナを取上げていたように思う。で、サルトルが言うように、ルウジュモンが実際にアムール＝パッションはシナに存荘しないと言ったとしても、それは事実としてのアムール＝パッションよりも、アムール＝パッションの観念の方をより多く指していたと思う。ただ前述したように、アムール＝パッションが自己意識へ向う愛、愛のナルシシスムであるとしたならば、アムール＝パッションの観念なしにアムール＝パッションという現象も存在しないと考えることも出来るわけである。

サルトルはここにルウジュモンの思想のあいまいさをみている。サルトルは、ルウジュモンがアムール＝パッションの発生を説明するために、トリスタン物語やトウルバドウルの詩のような文芸作品を分析の対象としているが、それらの文学的表現の中に見出されたものが習俗の中に存在するかどうかということは別に証明を要する問題であるし、また文学作品から作り上げられたパッションの観念と各個人が生きている現実のパッションとを同一に扱うことは出来ない、と考える。彼にとってはパッションの空疎な観念は用がない。

大切なのは、現実のパッションである。ところでルウジュモンにとってはパッションは、客観的な事実としては扱うことは不可能な現象なのである。それは事実であるよりも誘惑 tentation なのである。しかも普通の誘惑とは異った、時代思想の誘惑ともいうべきものである。彼がパッションの神話と呼んだ理由もそこにある。彼は魅惑 charme という言葉をしばしば使っているが、これは彼がパッションをどういう風に体験しているかを示している。彼は言っている。「我々はその魅力を味わい始めている。もう身を避ける時ではない。Nous sommes atteints われわれはもうつかまっている。我々のなし得る唯一の抵抗は、顚落の中にあって身を支えること、すなわち認識することである。」このルウジュモンのパッションに対する態度は、ドストエフスキーが思想というものに対してとった態度に非常によく似ている。ルウジュモンにとっては、パッションはそれ自体としては実体のない虚無であるが、我々がこれに捧げる生血をすすって生きる偶像であった。それと同じようにドストエフスキーは思想の中に、時代の偶像、時代の誘惑者を見た。彼は自分自身がこの思想の毒を呑み、この実体のない偶像が人間の若々しい清純な生命を食いほろぼし、その血をすすることによって如何に魅力を帯びてくるかを身をもって体験したのだ。そして彼の周囲に彼と同じ犠牲者を見た。彼は思想がパッションであることを深く理解し、そういうものとして思想を表現したのだが、そこに、彼の文学の秘密があるように思われる。

サルトルは、ルウジュモンがパッションの発生の源を歴史的に探求しようとした態度を歴史主義と見て、ルウジュモンがパッションを歴史的相対主義の見地から歴史的に発生したものは歴史的に消滅すると主張するために歴史を利用しようというのならば、同じ方法を我々はキリスト教にも向けたくなるではないか、それともまた相対的なものを通じて絶対的なものが出現することもあり得るのだから、パッションは歴史的に発生はしても、一度出現すれば、人間の本性と切離すことの出来ない絶対的な現象であると見做すべきなのか、その点が曖昧だと反問している。サルトルは、パッションを現実に生きつつあるのだから、そういう自分が何世紀も昔のキリスト教異端のカタリスムなどの影響のもとにあるとは信じられないことだから、ルウジュモンの歴史的説明は彼には神話の神話と見えたのである。

ところでルウジュモンが歴史的相対主義の立場に立っているとは私には考えられない。彼がパッションという現象から「歴史」を掘り出したのは、その根の深さを示すためであった。とはいえルウジュモンが、パッションを人間がその支配から逃れることが出来ない絶対的なものと考えているとは尚更考えられない。ここでも誘惑という考え方が非常に役立ってくる。つまりそれは人間性に内在的なものではなく、外からくる atteindre ものなのだ。しかし誘惑が存在するためには、我々の中にそれに応じるものがなくてはならぬ。ルウジュモンは、「パッションは単なる誤謬 erreur ではない。それは決断 décision である。」と言っている。その意味は、パッションとは単なる誘惑ではない。すなわち何も無いところに何かがあると考えたり、醜悪なものを美しいと思い違ったりする事だけではない。それだけではパッションは存在しない。パッションが出現するためには、決断がいる。それは人が自ら選ぶものなのだ。ルウジュモンの言葉を借りれば《昼》を捨てて《夜》を選ぶことである。パッションの火を燃やすものは、この魂の暗夜でなされる決断である。パッションにとらえられたものにとってはパッションは運命的なものである。然しパッションが彼にとって運命となったのは、彼が選んだからなのだ。自己が自己から脱れられないように人間は自ら選んだ運命から脱れることが出来ない。すくなくとも自分自身だけの力では、不可能なのである。これがパッションの夜である。私はパッションの根の深さということを言ったが、実はパッションの根は、深くはないのである。パッションの夜も、「昼」を捨てて「夜」を選んだ者にとっては、出口のない、底なしの永遠の夜ではあるが、それ自体としては深くはないのである。これがパッションは誘惑であるという意味である。ここでもう一度ドストエフスキーを思い出してもよい。例えば『悪霊』の夜、それは思想の魅惑のとりことなった人々を呑み込んでしまう夜ではあるが、終りのない夜ではない。それは夜明け前を思わせる暗さである。ドストエフスキーを始め、グリーンとかベルナノスとかのキリスト教作家があのように夜を深く探ろうとしたのも、夜には終りがある、と確信していたからである。ルウジュモンがパッションの夜に分け入ろうとする心も以上の作家達と異なるところがない。

然しパッションが決断であるということは、暗黒を選ばせる暗黒が人間の本性の中に内在している事になるのではないか。してみれば人間存在は暗黒な力と光明とに二分され、この二つの力の闘い合う場であるという二元論に再び逆もどりするのではないか。だが決断ということは自由ということである。悪は自由の濫用から生れるが、自由は悪ではない。濫用される可能性は自由から切離すことが出来ない。これを絶滅すれば自由をも絶滅することとなるだろう。またキリスト教でいわれる原罪も、人間本性に内在する暗黒の力というよりも人間に負わされているものである。われわれは恩寵によってこの原罪の軛を解かれることが出来るのである。つきつめて言えば、ルウジュモンにとっては、パッションとは虚無の誘惑であり、死の誘惑である。それは他の諸悪、淫蕩とか貪欲などの「昼」の世界の悪とは別のものであるが、彼はこの自己破壊的な死の本能を生命そのものに内在させてはいない。どこまでも外からの誘惑として把握している。

サルトルとルウジュモンの思想の食違いのもう一つの点は自然に対する考え方である。サルトルは、パッションはミスティシスムと同じ超越への人間の要求であると言う。そしてルウジュモンはこの超越の要求を人間的自然に内在させなかったから、パッションの根源を遠い過去の中に求めなければならなかったのだが、それはルウジュモンの自然に対する見解が狭隘であって、自然のディアレクティクを把握することができず、自然の中から自然を超越する要求を引き出すことが出来なかったからだ、と考えているように思われる。サルトルが性のディアレクティクについて言っているのは、そういう意味であると思う。それはルウジュモンが自然の欲望は満たされれば止む。然るにエロス的欲望は果てしなき欲望、反自然的欲望であるから、それは自然から来るのではなく、外から人間を襲うものである、という見方をしていることに対する反論である。サルトルは言う、性が単なる「下腹のむずむず」に過ぎないものなら、満たされれば止むだろう。然し性はそれだけであろうか、性のディアレクティクは、もっと我々を遠い処まで連れていきはしないかと。言い換えれば、性というものは「下腹のむずむず」を遥かに超えた、肉体のものとも精神のものとも言い難い一つの渇きを目覚ませ、この渇きは我々自身を超えて世界の中へ我々を投げ出すのではないかと。私はこれを読んだ時、中村光夫の志賀直哉論を思い出した。中村光夫は、中年の志賀が、祇園の芸者と関係が出来た時、その女との関係を純然たる肉体のみの関係であると割り切ってしまったことについて、これは中年男の自分の生活を壊されまいとする利己的な保守主義であると指摘した。中村光夫の考えは、性の関係というものには、かりそめのものであっても肉体だけに終らせないものが自らあるのだ、それを志賀は抹殺してしまったのだ。そういう一種の暴力的なものに反撥しているように思われた。この観察は人を納得させる力を充分持っている。然し、ルウジュモンが自然は充足すると考えたことには別の深い意味がある。彼は、充足 satisfaction という言葉を繰り返し用い、それに重要な意味を持たせている。パッションを満たされぬ不幸な愛といい、夫婦の愛を満たされた、その故にいろいろの不完全さにも拘らず幸福な愛であると言っている。そしてこの充足こそ社会的道徳的安定と創造的な仕事の基礎となるものであると考えている。私はルウジュモンのアガペを考えようとする時、例えば一人のバッハの生涯、芸術と家庭がすべてであったというバッハの生活の充足の深さ、創造の根の深さを考える。このような自然とアガペは決して対立するものではなかった。アガペは自然を聖化し、自然は、アガペと結合されて安定する。エロスは、この自然の安定をかき乱し、これに混乱を導入するものである。アガペはむしろエロスの破壊的な力から自然の安定を守るのである。

ところがサルトルは、ルウジュモンが自然と信仰を対立させていると言う。それはサルトルにとってはエロスは自然であったから、――彼自身も自然的エロスという言葉を使っている。――ルウジュモンのエロスとアガペの対立を自然と信仰の対立であると考えざるを得なかったのだと思われる。

ルウジュモンにとっては、エロスは、本来divin（神的）なものであって非人間的なものである。「エロスは純粋への欲望である」とも言っている。それは自己から発し、自己に閉じこめられ、自己を無限に昇華しつつ、遂には自己を否定するに至るところの果てしなき欲望である。大文字の欲望は欲望の否定であり、これが欲望のディアレクティクである。ルウジュモンは「エロスには近き者がない」L'Eros n'a pas de prochain と言う。パッションは非人間的であるだけ本来の神聖さが保たれているわけである。ルウジュモンは、トリスタン物語のテキストの一つで作者が恋人達が飲む媚薬の効果を出来るだけ弱め、二人のパッションを出来るだけ人間化humaniser しようと試みたことについて、パッションの俗化profanation の第一歩がそこにあらわれていると見ている。彼によれば、近代文学の歴史は、神的でdivin 非人間的でinhumain 怖ろしいパッションをば、人間化し、俗化していった過程を示しているのである。ただその中で偶々モーツァルトとかワアグナーとかいう音楽の天才が現われて、パッションの本来的な暗黒な力を表現出来たとみている（ドンファンとトリスタン）。このようなパッションの非人間性は、サルトルのパッションとは非常に対立するような印象を与える。サルトルにとってはパッションは人間の真髄のようなものであった。パッションの夜の中で彼を人間と世界に結びつける唯一の絆であった。ここで一寸触れておきたいことはサルトルの性のディアレクティクという思想は、神秘的超越の要求と性を結び付けることになるということである。そのことは性の神秘化という結果を必然的にもたらすのではないかと考えられる。ルウジュモンは彼が問題としている十二、三世紀頃のヨーロッパに伝えられていたと推定される或るテクニックのことを書いている。それは中近東方面に行われていたらしい密儀で、満たされない性の昂奮を神秘的な超脱に用いようとするものである。この宗派の新入門者は女の信徒と同じ部屋に寝る。最初の四十日間は女の足もとに、次の四十日間は女の傍に、次の四十日間は、反対側に、最後には抱き合って、寝る。その間彼は性を抑制しているのである。これは欲望の崇拝が欲望の否定に至る典型的な場合である。勿論私はサルトルの性に対する思想はこのような性に対する態度と直接関係があると考えているわけではない。だが欲望の神秘主義ともいうべきものについて両者には或る共通したものがひそんでいると言えないだろうか。この欲望の神秘主義は近代思想の底を流れているものであって、我々も無意識の中にこの思想の影響を受けている。我々の生命はその純粋な形においては無制約な欲望であり、これに対して社会は秩序を保つ為に制限を加えようとする。人間も社会に生きる限りはこの制限を受け入れざるを得ないけれども、これらの秩序は生命に対して外から強制されるものであり、それは純粋な生命の立場から見れば一種の妥協である。生命を、秩序とのこの対立と緊張の中に捉えるということは、現代人の誰もが無意識の間にやっていることである。我々は生命とは欲望であるという思想を殆ど問うてみることすらしない。生命即欲望という思想の存するところにはエロス思想が現われている。だが、キリスト教が、生命が愛であるという時、その愛は欲望とは違ったものを指している。それはエロス的な欲望ではない。エロスは無限の超脱であり、帰って来ることのない運動である。然るにこれは生命の別の動きであり、復帰の運動である。それは狂熱からの解放であり、狂熱からの解放が世界への、人間への復帰なのである。

聖書の中には、「蕩児の帰宅」という有名な物語がある。ペギイはこの物語を涙なしに語ることが出来なかったと伝えられるが、ジイドはこの物語から彼一流のパロディを作った。蕩児は年をとって生命の衰えを感じた時、父の家へ帰って来たが、これに代って次の世代の若者が家を出て行く。それは『地の糧』の作者、欲望の讃歌を書いたジイドとしては当然のことであろう。ジイドもサルトルも欲望のディナミズムによって、自分を世界の中へ投げ出すということを考えている。だが、彼等の思想には、帰る動きがない。我々はパッションと欲望の世紀の中で、復帰ということが何を意味するかを理解できなくなって行くように思われる。だが、我々を世界と「近き者」へ現実に導いてくれるものは、エロス的欲望であろうか、アガペ的愛であろうか。我々は世界へ出て行くのであろうか、世界に帰ってくるのであろうか。ルウジュモンは、エロス的欲望は自分を超えることは出来ないと考える。この純粋への要求は自分自身の中に囚えられている。「我々は欲望を無限に昇華することによって神に達しようとしても無駄である。我々は依然として自分自身にとどまるであろう」。そしてジルソンもまたこれに答えるかのように、「単なる直観は、どんなにすぐれた直観であっても、自分自身への直観にすぎない」と言っている。私はこれを読んだ時、納得できないような気持がしていた。たとえばランボオはどうなのか。ランボオの直観が、自己を超えた彼方の世界に達していないだろうか。クローデルは彼の中に自然のままの神秘家を見ているではないか。だがしかしランボオが現実に世界に帰るために嘗めねばならなかったあの苦しみは何を意味するのであろうか。そして彼を最後に世界に連れ戻したものは、貧しさ humilité ではなかっただろうか。ジルソンは、我々を神と世界へ導くものはロゴスであると言うのであろう。そしてロゴスの声にしたごうことが humilité であり、それが復帰 retour ということである。それ故、復帰は、決して超越の否定ではない。復帰することは超えることとなのだ。それは自己を超えて世界へ帰ることとなのだから。ガブリエル・マルセルは、時間の超越という問題について、こう言っている。我々に時間を超越させるものは、プルウストが誤って考えたように、記憶ではなくして、忠節 fidélité である、と。fidélité にも試練の夜がある、だが、彼は暗黒の中で彼を支えてくれる手のあることを信じ、それに自分を委ねている。ルウジュモンは十字架のヨハネの美しい言葉を引用している。「私は上へも下へも引かれはしない。私は私の humilité の中心にいる。」

（附記。最近M・C・ダーシー著『愛のロゴスとパトス』が翻訳出版された。これはルウジュモンが提出した問題に対する一つの解答とも見られる。私は故意にこの書は読まずにこれを書いた。ダーシーの著書についてゆっくり読んで書いて見たいと考えている。ともかくエロスの解釈はカトリックの間でも実にまちまちであるらしい。ルウジュモンの解釈がカトリックの解釈を代表するものではないことをお断りしておく。）

「あれかこれか」と「あれもこれも」
——ダーシーの『愛のロゴスとパトス』を読む

アニムスとアニマの家庭はどうも近頃うまく行っていない。二人が短い蜜月旅行を了えて帰って来てからもう大分になる。蜜月旅行の間はアニマも自分の好きなことを喋ることが許されていたし、アニムスはその彼女のお喋りをさも嬉しそうに陶然として聞き入っていた。要するに何といっても二人の家計はアニマが持ってきた財産を基にして維持されていた。しかしアニムスはそういつまでも此の卑い位置に甘んじていなかった。忽ちのうちに彼はその本性を、つまり虚栄心の強い、ペダンティックで横暴な性質を暴露し始めた。アニマは何の教養もない愚か者だ。彼女は学校へも行ったことがない。ところがアニムスはいろいろなことを知っているし、本は山ほど読んでいる。……今ではアニマは一口も言うことを許されない。……彼女が言いたいことは全部彼女よりも彼の方がずっとよく知っているというのだ。アニムスは自分では妻に不実を働いている、がそれだからといって嫉妬深くないわけではない。何故なら、財産が全部アニマのものであること、自分は結局乞食であり、彼女から貰うもので生きているのだということを、心の奥底ではよく心得ているからである（尤もそれもすっかり忘れてしまったが。）そこで彼は絶えず彼女を苛めては、金を搾り取ろうとしている。……彼女は何もいわずに家にいてお料理をしたり、全力をあげて家を掃除したりしている。……要するにアニムスはブルジョワだ。彼は型通りのきちんとした習慣を守っており、毎日同じ食事を食べるのが好きである。ところがここに不思議なことが起った。……ある日、アニムスが思いがけない時間に帰宅してみると……彼は閉ざされた扉の向うでアニマが異様な歌を唄っているのを聞いた。それは彼の知らない歌だった。節も言葉も全然捉えどころのない、不思議な、素晴しい歌だった。それからというもの彼がいくら言葉たくみに彼女にもう一度歌わせようとしても、アニマは全然何のことかわからないような顔付をする。彼女は彼の視線を感ずるや否やすぐ黙ってしまうのだ。遂にアニムスは奸策を考え出した。つまり彼女を瞞して自分が其処にいないように思いこませたのである。……だんだんアニマは気をゆるし始める。あちこち見廻し、耳をすまし、ほっと安堵の吐息を洩らす。彼女は自分独りだと思いこむ。そして彼女は音もなく部屋をよぎり、扉を開いて聖なる恋人を迎え入れるのである。（クローデル）

明治以来我々は欧米の文学から一体何を学んだか、という大ざっぱな問いに対して大ざっぱに答えるとすれば、「それは情熱である」と答えるのも一つの答え方かもしれない。パッションを情熱と訳して以来、この新造語は青年たちの心を最も強く動かしてきた言葉の一つであろう。それはいわゆる自我の開放という時代の要求に結びついていた。情熱的な人生とか、情熱的な恋愛とかいうように、自我や自由の問題も情熱のはなやかな色彩を帯びた時、はじめて青年たちに生々と新しい世界を実感させることができたのだ。しかし現在我々がヨーロッパ文学で当面している情況は、明治以来のそうした感覚でパッションというものを受け取ることを困難にしていると思われる。こんどの大戦でナチズムとレジスタンスを体験したヨーロッパ、実存主義思想に浸透されているヨーロッパ、私はそこにヨーロッパの「夜」ともいうべきものを感じる。そしてその「夜」はパッションと深く結ばれている。

大分以前のことだが、「夜の仲間」というフランスの翻訳物のラジオドラマを聞いたことがある。あちらでは当ったものらしいが、内容は詰らないものだった。ただその題名が暗示的であってその後もよく思い出すことがある。そういえば、第一次大戦後にもポール・モーランの『夜ひらく』という小説がでて、日本でも随分読まれた。戦争はいつも「夜」の世界をひらくものなのだろうか。だが現在の「夜」はダダイズムの「夜」とはちがった、もっと奥深い世界をのぞかせているように思われる。ベルナノスは、スペイン内乱当時の苦い経験を語った『月下の大墓地』の中で、ヒットラーの出現の意味についてこんな意味のことを言っていた。一般にヨーロッパ人、就中秩序の愛好者や思想穏健派はキリスト教を否認している場合でも根はキリスト教徒なのだ。彼等はキリスト教が築いた諸価値をそのまま受け入れている。彼等の感覚も想像力もキリスト教の限界内にとどまっていて、その外にある世界に達することがないのだ。彼等にはパガニスムに対する感覚が欠けている。そういう人たちにはヒットラーを理解することはできない。彼等はヒットラーを独裁者と呼んでそこに単なる政治的現象しか見ようとしない。が実際はヒットラーは réformateur なのだ。彼が企図しているものは第二の宗教改革である。キリスト教は権力と正義をはっきり区別したが、彼等はこの区別を廃止しようとしているのだ。無力化したキリスト教から離脱して、彼等は一切を彼等の純人間的 purement humain な見地から処理するような社会をつくろうとしているのだ。それは、言いかえれば、弱者や敗者は原則的には存続を許されない社会であり、言ってみれば、『楢山節考』

の社会である。ベルナノスの文章を読んでいると、そこにキリスト教世界の真中にポカリと口をひらいた底なしの穴を見ているような気がする。そしてその深淵からは、地下の異様なざわめきが立ち上ってくる。それは暗黒の大地の声であり、ミゼールの声である。……『恋愛と西洋』の著者の独創性をなすものも、このパガニスムに対する深刻な感覚にある。彼はパッションという一見日常的な現象を通じて、キリスト教世界の限界をつきぬけてヨーロッパの歴史の地下にひそむ暗黒の声をよびおこしたのである。彼の思索もまたナチズムの中に見た人間悪の体験から切り離すことができない。彼は戦争とパッションとの深い関係を洞察した。そこでは同じように死が歌っている。死こそ最大の誘惑者 enchanteur であった。彼は、トリスタンをはじめパッションのとりことなった人々が自らの破局へ急ぐ不思議な身振りの中に、不可抗の力にひきずられているように見えながら、心の奥底でひそかに自らの破滅を望んでいるのを見た。そこに死の妖しい魅惑がある。しかしナチズムにおいては、死はもはや仮面をぬぎ捨てる。死は甘美な仮面によってではなく、恐るべき形相そのもの、恐怖そのものによって人々を支配する。……

私には、現代のヨーロッパの思想的緊張の底には、このキリスト教とパガニスムとの対決がひそんでいるように思われる。エロスとアガペの問題が持つ現代的意義もまたそこにある。（以上のベルナノスやルウジュモンのようなキリスト教作家のパガニスムに対して抱いている考え方や、感情は、現にパガニスムの中で生活している我々日本人には理解しにくいかもしれない。ところでヨーロッパ人の心の中には、異教の侵入に対するこのような恐怖とは別に、異教的世界へのノスタルジーというべきものが見られるのである。小泉八雲は松江の町で日本人の生活を包んでいる深い静寂にふれて日本定住を決心したということであるが、それは大地そのものへの郷愁であったといえよう。この郷愁はまことにヨーロッパ的なのだが私には、この郷愁が日本人自身の中にも見られるような気がするのだ。たとえば先頃の『楢山節考』などの成功には、この異教世界への郷愁が感じられはしないか。徳川夢声はこの作品を読んで蜂の或る習性を思い出したと言っている。それは、老いた蜂が動けなくなると、自分の頭で巣の入口をふさぎ、こうして最後の役目を忠実に果してから死ぬという話なのだが、夢声は『楢山節考』を読んだ時、この蜂の話から受けたと同じ感動を味ったというのである。彼は主人公の老婆を聖女とよんでいるが、これは異教の世界の聖者であろう。してみると、我々現代の日本人はパガニスムへの郷愁をおぼえるほどにはキリスト教化されつつあるということになるのだろうか。）

さて、ダーシーの著書に入る前に、私事にわたるが、この書物を知るまでのことを一寸書いておきたい。

大阪の朝日ビルの九階に「教養の会」というクラブのようなものがある。そこで月に二回、哲学の講座がある。講師は大阪市立大学の坂田徳男教授で終戦直後から続いている。私もこの二三年時々顔を出すことにしていたのだが、この会でテキストにプラトンの『饗宴』を用いたことがあった。その講義の際に、坂田先生は、エロスは英語のラブに相当するが、キリスト教の愛をあらわすアガペと混同してはならない、ということを特に注意された。私は、それではエロスとアガペはどう違うのかを質問した。先生は私の質問に対して、スウェーデンの神学者ニューグレンの『エロスとアガペ』の話をされ、その思想にしたがって二つの概念の相違を説明された。その後「くろおぺす」の堀田さんから『恋愛と西洋』の話を聞いた時、エロスとアガペのことがすぐに頭に浮んだ。そういう訳で、その頃はニューグレンの名も大方忘れてはいたものの、坂田先生のおかげでこの一寸取付きにくい書物に若干用意があった訳である。さて読んでみると、非常に面白かったので早速一部分を「くろおぺす」に紹介した。ところがその私の文章に対して京都の未知の方から葉書を頂いた。それは、自分は今 M. C. D'Arcy の *The Mind and Heart of Love* を読んでいるが、そこでルウジュモンの著書が非常に大きく取扱われている、自分も是非読みたいと思って英訳を注文したが入手できなかった、それがたまたま「くろおぺす」誌上で紹介されているのを読んで非常に嬉しく思った、という意味のものだった。私自身もこの偶然に打たれたが、正直いえばダーシーの名をその時はじめて知ったのである。その後人からダーシーのことを聞き、数年前来日したこともあるイギリスの偉いカトリック思想家であることを知って是非その著書を読みたいと思った。それを読めば、ルウジュモンが提出している色々な問題に対する解答が得られるように思われた。私はルウジュモンの著書から或る意味では決定的といってよいほどの感銘を受けていたが、しかし彼が我々を連れて行こうとする「あれか、これか」の世界は私を不安にした。エロスの中にも何かしら救われねばならぬものがあるように思われた。そういう処へ思いがけなく新聞で偶然ダーシーの『愛のロゴスとパトス』の広告を見たのである。お蔭で英語のあまり読めない私は翻訳で大変楽にダーシーを読むことが出来た。ところで本を開いてみると、はからずもニューグレンの名が見出された。ダーシーのこの書は、ニューグレンとルウジュモンの二人の思想家が提出したエロスとアガペの問題に答えようとするものであって、前の二人が「あれかこれか」の立場から問題を提出したのに対して、これは「あれもこれも」を和解させ結合させようとする非常に力のこもった試みなのである。

私は前にルウジュモンを紹介した際、ジルソンの『中世哲学』と対照してジルソンが中世のオーソドックスの思想体系を整然と叙述したのに対して、ルウジュモンの方はオーソドックスでない中世のいわば暗黒面ともいうべき領域にメスを入れようとしたものである、と述べたのであるが、ルッター派のプロテスタントであるニューグレンは、その中世哲学の伝統を直接批判の対象としている。彼によれば、中世の神学者はギリシャ哲学を大きく取り入れたがために彼等の精神は根本的にエロスに汚染されてしまったというのである。二人の説を合わせれば中世文化は、哲学から文学まで、広範囲にわたってエロスの支配をうけていたということになる。このように中世のキリスト社会にまぎれこんでしまったエロスを明るみに出そうとする努力においては、二人の思想家は同じ立場に立っているが、二人のエロスに対する解釈は同じではない。或る点では正反対であるとも言えるのである。

ダーシーはヨーロッパにおけるエロス思想の流れを一括して、グノーシスという名で呼び、ルウジュモンがヨーロッパ異端の偉大な源泉と呼んだマニ教をもこの中に含めて考えようとしている。グノーシスとは、ギリシャ哲学と東方の密儀宗教（ディオニソス祭等）との出会いから生じた新しい精神に源を発するものであって、この出会いはヨーロッパ文明のその後の運命を決するような重大な出来事であった。ダーシーはこう書いている。「ギリシャ的叡智は大地とのつながりを持っていなかった。それにとっては幸福はただ理性と思索とそしてそれらの成果の内にのみあった。これに反して密儀宗教はもともと情念から生れ、情念に生きるものである。そこでは愛がかきたてる狂気は、野獣的情欲から一転して忘我から脱魂となり、一つの神聖な狂乱となった。神はその礼拝者をひっ捉え、あらがい難い力をもってそれに乗り移る。元来ギリシャ人は全て極端をさけるということを昔からの訓えとしてきたものである。しかし今や全く新しい霊感が彼をつかんでしまった。」こうして一方には節度を何よりも尊ぶギリシャ的叡智、他方には過剰、横溢、陶酔を意味する大地の宗教、という全く相反する二つのものが、相会したのであるが、しかもそこに生じたのは、衝突ではなくて融合であった。すなわち荒々しい野蛮な肉体的歓喜は精神的歓喜となり、これに対して真理への愛は、知られざる神や女神、或は「一者」との合一を願う茫漠として果てしない欲望に変じたのである。こうした宗教と哲学との混合から生じた一つの精神的潮流をダーシーはグノーシスと呼んでいるのであるが、かくの如くエロスが相反する二つの原理の生みの子であるという事実から、エロスの解釈上の相違や対立が生れてくるのである。

ルウジュモンのエロスは、前にも書いたように、人間の霊魂の神性と霊肉の二元論的分裂の思想の上に立っている。魂は神より出て、神であり、地上にあっては肉の囚われの身である。地上の生は悪であり、人間の魂は暗黒と光明との戦いの場であって、その救いはひたすら地上の暗黒から脱出し、死において根源的一者と合一する事にある。この脱出の動き、「肉体の牢獄を破って神的根源に還ろうとする動き」がエロスである。それは神的であり、本来リリックであり、非合理的な狂熱、昂揚、飛躍である。ルウジュモンは、パッションが地上の結婚の幸福も満足も拒絶して、自らの破局に向って突進していく動きの中に、エロスの破壊的な動きをみる。これに反してアガペは神への服従において結ばれた男女の自然と理性に即した幸福な結婚愛として示される。

このルウジュモンのエロス解釈に対して、ニューグレンも又、エロスを神的根源へ還ろうとする魂の動きとみる点では変りはないが、しかし彼のエロスはギリシャ哲学と結合する事によって重大な変化を受ける。エロスは野性的な非合理性やリリスムを失い、一層人間化された理性活動そのものとなる。と同時にルウジュモンにあっては自己破壊的な暗い狂熱であったものは、自己完成のために一切のものを自己の内に取得しようとする自己中心的な活動となる。こうしてルウジュモンが浪漫主義の情熱崇拝の中に見たものを、ルッター派のニューグレンは中世神学の理性活動の中に見るのである。彼は「エロスは目をあざむくばかり美しい超感性的世界のめぐまれた直観に到達しようとする魂の熱望であり、憧憬であって、グノーシスはこの『神直観』以外の何ものでもない」と言う。パウロはかかるものと一切袂を分っている。しかるに中世の神学の中にはこの感性的世界から超感性的世界に達しようとする魂の上昇運動がみられる。そこにエロスが働いている。ニューグレンは、魂の至福とか、恍惚とか、神秘主義、苦行、天国への梯子の象徴等はすべてエロスのしるしであると考える。彼によればアウグスチヌスは始めてエロスとアガペが邂逅したところに重大な意味をもつ人物であるが、彼の愛（カリタス）の思想にはエロスとアガペの二つの要素が混入している。彼の『告白』は先ず魂の飢渇から出発する。それはまことの神によってのみ満たされるべき魂の欠乏状態である。神とはこの飢渇をいやす食物である。このような愛の考え方は明らかにプラトンの流れをひくものであってエロス的である。それは自己の幸福を獲得しようとする人間の自己中心的欲望であって真のアガペではない。だがアウグスチヌスのカリタスの中にはこれとは異なった愛の観念がみられる。それは愛そのものも神からくるものとして一切の自我を抛棄して神をただ神そのもののために愛そうとする思想である。この愛の発動を人間の側におくか、神の側におくか、ニューグレンの言葉を借りれば人間中心であるか、神中心であるかによって、エロスとアガペとが分れてくる。エロスは人間の欲望から発するものであって、人間から神に至ろうとする動きである。だからそれは自己中心的である。これに反してアガペは全てを神の恩寵に置く。神への愛も人間への愛も全て神から与えられるのである。「我等が神を愛せしにあらず。神、我等を愛し給いし事、そこに愛あり。」「最初に神我等を愛し給いし故に、我等も愛す。」「神かくの如く我等を愛し給いし故に我等もまた愛し合うべきなり。」ニューグレンのアガペ観は以上の聖書の文句によく表わされている。アガペは、神の絶対自由から発したものである。人間はただそれを受けるだけであって、人間の側にこの愛をひき出し得る原因となるものは何もない。それは原因なく与えられる無償の愛である。我々は自らに価なくしてこれを受けたのである。だから我々もまた価なきものの上にこれを惜しみなく与えるのである。対象が美しいから、快いから、優れているから、愛するのではない。ただ愛するのであって、その愛が、愛そのものの創造性によって価値なきところに自ら価値を生ぜしめるのである。このような愛はエロスの全く考え及ばぬものである。何故ならエロスとは本来、真善美に向う動きに他ならないのだから。エロスはプラトンの定義にあるように、「窮乏」と「術策」との間に生れた子であって、「天の宝によってのみ満されるべき一種の欠乏状態」なのだから、自己に欠けているものを獲得しようとする激しい欲望である。それは「所有への愛」である。これに対してアガペは自己のためには何ものも願わず、ひたすら自己を与えることを喜ぶ。

このようにニューグレンの思想は、深い真実に触れているに相違ないのだが、問題は彼が一つの考え方を極端に押し進めていくところにある。彼においては、神の愛と人間の愛、恩寵と自然とが全く切り離されてしまっている。恩寵は人間の側からの願いや努力に応ずるものではない。恩寵はかくて求むことも拒むこともできない、一種のファタールなものとなってしまって、人間はいわば恩寵のあやつり人形にされてしまう恐れがある。しかし中世の神学においても、エロスとアガペがそれ程混同されていた訳ではない。又アガペの独自な超自然的性格が忘れられていたのでもない。中世の神学者にとって問題であったのは、自然と恩寵、すなわち自然と超自然とを如何にして調和させるかということであった。恩寵は自然を破壊するものではない。神の愛は人間の愛を破壊するものではない。前者は後者を完成してこれを一層高次の秩序の内に包摂するということが問題であったのである。だから中世の神学者にとっては、愛の問題は次のように提出されていた。すなわち人間は自己以上に神を愛し得るものであるか、と。この問題の提起の仕方がすでに彼等が自己愛を否み難い人間の本性であると認めていたことを示している。人間は先ず自己を愛するものである。この事実に目を閉じようとする如何なる思想も必ず失敗に終る。人間は恩寵を受けて、パウロが言うように、霊的に新しい人間となった後においても肉体をそなえた人間であり、自然の法則の下にあるのである。恩寵がこの自然を無視してこれを恩寵の秩序から閉め出してしまおうとするならば、閉め出された自然は恩寵の働きを阻害することになるだろう。こうして一方においては、自然としての自己愛、他方には、何よりも神を愛さねばならぬキリスト教の教え、この問題をめぐって中世の愛の思想は展開されたのであるが、ここで注目すべきことは神学者達の思索を通じて容易に調和し難い二つの愛の観念の対立が認められるということである。勿論この対立を認めない立場もある。ダーシーはこれについて、ルスローという中世研究家を紹介している。ルスローはこの二つの愛を「自然的乃至ギリシャ的トマス的」愛と「脱自的愛」とに分類し、これらの相異なる愛の考え方が中世の代表的思想家の間にまごう方なく現われていると主張する。脱自的愛の見解は、アウグスチヌス的愛の伝統に属し、新プラトン主義と密儀宗教の影響を受けた人々である。この人達はアリストテレス的な自然的合理主義でわりきることに満足しない。この人達にとっては神への愛はそのような理性や自然を蹂躙するところの一種の狂気である。それは殆ど暗いパッションであり、火傷であり、自らを愛の火に灼きつくしたいと願う愛である。十字架にかかった神の子の愛とは人間の理性をもっては到底考えられぬ不合理の極致であるような愛なのであるから、これに答える愛もまた合理性を無視するものでなければならない。それは自己の快楽や幸福を蔑視する。それはキリストと共に苦しむことを求める。それはあますところなく自己を与えて、自ら十字架上の死を死ぬことを願う。

これに対してトマス・アクィナス的愛はあくまで理性と自然に立脚する。トマスは自己愛から出発して、愛するとは、何かを欲し、それを自己の善となすことである、と言う。我々はそのものが我々の善であるかぎり愛する。神がもし我々の善でなかったら神を愛する理由はなくなってしまう、とまで言う。しかしトマスは自己愛の限界にとどまっているのではない。真に自己を愛するものは必然的に神を自己以上に愛さざるを得ない。何故なら自己は全的に神に依存するものであるからである。愛がすすみ、明らかになれればなる程、言いかえれば自己がおのれを無より呼び出したところの本源への依存性が明らかになっていけばいく程、愛は狭隘な自己愛の毒素から純化される。その明らかさというのも、あの偽わりの明晰ではなく、母親が子供に対するような、盲目であればあるだけよくみえる、そういう見え方であり、上昇していくよりも下方へ下方へとへり下っていく動きなのである。こうしてトマスにあっては神を愛することは自己を愛することである。「神の愛は自己愛の中にある。それは自己愛の心髄」となるのである。

トマスの思想を導いているものは、自然に対する絶対的な信頼である。トマスにとっては、人間は自己の善を愛するということは鉄則であって、人間が自己に善でないものを、善でないと知りつつ、愛するなどということはあり得ないのであった。自然が自己の中に自己の破壊を望むようなものをもっていると仮定するなどということは彼には笑うべきことに見えたであろう。ルウジュモンが提出した問題はここにある。もし自然がそういうものであるならば人間のあの自己破壊のパッションは何か。ルウジュモンはパッションが人間をば自己の破滅にかりたてていく時、そこに単なる「誤謬」以上のものがある、そこには運命との共犯がある、それは望まれた破滅なのだ、ルウジュモンはそう考える。彼はその秘密の根源をエロスの暗黒の領域に探ったのである。これに対してダーシーは、ルウジュモンがパッションの中にみたエロスを再び自然にかえし、そこに人間の愛の一つの相を捉えようとする。ダーシーは言う。愛の中には二つの相反する動きが存在する。すなわち自己に向うものと、他者に向うものと。前者は自己愛の動きであり、後者は没我的愛の動きであって、どちらの愛も人間の愛の欠くべからざる要素を成している。愛が愛と言われる限りには、そこに自己愛の動きが必ず存在する。この愛を破壊することは愛そのものを破壊することになる。しかし又愛である限りは、自己にとどまっているものではない。愛は必ず自己を自己からひきだして、他者の前にその自己を投げ出させずにはおかないのである。

愛に関する見解の相違というものは、この二つの愛の相のいずれか一方を強調するところから来るのである。中世に二つの愛の観念が共存していたというのも、そこからくるのである。だからこの対立は中世の精神的不統一をあらわすよりも健全性をあらわすものとみられる。又エロスの解釈においてルウジュモンがパッションの自己破壊的動きを、ニューグレンが理性の自己中心的な運動を強調しているのも、愛の本来の二元性のあらわれなのである。だがニューグレンは人間から発するものをすべてエロスと断じ、ルウジュモンは人間の愛の重要な一つの動きをエロスとして追放し去ることによって、愛の観念をせばめている。アガペはエロスと対立させるべきではなく、その上に置かれるべきなのである。

さていままで愛を愛する主体の側からのみみてきたが、愛は、愛する者と愛される者との相互的な関係の上に成り立つものである。だから愛の完全な姿を仕上げるためには人格性が問題となってくる。キリスト教的愛にあっては神と人間との関係も、人と人との関係も常に人格的である。愛は自由な人格と人格との交わりでなければならない。この愛の人格的関係を意味するものがフィリア（友愛）である。ここでダーシーはマルチン・ブーバーの説を取り上げる。ブーバーは人間関係を「我――それ」と「我――汝」との二つの関係に分けている。「我――それ」の関係とは、主体に関する客体の関係であって、科学者、医者、哲学者、経済学者、事業家等が人間を扱う場合がこれに相当する。この人達は彼等が取り扱っている対象を常に「もの」として取り扱っているのだ。これに対して「我――汝」の関係はこれとは全く別個な関係であって、私が「汝」といって呼びかける時、「我」と「汝」は「我――それ」が閉じこめられている「もの」の世界を出て、独自の新しい関係を創造するのである。それは人格と人格との出会いである。自我中心主義は「もの」に執して他者の存在を忘れている時にのみ存在する。私がこの他者に呼びかけるとき、自己主義は消滅する。「感情は『人にいだかれる』ものであるが、愛は生起するものである。感情は人の内に住む。が人は彼の愛の中に住む。これは比喩ではない。本当の現実なのだ。愛は『汝』を単にその対象として所有するような仕方で『我』にとりつくのではない。愛は我と汝との関係の間にある。」

だがダーシーは、ブーバーの思想に対して「我――汝」「我――それ」の関係を全く分離してしまったことを非難する。何故なら「我――それ」の関係も真実な関係として現実に存在しているのだから、これを無視しては人間生活は成り立たないからである。人間の愛に関しては、如何なる要素も見落してはならない。すべてが集って、完全な愛の姿が出来上る。すべてをつつみこむこと、これがダーシーの念願であるように思われる。

二つの愛の対立は容易に和解され難いものではあるが、中世社会においては、対立の上に神が存在し、各々の愛は別々の途を通りながらも同じ神において相会するものであるが、神を失った近代においてはこの対立は危機的な相を帯びてくる。それは近代哲学史にみられる理性と意志との抗争の中にあらわれている。ショーペンハウアーの盲目の意志、ニイチェの権力意志、ベルグソンの生命の飛躍、フロイドの死の本能、それからユングの無意識界、それらはすべて合理主義に対する意志の側からの根強い抵抗を示している。なかでもユングの思想にはダーシーはもっとも関心を払っている。ユングは、意識的な自己が自己のすべてではなく、より深層的自己、無意識の領域というものが存在する、と主張する。そしてこれを「影、アニマ、老人」と名付けている。生命の完全な開花とは、意識的自己が支配を拡張し無意識を駆逐し全存在を占有してしまうことではない。こういう状態こそもっとも恐ろしい生命の枯渇を意味するものであって、近代の危機はここにある。それは意識が無意識と手をたずさえようとせず、深層的自己を尊重する事を知らないところからくる。アニマの衰弱こそ生命の衰弱である。こうしてダーシーは最後にアニマを取り出してくる。このアニマという思想は、ダーシーがこの書の中でもっとも力を注いでいる部分であって、ルウジュモンの『恋愛と西洋』がパッションの論であるとすればこの書はアニマ論である、といってもよいくらいである。前者のパッション論が一種の小説論であったのに対してこのアニマ論は或る意味では非常に独創的な詩論であるとみることができる。

ダーシーは随所で詩人を引用しているが、この自己の中の自己ともいうべきアニマに入るために自己に関するジェラード・ホプキンスという詩人の思想を紹介している。これは中々難解なものであるが、読んでいて私は小林秀雄の思想と非常によく似たところがあるように思った。小林は「信仰について」という短文の中で、信仰を持っているかという問いに対して「私は信仰を持っている。何故なら私は自己を信じているから」と答えて「私は何かを欲する時、本当に欲しているのかいないのか分らない、そういう欲し方ではたまらない。欲する以上は、それが必然的に行為を生み出すように、つまり自己が信じられればこそ欲するのだと、いう風に欲する。そういう風につとめてきた。何故なら放っておけば火は消えてしまうからだ」と言っている。小林はこの言葉を、自分で自分が信じられないということを言う人に向って書いているのだ。彼にとっては、人間が自分自身を信じないでは、一分間も生きてはおれない筈なのだ。それにもかかわらず、そう口にする人がある。それはどういう訳なのか。そこには自己への裏切りの如きものがひそんでいはしないか。これこそ小林が現代心理の中に見た病患であった。それはこんどの戦争とも意外に深い関連を持っているように思われる。ホプキンスも自己を一つの積極性として把握しようとする。「自己は未だ可能性の状態にある内から、つまり本性と結合して充実せる実在の人格的存在となる以前にすでに積極的なのである。」私は私の本性を取って私となる。この私が私であるということには深い積極性が働いているのだ。私が私であるということが、外部から押しつけられて私であらされているに過ぎないとすれば最早それは私ではない。それは自己の否定である。私が何かを欲するということは、私がそれを欲することができて、そして私がそれを欲した、ということである。そのことが私の欲望を正しく私の欲望――すなわち一個の倫理的行為――たらしめている。この自己を自己たらしめる根源の積極性をホプキンスは「勾配」という言葉で考えているようである。「かくして『勾配』なるものも又究極的には単純な積極性、つまり或る存在が虚無や非有と異なり、それら以上である所以のものである。それは英語の do が表現するものに相当する。例えば我々がそれを強調的に使って he said it he did say it という時、我々は別に事実より以上に事実であることを言いたいのではなくそれが正に事実なればこそその事実なることを主張しようとする……故にこの勾配は――仮にこういう英語が許されるとすれば doing be とか doing choose その他何でもこの意味で doing 何々という形で表現されるであろう。」この do がホプキンスの考えている自己なのである。そして又小林秀雄が「放っておけば消えてしまう」という「火」でもある。この do は一切の私の欲望や行為を内部から暖めている火であり、この火が燃えている時、私の欲望は正しく私の欲望として充実している。そこには懐疑や裏切りなどあやふやなものが入り込む余地がないのだ。ダーシーはこれをアニマと考える。ランボオが歌ったものも「本性の衣をまとって存在する以前」の裸の自己ではなかったろうか。小林がボォドレールの人工天国の密室の中で出口のない息苦しさを覚えていた時にランボオに出会った。ランボオの最初の頁を開くや否や、彼を閉じこめていた壁が崩れた。ランボオは彼を密室から連れ出して自然に触れさせた。……クローデルはランボオの声を「子供だろうか、女だろうか、それとも天使だろうか」と形容しているが、小林がランボオから聞いたのもそのようなアニマの呼び声であったのではなかろうか。この文章の始めに引用したアニマとアニムスの寓話の中のあのアニマはランボオかも知れない。そしてアニムスはサンボリスムを諷刺しているのかも知れない。ランボオはサンボリスムの手をぬけ出て、荒野の中へ彼自身の「不死の恋人」を探しに行ってしまうのである。

こうしてダーシーは、ルウジュモンとニューグレンの二人の思想家によって提出されたエロスとアガペの問題から出発し、人間の愛を形造る二つの愛、すなわち主我的な愛と没我的な愛との対立を発見し、この二つの愛を如何にして和解せしめるかという問題から近世の理性と意志との対立を辿りつつ、アニマとアニムスという問題に到達したのである。

アニマとアニムスは万物を貫く根源的二元性――ダーシーにとっては、それはgive and takeの法則である――を意味している。両者の関係を彼は先ずアリストテレスの変化と生成に関する質料と形相の理論によって説明しようとする。例えばここに大理石のかたまりがある。それは彫刻家の手によって彫像になる。正確にいえば大理石のかたまりは消滅してその代りに彫像が出現したのである。この一方の有から非有への、他方の非有から有への移行は如何にして可能であるのか。それは大理石のかたまりの中に有と非有への両方の原理が含まれているからである。大理石のかたまりをかかるものとして規定している規定者すなわち形相――この場合は大理石のかたまりという形相――である。この形相によってそれは他のすべてのものから区別される一個の大理石のかたまりである。これは有の原理である。ところが大理石のかたまりの中にかかる規定者しか存在しなかったならば、大理石のかたまりは永久に大理石のかたまりであったろう。だがこの大理石のかたまりの中にはいま一つの要素がある。それは他のものになる可能性、他の形相――この場合は彫像の形相――を受けることによって彫像となる可能性である。これが被規定者すなわち質料である。それは未だ存在せず、しかし完全な無ではなく、無規定のまま、己れの規定者を待ち受けて、その規定を受けることによって現実化されるのを待っている。この一個の大理石の中に見出される二つの原理、規定者と被規定者、形相と質料は一切の事物を構成する二大原理である。一方は来るべき死を告げつつ他者を待ち受け、その他者の中に己れを失うことを願い、他方はあくまで自己の形姿を固執して他者の侵入を拒もうとする。両者は相手なしには存在し得ない。生は二つの原理によって形成され、両者の結婚によって存続する。それは宇宙の変化と生成のリズムを成している。

この関係をアニマとアニムスに適用することができる。アニムスは規定者であり、アニマは被規定者である。アニムスが積極的、自己主張的、男性的原理であるのに対してアニマは消極的、受動的、女性的原理をあらわす。アニマもアニムスも動物的本能の間に見出される二つの要素の高められたものであって未だに動物的状態と完全につながりを絶たれた訳ではない。だからたえず動物的状態に逆戻りしようとする。アニマはアニムスと結びついている間は、ややもすれば残忍な侵略的エゴイズムに走ろうとするアニムスを、献身と心情によって調和に連れ戻す働きを受持っているが、アニムスの手を離れると、アニマ自身も又次第に堕落して暗黒な情熱に身を任せ、はては浪費と自己喪失に終ってしまう。アニマは通常は理性に対して意志を代表するものとみられるが、それはまた無意識界の一切の働きを指している場合もある。アニムスは全てを認識し、征服し、所有しようとする自己、アニマはこの騒々しい自己の内奥にひそむ一層深い自己。それはホプキンスの自己のような内部の火とも考えられる。それは又、理知に対する詩的直観或は、祈りであることもある。天上のものにひかれて「不死の恋人」の訪れを受けるのも彼女である。が又それは顛落して地下的な隠微な世界とも交わるのである。それは不安定なものである。理性は明確な自己規定を厳守しようとするのであるが、アニマはそのような規定に先立つところの漠とした一つの憧れであり「何ものかを待ち受けようとして手を伸べている乙女の姿」という形姿で表現されるとダーシーは言っている。アニムスを、彼が閉じこめられている自己の中からひき出して外部の世界に触れさせるのもアニマである。アニムスはアニマの手に導かれる時は、彼の抽象的な非人間的な世界を出て、他者なる存在が待っている世界へ入っていくことができる。ダーシーは、信仰とはその本来の定義上、アニマに導かれているアニムスなのである、と言う。「人その妻と共にあれば永遠の丘のそよ風が二人のまわりを吹きめぐる……」、アニマが閉ざされた自己の扉を開いて吹き入れるのも、この戸外の空気であり、そよ風である。そよ風が我々の外なる他者の存在を告げている。愛のそよ風の中で、人格が今一つの人格に向って「汝」と呼びかける。これこそブーバーの「我――汝」の世界である。

アニマとアニムスの結合はこのように祝福されたものではあるが、しかも両者の共同生活には絶えず不和の危険が孕まれている。というのは元来アニマとアニムスの間には解決困難な宿命的ともいうべき敵対関係の芽がひそんでいるからだ。この敵対関係について、人は原罪を考えようとする。それは両者の宿命的な不和を説明するのによくあてはまるようにみえる。だがダーシーはこのような説明に満足しない。自己愛は原罪によって人間に負わされたものではない。自己愛は原罪以前の楽園にも存在したのである。そしてそこでもすでに自己愛が人間を誤たせる危険が存在していたのだ。ダーシーはこう言うのである。人間がしばしば自己に目がくらみ、自己以外のものの声が耳に入らなくなってしまうのは自己というものの在り方が私に対して余りにもじかで直接的だからである。私と自己との関係は他のどんなものとの関係とも根本的に違っている。このことが「楽園」でもアニムスをアニマにそむかせて自己の声に従わせることになるのである。……自己愛についてのこのようなダーシーの解釈は、彼が自己愛の根深さについていてどのような考え方をしているかを我々に垣間見させるものである。

ダーシーは最後にアニマとアニムスの関係に哲学的照明を与えようとする。ダーシーは先ずハイデッガーの「世界の中に存在する自己」から出発する。彼はデカルトの「我思う、故に我在り」を批判する。これまで哲学者は世界を、思惟する主体の前におかれた外的実在として考えることが出来ると思っていた。しかしこのように世界から独立して世界を思惟する主体というものはありはしないのだ。私が意識するという時、何かを意識しているのであって、私の原初の体験においては、意識と意識されているもの、世界と世界を思惟する自己とは、解きがたく一つに結ばれ縺れあったまま与えられている。すべては一つの共通の法則、時間と死の法則の下に置かれている。何ものも時間の外に、死の外に逃れることはできない。時間の子である人間は、決して自己を完成することはないであろう。人間は各瞬間ごとに自分があるべき自分ではないことを意識している。死は一切を中断する。これが人間の運命である以上、死こそ人間にとって、人間たることの真正の証しである。「生は憂慮である。」こうしてハイデッガーは自己の内に死すべき自己しか認めない。自己の内に時間を越えるものの存在を認めない。それを認めることは、折角世界の中へ引き戻した意識を再び世界の外へ逃避させる道をひらくことになるだろう。自己は自己の空しさを知り、しかも彼を空しさから救い出しうるかもしれぬ一切を拒絶するのだ。かくてこの自己に残された仕事は、あくまでも自己の空しさの中にとどまり、益々深く自己の空しさを味わうであろう。この「なす所なき王」これはアニマを失ったアニムスである。何故なら、アニマこそアニムスを彼の死すべき存在の彼方へ連れ出してくれたかもしれぬものなのだから。しかしアニマは消え去ってしまった。そして彼女が形見として残していったものは、大文字で壁にしるされた「死」、アニムスが片時もそれから目を離すことが許されぬ「死」と永久にいやしがたい不安ばかりであった。

ダーシーはこのアニマとアニムスの分裂の哲学的背景を分析するために、ハンター・ガスリーの「本質」と「存在」に関する理論を応用する。ガスリーは、アニマの「落し子」なるこの「不安」の分析から出発する。「我不安なり、故に我存す。」これが人間存在の根本規定である。ガスリーはこの人間の不安の中に二重の動きを見る。一つは、自己の「本質」からくるもの、いま一つは、自己の「存在」からくるもの。前者は自己の本質を実現しようとする動きである。だが本質とは自己の内部の理想の中にあるのであって、本質としての自己とは、在るところの自己ではなく、絶えず在ろうとしている自己である。本質的自己の不安は、この未だ現実としては存在せず、理想の内なる可能性にすぎない自己を実現しようとする激しい焦慮である。それはアニムスの運動であって、彼にとっては一切は自己実現のための手段である。それは自己にはじまり、自己に終る運動であって、自己によって限界づけられているということが、この運動の一つの特徴である。この自己実現の運動も一つの絶対をめざす高貴な運動ではある。だが私がこの絶対に向ってどれほど自分を高めたにしても、私は自己の中にとどまっている。何故なら、この絶対は私という限界内での絶対、いわば相対的絶対であって、究極的には私自身であり、「他者」なる絶対ではないのである。このような絶対には、私を私自身から引き出し、私に私自身を超えさせることはできない。ガスリーはこれを「偽りの絶対」とよんでいる。この自己完成の運動の中には、真の意味の自発性というものが欠けている。たとえば、人間は生れ落ちた時から学者だったり、画家だったりした訳ではない。学者或は画家として自己を実現しようとする運動は、ガスリーの考えている真の自発的運動ではない。それは自己というものの、所詮は空しいという、人間的悲惨をどうすることも出来ないのだ。

これに対して、「存在」としての自己は、いま在るところの、ありのままの自己である。存在には、過去も未来もない。在るということは、常に今在るということである。過去や未来に心を奪われている眼を現在の上に注げば、いつも一本の葦にすぎない存在を見出す。たとえ、どれほどの征服を成し遂げたにしても、又成し遂げるであろうとしても、今在る私は依然として脆くはかなき存在であることに変りはない。人は自己の存在について如何なる誇りも持ちえない。何故なら我々は我々の力によって存在しているのではないことをよく知っているから。我々が何かを誇るとすれば、本質的自己に関してであり、しかも又、我々の誇りの空しさをよく知っている。いかほど努めてみても我々が実現しうるものは些々たるものであり、しかもそれらは何一つ存在のはかなさを救う手だてとはならないのである。こういう「本質」と「存在」の矛盾から、クローデルの寓話にあるような、アニムスなる「本質」が「アニマ」なる「存在」に対して横暴を振舞ったり、内心屈辱を感じたりするという事態が起ってくる。だがこの「蜉蝣のごとき存在の把持」ということには、アニムスの気付かない秘密がある。これに耳をすますものは、かすかな余響のごときものを聞く。人はそこに人間の「被造性」の刻印を読むのだ。人間は自己の力によって存在しているのではない。我々を無から存在せしめた力によって時々刻々存在しているのである。もしこの力が一瞬たりとも我々を見捨てたならば、我々は忽ちもとの無に帰してしまわなければならない。「存在」の不安の根底には、このおぼろげな依存性の感覚がひそんでいて、それが我々を自己が依存している本源の存在の方へとたえずひき寄せているのだ。「本質の不安は私を一つの理想に導くが、実存の不安は私を無限の方へ向わせる」とガスリーは言っている。前者の動きが自己を実現しようとする闘いへの意志であるとすれば、後者は、乳呑児が母の乳房にひき寄せられるような動きである。ガスリーはこの後者の動きにこそ真の自発性が存在しているのだと考える。（ここで私は、先に述べたホプキンスが生命の内奥の積極性を「勾配」とか「傾斜」とかいう言葉であらわし、小林も又「のめり込む」という言葉を、たとえばドストエフスキーにのめり込むという風に使って、そこで下降的な傾きを考え、これは闘志などというものではないといっていたことを思い出す。これらは皆生命の究極の自発性――これがアニマであり、愛が万物を動かすという意味での愛である――という主題をめぐる思索である。）このような実存の動きは、他者に向う動きであって、自己という限界の内部にとざされてはいない。これこそ真正の絶対に向う動きなのである。理想が私の内部にたてている絶対は、第二の自己であって、この絶対に向う動きは自ら絶対たろうとする果てしなき欲望である。この絶対は私を憩わせてはくれないのだ。しかるに実存の動きは自らが絶対になろうというのではない。私の存在が「彼の存在」の内に抱き入れられ、そこに安静と恒久を見出すことを求めているのである。ダーシーは次のような卑近な言葉をかりて、この動きの意味を説明している。「天国を自分の頭の中へひきずり込むよりも天国の方へ自分の頭を入れる方が人間にとっては遥かによい」と。そして「大いなる希望が地上をよこぎった」と言っている。すなわち、「本質」にとっては、屈辱であり、絶望であった人間存在の儚さと依存性の中に、その Humilité の動きの中に、人間が自己をこえて無限に相接することの希望が宿されていたのである。これがアニムスのきくことのできないアニマの不思議な歌なのであった。

ここでグノーシスについてのダーシーの考え方に一言ふれておきたい。ダーシーは、ニューグレンがグノーシス的エロスとキリスト教的アガペを、一方は自己中心的、他方は神中心的と規定したのに対し、問題はそこにあるのではない、グノーシス主義とは「本質」絶対尊重の哲学であって、「本質」をよりどころとして、生ける神、創造する神のみことばから身を隠そうとする動きであると言っている。それは、「本質」的自己が自分自身に外ならぬ「偽りの絶対」に見入って、「他者」なる真正の絶対から顔をそむけようとすることである。

　では自己実現への動きは、ニューグレンが考えたように常に真正の絶対から身をそむけようとするものであろうか。ガスリーはそう言ったのではない。ただ彼は、「存在」が「本質」に、「意志」が「知性」に、「愛」が「知」に優位すべきことを主張したのである。この問題について、ダーシーはガスリーの「存在」と「本質」に続いてルスローの「トマスの主知主義」を取上げている。ルスローは、トマスの「知性とは神のものに対する感覚であるから、又同時に実在の感覚でもある」という定義から出発する。この定義は知性の動きを愛へのものの動きとして捉え、ややもすれば、いつわりの絶対に心を奪われて「生ける神」から顔をそむけようとする知性を、神と実在の方へ向けさせる。ところがルスローにとっては、知性の動きは、神と実在への動きであると同時に、自己への動きを含む二重の動きなのである。その意味では、知性は、「神と実在の感覚」であると同時に、「自己への感覚」であると言うことができる。それはガスリーの「不安」が本質と存在との二重の動きをもっていたのに似ている。ルスローは自己の体験について反省する。何か心に気がかりなことがある時、私は当面の仕事に専心ができない。私と対象との間に何かよそよそしい壁のようなものができてしまう。それは私が自分から不在になっているからである。これに反して生命の充実した瞬間において、私が完全に私自身になり切っている時、私と世界との間にあったよそよそしさも取りのぞかれている。ここでは自己へ向う動きは実在への動きと全く一つとなっているのだ。だが自己が認識の盲点をなしていることも事実である。自己愛は屢々人を盲目にする。とはいえ認識活動において「自己の感覚」が衰弱するとき、世界の知識はあの冷やかな偽りの明晰を帯びてくる。ここで必要なのは、盲目であればあるだけよく見える、というあの見方を学ぶことである。

ルスローの「トマスの主知主義」から私は屢々「セザンヌの古典主義」を考えた。セザンヌは「感覚を通って古典主義に復帰すること」と言ったが、それは「愛を通って知性にかえること」と言ってもよいのだ。そしてそれがルスローの立場である。小林秀雄はセザンヌ論の中で「心を空うして自然に見入るものには、自然は感覚の深さとして感じられる」と書いているが、この「感覚の深さ」という表現には、トマスの「神のものの感覚、実在の感覚」という表現と或る種のつながりが感じられる。この小林の言葉から、「自己実現の手段としての絵画を否定」したセザンヌが、自然の中へ「のめり込んでいる」姿が浮び上ってくる。小林はセザンヌが画家として歩んだ道は自己実現の道ではなくて、貧しさへの道だったと言っている。自然を前にして、自らは益々貧しく、無一物に、裸になっていく。だがそのことは、自己否定でも、自己喪失でもなかった。何故なら、貧しくなるということは、「自己の感覚」が益々深まり、純化されていくことなのだから。そしてそのことは又「神のものの感覚」が深まり、「実在の感覚」が深まっていくことでもあった。もはや自己は認識の盲点ではなくなった。愛と知のこの「脈打つ二重性」の中で、自己は完全に自己となり切って、その自己の中で神の世界が実現される。トマスは、アリストテレスの「知性は或る意味で万物である」という言葉を引用しているが、セザンヌも又「私は完全な反響になりたい。」と叫んでいる。彼の中なる偏見という偏見が悉く沈黙し、魂の静寂の中に神の世界が完全に実現すること、彼が絵画を通じて求めつづけたものは、このようなレアリザシオンであった。そしてこのレアリザシオンの瞬間においては、人は「天国に頭をつきこむ」だけでなく、或る意味では、天国を所有することも出来るであろう。ここに愛の究極の完成がある。ルスローは、こうして愛の重心を再び知性の方へ引き戻したのである。

「私たちの至福が神であって、私たちが神の至福なのではないのだから、私たちの完成は自己を与えることよりも、神を受けることによって遥かに多く成り立つものである。」

ダーシーは、ルスローのこの文章を引用して、ここに「新しい音が奏でられた」と言っている。最後に人格性の問題がくる。ダーシーは人格を「本質にふさわしい存在」と定義することによって、本質と存在のいずれの側にかたよることも人格を危くするものであって、ややもすれば自己に閉じこもって他者から孤立しようとするアニムスと、他者の中に自己を失いがちなアニマとの調和と統一の中に、人格生活が営まれることを示そうとしているように思われる。彼はホワイトヘッドの「人間は自己の孤独に耐えることを学ばねばならない」という味わい深い言葉を引用する。ここに浪漫主義の匂いは少しもない。それは人間への不信でもなければ、拒絶でもない。それは「人間にふさわしき孤独」であるとも言えよう。偉大な人格の周囲には、深い孤独がある。孤独なしには人格はありえないのである。だから、愛の中においてすら、相互の孤独は尊ばれなくてはならないのだ。愛から孤独を追放しようとすることは愛の堕落となるのであろう。何故なら、孤独とはすなわち「自己の感覚」に外ならないから。この「自己の感覚」は神の愛の中でも、失われはしない。ダーシーは、或る神秘家の用いた比喩をかりてくる。この神秘家はこう言っている。鉄を火の中に入れると、赤く熱せられて火の色と一つになり、あたかも火の中に鉄は失われてしまったかのように見える。だがそうではない。鉄は赤く熱せられながらも、己が形を保っている、と。神の愛の中でも、自己愛は存する。自己愛は卑しき愛ではない。愛の中で自己の席をもつ正当なる愛である。だが、神の愛の中では、それは緊張をとかれる。彼もまた憩うことができるのだ。「エロスの武装を解け、長い一日の仕事は終った。アガペのうちにこそ、平安と永遠の生命があるのだ。」

著者も又この言葉でその長い労作の筆をおいて休息に入るのである。

附記　映画「道」について

これは一種の「アニマとアニムス」物語である。

この映画の特色はメロドラマ的要素に乏しいことだ。出来事と出来事の間には連鎖がなく、葛藤がない。出てくる人物も主人公の外は一度顔を見せると後は消えてしまう。風景も同じ風景は殆ど出て来ない。人間の営みに対する無関心な何か沈んだ空気がある。この映画から感じられるものは、「社会」ではなくて「自然」である。人殺しがあろうが何があろうがいつも平静な顔をしている自然である。風景はここで大きな役割を演じているが、自然のそういうよそよそしさ、リルケのいう幽霊じみたものが、どの風景にも、例えば何処ともしれぬ町の四つ辻にも平坦な田舎道にも丘や木立のたたずまいにも感じられる。石渡君はこの映画の主調は寂しさにあると言っていたが、その寂しさはこの非情な自然との接触から来るのであろう。これは能の世界である。たとえばこの間パリで成功を博したと伝えられる「隅田川」などは寂しさや慟哭の深さの点でこの映画に似た味わいを持っている。子供を人商人にさらわれた母親が諸国をさすらいながら東国の果てまでやって来る。隅田川の渡で舟に乗せてくれと頼むが中々乗せて貰えない。「面白く狂うて見せたら乗せてやろう」と言われ「渡守なら『日も暮れた、早くのれよ』といってくれる筈なのに……」と歎きながらも業平の古歌を偲んで狂うて見せる。その心根のやさしさに乗船を許される。やがて舟が出る。と向う岸の柳の下に人が集っている。「何か」と聞けば「大念仏だ」と言う。それについて船頭が哀れな物語をする。去年の春人商人に連れられた十二、三の子供があの柳の木の下まできて歩けなくなって遂に死んだのである、今日はその命日だと言う。ふと気が付くと片隅で先刻の狂女が顔を蔽うて泣いている。狂人でも物に感じるものかと訳をきくと、物語の子供が尋ねるわが子であったのである。やがて女も泣く泣く立って念仏に加わるが、ふと念仏の声にまじって子供の声がする。思わず後を追おうとするが亡霊は忽ち消えて、一夜明ければ春草茫々とした塚があるばかりである。……この映画も一種の狂女物と見ることができる。だが中世の狂女は所謂気狂いではない。物狂いとは神霊につかれた人で、霊によって自然と交感しているのである。それはアニマである。ジェルソミーナもそういう深い自然の霊である。彼女は子供や音楽や自然との親しい交わりに生きている。彼女は路傍の石も虫けらも殆ど自分自身のように感じることができる。映画の始めと終りに海が出てくるが彼女の霊は海と深い関係をもっている。彼女が男に捨てられて気を失って倒れていたというのも海辺であり彼女の魂は絶えず海に惹かれていた。……彼女は十字架を見てひどく昂奮するかと思うと曲芸にも同じように感動する。道で出会った尼僧は一目で彼女の内に神のものを感じるが、彼女には夫のために聖物を盗んでしまう。彼女の内には何か非常に不安定なものがのぞいている。彼女は言いがたい女らしさが表われている。その優しさは目に見えぬ幼児の顔に微笑が浮ぶように彼女の内部から浮んでくるように見える。彼女の表情は絶えず動いている。これに対して男の表情は澱んだ水のように動かない。彼は一個のけだものである。来る日も来る日も大道に立って胸に巻いた鎖を息を吸いこんで切って見せる。あとはもうけた金で酒を飲み手当り次第に女を買う。これは快楽ですらない。優しさとか幸福とかそういう経験はこの魂に与えられたことがない。一人の友もなく他人の存在というものに触れたことすらない。それは重い物質の暗黒に閉じこめられた孤独な男の魂である。彼には子供心が分らない。ジェルソミーナに対しても奴隷以外の扱い方を知らないのだ。だが彼女は自分のすべてを与えることができても奴隷になることはできない。彼女は自由な霊なのである。ザンパーノがキ印のバイオリン弾きを憎んだのも自分の弱点をつかれたからだ。彼にはバイオリン弾きとジェルソミーナとの間の共鳴が分らない。バイオリン弾きもザンパーノの愚鈍さが我慢ならない。或る友人がこのキ印を「天使ではないか」と言っていたが、これは面白い見方だ。この男は翼をつけていた。……もっとも天使とすれば随分いたずら者の天使だ。さんざん男を嫌がらせてから結局は男とジェルソミーナのために善い事をしてやる。ジェルソミーナは始めて自分の存在の意義を教えられる。彼女は自分を必要としている男が地上にいることを知る。それはザンパーノという孤独な男なのである。彼女は喜んで男を警察へ迎えに行く。だがザンパーノは折角天使が結んでおいてくれた絆をば自分から切ってしまうのだ。彼女の結びの天使が野獣のような夫の手にかかって無残に殺されるのを見たジェルソミーナはその受けた打撃から回復することができない。病気になって働けなくなってしまった妻を男は雪の曠野に捨ててしまう。それから年月が流れて、漸く肉体の衰えを覚え始めた頃、男がとある海辺の町でふと耳にした物哀しい歌の調べが突如として彼の存在の深部を揺り動かしたのである。一節の調べと共に生れてはじめて数十年間彼を閉ざしていた物質の暗黒の中へ一条の光がさしこんだのである。彼は理解する、彼にも一人の伴侶があって彼の手をとって彼がとじこめられている牢獄から連れ出してくれる筈であったということを。だがその伴侶はもういない。よろめくように暗い夜の浜辺に出て行った男は、波打ち際に倒れて始めて見るように彼の頭上に拡がっている沈黙にみちた無限の空間を見上げる。それはパスカルが「私はふるえおののく」といったその無限の空間である。その空間の中にただ一人投げ出された人間の孤独を今始めて知った男は、恐怖と後悔に打ちのめされて、獣のような呻きをあげる。だがそれは獣ではない、一人の哀れな人間の声であった。

ガブリエル・マルセルの講演

以下の文章は去年の秋来日したマルセルの講演を紹介するつもりで準備したものであるが、身体の故障で手間取っている間に最初の計画とは大分かけはなれたものになってしまった。しかし一応講演が骨子となっているので、不適当ではあるが、表題はそのまま残して置くことにした。私の聞いた講演は「真理と自由」「哲学に何を期待出来るか」の二つであるが、この外に、悪の問題を取りあつかったものがある。これら三つがマルセルの日本での講演の主なものである。私としては講演に関する感想のほかに彼の思想の大切な鍵ではないかと思われる「盲目にされた直観」（Intuition aveuglée）について書きたかったのである。なおつけ加えておくが、最近出版されたマルセルの評論集『神の死と人間』には先の三つの講演が収められている。したがって紹介ということは必要がなくなったわけである。

周知の通り、マルセルはカトリック哲学者であるが、カトリシズムということは余り口にしない。「自分がカトリック者であるということは、カトリシズムが世界主義であり、その世界性が、それ以外の宗教意識の表現形態に対しても愛ある理解（無論単なる寛容ではない）の態度を示すというかぎりにおいてである」と断言している。「普遍的なもの」Universelということはマルセルが現在一番考えている問題ではないかと思う。彼は最近の著書の序文でも、自分が最も心を惹かれている作家は「普遍的なるもの」の感覚をもった作家であると言い、エリオットやピカールやティボンの名をあげている。また日本国内を旅行している間もゲーテを手離さなかったと伝えられる。「普遍的なもの」とは彼にあってはあらゆる論議や対立をこえた超越者であり、愛と殆ど同義語なのである。

彼はまた或る評論の中で言っている。過去一世紀半の間にヨーロッパには種々の宗教上の信仰が崩壊したがこのことはその信仰が立っていた自然的基盤ともいうべきものの崩壊をも招来しつつある。その自然的基盤とは一種の敬虔さ une certaine piété である。この感情の喪失は人間生活全体を反人間化に向わせている。彼の探究は、人間を反人間化から守ってきたこの人間存在の基盤に向けられ、そこに人間の根源的要求である超越への要求を発掘しようとするにある。マルセルが人工衛星騒ぎの最中に日本を訪れたことには意味深いものがある。彼が倦むことなく技術文明に対して警告しているのも、それが人間の根源的要求に対して無知であり、また無力であり、これを日々圧殺しているからである。

「真理と自由」の中でも人格の問題がまず取りあつかわれている。マルセルは講演を次のように始める。真理と自由とは、本来結びつきにくい観念であるが、自分はこの二つの観念の間に或る交流をつくりたいと思う。ところで一般には真理は客観的であればあるだけ純粋であり、自由はこれに反して純粋な状態においては主観的なものである、と考えられる。したがって純粋な真理には自由の入る余地はなく、純粋な自由は、また真理を受けつけない。そこでマルセルは、真理を事実 Fait としてではなく、価値として把握しなければならないと言い、それに関してポーランドとハンガリーで起った暴動事件に触れている。彼は暴動当時両国から亡命してきた信頼出来る二人の人物と会って話を聞いたところ、両方の言うことが全く一致していた。それによると民衆を憤激させたものは政府と新聞の余りにも厚顔な虚偽であったということである。「俺たちを一体何だと思っているのか」というのが民衆の気持であったという。マルセルはそれを「認められようとする意志」volonté d'être reconnu とよんでいる。ドレフィユス事件がフランス国内をあれほど熱狂させたのも同じものであるが、マルセルは、この意志が抑圧されてしまう時には人間は人間に対して危険な存在となる、そのことを一番よく知っていたのはドストエフスキーであったと言う。私はふと病中の自分の経験を思い出した。私は新聞社に勤めている友人を訪ねた。お茶を飲みながら話していた時、その友人が何気なく「病気になるということは実に大変なことなのですね」と言った。丁度その時癩療養所の或る事件の話をしていたので、友人は半ばは事件のことを考え、半ばは私に向けて言ったのだが、私はその言葉を聞いた時、急にそれまで自分を閉じ込めていた壁が取りのぞかれたような心持がしたのである。マルセルは reconnaissance というフランス語が認識と感謝の二つの意味に用いられているということには深い意味があると言っている。

このようにマルセルは真理を主体的なものに近づける——真理が主観的だというのではない、真理は厳として犯すべからざるものであるが、この「認められようとする意志」があればこそ人は真理のために死ぬのだ、そしてこの殉教者の血によって真理は価値となるのである——と共に、今度は自由を具体的な状況の中で把握しようとする。彼は自由な人間とは行動の動機を己れ自身の中にもっている人間であると言う。そしてこれにジイドの有名な無償の行為を対照させる。ジイドの無償の行為は一切の動機づけからまぬがれた、その故に状況のいかなる限定も受けない、絶対に無選択な行為である。つまりジイドは状況というものの拘束を受けないことを自由と考えているのだが、そういう自由は抽象的な自由である。自由は状況の中で肉化されなければならない。この受肉ということはマルセルの思想の核心をなす。彼にあって自由な人間は状況を直視して行動する人である。ここで自由は勇気と結びつく。勇気のある人間とは状況と闘って自己を建設してゆく人間である。卑怯な人間とは自己破壊の誘惑に身を任せてしまう人である。マルセルはジイドと対称的なサルトルを引用して、サルトルならば卑怯な人間も自由な人間であると言うだろう。なぜなら彼は卑怯であることを自ら選んだのだから。勇気にせよ卑怯にせよ人間は選ばざるをえない。人間は否応なしに自由に宣告 condamné されている。このジイドの絶対的無選択とサルトルの絶対的選択とは両極に立ちながらも人間の絶対的自由を主張している点で共通している。人間が勇気がなければならぬことを命ぜられているのであるならば自由ではない。自由に対して命令できるものは、自由以外にはない。自由が勇気を選ぶことによってはじめて勇気は価値となるのだ。マルセルはサルトルが人間の絶対的自由から出発して、つくる faire ということを強調しすぎると言っている。つまり人間は選ぶことによって、かかるものとして自己を不断につくるのだ。自由は自己と一切の価値を創作する源泉である。この創作主義的な考え方に対して、マルセルは「存在」を強調する。そしてこの「存在」を無為 non-faire 無技術 non-technique と規定する。サルトルの自由は無を原理とするものであって、—無—自由—自我はほとんど切り離すことができない一体をなしている。これをパッションと呼んでもよい。このサルトルにおける自由乃至パッションの地位を、マルセルにおいて占めるものは、忠実 fidélité である。彼は忠実を faire（作る、する）ではなく être（存在する）であると言う。「忠実の場としての存在」という日記中の一句はその後の生涯を通じて無限に豊かな楽想のように彼の心中に鳴り響いていた。忠実は存在を原理とする。それは non-faire-non-technique である。真の忠実は、多くは無学な貧しい謙虚な人々、全く désarmé された魂、自分を防ぐ何らのてだてをもたぬ幼児のような魂、たとえばフローベェルの「単純な心」の主人公のような魂の中に見いだされるものである。この人たちは自己の力を信じているのではない。忠実とは自己への忠実ではない。自己を超えたものへの全き信頼であり、そこに彼らの魂の平和がある。忠実の最高の表現が聖者 sainteté である。聖者はつくらない、faire しない。ただ存在する。その行為は faire ではなくすべて祈りである。祈りは non-faire の極致である。この non-faire は無活動ではなく、活動性の、faire の尺度では量ることのできない次元への転換である。

創造はつくることではない。それは、発見であるとマルセルは言う。たとえば、ダンテの神曲の如き作品は、単に作られたものではない。そこにはダンテの自由な創作力の表現以上のものがある。それはダンテの見たものであり、われわれはその作品を媒介としてダンテの見たものを見るのである。われわれは、ダンテと共に限りなき苦悩を見、天国の光栄を見なければならない。小林秀雄は、大小説を読むには人生を渉るのと同じ困難がある、と言っている。それは大小説をひもとくものは、小説を読んでいるという気持ではいけない。人生という活きた書物に対している心が肝要だ。我々が経験を積んで人生を少しずつ理解していく、そういう態度で大小説に向わなければならない。つまりそれは単に作られたものではないという意味である。この媒介という観念はマルセルの中で重要な観念の一つであって、マルセル自身、何よりも先ず自分をそういう媒介であると考えているであろう。

講演の最後に「普遍的なもの」Universelがくる。そこでマルセルは勇気の限界は何かと問うている。ナチスの青年たちも勇気を持っていた。事実彼等は死を恐れなかった。彼等の勇気は何処に限界をもっているのか。マルセルは自分の戯曲の一つの中に出てくる台詞、「死を前にしての勇気はあるが、裁きの前には勇気はない」を引用し、裁きすなわち「普遍的なもの」と付け加えている。私は長い間この言葉が分らなかった。「死の前に勇気はあるが、裁きの前に勇気はない」とはどういう意味か。思うに、この勇気の限界という問題はわが国の中世文学の重要な主題の一つをなしているのだ。たとえば「保元、平治物語」に描かれた武士は死を恐れぬ人間共であった。あの途方もなく強くて、自分でもその強さをもてあましている源為朝という人間をはじめとして皆命しらずの向う見ずであった。彼らは歴史に登場してきた新しい人間タイプであった。死を見つめ、死を恐れることを人間自覚としてきた平安期の知識人にとっては、それは大きな驚き、否、恐怖であったに相違ない。この勇気は一体何か。この死を恐れることを知らぬ勇気の限界は何か。そしてこの勇気がその限界に達した時はどうなるのか。それらの問題が戦記物の作者の心を無意識の中にとらえていたと思われる。中世の英雄讃美の根底には同時に英雄否定の思想もふくまれている。それは、英雄を凡人化する現代の英雄否定ではない。英雄よりも上のものがある、否、一切のものの上に尚且それらを超えたものがある、という思想である。そこから傍若無人の荒武者が一転して、名もしれぬ路傍の花にも涙するような慈悲の人となる——という中世に数多く見られる伝説が生れてくるのだと思われる。ではその一切の上にあるものとは何か。我々はこれを「無常」とも「空」とも呼んできた。マルセルはこれを「裁き」と呼び「普遍的なるもの」と呼ぶ。勇気は「無常」に裁かれて、人間の弱さとなり一転して慈悲となる。中世的人間とは、「神曲」や「能」などが示しているように裁かれた人間である。一切は裁かれている。彼等は一切を裁くところの「普遍的なるもの」の仮借ない光から身をかくすことができない。能面などにただよう悲しげな表情は、そこから来るのではあるまいか。

　合理主義の主張するような知性の普遍性が如何に無力であるかということは、マルセルにとっては、少年時代の家庭における経験——家庭内の互に尊敬し愛し合っている人たちの間ですらも一人一人はちがった考え方をして決して一致するものではないという事実——によっても明らかであった。「普遍的なるもの」はこの対立や矛盾に苦しんでいる人間を救うものでなければならなかった。彼を劇に向わせたものもこれであった。彼は「普遍的なもの」と「劇的なもの」を結びつける。そして「普遍的なもの」とは、人間の共通の運命が演じられている一つのアヴァンチュールに参加しているという意識であると言う。我々が真に共感を抱きうるものは、ドラマチックな人間である。少年期をもち、何人かの愛がそそがれ、また何人かを愛し、またその故に過ちを犯し、老いてゆく、そういう人間である。ドラマチックな感覚とは、人間の根元的な弱さ faiblesse humaine に対する感覚であり、その理解である。だが理解された弱さはもはや弱さではなくて慈悲である。マルセルが考えている「普遍的なるもの」とは、大悲とか、もののあわれに通じるものがある。もののあわれとは人間のはかなさの意識であり、はかない人間が同じはかない人間に対していだく、いい難い人なつかしさではないか。

アヴァンチュールについては、マルセルはこれは宗教的本質をもつ心的状態 disposition des essences religieuses であると言っている。この精神は神話の中に現われている。神曲も、アヴァンチュールである。キリストも、ソクラテスも一つのアヴァンチュールである。レジスタンスも人を愛することもまたアヴァンチュールである。我々は自ら知らぬアヴァンチュールの中にあると考える時、新しい生き生きとした気力が湧いてくる。ペギイは、「父親とは現代社会の偉大な冒険家《アヴァンチュリエ》である」と言った。このことは『ゴリオ爺さん』の作者の深く洞察していたところである。バルザックとかペギイとかクローデルとかいう作家はミスティックでありアヴァンチュリエであった。彼等はマルセルの言うアヴァンチュールの本質を体得していた人々であるが、また私にはこれは、フランス精神の或る特質に深くふれているように思われる。最近評判であったフランス映画「宿命」はこのアヴァンチュールの本質をよく示していた。それはキリスト受難劇でキリストの役を振り当てられた羊飼の青年が自ら意識しないで現実に一種のキリストを演じてしまうというテーマを扱っている。キリストの役を振り当てられたということが、彼を否応なしに彼自身から引き出してアヴァンチュールの中に押し出すのだ。丁度無理矢理に舞台に押し出された人のように、もうどこにも隠れようがない。劇は始まっている。下手でも役をやらねばならぬ。すると不思議な事に次第に自分の役に対する自信が湧いてくる。そして思いがけない大役をやってのけてしまうのだ。サルトルは、パッションを論じて、愛している者は自己の外で愛している、と言った。それはパッションが人を自己の外へひき出すという意味であろう。しかし果してそう言えるだろうか。パッションは人を自己からひき出すよりも、自己の中へとじこめはしないか。「宿命」の主人公に彼自身も思いがけなかったような行為をさせた力はパッションではない。それはアヴァンチュールそのものの力である。アヴァンチュールというものはパッションよりももっと素朴な根本においては宗教的なものだ。それは発見であり、驚異である。だからこそアヴァンチュールを子供は喜ぶのである。

哲学と劇とは、マルセルの思想の中では表裏一体をなしている。しかし音楽もまた彼の哲学と切り離すことができない。彼は少年時代に哲学に志す前には音楽家を志望した時もあったということである。彼は自分の哲学的研究を「音楽という形式の体験が一挙に直接的に与えてくれたものに再び合致するための、果しない廻り道」ではなかったか、と自問している。又自分はどんな書物からよりも音楽から多くのものを学んだとも言っている。マルセルは四歳の時に母を失った。その後母の実妹であった継母の手で育てられたのだが、この母の夭逝が少年マルセルに死の問題に心を向けさせたようである。しかし彼を苦しめたのは、死の恐怖ではなかった。それは愛するものの死という問題であった。死者とは何か。死者は虚無であるのか。死は、我々の中に愛するものの空しい影だけを残して一切を絶滅してしまうものなのか。我々の中には、そうではないと叫ぶものがある。それは直接的な確信である。だが、一方、一切は無であるとささやく声もある。この死と虚無の支配を受け入れさせようとする声と、それをどこまでも拒絶しようとする愛の確信との苦しい闘いが少年マルセルの胸中でつづけられていたと思われる。恐らく忠実という問題にはじめてマルセルを近づけたものは、この内心の闘いであっただろう。それは亡き母への忠実ということであった。彼は少年時代には宗教教育というものを全く受けていなかったから、不死を信じていたわけではなかった。しかし死を受け入れることはできなかった。それは、死に手をかすことであり、亡き母を裏切ることであった。このような不安と疑惑に対して音楽が救いにやってきた。音楽をきいていると不安と疑惑は消えていった。少年時のこの体験がどの程度の重大さをもつものか容易にきめ難い。私は最近マルセルの戯曲「山頂の道」を読んで、その場面から作者が音楽を通して、垣間見ているものを窺うことができるように思った。それは三角関係を扱った作品で、病気の妻が山の療養地から突然帰ってきて、夫の愛人の家を訪れる場面である。彼女は夫とその女との関係を知っている。相手の女はヴァイオリニストである。妻は不意に相手の女に二人で合奏したいと申出る。相手は拒もうとするのだが、何かに魅せられたように弦を取りあげる。……この瞬間病気の妻は、音楽を通して対立や矛盾や現実のもつれた関係の彼方に、この世では実現しがたい一つの調和を予感しているように見える。ヤスパースは second horizon ということを言っているそうである。マルセルは第二の反省とか回復的反省 réflexion récupératrice とかいう言葉を用いている。それはばらばらに分解されてしまったものを再び綜合しようとする働きをさす。マルセルが音楽の中に感じたものはこの回復的な力ではなかったろうか。音楽の中で、人は死が一切ではないこと、一切は絶滅されたのではないこと、めぐみ深い力が働いていることを信じる。それは福田恒存が劇について言った言葉をかりれば、生と死との間の異和感の消滅、死者と生者をひっくるめた全体的調和への復帰ということができるだろうか。

マルセルは「哲学に何が期待できるか」の中で、哲学一般というものはない、それは丁度芸術一般というものはなく、個々の芸術家とその作品があるだけなのと同じである、と言う。だから哲学に科学に見られるような客観性乃至普遍性を求めてはならぬ。そういうマルセルの哲学上の立場は甚だ主観主義的に見える。彼自身一応主体性という言葉を承認している。がそれはキェルケゴールの用いた意味での主体性であって、客観主義に対する主観主義というようなものではない。それは個人的 individuel なものを抽象的な一般性の中に解体してはならぬということである。彼は自分の哲学を具体的哲学 philosophie concrète と言っているが、具体的なもの個人的なものから決して離れないということが哲学者としての彼の良心であった。彼は哲学の根底には engagement personnel（個人的なかかわり）がある。又なければならない、と考えている。哲学は一人一人のかけがえのない運命との内密な対話から生れる。それは言葉の本来の意味での天職 vocation すなわち内奥できかれた呼びかけであり、それに対する応答である。マルセルは、哲学者が少しでも人の役に立ちたいと願うなら孤独でなければならぬ、このことを身を以って示したところにニイチェやキェルケゴールの功績があるのだと言っている。しかし応答だけでは不充分である。交わりがなければならない。音楽を例にとれば、音楽は作曲家のきわめて個人的な内奥の体験と思索から生れるものだが、それにも拘らず、作品という一つの構造 structure を通して共通の体験の場がひらかれる。我々が音楽をきいて覚える感動やそこからひき出すある種の理解は、あくまでも個人的なものでありながら、しかも共有的なものを形成しているのだ。我々はベートウベンの晩年の四重奏をきけば、そこに或る種の悲哀感、孤独感を感じ、又無限が他では見られぬような親しみ深さで表現されていると感じるだろう。このような理解は、科学的客観性とは全く質のちがったものではあるが、単なる個人意識を遥かにこえたものである。マルセルはこれを「主体間の交わり」communion inter-subjective と呼んでいる。そしてこの言葉で主体と主体との交わりを、主体と客体との関係から区別しようとしているのである。主体と主体との関係は、「私と汝」との関係であって「私と彼乃至それ」との関係ではない。私がベートウベンに耳をすますとき、ベートウベンは私に話しかけてくる。そこに内密な対話がひらかれ、ベートウベンは常に私の前に「汝」として現前し、決して「彼」でも「それ」でもない。このような対話をマルセルは「主体間の交わり」とよび、哲学においてもそのような交わりを考えているのである。彼はハイデッガーの哲学は、過去の哲学者、とくにプラトン以前の古代の哲学者との不断の会話から成り立っていると言っている。しかしこのような交わりのためには、音楽におけると同じような一つの「耳」が必要である。しかもその「耳」は、デカルトが考えたボンサンスのように万人に等しく分たれているものではない。とはいえ、それは少数者の閉された世界ではない。私は禅の世界を考えてみる。禅は何よりも概念的な一般性を嫌い、徹頭徹尾主体性を厳守している。しかもそれは個人的な意識に止っているものではなく、それを超えて一つの大きな対話の世界を形成している。ところで、その対話は、議論の形で一方が他方を説得するというのではなく、そのようなディアレクチックな思考をつよく拒否している。だがそこには或る呼びかけがあり、出会いがある。そこに、共同の機というべきものが働く。この機は宇宙的なものであり、個人をこえた広大な交わりの場をひらく。ここでも機をひき出すものは、やはり「耳」である。

この哲学的「耳」は恐らくすべての人に多少ともそなわっているものである。しかし前にも言ったように、デカルトのボンサンス、すなわち理性のようにそなわっているのではない。それは体験なのだ。マルセルはこれを、「人間の基礎的状況に対する反応」であり、「不安に転ずる傾きのある驚異」であると定義している。又別の処では、デカルトがその哲学の出発点とした「われ思う」を批判し、あれは驚きではなくて、懐疑である。そして懐疑とは、未分化の状態にあるものを、母胎から無理にもぎ離す動きだと言っている。これに対して驚きも又意識の覚醒に相違ないが、それは分離の動きではない。パスカルの「考える葦」の「考える」には、この驚異と不安のひびきが感じられる。哲学的体験とは、問いの体験であり、哲学的問いとは根源的問いであり、全体的問いである。それは問うもの自身が問われているような問いである。「この自分は何か。――そして自分は何かと問うている自分は何であるか。」哲学的問いとは、一つの問いから、また次の問いへと、無限に進んで行くというものではなく、むしろ一つ処に足ぶみしつつ深化していくような問いなのだ。

このことについて或る友人のことを書いてみたい。彼は高校時代からの友人で医者を志望していたが、大学を卒業して一年ほどして肺結核で仆れ、そのまま七年間寝たきりであった。現在では一応恢復して勤めているが、その友人は医科の学生当時教授や学生が患者を研究材料のように見なしていることや、そして生命を単なる物体視させる科学的態度というものに疑惑を感じていた。「あなたは何もかも知ろうとしている。そして知ることが楽しいのだ。あなたの前にはすべてが研究材料にすぎない。だがすべてを知ろうとしているあなた自身は一体何なのか。」この疑惑は、自分が医者の立場から患者の立場、見る者の立場から見られる者の立場にかわり、ベッドに仰向けになったまま七年間をすごすことになってみて、科学に対する強い批判となった。科学は物について問うが、自分自身について問うことをしない。これは科学の大きな欠陥ではないか。医科の学生や教授の眼に患者が単なる研究材料として映じるのも、科学そのものが己れ自らを問うことを忘れているからではないか。科学は事物の原因の結果をどこまでも追求していく。それは際限なく問い、答え、更にまた、問うていくだろう。そうすることによって真理に近づくと考えているのであろう。だが果してそうか。それでは問う者はいつまでたっても自らの問いの外に立っていることになりはしないか。私の友人の直覚には、非常に切実なものが含まれている。現代の危機というのも、科学は無限にしかもますます急ピッチで進歩するが、自らを問うことができない。その進歩に対応する抑制力とか反省力とかいうものを生み出すことができない。科学は人間のすべてを包括することができず、科学の進歩が人間を置き去りにしている、という処にあるのではないか。また遠藤周作が最近の小説で扱っているような戦時中の生体解剖というような事件も禍根は同じところにあるのではあるまいか。私の友人は自分の心の渇きを禅宗の本をよんでみたそうとしていた。その枕元にあった日記帳の表紙に「生命を生命の立場からみる」と書いてあった。

マルセルも「存在の中での思索」pensée dans l'être という言葉を使っている。彼は言う、パンセと存在は本来別のものではない。パンセも存在なのだ。しかしパンセは、その本来の性質から自分を抽象する働きをもつ。だがこの対立を余り強調してはならない。サルトルは即自と対自すなわち存在と意識を余りに対立させすぎている。サルトルにとっては、意識の導入は無の導入なのだから、意識と存在の対立は無と存在の対立である。サルトルには存在に対する恐怖があり、意識は脱出の動きのように見える。これに対しマルセルの努力は存在に帰ろうとする努力である。この「存在の中での思索」を培うものが、はじめに言った「盲目にされた直観」intuition aveuglée なのである。

これは聞きなれぬ言葉である。又ここでマルセルが言おうとしていることは、非常に難解である。しかも私の読んだ著書では殆ど必ずといっていいほどこの言葉がでてくる。こんどの講演の後の座談会の時にもこの言葉が使われていた。私は禅のことを考えた。といって私は禅については何の知識もないのだが、こんど鈴木大拙を少し読んでみて、そこに説かれている禅体験とマルセルの考えている直観との間に密接な関係があるように思われるので、そのことについて少し書いてみたいと思うのである。

マルセルは「盲目にされた直観」についてこう説明している。「それは私がその直観を所有しているというよりも、私がその直観であるような、そういう直観である」と。ところでマルセルの思想の中で、身体は重要な意味をもち、これに関する深い考察が見られる。私が私の身体をもつということは、或る限界においてのみ言いうることである。たしかに私は私の身体を自分の道具のように用いている。私は私の身体を破壊することもできる。しかしこの破壊できるということが私の身体に対する私の所有の限界なのだ。何故なら、私の身体の破壊は、私自身の破壊なのだから、この時私はもはや私の身体をもつのではなく、私は私の身体であるのだ。この直観においては、主体である私が、私の身体という客体を直観するのではない。私は直観の主体であるよりも、それの場(lieu)にすぎない。鈴木大拙は、禅体験には客体がない。したがって主体もない、と言っているが、「私は私の身体である」という直観も、主体も、客体もない体験と言うことができる。この「私は私の身体である」ことが受肉ということであり、アンガージュマンということなのだ。そして私が私の身体であるということは、パンセにとっては理解しがたいことであり、たえざる驚きであり、神秘なのだ。マルセルは「思惟から実存にいたる過程は絶対に思惟しえぬものである」Le passage de la pensée à l'existence est absolument impensable と言っている。それは「われ思う」から直接に「われ在り」を引き出すことは出来ないという意味である。ここでは私の身体は「絶対的媒介者」である。私の身体という媒介なしに実存に到達することはできないのだ。大拙は「無分別の分別」とか「非思量の思量」とか言っている。ランボオの有名な《Je est》もこの impensable な体験を語っているのであるまいか。

　私はかつて偶然の機会に中江藤樹の著書というのをひらいてみて大変珍しく思ったことがある。

そこで藤樹はこんな風に自分の教えを説いていた。先ず朝起きて正座瞑目して幼時母に抱かれて無心に乳房を吸っていた時のさまを想像してみよ。次に母の体内を出てはじめて日の光に浴した刹那を思いうかべよ。次には更にすすんで母の胎内にあって一呼吸一呼吸母体と一つの生命を息づいている自分を想像せよ。その時心中にはいいがたい歓喜の情が湧き上るのを覚えるだろうと。ここで中江藤樹はその「孝」の哲学を受肉の神秘への直観の上に打ちたてようとしているものと思われる。マルセルは敬虔さ piété の根底には、人間と生との契り pacte nuptial avec la vie がある。しかもこの「契り」は日々に忘れ去られている。そこに現代の危機があると見ている。彼が家庭の解体という現象に特別の注意を払っているのもここに理由がある。藤樹の「孝」というのも狭い人間関係をさすよりも自然とか宇宙とかへの piété と考えるべきであろう。

しかし我々には中江藤樹の先述のような言葉を素直にきくことは非常に困難になってきている。我々は我々に属するものしか我々の中にみとめない。私は私がつくる。それだけが真の私なのだ。生れたままの私は未だ私ではない。私は私になるのだ。こういう気持は無意識の中に我々の中に根を張っている。マルセルも「汝があるところのものであれ」deviens ce que tu es というが、これは自意識との一致ではない。むしろ自意識を超えたものとの一致への動きである。

マルセルは、実存は気付かれる以外に仕方のないものである、と言う。そして aware という英語を使う。この aware にあたる言葉がフランス語に見当らない。意識 conscience が一応これにあたる訳だが意識には自意識が必然的にふくまれる。しかし自意識は人間にしかないが、aware は動物にもあるものである。これは自意識をふくまぬ直覚をさす。自意識は意識と対象との分裂を意味しているが、aware においてはこの分裂は未だ生じていない。

ここで一寸鈴木大拙の紹介でよんだ盤珪の不生禅というものにふれてみたい。盤珪のことは先述の友人にはじめて聞いた。盤珪は青年時代「大学」中の「大学の道は明徳を明らかにするにあり」という言葉に不審をおぼえた。「明徳」とは何か。このことで非常に苦しんだ。そして色々な人に質してみたが、納得のいく答えは得られなかった。その中に遂に重い病気にかかって死も間近に迫った。その時、突然「明徳」とは「不生」だと悟ったという。すると元気が出てきて病気は忽ち恢復した。それ以来彼は「不生のまま」ということを説きつづけた。そして「不生」とは何かと尋ねられると、「あなた方はいま私の話をきいている、しかし一方ではあなた方の耳は外の雀の囀りも無意識の中に聞いている。それが不生だ」と答えたということである。私はこの友人の話を聞いてから暫くして大阪のある百貨店の富岡鉄斎展を見に行った。その時の絵の一つに山間の小道で二人の樵夫風の男が、腰を下ろして何か話し合っている図があった。道に沿うて谷川が流れ、二人の背後には小さな滝がかかっている。この滝を見て、私はこれが「不生」なのではあるまいかと考えた。二人の男は話に余念がない。しかし二人が話し合っている間も滝の水はたえず落ちている。二人の耳はそれを聞いている。いや滝の音だけではない。木の葉のそよぎも遠くの峯をわたる風の音も何もかも聞いている。ここに聞くものと聞かれるものとの分離は未だきざしていない。滝の音は私であり、私は滝の音なのである。「たえずたうたり、たえずたうたり」というあの不思議な謡曲

の文句がふと心にうかんできた。中村草田男という俳人の句に、

泉辺日のありどころ妻問へり

というのがある。久しぶりに山に来た夫婦は、こんもりと木の茂った泉の傍で話に時のたつのも忘れていた。ふと妻があたりを見まわして「何時頃かしら」と言ったというのである。この句には我々の心をふかぶかと包みこむようなものがある。鈴木大拙は、芭蕉の俳句はあれこれの対象を写したというよりも、無意識の直覚である、と言っている。たとえば有名な「しづかさや岩にしみ入る蟬の声」を取ってみても、ここに見られるものは一切の対象化の、言いかえれば対象と意識との分化の、未だ生じる以前の直覚である。マルセルは彼の「盲目にされた直観」をむしろparticipation（参入）と言いたい、と語っているが、芭蕉の俳句も草田男の俳句も「無意識」というか「不生」というか、或は「無限」というかそういう自己をこえたものへの参入である。

もう一つ書いておきたい話がある。先述の友人と同じ高等学校時代の友人の話なのだが、この友人は入隊の直前ひどい神経衰弱にかかっていた。旅行中も自殺のおそれがあるというのでその人の兄が付添ったほどだった。しかも勤め先の九州から入隊したのが、北海道の山奥の連隊だった。そこで惨憺たる一冬をすごしてから、ある日のこと道路にはった厚い氷を割っていた。すると氷の下にはやくも草の芽が萌え出しているのに気がついた。友人の話によると、その草の目に沁みるよう

なみどりをみてはっとした瞬間から、神経衰弱がよくなっていったという。この友人も、「気付いた」のだ。しかし何を気付いたのか。それを言うことは友人自身にもむつかしい。それはむしろ大拙が言うように主体も客体もない体験といった方が当っていよう。氷の下の草の芽は彼を観念のどうどうめぐりから引き出す機縁であった。ある高名な禅僧は、悟りとは何かと尋ねられ、「お前はあの水音をきくか。あれが悟りだ」と答えたという。草の芽も水音も禅機であり、マルセルは、この現前者 présence を「汲めども尽きぬ具体的なもの」inépuisable concret と呼んでいる。それは我々の呼びかけに対して常に「汝」Toi として現前するものであり、我々が分析したり支配したりしようとするよりも、挨拶 saluer すべきものなのだ。俳句の「……や」――「夏草や……」とか「荒海や……」とかの「や」であるが――は、この無尽蔵の宝庫をひらく合図であり、この絶対の「汝」に対する詩人の挨拶と感謝であるということができる。

マルセルは、人間が単なる心理現象 états de consciences に還元されるかぎり、そこから「われ実存す」J'existe は決して出てこない。意識の流れをどこまで追求していっても「実存」に到達することはできない、と断言する。だから彼は、一方では人間を心理現象の集合体と見なそうとする思想や試みに抵抗しつつ、他方では具体的な人間から遊離した知性の抽象的一般性にも向わず、それらの達しえない場所に実存をさぐろうとしたのである。それは「われ信ず」Je crois と「われ実存す」J'existe とが固く一体となって結合されている地点である。そしてこの「われ信ず」と「われ実存す」とを結合するものが、「盲目にされた直観」なのである。大拙は、先述の「無意識」への直覚にふれたところで、信仰とは「無意識」への直覚に外ならない、と言っている。マルセルの「盲目にされた直観」は、「私は私の身体である」という受肉の神秘を根底として、「われ実存す」から「われ信ず」までを包括する直観である。それは何らかの対象に対する知識ではなくして、超越なのである。これは人間の超越への要求に根ざすものであり、マルセルはそれについて、こう語っている。我々の存在に対する確認 affirmation は、われ存すという風に与えられていない、むしろ実存は、私が有るとか無いとかを一挙にのりこえようとする意志として確認されるのだ。「存在」はそのような意志に対する不断の呼びかけとして理解されなければならない。超越とは方向づけられていることである。ここに「人間＝旅行くもの」という人間の定義が終極的にあらわれてくる。彼は言う。「われわれは真のキリスト教的見地に立って、われわれが進みつつある人間であると認めるのでないかぎり、われわれの条件について何ひとつ理解することができない。……存在の中に一挙に安住することは、われわれに許されていない。ただ、いよいよ深まり行く参加 participation によって、そこへ近づくことだけが許されているのである。」

そしてこの接近は、パスカルの有名な「発見していればこそ探し求めるのだ」と言うあのあいまいな地点で行われるのである。

附記

小林秀雄が「新潮」五月号に「感想」と題した短文を載せている。その中で彼はごく個人的な、不思議議な経験を二つ記している。その一つは、母の死の直後自宅の門口で大きな蛍を見つけた時のことで、彼はその蛍をみて、あっお母さんが蛍になっている、と思った。そして暫くの間は、何の疑いも感じないで、全く自然にそう考えていた、と言うのである。もう一つは、酒に酔って駅のプラットホームから落ちた時のことである。持っていた一升ビンは粉々になっていたが、不思議に怪我一つしていなかった。一時的な人事不省からふとわれに返った時、突嗟にお母さんが守ってくれた、と思った。その時もごく自然にこの考えが浮んだので、そう考えながら何か非常に爽快な気分を味わった、と言うのである。小林は自分の経験に反省めいたものは何一つ加えていないが、この話は私にはベルグソンの『道徳と宗教の二源泉』の中で扱われているテーマに通じるものであるように思われた。『二源泉』は大分前によんだので記憶もあまり確かではないが、そこでベルグソンは宗教の起源という問題に関して興味のある考察をのべていたように思う。それはこうである。地震が突然起った場合などに、我々は「奴さん、おいでなすったぞ」といった言い方をする。地震を人格化しているのだ。そうすることで我々は恐怖の衝撃に立ち向う気力を回復しようとするのだ。又席を立とうとしたはずみに向う脛をひどく打つ、そんな時、我々はつい「根畜生！」と口走ってテーブルを蹴とばす。この時もテーブルを人格化して鬱憤をはらしているのだ。これは極めて自然なことである。今もしも理知が我々のそのような人格化を禁止したとする。そうなると我々は地震の衝撃に対抗する手段がなくなってしまう。勇気とは相手を気力で圧倒することにあるのだから、相手が何らかの人格であってこそ意味がある。単なる地殻の運動を相手では勇気はありようがない。又テーブルに躓いた場合でも、腹をたてることができないし、我々はうける衝撃に対して全く無反応でいなければならないのだ。これは不自然というよりも生きている者にとっては不可能なことと言うべきだろう。我々の生命は衝撃を人格化することによってこれに対応しようとしているのだ。これは生命本能の深い働きであってベルグソンはここに自然を人格化する原始人の信仰の起源をみようとしていたようである。

昔の人が、親が死ねば蛍をみて、あれは死んだお母さんが蛍になったのだと信じ、奇蹟的に危難を免れれば、お母さんが守ってくれたのだと考えたのも、同じような生命本能の営みなのだ。しかしこういう言い方では、まだ蛍は蛍で、母ではなく、助かったのは偶然であって母の加護ではない、ただそう考えておくことは非常に自然なことだ、というだけのことにきこえるおそれがある。だが小林に言わせれば、それがすでに空しい反省の囚であることなのである。純一無雑な心にかえれば、蛍はやはり母であり、危険から自分を守ってくれたものは、母なのだ。小林はあくまでこの地点を守ろうとしている。そしてさまざまな思想や感情の誘惑に対して常に純一な心を守るということが、これまで小林がたえず心掛けてきたことなのだ。

これはマルセルが少年時代に母の死から経験したものによく似たところがある。マルセルは一切の虚無である「死」を承認させようとする誘惑に抵抗して「死」を拒否したのであるが、小林の場合も根底にはやはり「死」の拒否がある。両方とも母の死に直面し、信仰という問題に端的にふれていることは注目すべきことである。突込んで言うならば、亡くなった母親と我々との間には、生きた或る絆がある。その絆は、生きていた時よりも、母が死んだ後に一層はっきりと感じられるものかもしれない。マルセルの言う、「生とのnuptialな契り」もこれを指すのであろうか。それは我々の中にあって我々自身にすら手をふれることができない部分であり、一切の論議を超えたものである。しかも我々の思想も感情もすべてこの我々の中にあって我々自身をこえた或る神秘によってはじめて意義をもつのである。それをマルセルは敬虔piétéとよんでいる。又小林の語る経験の中には、大拙の言う「無意識」の直覚を見出すこともできるように思われる。

小林のベルグソンに対する敬愛の情は特別なものであって、青年時代から現在まで終始かわらない。彼はベルグソンから、彼が一生を通じて守ろうとした「直観」の純一性を学んだのである。マルセルもベルグソンの継承者であると見なされている。事実マルセルは現在でも真摯な尊敬の念をもってベルグソンのことを常々考えている。マルセルも又その哲学の出発点に「直観」をおいている。彼の初期の哲学ノートは、そういう「直観」を中心とした思索であったようである。彼は私は自分で信じる前に、他人の信仰を先ず信じていた、と言っている。マルセルにとっては、信仰とは、その人の中にあって、他人の容喙しえないもの、他人がそれについて論議し是非する権利をもたないもの、一切のvérification（点検）をこえたものであった。ところでvérifiableであるということ、言いかえれば「なぜ」とか「いかに」とか問うことができ、又答えることができるということがそれが実在するということではない。invérifiable なもの、点検しえないものの実在性、いわば超越性の実在性ということが、彼の確認したいことであったのである。彼はそれを « Je ne sais pas ce que je crois »「私は私の信じているものを知らない」という言葉に定式化しようとしている。そしてこれが、彼の「盲目にされた直観」という言葉の意味であると考えられる。私はこの直観について多くの言葉を費してきたが、今それは結局我々が「無心」とよんできたものに帰着するのではないかという気がしている。そして「無心」というものに培われていることが、我々の思想を「存在の中での思想」たらしめているのである。

III

道化雑感

子供は永遠の再開であり、絶対の諾《ウィ》である。

——ニイチェ

先ず子供の顔から思いついたことを書いてみたい。私の姪に当るのだが、家に幼稚園に通っている女の子がいる。これがどうも頭が良くない。歩く方は皆を驚かせるほど早かったが、物を言うのはひどく遅れた。記憶力の方も、幼稚園に行く頃になっても僅か二行ばかりの絵本の文句がどうしても憶えられないといった有様だった。とんだり跳ねたりすることは、兄より上手な位だが、物の理とか物の別とかを理解させようとすると一寸取付く島もないという感じである。或る日のこと、居合わせた姉を摑えて、傍のその子を指しながら、私はこんなことを冗談半分に言ったことがある。「どうもこの子は理というものが大の苦手でね。大人というものは子供に随分無理なことを言うようだが、それは案外何ともないんだね。ところが理を説かれるのはやりきれないらしい。実に妙な深刻な顔付になってね。きっと世の中には理とかいう何とも得体のしれない厭らしいものがあると思っているのだろうな。」そう言いながら、子供の顔に早くも不安げな真面目臭った表情が浮ぶのを見た時、私は、大人が子供に教え込もうとしている理の世界、一口で言えば、二二が四の世界の外に、子供の心が遊んでいるいま一つ別の世界があるということを、突然はっと気付かされたのである。勿論、二二が四の法則は大人にも子供にもひとしく避けがたいものであろう。これを拒めば発狂する外はないのだが、子供の心は法則の中にあって、これに抗わず、これをぬけ出て別の世界に生きているという風に見える。その服従は絶対だが、その絶対の服従は大人の説く理とは違ったところから来るもののように思われる。私自身はと言えば、理を踏み外さぬように日々小心翼々とつとめているると言ってよい。とは言え心の片隅には失われた世界に対する郷愁が全くないという訳ではない。かつてこんな即興の詩をつくったことがある。子供を歌ったものなので、厚かましく古いところを又お目にかけることにする。ついでに言わせて貰えば、私には韻律というものが、精神を解放し、日常の理を超えた一つの世界をよびさまし、これを垣間見させるものではないかと思われるということである。勿論私の詩はそんな例にはならないが。その詩は――

うてなに消ゆるあはゆきの
　たまゆらのかげとどめかね
またくりかへすをさなごの
　春のすさびのかなしけれ

かげろふもゆる岡のべに
　をさなごころのうつつなき
すぎゆく風も　ははなれや
　涙のあとをぬぐひゆく

私は前に「能と道化」について書いたことがあったが、その時「狂い」ということについて考えた。これは今思うと「浮かれ」と言うべきであったかも知れない。私は西行や芭蕉が生きた世界を考えていたのである。私には、何故「憂世」であったものが「浮世」になるのか、人生の謎の解き難さから一人の道化の生れる機縁とは何か、それが問題であった。私は子供の顔を見ながら、こんなことを考えた。道化とは、この二二が四を拒絶し、計画的に発狂を敢行し「暴力をもって天国を襲う」と言われるように、狂気という暴力で日常の約束の世界をつき抜けてより高次の世界の扉をひらこうとする者ではないかと。たしかに道化は一種の哲学者である。それは哲学と共に生れるが、同時に哲学を否定する。道化は哲学をひっくりかえす。人生の謎について理智があみ出す諸々の解決は彼の身振り一つで崩れ去る。彼はたえず人生の根源的な謎の前に立ちかえり、この謎を彼の身振りで浄める役をする。彼は人が説き聞かせる理をどうしても理解しない。どこまでも分らない振りをする。そして一足毎に失敗する。しかしその失敗を通じて日常の世界を超えた一つの秩序の存在を暗示しようとするのである。彼は可能的な存在のためにたえず現実の存在を犠牲にする。彼はもはや現実の人間としては生きない。彼の行為は現実の目的性を喪失し、目的への従属を脱した、それ自体のために存在する一つの身振り、一つの象徴、独自の沈黙の言語となる。この意味で、彼は高度に夢みる人であり、愛の人である。彼と日常の世界との間には深い断絶がある。彼は語ろうとするが言葉をもたぬ。かくして彼の沈黙の身振りは断絶の彼岸からする愛の絶望的な呼びかけである。

私はルオーのことを考える。ルオーは身振りの画家だと言われるが、私はその身振りの意味について考えて見る。このキリストと共に道化を描いた画家は、道化の中に汲めども尽きぬ身振りの宝庫を見ていたように思われる。彼がキリストに与えたものは、道化の身振りではなかったか。あの十字架に吊されたキリストのぶざまさは道化のぶざまさではないか（だがこのぶざまさは内側に何と美しいフォルムを隠していることか。）一人の罪なき人を十字架に吊した暗黒の力が、この世の矛盾が、道化という世にも無力な無抵抗な人間の上にのしかかっている。彼はこの壁に頭を打ちつけては、顚落する。顚落が彼の運命である。彼は彼を追いまわし、彼を引っ摑み、幾度でも地べたに叩きつける力が何であるかを知らない。その力に対して自らを守るすべを知らず、ただ素直に打撃に身をさし出すことしか知らぬ。道化の悲しみは、すなわち罪なきものの生きる悲しみであり、理由を知らぬ苦しみに耐えている民衆の悲しみに通じるのである。

コクトオはマリタンへの手紙の中で、スロオモーションという興味深い思想を述べている。そこで彼は、海底映画や高速度写真が水や機械の作用によって、人間や動物の動作からこれまで思いもかけていなかったような美――コクトオはこれを「沈黙をとりあつめた沈黙」とか「優美の中の優美」とか「遅緩の中の遅緩」と呼んでいる――を引き出して見せてくれるのに驚嘆し、スロオモーションが日常卑俗なものから取り出してくるこの「天使」は一体何か、と問うている。（この「天使」を一人の道化と呼んでもよいだろう。私は、日本の「花」という言葉を思い浮べる。たとえば歌舞伎のゆるいテンポからビュウルレスクの見事な花がひらくのを見る。）そしてコクトオはこう考える。神は永遠なのだから、我々の生きている世紀は神にあっては一瞬間にすぎまい、してみれば我々はスロオモーションで映し出されているのだと。彼はこのことから「神は無限なるが故に我慢強い」という言葉の意味がはじめて分ったと言っている。だから我々も今少し速度を緩めることができたなら、人と人との間はなごやかになり、猛々しさを取り除くことができるであろう。そして彼は、彼の改宗の機縁となった一人の神父の中なる「魂の気品」が水のように作用するのを認め、そこに神の証しを見ようとする。すなわち神父の魂の気品は彼を捉えて日常の騒々しいテンポの外へつれ出し、重い水のような魂の雰囲気の中に沈め、こうして彼の中で肉の重みが除かれて、身軽となった彼はやすやすと自分自身から脱け出ることが出来るように感じたのであろう。

コクトオはこの手紙の冒頭でマリタンに向って「君は深海に棲息する魚だ」と書いているが、ルオーも又そのような深海魚の一人である。ルオーが住んでいるあの夜の世界は魂の海底である。コクトオは、「神の我慢強さ」について語った時、恐らく芸術家はその「神の我慢強さ」に倣うべきだと考えていたのだ。我々は、一人の芸術家、たとえば一人のルオーの我慢強さがどんなものであったかを考えてみることが出来る。彼は現代生活のただ中にあって、ただ一人魂の深海にとどまって、日常のテンポに頑強に抵抗し、神の忍耐づよさで、機械的なあわただしい動作から、真の人間らしい動作を取り出し、これに人間本来の威厳と無邪気さを刻印しようとする。こうして人間の言語の沈黙した彼の薄明の海底では、ゆるやかな美しい身振りと身振りが、その独自の言語で魂の対話をつづけているのである。……

コクトオはこのスロオモーションという思想を最近来朝したマルセル・マルソオのパントマイム芸術の紹介の中でも取りあげている。恐らくこれは彼の思想の中で非常に大事なものなのではないかと思う。

さて私はマルソオを見て非常な感動をうけたものの一人である。それは近来経験したことのないような感動であり、私としては全く思いがけないものであった。私は自分の生命がどういうものにつながっているかを改めて考えさせられたのである。ところで、マルソオの舞台を見た人は余り多くはないかと思うが、映画になっているので、これを見た人は少くないだろう。それについて断っておきたいことがある。私は映画も見に行ったが、これには失望した。映画は正直なものだから、確かにあの通りであるが、印象に何か不快なものがあった。マルソオの芸術にはコクトオが指摘しているように、無声映画のスクリーンの沈黙の効果に似た要素が多分にふくまれているため、そして映画の製作者がこの点を意識して強調しようとしたためか、同じ効果が二重にかぶさってそれが妙に不自然な印象を与えたのではないかと思う。しかし一方映画をみてマルソオの肢態の驚くべき柔軟さ、そのフォルムのビュウルレスクな一種の幽玄美についてやはり教えられるところがあったことは事実である。私は道化とアレゴリイとの関連について考えさせられた。そしてこれを見つつ、道化とは、普遍的な精神が隅々まで滲透しアレゴリイの花咲いていた中世文化の余光のごときものではあるまいかなどと考えてみた。

パントマイムという純粋の暗示の芸術は微妙な雰囲気を生命としているようである。道化は人の愛情なしには自己を花咲かすことが出来ない。実際の舞台の場合は、音楽もなく、装置もなく、黒いカーテン一つを背景に、白く顔を塗ったグロテスクな道化がただ一人で演ずる芸に観客は充分引き込まれ、盛んに笑っていた。そういう雰囲気の中で、道化の一挙一動は生きてくる。道化は歩く。階段を上る。下りる。綱引をする。賭博者となる。勝ったり、負けたり、喜んだり、しょげたりする。古着屋の店頭に立って、身に合わぬ服をつけようとして苦心惨憺する。公園に集まる色々な人物を次々に演じて人生縮図を覗かせる。パントマイムは、人生劇なのである。沈黙というものは、日常の何でもない動作を全くちがった眼で見させる力を持っている。硝子越しに見る人の動作がそれである。いま一人の男が階段を上って行く。欄干をにぎって一歩一歩に力を入れて階段を上って行く。一階、二階、三階。……やっと着いた。次は下りる番だ。三階、二階、一階。……こんどはいかにも軽々とした足どりで下りて行く。しまいに調子づいて馳けるようにして階段を下りきると、下りてきた階段を一寸見上げる。これは非常に面白かった。こんな些末な動作が対照の緊張を与えられると見事な人生表現となるということに感心させられた。道化は天真爛漫だから、精神と肉体はいつも一つになって動く。サイコロを投げる男の動作と表情の動きは全く一つだし、階段を上る男は上る顔になり、降りる男は降りる顔になる。風の中を歩く男の肉体の緊張はそのまま精神の緊張なのである。我々の精神はふだんは肉体を忘れている。肉体は精神の気付かないところで働いている。だが一度肉体が障害を蒙ると精神は肉体に気付く。そして階段を上るということが、どういうことか理解するのである。

物真似芸術は些末なものの卑近なものを通じて普遍的な人生表現を目指すものである。個々の性格とか個々の運命とかいうものはこの表現には適しない。それをするためには一つの役に拘束され、これを最後迄演じなければならない。ところが物真似芸術は、一つの役に縛られず、仮面を取りかえるように、自由自在に凡ゆるものの身振りを取るところに面白味がある。物真似のそうした自在さは、庶民を無邪気に喜ばせると共に、そこには、王侯の楽しみといったものもある。何故なら、王冠の重みに倦んだ王者にとって、一つの役に拘束されず、人間喜劇のすべての役を遍歴してみること以上のたのしみはないだろうからである。従って、道化とは普遍的な adaptation であり、その魅力は adaptation の各瞬間のイリュウジョン——真実感——にかかっている。私が一番感動をうけたのはマルソオの「老い」の表現である。特に「青年壮年老年死」では、電光のような一刹那に全人生を垣間見させる。莟が花をひらくように、舞台にうずくまっている死の姿勢から眩いばかりの青年が立ち現われ、最初は意気軒昂と大手を振って歩き出すが、次第に輝く面からは光が失せ、振る手には力がぬけて、いつしか肩はすぼまり、腰はかがみ、……すると一瞬その面には、あの悲しげな何か謝罪しているような「老い」の表情があらわれるが、それも忽ち消えて、ぐったりとなったかと思うと、もとのしずかな死の顔と姿にかえっている。まことにあっという間もない束の間のイリュウジョンであるが、思わず息をのませるような感動を生み出していた。もう一つは「公園」で、そこに集まる人物達、帚木をもった庭番、棍棒を下げた巡査、犬を散歩させる人、日禱書をよむ神父、乳母車を押す女中、風船売、逢曳の青年等を次々に演じてきて、最後に、そうした人生縮図をベンチで一人しょんぼりと眺めていた老婆が、日暮れになって、人気のなくなった公園を杖にすがってとぼとぼと帰っていく、それだけのことなのだが、マルソオの演じる「老い」の姿には忘れがたいものがあった。私はふと「桜の園」の最後の場を思い出し、思わず「これはチエホフだ」と心で叫んだのだった。私はこれらの「老い」の表現に芸術の極致を見る思いがした。これこそ自分が求めているものではないかとも思った。それは真というよりも美というよりも、理解でありbonté善であるといった方が私の感じに近い。道化の天真爛漫な無私と一切との同化。そこに「老い」がまさにそうあるままの、みじんの曇りもない、歪みもない素直さであらわされている。草木が自ら枯れ凋れるように、人は老いる。六十年七十年人は生きて最後はこうなるのだ。もはやつぶやきもない、あがきもない、悲しみは悲しみのままに自然である。そのような悲しみを前にして、我々の心は拭われ、あたためられる。そしてこんな風に考える。「私達もやがてあのようになるのだ。それだのに老人たちにつれなくしている私達は何と間違っていることだろう。」

マルソオの芸術の生命はこの在るところのもの一切との同化であり、全心全霊による瞬間への没入である。「蝶追い」では一羽の蝶の生命との何という感動的な合一の瞬間が見られることだろう。……道化はようやくのこと蝶を摑えたのである。彼の掌の中では、今や可憐な一つの生命が慄えている。彼は指先の生命のおののきの一つ一つにうっとりと聞入っている。その顔は、一つの生命と合一するという一種の宗教的な恍惚感に輝いている。あたりには陽光はいよいよ明るく降りそそぎ、足もとには草木が群れそよいでいるが、彼はそれらすべてを忘れて立っている。彼にとっては、いま掌中に抱きしめている生命の感動が全宇宙であり、他の一切は消え去っている。……ふと気が付くと、蝶の死。深い悲しみ。やがて蘇生した蝶は、彼の手を離れて、弱々しい翼を動かしつつ、次第に高く光の中へ吸われるように逃がれていく。その行方を眼で追いながら、両手を開いたまま、空を仰いで立ちつくす道化の姿には実に深い余情が漂うていて、私はふとわが国の能の「羽衣」を思いうかべた。

道化の世界はこの一瞬一瞬の生命によって織られている。道化の無心は、子供の無心である。道化は子供と同じように行為に生きる。刹那の行為に没入し、そこに生れ、そこに死ぬ。それは各瞬間における全き自己投与である。これはニィチェの言う「永遠の再開 recommencement であり、絶対の諾《ウィ》である。」私は我が国の俳句を思いうかべる。その柔軟な形式は、人生の一切の現われと同化し、これもまた瞬間に生き、瞬間に死ぬのである。それは人生のどんな片隅にも入って行き、どんなささやかなものとも解け合い、しかもこれをそこなわず、これを自己の intimité の中に取り入れ、純化し、これに高い意味と永遠の形式を与えようとするのである。俳句の念願は道化と同じく人生の様式化である。

私はマルソオを見ながら、二人の芸術家を思いうかべた。その一人はチャップリンであり、もう一人はチエホフである。チャップリンは物真似芸術の再興の機運をつくった人で、マルソオの演技の中にも、チャップリンから受けつがれたものが少からずあるように見える。半ばまではチャップリンだと言えるかも知れない。私はマルソオを見てはじめてチャップリンの芸術の本質が物真似にあったことに気付いた。チャップリンはトーキーが出来た当初これに反対し、長い間トーキーの制作に手をつけなかった。その理由は今よく分る。彼はトーキーによって最も大きな損失を蒙った映画芸術家の一人であったのだ。彼の本当の魅力はトーキーでは味わえないのではないかという気がする。事実彼はトーキーになって無声当時を凌ぐ傑作はつくっていないのである。チャップリンは、マルソオの道化と同じように、身振りの詩人なのである。彼は日常のどんなつまらぬ仕事をも、これを忘却から取り出し、これに真新しい輝きを与えるすべを知っている。彼の手にかかれば、会釈一つが、一つの驚きとなり、一つの詩となる。彼はステッキの一振りで全世界を魅惑してしまったのである。彼の一挙手一投足は、すべて発明であり、創造でないものはない。歩くにも、走るにも、ものに躓くにも、壁に寄りかかるにも、食べるにも眠るにも、たえず発明する。彼の周囲には、自由のない創意のない自動機械の単調な行為があるだけで、その中で生きているのは彼一人である。この自動機械のシンボルは巡査である。チャップリンはいつも失敗してはこの巡査に追っかけられる。ところで彼が失敗するのは、彼が生きている証拠なのだ。彼の生命がさまざまな行為を案出するので、それが千篇一律の機械的な秩序をかき乱し、これと衝突するのだ。そこに愉快な騒動が次々に起って来る。……

チエホフのことは、先刻述べたように、「公園」の最後の老婆の姿から思い浮べたのだが、マルソオの舞台が瞬間の感動を生命としているように、あのチエホフ劇の魅力も瞬間のイリュウジョンにかかっているように思われる。ジュリアン・グリーンの日記に、彼が『かもめ』の観劇中に経験した強烈なイリュウジョン——それは殆ど他界の体験に近いような異常な経験の一つ——について記している。それは湖畔の場で、湖の見える庭園で数名の男女がとりとめのない談話を交わしている。遠くの方で音楽を奏しているのが木の間ごしに途切れ途切れに聞えてくる。そんなごくありふれた場面の一つで、グリーンは突然、不思議なしかも強烈な錯覚を味わったというのである。錯覚はほんの僅かしか続かなかったが、その間彼は実際に自分が湖畔にいるような気がした。舞台に見る夜の空も、下方から波の音のきこえてくる湖も、黒々と立つ樹木も、話し合っている男女も、すべてが舞台の上の出来事ではなく実在となった。……これはグリーンの極めて個人的な経験ではあるが、私にはそこにチエホフ劇の特質にふれるものがあるように思われた。というのは、チエホフ劇の根底には、我々をそういうイリュウジョンに誘う要素が随所にひそんでいて、それが独自の魅力をなしているからである。ばたんと音を立てて窓の扉がしまるにも、誘いがある。この劇が一時雰囲気劇と呼ばれたのもこのことを指していたのであろうが、それは又彼の劇に特有のあの一種微妙な感動を生み出す上に、パントマイムの力が大きな要素となって働いていることを物語っているのである。小林秀雄は『桜の園』をさして「ファルスだ」と言っているが、チエホフの劇では台詞は余り重要ではない。各人物は、小林も指摘しているように、自分勝手な取りとめのない歌をうたっているにすぎない。その歌は彼等一人一人からあの軽やかな身振りを引き出すだけの役をしているという風に見える。チエホフにとっては、世界はそのように見えた。つまり一つのパントマイムとしてその眼に映じていた。彼は、コクトオのいう「神の我慢強さ」で人間を見つめていた詩人の一人であって、彼の劇はコクトオのスロオモーションの世界に接しているのである。

チエホフとチャップリンは、資質の上でも共通するものを少なからず持っている。曇りのない眼、極度の感じ易さ、大げさな身振りや自惚れや残酷さに対する嫌悪、庶民性、とくに内気さとつよい自制力、などである。そしてそれらは道化の無私のもつ美しさなのである。一方、チエホフとモーパッサンも短篇作家として屢々比較の対象となるが、この二人の間にはよく似ているように見えて、本質的に異っているものがあるように思われる。『可愛い女』のような作品はモーパッサンの中には見出せないものである。チエホフの聡明な眼はモーパッサンの冷酷な眼に劣らず、醜さも滑稽さも何一つ見逃しはしない。しかし彼の文学は、モーパッサンの文学が観察を基調としているという意味では、観察の文学ではない。モーパッサンは師匠のフローベェル初期の教訓にしたがってひたすら観察を学んだ。これに反して、チエホフはコントを小鳥が歌うように書いたと言われる。両者は出発点においてちがっている。私はチエホフの中に観察者よりも一人の物真似師を見る。彼には、内気な性格の中に屢々発達する物真似の本能ともいうべきものがある。彼はフローベェルやモーパッサンが自己に課したあの厳しい観察態度を実行するよりも、もっと自然に自己の内部の物真似の本能に身を委ねているように見える。子供は何でも手当り次第真似をする。子供は観察するのではなく真似るのである。彼は何でも真似ることによって世界を己れ自身の中に取込もうとしているのだ。物真似とは、この子供が生きている、自己と世界との未分離の状態にある生命本能から生れてくるものと言えよう。物真似は我々の中に子供を目ざめさせる。それは我々を再び自己と世界との分離の前の原始の幸福につれ戻す。我々が物真似に打ち興じつつ覚える生命本能の充溢感はそこから来るのである。これに反して観察は対象から身を引く。それは主観客観の分離にはじまる。この分離が明確であればあるだけ、意識は明晰となり、観察は客観的となるのである。観察は本来自然科学に属するものである。それは物質を取扱う。それは観察者の前に対象をおき、これを固定し、観察するのである。人間も観察対象化される時、物質と変りはない。モーパッサンの小説の底にはこの物質の冷たさ、非情な自然の冷やかな感触が感じられるが、これはチエホフに全くないものなのである。チエホフはモーパッサンを尊敬していたから、モーパッサンのような冷酷な小説を書きたいと考えたかも知れないが、しかし彼の資質はモーパッサンとは全く別のものだった。チエホフの場合、客観的というよりも、子供や道化の無心さなのである。観察は知的だが、物真似は本能的である。それはあたためる。観察が動かぬ「物」を対象とするに対して、物真似は生命と動きに向う。動くものしか真似することができない。たとえば巖だとか樹木だとか彫像だとかの不動を模倣する場合でも、それは見せかけの不動でしかない。丁度マルソオの「公園」で、はじめ銅像になっていたマルソオがやがて動き出すように、巖も樹木も花もいつ動き出すかしれないし、童話の中の魔法をかけられた巖や樹木のように、いつ何時「坊ちゃん、坊ちゃん……」などと人間の言葉を話し出すか分らないのである。コクトオがマルソオは魚や蝶の silence trompeur「いつわりの沈黙」を模倣するといったのはこの意味であろうか。一言で言えば、観察は対象の非情化であり、物真似は対象の有情化である。観察は自然の中に囚えられている。これに対して、物真似は自然よりもより高次の世界へとパースペクチーブをひらく。チエホフの世界はファルスの世界だが、そこには自由な大らかな空気が息づいている。チエホフの芸術は音楽のように不断に流動している。固定ということを全く知らない。隷従を知らない。それは即興を生命とし、刹那的なものによって生きる。その意味でチエホフの芸術ほど自由な芸術はなく、又物質性から遠い芸術はないのである。

宇野千代の『おはん』

これは傑作である。一カ月に原稿用紙一枚の割合で十年かかって完成したというこの作品を、『楢山節考』のような、質の異った、むしろ素朴な作品と比較することは無理ではあるが、ともかく文壇やジャーナリズムから離れて書かれたこれらの作品の出現は、現代が文学に求めているものについて一つの示唆を与えているように思う。両作品とも、時代も場所もきまっていない、時間の外 hors du temps の世界である。がそれは歴史に背をむけた幻想世界というのではなく、我々の中に生きている歴史の深みから生れ、時代的な限界を超えて、象徴にまで昇華されたものである。我々はそこに日本というものの声を聞く。

小林秀雄は推薦者の一人として「近松を読む様な味わいがある」と評しているが、作者はよく近松の骨法を摑んでいる。私はラジオなどで近松物の放送があると時々聞くが、近松のせりふには、一寸耳にしただけでそれと思わせるような何か独得の味わいがある。が活字で読むと素人には耳で聞くようには充分味わえないきらいがある。処でこの小説の文体は、作者が徳島の方言をもととして、それに関西訛りと作者の郷里の岩国の訛りをまぜ合わせて創案した独自のつよい訛りのある文体であるが、これを読むと、眼で読んだものがすぐ声になって聞えてくるようである。作者の一人の「阿呆」の心を文字にあらわすために、人間の声を文字にうつす必要を感じたのであろうか。

物語は「よう訊いてくださりました。私はもと、河原町の加納屋と申す紺屋《こうや》の悴でござります」という男のことばではじまる。町の芸妓に溺れて妻子を捨てた男が、七年たって別れた妻のおはんに出会い、人目を忍ぶ逢瀬をかさねるようになる。が現在一緒にいるおかよというもとの芸妓とも別れる決心もつかず、成長したわが子への情愛にもひかれて次第にのっぴきならぬ処へ追いつめられていく、最後に子供の不慮の死ですべてが終る。おはんは男の前から永久に姿を消す。

作品は、随所に簡潔で力づよい描写が見られるが、発端の個所など面白い。男が二三人の連れと橋の上で風に吹かれていると、「白い浴衣をきた女《おなご》がすぐすうっと私の傍《ねき》をすりよって通る」。はっと思って見ると、同じ町にいながら、長い間会わなかったおはんである。後を追って、「おはんか。かわりないか。久しいかったなァ」と話しかける男の語調は、近松を髣髴とさせるように思った。それから、おはんが訪れてきて、店の裏の部屋を借りて話している中に、何かのはずみで、男の手が女の手にふれると、「ひい、というような声」をあげたかと思うと、「その細い、糸みたようなおはんの眼がつりあがって、さっと顔から血の気がひ」くというあたりも、するどく、きびしい調子でかかれていて、こういう事柄のもつ悲劇的なものがよく出ている。作者は男に「ほんに七年というながい間、身を堅く守ってきたおはんにとりましては、それはまァ、どのようなことであったかということも、あとになって分ったことでございます。」(傍点は筆者)と述懐させている。そして作品全体がわが国では近松の外には見られない悲劇的な緊張感で貫かれている。

この物語の根本の思想は、男の次の言葉の中に暗示されているように思われる。

「へい、みな、みな、わが身可愛さからでござります。へい、私は何もかも承知してるのでござります。ほんに、どのようなお情深い神さまのお心でも、これが裁きのつくことでござりましょうか。」

作者が書こうとしているものは、男のこの「わが身可愛さ」である。小林秀雄は、谷崎の文学のすぐれている点は、彼が男の意地汚さをかいたところにある、と言っている。そして女はこの男の意地汚さを理解するのだが、「わが身可愛さ」は、「意地汚さ」よりも一歩深めている。これは宇野千代という作家の、女としての、男というものの体験のぎりぎりを語っている。女の体験とは、男の「わが身可愛さ」を、考えれば、空恐しいほどの、どんな神にも裁きのつかぬほどの「わが身可愛さ」を味わい尽すことにあるのではないか。聖トマスであったと思うが、「自己愛の中にすべてがある」と言っている。その意味は、神への愛と自己への愛を全く敵対するもののように切離してはならない。自己愛を絶滅しようとすることは、愛そのものを殺してしまうこととなる、というにあると思われる。『おはん』の作者も「わが身可愛さ」に男のすべてがある、と言うかもしれない。

おはんとおかよは、作者の中にいる別々の女をあらわしている。おかよはどこまでも男を自分のものにしたい女。男の「わが身可愛さ」を承知の上で、そういう男を手離さないために必死になっている女。「男のいらんおひとは、どこの国なと行たらええ。あては男がいるのや、男がほしいのや、」これがおかよという女である。これに対して、おはんは、男への別れの手紙の中で、「ほんに、これまでのながい間、待ち暮しておりましたは、なんでやろとわが心にも合点がまいりませぬなれど、あなたさまに難儀かけ、またあのおひとを押しのけようと思うたりいたしましたことの夢々ござりませぬは、お大師さまもご照覧でござります。」と先ず書かねばならぬ、義理をいのちとする女である。ル・フォールは女の本質としてヴェールということを言っている。おはんはヴェールの中の女である。彼女が男に残した手紙は、「人の一生に、これほどの文貰うたものがどこの世界にござりましょうぞ。」と男を嘆かせるほどのものだが、そこには妻というものの窺いしれぬ謎があらわれている。おはんは男に向って、おやさしいあなたさまゆえ、ひょっとすると、私のことを、ながい一生の間、あなたさまを待ち暮していた、可哀そうな女やとお思いなされてではないかと思いますけれど、それは「あなたさまの間違い」で、思えば、自分ほど仕合わせのよい者はないのではないかと思っている、あなたさまと一つ家に暮すことができずとも、一緒にいるより一層あなたさまにいとしゅう思われたような気がしている。だから私は仕合わせ者なので、どうか私のことはお案じ下さいますな。私達の切ない思いも子供が死んでぬぐうてくれたから、あなたさまには何一つお案じなさることはない。どうか私の分まであのお人をいとしがって下さいませ。……あれほどの絆、向うの女が夫と別れる決心をしてくれたと聞いて男の嘘に手を合わせて拝むほどの思いも、子供あってのものだった。子供の死は、おはんをその切ない絆からも解くのである。おはんは自分は愛された妻であるという自覚だけを抱いて去って行く。彼女にとっては、幸福とは妻としての自覚そのものであり、この自覚はそれだけで彼女をみたすに充分である。現実に男からの報酬を必要としない。妻の献身は絶対的である。一人の女を妻にするものは、絶対者の前での契りである。妻という自覚の根底には、絶対者との深いつながりの意識がある。おはんを男から奪ったものは神である。ここに取り残された男の癒されようのない未練がある。

チエホフの『三人姉妹』

去年の六月、母が危篤で家の中がごたごたしていた最中、久しぶりにチエホフの『かもめ』を神西清の名訳で読んだ。チエホフは中学時代によく読んだ。事によったら、私が無意識の中に一番感化をうけた作家であるかも知れない。戦後私は以前に愛着していたものから離れた生活をしている。別にそういう生活をしようと思ってしている訳ではないが、自然にそうなっている。そこに何か意味があるような気もしないではないが……そういう自分が、中学校当時の愛読書をひらいたことは、場合が場合であっただけに長く尾を曳くような感銘が残った。その後チエホフについて一度書いてみたいと考えながら、病気や何かで果せなかった。ところが、去年の暮に偶々大阪で俳優座の『三人姉妹』が上演されたので、病中であったが、早速見に行った。以下はその時の感想に手を加えたものである。

若い頃、私はチエホフの舞台の話はよく聞いていたが、実際には学生時代に一度『桜の園』を見たきりであった。その時は随分期待をもって出かけたのだったが、時代がチエホフの劇の気分からかけ離れていたせいか、印象は稀薄であったように記憶している。こんどは義務でも果すような気持で出かけたのだが、案外に面白かった。感動もうけた。舞台のでき栄えは、日本の現在の新劇のレベルからいっても余りいい方ではないのではないかと思うが、それでも素人には読むだけでは気附かない色々な効果を味わうことができた。特にチエホフの舞台のもつ厚みとでもいうか、これは書物から感じとることができないもので、たとえば、二幕目の謝肉祭の晩。……薄暗い客間の奥の食堂には、いつの間にか灯が入って、食卓のサモワルの周囲にはだんだん人が寄り集ってきて、にぎやかな笑い声や食器のかちゃかちゃかちゃいう音が聞えてくる。その中に誰かがギターを弾きはじめ、それに合わせて小声でうたう者もいる。こちらでは、ひっそりとした客間の片隅で、一組の男女が熱心に話しこんでいる。……といったチエホフ的な雰囲気は一応分っていたつもりでも、実際に接してみると、空気の濃密な、沼のような深みに引き込まれるような力を感じた。それは少年時代に折々経験する一種のイリュウジョンに似た、何か存在の深部にふれるものをもっていた。三幕目になると、夜は一層深い。真夜中に町に火事があって、半鐘が聞える。部屋は取り散らかされ、家中が昂奮している。長年使われていた老婆が姉娘のオリガに自分を追い出さないでくれといって泣き出す。平素は物静かなオリガが義妹と老婆のことで衝突する。そうかと思うと、独り者の老医師が泥酔して訳の分らぬことを口走る。生活に疲れた末娘のイリーナは絶望にかられてすすり泣き、気の弱いアンドレは自分の苦しい立場にたえかねて姉や妹にくどくどと愚痴をこぼす。誰も彼もふだんは心の中にしまっておくことを口に出さないではいられないような、いらいらした気分になっている。そのような悩ましい深夜の昂奮の中で、次女の人妻のマーシャが恋の告白をする。「はじめは変な人だと思っていたの。……それから可哀そうになって、その中に恋してしまったの。あの人の声も、言うことも、不仕合わせも、ふたりの女の児まで、何もかも好きになったの。」最後にイリーナは姉のすすめを入れて結婚の決心をする。……もしもこういう舞台が理想的な条件で演じられたとしたら、その感動は、恐しいほどであろう。終幕は、第一幕と同じ明るい午前である。軍隊が町を去ろうとしている。音楽が聞え、人々は別れを惜しんでいる。しずかな森の方では、拳銃が発射され、一つの生命が消える。それと共にイリーナの夢がくずれる。そして三人姉妹は、彼女等の夢の残骸のような兄と共に残される。しかしこの時イリーナの前にはじめて生活への道がかすかに開ける。

再会と別離はチエホフ劇の主導的なモチーフをなしている。恋愛やその他の事件もエピソードとしてこの主導的なモチーフを装飾する役割をしているにすぎないとも言える。作者自身も再会と別離を通してあらわれる人と人とのふれ合いを何より愛していたように見える。私は『かもめ』の中で次の場面を読んだとき、チエホフの台詞の味わいが分ったような気がした。……流行作家のトリゴーリンが、出発の朝、彼が泊っていた家の支配人の娘のマーシャを相手に食堂で朝食をとりながら話している。マーシャは風変りな女で、望みのない恋をしている。酒も大ぴらに飲む。彼女は酒をついで、二人はお別れの乾杯をする。

プロジット！　あなたは、さっぱりした方ね。お別れするの残念ですわ。

このマーシャの台詞が私には非常に味わいがあるように思われた。トリゴーリンは、たとえば芥川龍之介といったような、世間で鬼才といわれている作家である。会ってみるまではどんな人かと思っていた、ところが実際に見れば、気さくな人で、話ずきで、彼女のような田舎娘とも気楽に話相手になってくれた。彼女も気を許して何でも打ちあけることができた。二人の間には知らず知らず特別な親しみさえもできた。彼女は一生を退屈な田舎ですごさねばならない人間である。そう諦めている若い勝気な女の複雑な気持が簡単な台詞の中からくみとれるような気がしたのである。又この『三人姉妹』の一幕目でも、昔、姉妹の父の家に出入していたことのあるヴェルシーニン中佐がイリーナの命名日に訪ねて来て、モスクワと聞いただけですっかり感動している姉妹たちに迎えられ、「お顔はもう覚えておりませんが、小さな三人の女のお子さんのおられたことははっきり記憶している」ことや、当時の思い出を話している中に、突然マーシャが「恋の少佐」という彼女たちがつけた古い仇名を思い出し、懐しさのあまり涙ぐむところなど再会の情感がよくあらわれている。そして軍人の投げやりな気風と文官よりも軍人が好きだという三人の姉妹のもつ雰囲気、明るい午前、どこかに残っている喪の名残り、若い人たちのくずれやすい夢や願い、老人の感動、作者は何もかも見落さず一つに包みこんでいる。

こういうチエホフの世界では、情熱と情熱とが互に他を排して相争うということはない。チエホフの劇には、そういう情熱の表現とは異質なものがある。勿論チエホフの劇にも情熱的な女性が出てくる。この劇のマーシャ、『かもめ』のアルカージナ、『桜の園』の主人公など。そしてこれらは皆魅力のある素晴らしい女性である。が彼女たちは、その情熱のために、チエホフの世界では、お客様か、でなければ皆でいたわってやらねばならない病人という風に見える。そうはいっても、チエホフの世界の人間が大きな献身的な愛の力に欠けているというのではない。彼等は何か大きなものに自分を投げだすことをねがっているドン・キホーテなのである。しかし彼等はドン・キホーテのように、自己の幻影に閉じこもり、他人の上に自己の幻影しか見ないでいることができない。そこに彼等の独自の滑稽さがある。彼等は他人の中に、一人の隣人 prochain を見る。そしてこの隣人というものは、情熱の対象ではなく、我々の理解と奉仕の対象なのである。隣人は、自分自身にのみかかずらわっている私を、自分自身からひき出し、他人の喜びや悲しみや心配事を少くとも自分自身のものと同等に取扱うことを要求する。情熱は情熱に人をとじこめるのに対して、隣人はたえずこのような犠牲を人に強いるが、そうすることによって自己の中に孤立しようとする私を世界へつれ戻してくれるのだ。チエホフが別離や再会をよろこんだのも、それが人間を一時的でも情熱から解放し、隣人と隣人との本来の関係にかえしてくれるからであろう。又先刻マーシャがトリゴーリンの中に見た「さっぱりした人」というのも、又この隣人なのである。日常生活の中で、この「隣人」を見出すことは庶民の生きる喜びであるとも言えよう。

チエホフの世界は隣人と隣人の世界であり、挨拶と呼びかけ、話しかけの世界であり、又高い意味での礼 politesse の世界である。チエホフはてんでんばらばらな人間を集めてきて、しかも渾然とした一つの調和の世界を創造したが、それは又劇を通じて新しい人間関係を創造したことでもある。彼が劇という形式を必要とした理由もこの辺にあるのかもしれない。小説ではこういうものを表現することは困難である。だからチエホフが劇に求めたものは、一般のドラマ作者がドラマに求める情熱の表現ではなかった。彼はむしろそういう「劇的なもの」を極力自己の劇から取り除いた。彼が舞台の上に実現しようと欲したものは、自然さであった。実生活の中では実現しえない、一人一人一人がもっている一人一人の自然さの開花であった。たとえばオリガのような女性は、その一挙一動が、その台詞の一つ一つが自然さの奇蹟のような実現ではないか。彼女の周囲には、いつも穏かな明るい光がある。誰もが変っていく中に、彼女だけは変らない。この劇は彼女の台詞ではじまり、彼女の台詞で幕を閉じるのだが、彼女は舞台に入ってきた時と同じ足どりで舞台を去って行く。……チエホフが俳優の演技に要求したものは、一にも二にも自然さだった。その点ではモスクワ芸術座の舞台にさえ不満であったと言われる。彼の劇の舞台効果はお芝居をすることで強められるのではなく、反対に舞台が自然さそのものに近づけば近づくほどイリュウジョンの強烈さを増すようにつくられている。それは自然と舞台の融合である。

チエホフは『三人姉妹』の中でヴェルシーニンにこんなことを言わせている。「ぼくは随分読書しますが、本を選ぶ能力はありません。」このヴェルシーニンの言葉は、実にチエホフ的である。無選択ということはチエホフの精神の真髄のようなものである。ヴェルシーニンは作者に特に愛されている人物であるが、彼の性格の美しさも、無選択な生き方から来る。チエホフの人物は、皆拙劣に生きている。途方にくれている。彼等は比較したり、選択したりしない。上手に生きようとは考えない。拙劣に生きることこそ真に生きることであると信じているかのようである。彼等は一見、性格破綻者、無能力者、敗残者という風に見られやすい。が、彼等は無気力な人間でもなければ、人間嫌いでもない。彼等の拙劣さは、彼等の無私であり、勇気であり、信頼でもある。彼等は生活が彼等に押しつけた役割を、それがどんなつまらない損な役割でも、不平を言わず、忠実に懸命に演じているのである。その彼等を生活は残酷に裏切りつづけるのだが、それでも彼等は子供のように生活を愛しつづける。

だから、チエホフの思想が懐疑主義の形をとることがあるとしても、それは陰鬱な精神の無気力をあらわすものではない。彼の懐疑主義は、モンテーニュがピロニアンの中に見ていたものに近い。モンテーニュは「知見こそ人間のペストである」La peste de l'homme, c'est l'opinion de savoir として、意見というものを嫌った。そしてピロニアンが一切の判断を中止して、彼の言う「懸りて動かず」という態度を堅持したことに深い共鳴を感じている。そのことばはピロニアンを気むずかしい人間にしなかった。むしろ彼等は、偏見を抱かなかったから、事物を外見のままうけることが出来たから、あるがままの人間と仲良くすることのできる極めて社交的な人間にした。モンテーニュは、ピロニアンの中に、無智の智、彼のいう神の刻印をうくべき純白な状態を見ていたように思われる。チエホフも又意見を拒絶している。彼の眼には、一切は絶対的に彼等にうつった。人間のさまざまな意見も、さまざまな運命も、老医師のリフレンのように、究極においては、「どっちでも同じ」なのである。だがチエホフの純白さは、ピロニアンの純白さとは必ずしも同一ではなかっただろう。ピロニアンは智慧を求め、賢者であることを求めたのだが、チエホフは賢者であるよりも、一介の道化であることを願ったであろう。彼も又外見を尊重した。勿論外見が真理だと言うのではない。隣人とはが外見を壊して取り出してくる真実というものも、外見以上に我々を欺くものなのだ。隣人というも我々の前にあらわれてくるままの人間である。もし我々が外見を信じないとしたら、隣人というものは存在しえないだろう。トウゼンバフは疲れてぐったりとなっているイリーナにこんな風に話しかける。

トウゼンバフ　（ほほ笑んで）あなたが勤めから帰ってくると、まだほんのちいさい、不仕合わせな娘に見えますよ。……（間）

イリーナ　くたびれたわ。いやだわ、あたし電信なんか。きらいだわ。

マーシャ　痩せたわね、あんた。……（口笛をふく）そして若くなったし、顔なんか男の子みたいになったわ。

トウゼンバフ　それは髪型《かみ》のせいですよ。

チエホフの劇は、このような、こわれやすい、束の間の外見によって組み立てられているのである。彼はこの外見の内部へ入っていこうとはしない。外見の前に止まり、その不思議な謎に思いをひそめるのだ。その時、外見はボォドレールの詩のように「折ふしおぼろげな言葉を洩らす」のである。ヴェルシーニンは言う。

いや、何ごとも実際は、妙なことばかりですよ！（間）火事が起きたとき、わたしは急いで家へ駈けつけました。そばまで来て、この眼で見ると――家はそっくり無事で、火の手の危険もありません。ところが娘は二人とも、ねまき一枚で入口のところに立っているし、母親の姿は見えず、大ぜいの人が騒ぎまわる、馬や犬が走りまわる、という有様。娘たちの顔には、驚愕というか祈りというか、名状すべからざるものが現われている。その顔を見たとき、わたしはギュッと胸がしめつけられる思いでした。やれやれ気の毒に、この子たちは、この先ながい生涯に、まだどんな目にあうことだろう！　そう思ったんです。二人を引っかかえて、どんどん走りながら、その一つ考えが頭をはなれないのです。——この子たちは、この世でまだ、どんな目にあうことだろう！　とね。（半鐘の音。間）ここまで来てみると、母親は先に来ていて、わめいたり、八つ当りしたりしてましてね。

パスカルは言っている。我々は真理の国にいるのではない。表徴 figure の国にいるのだ。我々は真理はここにあるという風に物を見てはいけない。真理はあるのだが、我々はその真理を見えないほどに盲目なのだ、というように見なければならない、と。我々は真理の国にいるのではないのだから、我々は皆何一つ知らないのだから、「奇妙なことばかりなのだ。」事物は奇妙に本当の姿をかくして、背面ばかり見せている。何もかもが一様にいびつで、出来損いである。「もしも人生をもう一度はじめからやり直せたら……」とある人物は言う。誰もかれもあんなに生活にあこがれているのに、或る者は「いら草に生活への道をふさがれている。」或る者は生活のいら草の中で身動きができない。又他の者はミイラ取りがミイラになるという諺のように、生活のしめ木にかけられて、藻抜けの殻か土偶のような人間にされている。生活の中には、我々のよき意図に刃向うものがある。こういういら草の中で道を見失わず、ミイラになることを欲しなければ、大きな犠牲が、オリガの無私と辛抱づよい愛が必要なのだと作者は言っているように見える。

チエホフは晩年、未来という思想につよく心をひかれていたようである。だが彼に、あなたは実際に未来への信仰をもっているのかどうかと尋ねたら、チエホフは返答に困っただろう。彼は好んで未来について夢想した。ヒステリーの女房持ちの気の毒なヴェルシーニンがするように。すると奇怪ないやらしいものは忽ち消えてしまって、何か晴れ晴れとした悦ばしいものが心の中に流れ込んできた。ただそれだけであったのだろう。未来を予言しようなどという気は全くなかったに相違ない。人間は希望なしに生きることはできないのだから、我々は未来に対する信仰を失ってはならない、という民衆の素朴な生活感情でそれはあったかもしれない。それは歴史家の未来よりも、神に近いものであったかもしれない。そしてその未来が、いやその神が、時として手をのばせばとどくかと思われるような瞬間がある。幕切れのオリガは、心に傷をうけた二人の妹を抱きしめて未来に向って呼びかける。……

楽隊は、あんなに楽しそうに、力づよく鳴っている。あれを聞いていると、生きて行きたいと思うわ！　まあ、どうだろう！　やがて時がたつと、わたしたちも永久にこの世にわかれて、忘れられてしまう。……でもわたしたちの苦しみは、あとに生きる人たちの悦びに変って、幸福と平和が、この地上におとずれるだろう。……ああ、可愛い妹たち、わたしたちの生活は、まだお仕舞いじゃないわ。生きて行きましょうよ！　楽隊は、あんなに楽しそうに、あんなに嬉しそうに鳴っている。あれを聞いていると、もう少ししたら、なんのためにわたしたちが生きているのか、なんのために苦しんでいるのか、わかるような気がするわ。……それがわかったら、それがわかったらね！

リルケは『マルテの手記』についてこういう意味のことを言っているそうである。ここに書かれていることは悲惨な絶望的なことばかりである。しかしこれはいわば実在のネガチーフの相なのであって、これに対応するポジチーフの相、負に対する正の相があるのだ。このネガチーフの鋳型から鋳出される正の像はすばらしいものなのだ、と。だが我々の眼は、事物の負の相しか見ない。事物の背面しかみることができない。だから未来は我々が直接見ることができない事物の正しい像をうつしだす鏡である。この未来は現存しているものから存在を剝奪する。何故なら、存在に真に存在の意味を与えるものが未来であるならば、未来は未だ存在しないのだから、存在とは、未だ存在せず、永遠に存在しようとするものにすぎない。それは表徴である。パスカルは「表徴。現存と不在présence et absence」とパンセの中にしるしている。モンテーニュは自然は自足すると見たが、未来と表徴は、存在から自足の相を剝ぎとり、不在と欠乏と夜を導入しつつ、現存する世界の彼方へ大きなパースペクチーブをひらく。これが道化の祈りである。

モスクワ芸術座のリアリズム

去年の春頃読書会でスタニスラフスキーをやろうかという話がでたことがある。その時は実現しないで終ったが、一度スタニスラフスキーをゆっくり読んで、世阿弥の思想と比較してみることは、自分の大事なプランの一つであったが、未だ実行できないでいた。そこへ思いがけなく本物の舞台を一足先に見ることができた。しかも『どん底』と『桜の園』の両方を見られたことは、非常な喜びだった。スタニスラフスキーの偉さは演技の実際上の問題を普遍的な原理に立って解決しようとした処にある。彼は偉大な教育家であり、思想家であって、彼の演劇理論は一つの思想体系をなしている。これは世阿弥にも言えることであって、両者の間には興味のある類似が意外に見出されるのではないかと考えている。だが今見てきた舞台からすぐにスタニスラフスキーを語ることは困難だが、又一方私には彼を離れてモスクワ芸術座の舞台を考えることもできないのである。それ程この舞台にはスタニスラフスキーの人格が生きている。よく言われるアンサンブルの美しさもこの人格への全員の帰依があればこそあのような感動を与えるのではないか。

私がモスクワ芸術座から受けた感銘を一言で言えば真正のリアリズムを眼のあたりに見たということだ。リアリズムはこの一座の信条をなしている。私達は年の暮の大阪の町でよくゴッホ展やモスクワ芸術座の話をした。そして話すことに私は一種の生き甲斐のようなものを感じていた。思えばゴッホやチエホフほど日本人に親しまれた芸術家はない。こんどの三つの出来事は或る意味には日本人の長い間の念願を叶えたとも言える。ゴッホやモスクワ芸術座の話をしていると、モダニズムの現代を出て、心の故郷にかえるような気持がする。単なる技法としてのリアリズムは時代おくれでも信念としてのリアリズムはそう簡単に片附けることはできない。私はモスクワ芸術座のリアリズムをゴッホと同じ十九世紀のリアリズムの正統をつぐものと考えていた。ところが先日小川さんと話して考えが少し変った。小川さんは『桜の園』の二幕目でアーニャと大学生のトロフィーモフの若い二人が語り合う処で、ルネサンス的な青春謳歌を感じたと言われた。年齢の対照はチエホフのいつもの主題だが、この作品では作者は特別の感動をもって若さを歌っているようだ。第一幕のアーニャは文字通り輝くばかりである。演出者も彼女に焦点をおいているようにさえ見える。彼女が中央のソファに靴をぬいで横坐りになったまま、ヴーリヤと話しながら旅のつかれで睡ってしまう。窓の外には朝の日ざしをうけた桜が咲き匂っている。室内もすっかり明るくなって、どこかでかすかに音楽がきこえる。……ヴーリヤはじっとその寝顔を眺めているが、やがて抱きかかえるようにして寝室につれていく。そっと顔を出したトロフィーモフが二人を見送って「私の太陽!」と呟く。……何でもない瞬間を捉えてこんな感動を生み出すとは何という魔術だろう。しかし若さへの愛情というだけならば、ルネサンスまで遡る必要はないかもしれない。がモスクワ芸術座のリアリズムが、装置においても演出においても舞台の奥行というものを絶対的に重要視していることを考えると、ルネサンス期の絵画の遠近法との共通点がそこにすっきりと認められる。周知のようにルネサンスの画家は遠近法を発見し、これに酔ったと言われる。彼らの自然感情がこの画法を要求したのであって、その描く風景の無限に遠ざかっていくパースペクチーブを見ていると、自然の中にある喜びともいうべきものがこみあげてくるのを覚える。リルケはその『風景画家論』の中でダヴィンチのモナリザの背景の風景を風景画の真髄であると言っている。リルケの「風景」は一つの体験を意味していたが、その風景体験はロシア体験とむすびついていたようである。つまり、リルケの「風景」の中で、ルネサンスとロシアが相接しているのである。そして私には、モスクワ芸術座のリアリズムはリルケの考えている風景画の精神と同一のものであるように思われる。(リルケの風景画論のことは前に「くろおぺす」に書いたことがあるが、私の批評の出発点となったものである。当時この風景という思想は私の少年時の体験につながるものをもっていると思われたがその体験はまた舞台というものと深い関係をもっているものである。)この一座が照明にスポットライトを――少くともこんど上演された作品では――使用しないのも風景画の精神から来るものではないかと思う。風景は自然そのものでなければならぬ。自然にないような光は風景を破壊する。だから、『どん底』の二幕目で、サーチンが灯を消すと、真暗になった部屋の中の照明は、窓と道路との合い間からさしこんでくる月光だけだ。しかしこの月光はすばらしい効果を生み出していた。人間一人が死んだために皆がやり切れない気持になっている息づまるような気分がよく出ていた。又『桜の園』の最後の幕切れのフィールス老人の白髪にあてられる照明も戸の隙穴から洩れてくる光線が利用されている。つまりスタニスラフスキーにとっては、舞台は人間の約束次第でどうにでもなるものではない。それは自然そのものなのだ。自然の法則をかき乱すような人間の勝手気儘は許されない。この自然の尊重がそのままリアリズムとなる。こうしてルネサンス絵画では、その精密な細部の描写が遠近法の中に収められ、遠近法の効果の中に統一されているように、モスクワ芸術座の舞台でも、背景、道具、人物の衣装、メークアップ、配置、動作が調和するところに一つの奥行ある世界が出現する。この奥行そのものが風景である。俳優の演技はどんな激情の表現であっても、この風景からはみ出てはならない。その動作の一つ一つが風景にとけこんでいなければならない。そのためには俳優は自己のすみずみまで自覚の統制におくことを修練しなければならぬ。風景は束の間のイリュウジョンである。俳優の動作がその自覚の統制から外れるとき、イリュウジョンは破れるだろう。日常生活における我々の時々刻々の姿はある視点からみれば、一つの風景を形づくっている。俳優はこの自然の無意識へ意識の厳しい集中によって到達するのである。この点では劇とは人生の高度の自覚化である。これがわが国の風姿という思想でもある。芭蕉の句に「酒のめばいとど寝られぬ夜の雪」というのがある。物狂おしい悶々の思いも夜の雪の中にとけこんで、一つの奥深い世界がひらけてくる。これが風姿である。『桜の園』の舞台をフィールス老人が杖にすがってよろよろと通りすぎるのも『どん底』の病気の女がボロをかぶってじっとうずくまっているのも、風姿であり、深い精神の集中から生れる「花」である。

私は『どん底』を先に見たが、幕が上った瞬間これは凄いリアリズムだ、こんなリアリズムはこれまで見たことがないと思った。丁度何かのはずみであのような場所に不意に足をふみ入れた時のような威圧された感じだった。言いかえれば、そういう生活がそこにある、ということなのだ。低いすすけた天井。中央に据えられた寝台兼用のテーブルにしても今持ってきておいたという風なものではない。私が特に打たれたのは顔や手の皮膚のいろだった。何かああいう生活者に特有のものがでていた。又病気のアンナのかぶっている蒲団の布地のやけた色。それと同じような地色の女の顔。小さなベッドに顔だけ出してじっと横になっているその形は、全くの病気の女そのものだった。これはもうリアリズムのぎりぎりの限界を行っていると思われた。これに比べると、『桜の園』の幕あきは何とひそやかなものだろう。部屋にも誰もいない。室内はまだ薄暗いが窓の外は明るくなっていて、満開の桜の花がひっそりと夜明けの空気の中に咲きしずもっている。思わず息をのむような美しさで、チエホフとスタニスラフスキーの心にくいばかりの配慮を思わせる。『どん底』を見た後で、この舞台を見ると、地下から地上へ出たような印象をうける。ゴリキーの世界はやはり閉された世界だったという気がして、チエホフが、ゴリキーが捨ててしまったものを拾いあげてきて実に微妙な世界をつくりあげていることに驚かないではいられなかった。しかし、又考えてみると、この『桜の園』の根は意外に深く『どん底』にまで達している。そういう見方をすると、ロパーヒンという人物が重要な人物となってくる、というのは、彼は農奴の子でどん底から浮び上ってきた人間として地上と地下の両世界をつないでいる訳だから。このロパーヒンについては、有名なエピソードがある。ロパーヒンをめぐってチエホフとスタニスラフスキーとの間には意見のくいちがいが生じた。チエホフはこの人物をスタニスラフスキーにやらせるつもりだったが、スタニスラフスキーはこの人物を卑俗な人間であるとして自分はガーエフをやった。チエホフはそのことに不満でロパーヒンは立派な人物なのだと言っていたという。こんどの上演でもスタニスラフスキーの解釈はそのまま受けつがれていて、岡田嘉子の解説でもチエホフの思想をロパーヒンにではなく、万年大学生のトロフィーモフの言葉の中に見ようとしている。ここにスタニスラフスキーの理想主義的な性格がよく現われている。ところで、当のロパーヒンは裸一貫でたたき上げた男だ。しかし成功しても昔の恩義は忘れず、何とかして昔の主人達一家を助けてやろうと彼なりに気をもんでいるのだ。もしロパーヒンがいなかったら、この『桜の園』の世界は全く生活から遊離した世界になってしまうだろう。俺だってロパーヒンと同様どん百姓の子だ、と言いたい気持がチエホフにはあったに相違ない。ところが、スタニスラフスキーから見れば、チエホフのようなロパーヒンの解釈をとれば、劇の中心をなすラネフスカヤ夫人対ロパーヒンとの対立がぼやけてしまって、この劇のどこに中心があるのか分らないあいまいなものになってしまうだろう。スタニスラフスキーは演出者としてもそのようなあいまいな解釈を拒む。『どん底』について、スタニスラフスキーは、ペーペルをはじめよりよき生活を求める『どん底』の人達とこれを妨害しようとする主人の対立の中にこの作品のドラマが展開すると見たということだ。これは非常に明快で直線的な解釈で、演出者としてはそうせざるをえない点もあるのであろうが、この方法を『桜の園』にあてはめれば、これは高貴なものと卑俗なものとの対立で、前者はラネフスカヤ夫人に、後者はロパーヒンに代表されることになる。事実この対立をドラマの中心とする演出法がとられている。そこで三幕目のクライマックスであれだけロパーヒンに大芝居をさせる意味が分る。ここでロパーヒンとラネフスカヤ夫人とがはっきり対立を現わし、二人の間に深溝が一瞬のぞかれる。しかしこの作品には到るところに深溝があるのだ。ラネフスカヤ夫人にしても、数年先にはパリのどこかの片隅で、どん底の住人に落ちぶれているべき運命が待っているのだ。恐らく作者はそれを念頭においてこれを書いているのではないか。最後の場面でよぼよぼの老人一人空家にとじこめられてしまうという結末も実に不気味な着想ではないか。そしてあの二幕目と四幕目に突然鳴りわたるあの不思議な音は？　この作品には作者が意識して全体の調和を破ろうとしているのではないかと思われるような不協和音が聞える。チエホフの中には、生とか或は実存とかに対する根源的な疑惑といったものがある。それが顔を出している、とも見られるものだが、スタニスラフスキーはそういう懐疑主義を拒絶する。彼は作品の裏をのぞくようなことはしない。興味深いことは、チエホフのそういう徹底した懐疑主義とスタニスラフスキーの熱烈な理想主義とが結合したということである。では、この相反するように見える二つの精神を何において結び合せたのか。それは無私という一点において、ではなかったかと思う。チエホフの懐疑は人生の否定に向わなかった。彼はそのロシア的天性によってその懐疑をぬけでている。彼の懐疑は、無私となり、自制となり、教養となり、一種シェクスピア的ともいえる抱擁力となっている。彼の徹底した相対主義のおかげで、相反するさまざまなものが、どんな小さなものに至るまで、彼の中でその形をこわされることなく、生きることができた。スタニスラフスキーは熱烈にこの自然を信奉し、これに到達するためには、自己実現の意志を拋棄しなければならぬと考えたのである。これが彼の考えたリアリズムの道なのである。

スタニスラフスキーは俳優たちに、ただひたすら芸術を愛せよ、芸術の中で自己を愛してはならぬ、と教えた。彼にとっては、芸術は自己犠牲の場所であって、自己実現の手段であってはならないのだ。彼がロパーヒンを卑俗とした理由もここにある。ロパーヒンは成功者なのだ。これに対してガーエフは無能な男だが、自分はどうなろうと先祖伝来の桜の園に自分から斧を入れることを絶対に拒否したのである。スタニスラフスキーはガーエフの中に自己の芸術的精神に通うものを見たのであろう。これは芭蕉をもってきても同じ考えであっただろうと思う。芭蕉はロパーヒンを卑俗と見たであろう。何故なら、芭蕉流に言えば、ロパーヒンは「実」についたが、ガーエフは「虚」をとった。そして「虚」は「実」の上にあるべきものなのだから。チエホフはこの「虚」というものを誰よりも見事に体得しえた人ではないか。スタニスラフスキーはチエホフの中にロパーヒンを見ることを断じて肯んじなかったと思う。彼はチエホフの中に成功者にいたる道とは全く別の理想を見ていた筈だ。だが、このようなスタニスラフスキーの熱烈な理想主義は人生の悲惨に対して彼の眼を閉じさせるようなことはなかった。否彼の人生に対する理想主義はそのまま芸術上の厳しいリアリズムの実行となったのである。そのリアリズムはいかなる悲惨の前にもたじろがなかった。それは空家に置きざりにされたフィールス老人の白髪が戸のすき間からさしてくる光に浮き上るのも、息を引きとる間際の女の眼尻にたまる一滴の涙も何一つ見逃さなかった。しかし、それは人生の悲惨を強調するためではなかった。反対に芸術というものが人生の悲惨にうちかつものであると信じていたからである。芸術は、ゴッホにとっては、一種の宗教であったと言われるが、スタニスラフスキーについても同じことが言えると思う。だからこそ彼は、芸術を信じて己れを捨てよ、と説いたのだ。芭蕉が弟子たちに教えようとしたこともこれと変りはない。彼は弟子たちに、寝てもさめてもただ俳句のことだけ考えよ、外のことは何も考えなくてよいのだと教えた。スタニスラフスキーも、俳優は他事に心を労することなく、常にその役のことだけを考え、それに専心没入することができなければならないと言っている。そうしてこそ現実の卑俗な自己は死んで、己れの役の中に永遠に生きることができる。このルカであり、ラネフスカヤ夫人である自己は、全体に復帰した普遍的な自己である。それが「花」である。

しかも風雅におけるもの、造化にしたがひて四時を友とす。見る処花にあらずといふ事なし。おもふ所月にあらずといふ事なし。像《かたち》花にあらざる時は夷狄にひとし。心花にあらざる時は鳥獣に類す。夷狄を出、鳥獣を離れて、造化にしたがひ造化にかへれとなり。

ゴッホが求めていたものもこの「花」ではなかったか。彼はアルルから、ようやく日本人の眼で自然が見られるようになった、と書いているが、その「日本人の眼」とはこの「花」のことではないか。それが「はね橋」となり、「夜のカフェー」となり、「糸杉」となったのではないか。彼はまた弟にこう書いている。きみにとって家庭であるものが、この私にとっては自然なのだ、と。それは別の言葉で言えば、この大自然をat homeと感じたいということではないか。スタニスラフスキーが舞台にのぼせたかったものは、このような自然であった。これは現実の自然ではない。現実ではすべてが時々刻々亡びに向う。だが、ここでは何一つ失われはしない。フィールスの白髪も、アンナの眼尻の涙も、木の間を洩れる淡い月かげも、舞台が現出するものは、みんな束の間のイリュウジョンにすぎないが、それはまた永遠であり、「花」である。

クローデルの『マリアへのお告げ』について

先日青猫座のクローデル劇『マリアへのお告げ』を見た。劇団の統率者であり、演出を担当された辻氏の好意でたびたび舞台稽古を見せて貰った。堂島のビルディングにある辻氏の会社の事務所が夜は青猫座の稽古所になる。座員も辻氏をはじめ大部分が昼間は勤めをもっているということだったが、昼間の勤めの後でこのような骨の折れる、しかもその骨折りがどの程度に報いられるか甚だ疑問があるような作品と正面から取り組んでいる一座の空気は、こういう処がはじめてである私には大変心を打たれるものがあった。又辻氏の演出者という立場からのこの作品への掘り下げ方にも多く教えられるものがあった。これらの新しい経験を機会にこれまでこの作品について考えていたことを少し書いてみたいと思う。

まず劇のあら筋をのべておこう。時代は中世ジャンヌ・ダルクと同時代である。このことは後でふれるが作品の思想の上で重要な意味をもっている。場所は、ランスに近いコンベルノン。主人公のヴィオレーヌは農家の娘で美しくやさしく神と人の愛を豊かに恵まれた女性である。許婚のジャックも彼女を愛し、彼女も又ジャックを愛している。彼女は或る朝明方早くピエール・クランと納屋で会う。クランは石工で多くの教会を建てた。かつて彼はヴィオレーヌを暴力的に犯そうとしたが、その罰で癩病にかかった。今彼はヴィオレーヌに最後の別れを告げ、地上の幸福を断念し辛い仕事に帰ろうとしている。ヴィオレーヌは男に対する憐みから癩病患者の口に接吻してやる。それを物蔭から妹のマラが覗いている。これがプロローグである。第一幕では父のアンヌ・ヴェルコールが突然家長としての自分の仕事が終ったことを感じ、急にイエルサレム巡礼を思い立ちジャックとヴィオレーヌを結び合わせ、二人に土地と家を譲って出発する。その不在中、ひそかにジャックを愛していた腹黒いマラは母をそそのかし姉のものを奪おうとする。が、すでにヴィオレーヌは癩に犯されていた。夏のある真昼時、木蔭の泉の前でヴィオレーヌは花嫁衣裳をまとってジャックの前に立つ。二人は愛を語り合うのだが、最後にヴィオレーヌが脇腹の癩のしるしを見せると、ジャックは驚き怖れヴィオレーヌとピエールとの間に何かあったかのようにほのめかされたマラの言葉を信じ、ヴィオレーヌを捨てる。ヴィオレーヌは家を出て人里を離れた岩屋に一人閉じこもる。ジャックとマラは夫婦となる。それから数年たったクリスマスの夜、マラは雪のふる厳寒の中を姉の岩屋を訪ねる。彼女は死んだ吾が児を抱いている。彼女は子供の死骸を姉に押しつけて生きかえらせてくれと必死になって頼む。ヴィオレーヌはせがまれるままに死児を抱き取り、マラにミサ典書を読ませる。救世主キリストの誕生を告げる個所を読んでいる最中ヴィオレーヌは陣痛のような痛みをおぼえ……子供が動き出す奇蹟が起ったのである。だが、生きかえった子供の瞳の色はヴィオレーヌの瞳の色と同じ空色に変っていた。結局マラは夫が姉を忘れることができないのを見て、姉を殺してしまう。姉を誘い出し穴の中につき落す。偶然クランが瀕死のヴィオレーヌを発見し、ジャックの家に運んでくる。そこでヴィオレーヌはジャックに自分とピエールとの間には何もなかったこと、自分がいつもジャックに忠実であったこと、子供を生きかえらせたのは自分であることを告げて死んで行く。この場へ父のアンヌが巡礼から帰ってくる。彼は妻と愛娘のヴィオレーヌが死んだことを聞かされる。が彼の心は動かない。アンヌとジャック、そしてヴィオレーヌの接吻によって癩の癒えたクランの三人が収穫の終った大地の日没を眺めている前へマラが現われる。彼女は自分が姉を殺したと告げる。そして自分がジャックを愛している以上、自分のように醜い、人に好かれない、人を苦しめることしかできない女にはこうする以外に道がなかった、自分は大きな罪を犯したが、ジャックに対しては罪はない、と言う。父はマラを許し、ジャックにも許してやるように命じる。日が沈む。お告げの鐘が聞える。だがそれは聞えない筈のモンサンヴィルジュの鐘である。皆は「奇蹟だ」と叫んだ、もう一度連打をまつが、鐘はもう聞えてこない。幕が下りる。

上演の後の一座の合評会にも招待を受けて出席させて貰った。その時この劇のような一般向きのしない、現代性に乏しい宗教劇を上演するのはどうかということが問題になった。この意見は年配者の批評家の側から出たのだが、これは私には残念であった。私自身としてもこんどの上演を成功したとは言いきれない。しかし部分的には非常に感動した場面もある。全体としてはこのような劇をここまで演じた座員に感謝していた。この劇は以前田中千禾夫氏の演出で上演したことがある。その折も一部の人は文句なしに感心してくれたが、他の人は全然駄目だったとか。結局マイナスの結果がほかの公演にまで響いたと辻氏も言っておられた。今度はどうなるかそれはそれとして私の方には期待以上のものが色々あった。特に若い俳優の諸氏がこういう宗教的なテーマに打ちこんでいる態度は私にはむしろ驚きであった。たとえば奇蹟の場面など現代の若い人のセンスにはとても合いにくいのではないかと怖れていた。ところがそんなことはなかった。奇蹟の場面はすばらしい出来だった。特にクローデルは、「ここでは奇蹟は人間の処理にゆだねられる」のだと言い、奇蹟を個々の人間の信仰の力にむすびつけて考えている。だから演技者は何よりもはげしい気力を要求されているわけである。そしてそれに成功したということは、俳優である以上は与えられた脚本に打ち込むのは当然であるというだけのものではない、もっと直接的な共感を若い人たちがこの宗教劇の中から汲みとっていたことを示しはしないか、と私には思われた。この奇蹟ということから、田中千禾夫氏の「マリアの首」との比較が問題になった。これに対して演技者の中から、自分たちにはクローデルの本当の深いところは分らないけれども、田中氏の作品よりも自分がやってみてクローデルの方がすなおに入って行けるように思う、と言う声がきかれた。というのは、田中氏の世界は特殊の世界であって、そこの人物や経験もそういう特殊世界のものとなっている。従ってついて行きにくいものがある。ところが、クローデルにはそういうところがない。私はこれまで『マリアへのお告げ』という作品はクローデルのものの中でも特にカトリック的で、カトリック臭が濃いと考えていた。ところが今のような声に接してみると、クローデルの作品が、カトリック的であるとかないとかいうことをはなれた、もっと高く普遍的な人間のドラマを扱っているのだということが、反ってカトリックでない人の率直な眼に明白に映じている——という風に感じられた。これまでクローデルという作家は日本のフランス文学者からは徹頭徹尾敬遠されてきた。その理由というのがカトリシズムだった。ところがこんどの『マリアへのお告げ』の上演を舞台稽古からずっと見ていると、カトリシズムというような、この場合一種の先入見にすぎない邪魔物が取りのぞかれ、じかに作品に対しているように感じられた。演出の辻氏は明星校出身だときくからカトリックのことは知らないわけではないだろう。或はそれがかえってカトリックということに拘泥せず、自分の考えで理解し演出上の色々な問題を解決し、我々カトリックの者が見て正統的なクローデルの線を逸脱しなかったという結果をもたらしたのかもしれない。いうまでもなくこの劇は超自然的な奇蹟劇である。が、そのことを受け入れた上で、自然という概念を、自然科学の自然概念の枠から拡大し、その拡大された自然の中へ超自然を包み込む事ができたのである。その時奇蹟も一つの自然である。辻氏の立場もそういうことになるのだが、これはクローデルに対する態度として正統的であると私は考える。何故ならクローデルは「信仰は人間に無限の力を与える」といってこの劇ではそのような人間の力を扱おうとしているのだから。彼は自然を内部に向って掘り下げ、その胎内に入っていくことによって超自然に到達しようとするのだ。この事について、アランがパスカルを評して言った「パスカルは真のキリスト教徒たるためにはあまりにも異教徒でなさすぎた」という言葉を私は思い出す。このパスカルに対する評価が当っているかどうかは別問題として、このアランの際どい逆説には彼でなくては見られないような鋭い洞察がふくまれている。アランがクローデルを愛読していたことはよく知られている。ところでアランの見方にしたがえば、クローデルこそまさにパスカルの逆の場合に当るのではないかと考えられる。「クローデルはキリスト教徒たるに充分異教徒であった」と。ことによったら、アランは先の言葉をクローデルを念頭におきつつ言ったのかもしれない。また彼がクローデルをくりかえし読んだというのも、クローデルの中にこの異教徒を確認したかったためであったかもしれない。しかしこの異教徒という言葉は誤解を招きやすい危険な言葉である。これを反キリスト教という意味に解してはならぬ。それはむしろキリスト教以前の、未開の、裸のままの自然の直接性、或は本能の叫び、畏怖の叫びであって、しかもその叫びがクローデルにあっては絶えざるキリスト教への讃歌となって迸出しているのである。そしてこの本能の力の緊張がキリスト教信仰の生命力となっているのである。アランの考えでは、これがキリスト教というものの本来のあり方であるというのであろう。折口信夫氏は日本文学について、「もどき」ということを言っている。それは古代信仰において、神と地霊とのかけ合い、つまり神の威圧に対する地霊の「さからい」（もどき）を意味するもので、翁に対する三番叟はこの「もどき」をあらわす、こうして地霊が神にさからいながら結局屈服する、「もどき」の過程が複雑な劇的展開をして日本文学が形成されたと言うのである。この折口氏の思想は先述のアランの思想に一味通じるものをもっている。また小林秀雄が、ラスコーリニコフの究極の美しさは、純潔な荒々しい力だというとき同じことを言おうとしているのだ。ついでに言えば、小林は、パスカルにも、この純潔な荒々しい力を感じている。このことは小林がパスカルを、アランとは正反対にうけとっているということになるのではないだろうか。ともあれ私はクローデルにこの「もどき」を感じる。そしてこれがクローデルの劇のあの緊張感、あの生命力を形づくっているものだと思う。こう考えてくると、『マリアへのお告げ』の中で、マラという人物のもつ重要性が理解されるのである。

私ははじめてこの作品を読んだとき、マラに非常に感動させられた。この醜い、鉄のように頑固なマラはクローデルの創造の中で最も力強いものの一つである。私はバルザックの「従妹ベット」との類似を感じたが、ベットはマラに及ばない。バルザックはベットを一応論理的な観点から描いている。従ってそこには悪の誇張といったものがある。マラにはそういうものはない。むしろクローデルはこのマラにおいて論理的なものを越えようとしているのだ。クローデルは「彼女は熱狂的な信仰をもっている」と言っている。そしてその信仰は彼女の生来の利己的な力に由来している。「彼女は神は自分に善をなさねばならぬと確信している」という風に説明している。作者が彼女の中に見ようとしているものは、自己への懐疑というものを全くしらない赤裸な直接的な力である。この力は善をも悪をもなすことができる。彼女のこの劇における役割は姉の夫と財産を奪って姉を家から追い出したり、最後には姉を惨殺する、というような否定的なものばかりではない。この劇の中心である奇蹟は、彼女の熱狂的な利己主義の遮二無二の強要によって行われるのである。彼女がいなかったら、彼女の、「暴力」がなかったら、奇蹟は行われなかったであろう。彼女は死んだ児を抱いて、誰にも渡さず、冬の夜の厳寒の中を人里離れた岩屋まで癩病の姉を訪ねて行くのだ。姉が、彼女の申出、奇蹟を行えという申出の空恐しさに怯えたときも、彼女はたじろがなかった。何が何でもわが子は生きかえらねばならぬということを彼女は固く信じている。これがクローデルのいう熱狂的な信仰であり、利己主義である。彼女は、自分自身で奇蹟を行う力はないにしても、超自然の胎内から奇蹟を引き出す産婆役であった。彼女は、クローデルとバローの協力になる上演用脚本では、奇蹟の場面でヴィオレーヌは舞台のかげに入って、そこでお産の呻きごえを上げ、その間舞台ではマラ一人でミサ典書をよむことになっているそうである。それは作者も言っているように、奇蹟におけるマラの役割を一層大きく考えるようになったことを示しているとも考えられる。彼女はこのドラマの推進力になっている。しかし彼女の力はあくまでも囚われた力、囚われた大地の貪婪な力である。「あなたの愛は苦しみから生れる。愛は喜びから決して生れはしない。ああ、それは季節の花では決してない。誰もそれを見て喜びはしない。だが、しぼんだ花の下には大地がある。草の下の貪欲な大地がある。あたしの顔を認めなさい。」とマラはジャックに言うのである。しかし彼女の力も姉を殺したとき、その限界に達するのだ。彼女の行為はジャックに許されるが、彼女は「あたしにはもうどちらでもよくなった。あたしの何かが終ってしまった」と泣く。

マラが囚われた大地の力をあらわすとすれば、主人公のヴィオレーヌは自由な霊の力である。彼女の自己犠牲は自由の完成である。それは自己の禁圧とか縮少とかいうものではない、又それは狭き門をくぐるため安易な幸福をしりぞけて苦しみを自ら選んだというのでもない。確かにヴィオレーヌの犠牲は強いられたものではなく、彼女が自由に選んだものである。がそれは選ぶことが即ち自己の意志の抛棄であるような選択である。最高の選択、唯一絶対の選択、この選択の行われるプロローグは特に美しい。ジイドもジャック・リヴィエールもプロローグが一番美しいと言っている。この感動が欠けていたら、この場のヴィオレーヌの行為は理解できないものになったであろう。では、あの朝何が彼女の中に起ったのか。何が十八歳の乙女の清純な唇を癩者の唇にふれさせたのか。小雨のあとの早春の夜明け永遠に去り行く一人の不幸な男と一人の幸福な乙女とがともに神の創造を讃え合ったのである。その時乙女は男のかぎりない孤独の中に人間のあらゆる不幸を見たのかもしれない。確かなことは乙女の魂が彼女に呼びかける召命の声をきいたということである。その召命は両親からも兄弟からも友からも許婿からもきくことのできない、霊の呼びかけであり、それを彼女はこの行きずりの男の口からきいたのだ。(男はここでは単なる媒介者にすぎない。)そして彼女はその声をききわけ、その声に全身を投げ出したのである。そのしるしが癩であったのである。

この作品の最初の題名は"La jeune fille: Violaine"(乙女ヴィオレーヌ)となっている。この題名で発表された旧作では未だ時代も現代で癩もでてこず、不完全なものではあるが、この題名そのものはクローデルがヴィオレーヌをあくまで乙女ヴィオレーヌとして把握しようとしていること、彼がヴィオレーヌの犠牲を通じて探ろうとしているものは、一人の乙女の身心の神秘であることを示している。この劇の中でしばしばジャンヌ・ダルクの名がきかれるが、ヴィオレーヌとジャンヌのヴィジョンが作者の中で密接に結ばれていることが感じられる。ジャンヌの犠牲もヴィオレーヌのそれも、一方は歴史に残る大きな事業であり、他方は人目につかぬ片隅の出来事であるが、犠牲の本質は変らない。一人の乙女が霊の召命をきいた、そして全的にその声にしたがった、——ということである。これが一介の羊飼の娘をジャンヌ・ダルクにし、乙女ヴィオレーヌを聖女にしたのである。ここで一つの問題が起る。ヴィオレーヌは霊の呼びかけに身を委ねた、がそのことは彼女の夫であるジャックを裏切ったことになりはしないか、ということである。地上の眼にはそう見える。だが永遠の眼には彼女は永久に絶対的にジャックの妻なのである。何故なら永遠というものには改変はありえないし、また何ものも永遠から奪うことはできないからである。そのことを示さんがためにヴィオレーヌは真夏の泉のほとりの花蔭で、ただ一度花嫁の晴着を身につけジャックの前に立つのである。だがジャックはヴィオレーヌを信じることはできなかった。彼は地上の眼と耳でしかきくことも見ることもできない。この地上の眼と永遠の眼が分裂するところに悲劇がある。彼はヴィオレーヌとクランの間を誤解する。それに対してヴィオレーヌは弁解しなかった。何故なら彼女が求めていることは、ジャックが信じることであったから、もしもジャックが彼女を信じたなら、二人はともに霊の国に入ることができたであろう。しかしそれは不可能であった。ヴィオレーヌにはそれが分っていた。ジャックは大地の人であり、大地にとどまらねばならぬ。大地が彼に課すつとめを果さねばならぬ。霊のよろこびであるヴィオレーヌはこばまれ、マラがその苦しみの愛、大地の愛である彼を摑んでいる。彼はマラとむすばれざるをえないのである。「しぼんだ花の下には大地がある。私の顔を認めなさい。」とマラは言う。

辻氏はこの劇の最後の奇蹟――聞えないはずのモンサンヴィルジュの鐘が聞えるところ――の意味について大変気にされ、私にもたずねられた。私は漠然と超自然的秩序と復活をあらわしているのではないか位のことしか答えられなかった。その後この劇の究極に統一 Unité という理念が存在していることに気がついた。この劇は或る見方からすれば、不在の劇である。父が出て行く。その不在の間にかくされていた対立が表面に現われ、分裂が生じ、争いが起る。この対立と相剋の上に再び統一がかえってくる。――というのがこの作品の根本のモチーフをなしている。この一家の分裂に、分裂した当時の社会状態が平行している。一方にはジャンヌ・ダルクが現われ、一方にはヴィオレーヌがいる。先にもいったように、ヴィオレーヌの自己犠牲はそのままジャンヌ・ダルクのそれである。この劇自体ジャンヌ・ダルク劇の一つのヴァリエーションとも見られるのである。ジャンヌ・ダルクの本質もヴィオレーヌと同じく、自己をいけにえとして神にささげたということにあり、それが世界の統一の根源となるのである。

最後の幕で、巡礼から帰ったアンヌ・ヴェルコールは死んだヴィオレーヌのことを思いながら、「聖処女ジャンヌ・ダルクは火に焼かれた。その灰は風に散らされ、骨の一かけらも残っていない」と呟く。しかし王位は回復し、統一はフランス国民の上に帰ってきた。同じことがヴィオレーヌにも言えるのである。ここで四人の人間は、アンヌもクランもジャックもマラも、みなそれぞれの思いに沈み、それぞれの運命について考えている。しかし皆ヴィオレーヌの存在を感じている。ヴィオレーヌを通して孤立した各自の運命の上に、運命の共通性の感情が次第に深まっていく。ジャックがマラを許すのも、彼が言うようにヴィオレーヌのためだ。二人を妨げていたように見えたヴィオレーヌはいま二人を固く結びつける絆となっている。クローデルはしばしば霊を水にたとえている。到る処に滲透し、ばらばらなものをつなぎ合わせる水のごときものである。いまや純霊にかえったヴィオレーヌは水のように四人の者をひたしている。この幕ほどヴィオレーヌが感じられ、息づかれている場はないと言ってもよい。作者もこの幕に最も大きな力を注いでいるように見える。ヴィオレーヌを純粋なプレザンスとして、生ける統一と調和と平和として示すこと。鐘はこの作者の意図を遥かにひびかせているように思われる。

Ⅳ

モンテーニュの問題

ジュリアン・グリーンの日記を読んでいるとジイドのことがよく出てくる。或る日のこと——これは戦争がすんでグリーンがアメリカから巴里に帰ってからのことで、カトリックに改宗した彼とジイドとの間で改宗の問題についてかなり突込んだ会話が交された後のことである——グリーンがジイドを訪問して、その帰りがけに、ジイドから近頃どんな作家を読んでいるかと尋ねられ、暫く思案した後、「モンテーニュ」と答える個所がある。ジイドはこれを聞いて「ほう」と一寸意外な様子だったが、モンテーニュは彼が最も親近を感じている作家であるだけに、うれしそうに早速書棚の本を取り寄せ、彼の『モンテーニュ論』にも出てくる『エッセェ』中の例のモンテーニュの書き込みの個所を示したりしてモンテーニュの話をする記事が出ている。

グリーンのこの答は日記を読んでいる私にも意外であった。特にグリーンがあれ程詳細に読書のことを日記に記しながら、モンテーニュにはそれまで一言も触れていなかったのも不思議だった。勿論グリーンは相手を考慮して言ったのであろうが、それだけではなさそうな気がする。グリーンのような現代の Mystique（ミスティック）に属する作家が Mystique を全く拒絶したかに見えるモンテーニュ——ジイドが愛したのはそういうモンテーニュであった——に惹かれるのはどういう意味なのか、考えていくとそこに興味のある問題がひそんでいるように思われた。確かにグリーンは「超自然」の探求者である。彼のヴィジョンは現実のヴェールを貫いて永遠の実在に向ってひらかれている。日記を読めば、この作家の眼が日々の印象を通して何を凝視しているかがよく分る。しかし彼自身は、本当の自分は小説の中にあるのであって、日記は彼の中の「よい思想」bonnes pensées

だけを書いたものだと断っている。つまり、地下的なものはそこから除外されている、言いかえれば、日記という方法ではそれは捉え得ないという意味であって、そのことがまた一方ではこの日記五巻を現代ではまことに得がたい魂の慰めの書としているのである。ところでグリーンは、小説の中では、bonnes pensées を故意に遠ざけようとしているかに見える。そしてこの超自然の探求者は、宛も超自然の否定者のごとく、超自然的なものを自然から剝ぎとって、赤裸々な自然を、恩寵の光から最も遠い、何処からも救いのさしのべられない暗黒の底に探ぐろうとしているように見える。これが彼の超自然の探求の仕方なのだが、こういうグリーンを考えてみれば、彼がモンテーニュを読むというのも不思議ではない。モンテーニュもまた或る意味では同じことをしたのである。彼は「レイモン・スボン弁護」の中で「外からの助けをもたぬ、自己の武器にのみ鎧われた人間、彼の全栄誉、彼の力、彼の存在の基礎をなすところの恩寵も、神の認識も全くもたぬ人間、人間唯独り L'homme seul を眺めよう」と言っている。そして、その人間を揺すぶって、彼の言葉をかりれば、「シャツ一枚にして」大自然のただ中に投げ出すというのが、彼の懐疑の仕事なのである。

私はこんどモンテーニュを読んでみて、何よりもその自然に対する思想の深さに打たれた。ここにはルソーの自然も到底及ばないものがある。その自然は実に深く、その奥は見究め難い。私は屢々底しれぬ深淵に見入るような眩暈をおぼえた。これがキリスト教徒を不安ならしめるのだが、しかしそれは反逆などというものではない。そんなものからは凡そ遠いのである。モンテーニュが自然の中に探ったものは、ヨーロッパを越えて、東洋人の心に生きている自然に通うものをもっている。私はしばしば老子を考えた。

しかしグリーンの自然の探求はモンテーニュの場合とはむしろ正反対の方向にむけられている。グリーンは自然の暗黒の中に分け入り、そこに何かのしるし、何かの痕跡を尋ねているように見える。それは堕落以前の自然の痕跡であろうか。彼の特色は他のカトリック作家のように外から救いの手をのべないところにある。彼の方法はこうである。彼は、最初主人公にたった一つだけ希望を残しておく。主人公はこの一縷の光をたよりに彼の牢獄を脱出しようと試みるのだが、この光は彼のおかれている絶望的状況を一歩一歩照し出すばかりである。こうして牢獄をくまなく探し廻った揚句、最後に残された灯がふっと吹き消される……。この比喩は実はサント・ブーブがモンテーニュの「レイモン・スボン弁護」の方法を説明するために用いたもので、方向は違うが、両者の類似をここにも見ることができる。だがモンテーニュの方は、自然の暗黒の中に降りて行き、その最低の場所に止まり自然と合致することが彼の願うところなのである。パスカルがモンテーニュによく反撥したのはここである。

モンテーニュはペスト流行当時の悲惨な有様を追想しながら、百姓たちが所謂「死を見ること帰するごとく」と言った、いかにも自然な態度で死に処したことを感動をもって語っているが、その中で或る者は自分で土に穴を掘って、そこに横になって死を待っていた、と記している。パスカルの眼には、自然のどん底にどっかりと腰を下ろしたモンテーニュ自身の姿がそういう風に映じていたかも知れない。パスカルの「自然は堕落している」« La nature est corrompue » の叫びは、そういう処で発せられているように思われる。特に晩年のエッセェが、あの身辺の些事を、食事や睡眠の習慣から、肌着類大小便のことに至るまで、細々と倦むことなく記述していく、そういうモンテーニュに対してパスカルがどのような苛立ち、否どのような恐怖すら覚えたか充分推察せられる。しかしモンテーニュの文章はまことに力強く、不思議な力で読む者に迫ってくる。私は何故か私の愛誦する陶淵明の次の詩句を思い浮べた。

枕頭冷かにして夜の更けしを知る

モンテーニュもこの詩のように己れの身近かを手探りしつつ、それらの些事の一つ一つにいいがたい自然の味を噛みしめつつ、これをたよりに、その彼方に測りがたい自然の深さを測っているという風に見える。(この場合、モンテーニュの態度はあくまで「枕頭冷かにして夜の更けしを知る」であって、「夜更けしが故に枕頭冷かなり」ではないということが大切である。ここにモンテーニュの力があるのだから。)彼の文章を読んでいると、実に濃密な夜が行間から立ち上ってきて、我々を深く深く包んでしまうのを覚える。これがモンテーニュの味わいであり、彼の自然の味わいでもある。

グリーンに見られた、カトリック作家が非カトリック的世界を描くという現象は、最近のカトリック文学の一つの傾向であるが、これは傾向という以上にカトリック作家にとって重大な課題を含んでいるのである。カトリックの世界は本来はその名のごとく世界全体を包摂しなければならないのだが、現実にはそれは世界の中の局限された一世界となっている。布教という立場に立てば、非カトリック世界はカトリック化しなければならない布教活動の対象であるが、詩人にとってはこの世界はもう少し違った意味をもっている。詩人は一切のものを歌う。すなわち一切のものを自己の生命と同化し、自己の生命を通して新たにそれを生み出すのである。その場合、カトリック詩人は非カトリック的世界にどういう態度を取ればよいのか。私はクローデルが先ず最初にこの問題に答えた詩人として挙げられると思う。彼は外交官として生涯の大きな部分を仏印、中国、日本、アメリカなどヨーロッパ外の世界を遍歴しつつ、これを歌ったカトリック詩人である。彼は「東方の知識」« Connaissances de l'Est » を書いた。そこで彼はただ一人、太初の大地に立つ。そして臆することなく大地の荘厳に分け入る。泥、水、大地、草木、泥である人間……彼を取り巻く元素的自然と内なる霊との力強い「交感」correspondance を感じている。彼は自己の霊的存在が暗黒の大地に呑み込まれてしまうような不安を少しも感じない。グリーンにはこのクローデルの楽観主義は見られない。しかし彼はパスカルのように「自然は堕落している」とのみは考えていない。自然をそのように否定することは神の創造を否むことではないか。彼の中には、美しい肉体を神聖なものと感じる一種のギリシャ的感情を認めることが出来るようである。ともあれ、彼の肉体に対する考え方は、ジャンセニスムのそれとは大分距っているようである。したがって、モンテーニュに対しても、その晩年色濃くなってくる快楽主義、ジイドのいう放任主義 nonchalance の方を、エッセェ初期のストイシズムよりは共鳴をもって味わっているのではないかと想像される。

私がモンテーニュに惹かれたのは、一つにはユマニスムについて考えてみたいと思ったからである。そこで当時ユマニスムの父と仰がれていたエラスムスの『愚神礼讃』を読んでみたのだが、非常に面白かった。この書を問題にする人が余り見当らないのが不思議な位である。私にはここに近代の小説精神が明瞭に現われているようにさえ思われた。人間の狂愚というものは、ユマニスムとは切っても切れぬ関係にある思想である。人間を人間が自分自身の眼で見ようとするとき先ず直面するものは人間の狂愚だからだ。モンテーニュも、「人間の愚劣が我慢できないということは愚劣に劣らぬ狂気である」と書いている。エラスムスは『愚神礼讃』の中で――この「愚神」というのは無智なつまらぬ女の神様なのだが――その口をかりて、こんな意味のことを言っている。「つまり愚かであるということが、人間であるということなんですよ。世の中のことがうまく行っているのは、私のおかげなんですよ。……ここにいい年をした女が、それでも仕合わせになりたいと思って、お化粧にうき身をやつしている。賢い人の眼から見れば恥しいことかも知れないが、そこはこの愚神である私が、うまい具合に、この女から羞恥心などという厄介なものを取りのけてやってある。だから彼女はこれで結構満足なのですよ。だって毎日毎日今日は首をくくろうか、明日は身投げしようかと考えながら暮しているよりは、この方がずっとましではありませんか。」この憐憫とも侮蔑ともつかぬ苦い心の覗いている言葉を『メーゾン・テリエ』や『脂肪の塊』の作者モーパッサンが言ったとしても少しも不思議ではあるまい。私はここにユマニストの心にふれたような気がした。これは時代の狂愚に対する痛烈な諷刺の書であるが、その中には、人間の弱さへの深い理解、たとえば、ややもすれば勇気の挫けがちな労苦にみちた青年時代や、構ってやるもののない少年たちや、慰めのない老年についての理解のある言葉に出会うことがある。エラスムスは人間を高みから見下すようなストア的な道徳主義に対して嫌悪を抱いていたと思われる。ユマニストが求めていた人間智とは、人間を見下すことではなかった。むしろ自分もまた愚かな人間となって人間の中に止まり、人間と愚かさを分ち合いつつ、しかも人間に溺れず、人間を洞察することであった。そこに彼が人間を理解するために「愚神」の智慧をかりねばならなかった理由がある。モンテーニュもソクラテスについて、「彼がなした最も有益な仕事は人間の智慧を天上からひき下ろして人間に返したということである」と言っている。彼の努力は、自己の思考をたえず人間の弱さに向け、彼の思考がこの人間の弱さをふみ外さぬようにすることであった。

モンテーニュは『エッセェ』の或る個所で自分の書くものについてこんなことを言っている。「私は頼んだ絵かきのする仕事を見ている中にその真似がしたくなった。彼は壁の真中のよい場所に彼の全力を傾けた絵をかく。そしてぐるりの空白はグロテスクな絵模様で埋めておく。この本もまたさまざまな肢体をつぎ合わせた、定まった形をもたぬ、偶然の外には釣合も脈絡も秩序もないグロテスクな絵模様でなくて何であろう。第二の部分の絵に至っては私の力では到底企て及ぶところではない。」そんな意味のことを言っている。確かにモンテーニュの中には、自己の精神の産み出すもの、否人間の精神から生れる一切のものに一種のグロテスクを感じるような感覚が見られるように思う。勿論サント・ブーブはモンテーニュの特質を、渾沌の世紀であった十六世紀にあって、節制と中庸と均斉を示したところにあると見ているのだが、このことはモンテーニュの人間把握の根底にグロテスクの感覚がひそんでいたということと矛盾するものではない。

元来モンテーニュは書斎人である。尤も彼は一旦官途を去って自邸に隠棲した後も、自分から望んだ訳ではなかったが四年間ボルドー市の市長を勤め、国王の厚い信頼を受けている程だし、彼の「旅日記」にあらわれたすぐれた旅行者としてのモンテーニュについては、サント・ブーブが讃嘆の辞を惜しまぬところであるが、そういうさまざまな素質も書斎人という素質の中に包摂されていたと見てよいと思う。ということは、彼の最も固有の体験の場所は書斎であったということである。そういう意味で彼の自然体験はルソーとは非常に違ったものがあったと思う。むしろモンテーニュの場合、いま一人の書斎人であり自然主義者であったフローベェルに近いものがあったのではないか。私がここでフローベェルを自然主義者と呼ぶのは、彼が嫌った文学上の自然主義者という意味ではなく、もっと別の意味で、たとえば「単純な心」のような小説をかいたフローベェルを考えているのである。フローベェルは無智な一人の女の単純な心を全く好悪を去った平静な筆で描きながら、そこに物言わぬ自然そのものの深さを示そうとしているが、これは晩年のモンテーニュが農夫の生死に処するあの単純さの中に見ていたものに通じている。

モンテーニュが「レイモン・スボン弁護」のようなものを書かねばならなかったことについては、そこに彼独自の体験があったと考えられる。「われは存在を描かず、推移を描く」というのは「エッセェ」中の有名な文句だが、彼は書斎人として、常に自己の内部を凝視する習慣を修練によって育てていた。そしてこの彼の自己凝視の前に彼自身は変転常なき姿を露呈した。しかし一方彼は動いてやまぬ自己の中にあって、動かぬ一点を感じていた。船全体が揺れている時でも、そこは動かないのだ。モンテーニュは「私は、自分の中をころがる」「もうこれ以上に下に落ちようのないというところへ私は自分を置く」と言う。私はそういうところにモンテーニュの書斎人を感じるのである。いってみれば書斎人のオブローモフ的体験である。オブローモフのものぐさはロシア人を大地に結びつける最も深い根にふれていた。モンテーニュが閉じこもった自邸の塔の一室やフローベェルの書斎は、彼等を時代の嵐から守り、そこから彼等が人間の狂愚を凝視した場所でもあるが、同時に彼らがどっかりと腰を下ろしたその場所が彼等を大地に結びつけていた。「私がもっている最も堅固な思想、私の根本思想はどこから取って来られたものでもなく、いわば私と共に生れたものである」と言っているのも彼自身の中の動かしがたいものを語っているのであろう。

「レイモン・スボン弁護」は「人間の疫病は知れりとする謬見である」《La peste de l'homme, c'est l'opinion de savoir》という立場から、「虫けら一匹つくれない癖に神は一ダースもつくり出す」人間精神の狂愚と虚妄の歴史を示そうとするものだが、先刻ふれたモンテーニュのグロテスクの感覚、事物をグロテスクな側面から把握しようとする方法がここで十二分に生かされている。先ずモンテーニュは、信仰というものは、本来揺るがぬ一つの顔、一つの形を示すべきであるのに、現代では異説紛々として真も偽も何一つ見分けがつかなくなってしまったことを指摘し、それは人間の精神がその手にふれるもの一切合財を腐敗変質せしめずにはおかないからであると考える。こうして彼は、神、来世、霊魂、世界等々について人間がつくりだした諸々の意見の空しさを示すために、手当り次第にあれこれの意見をとってきて、これを我々の目前に積み上げる。それらの多種多様な意見が互に矛盾し混乱し衝突し合って喧々囂々としている様は彼のいうバベルの塔を髣髴とし、一種異様な印象を与えずにはおかない。私は『ブーヴァールとペキュシェ』の作者の壮大なペシミズムの息吹を感じる。事実ここでモンテーニュが企てたものは、フローベェルのいう人間中心主義の徹底的な否定である。たしかに彼も又自然に襲われたのである。自然が彼を呑み込み、バベルの塔は見る見る崩れ去った。彼は森の中で盗賊に身ぐるみ剝ぎ取られた旅人のように、「シャツ一枚」で自然の中に投げ出された。こうして彼は彼の場所に己れを発見したのである。

ここで断っておきたいことは、モンテーニュは伝統の否定者ではなかったということである。彼は自分の保守主義の立場をきわめて率直に表明しているし、習慣については些細なものまでみだりに改変することを好まなかった。これが彼の本当の気持であったのである。サント・ブーブによれば、これがモンテーニュの宗教であった。モンテーニュにとっては伝統は第二の自然ともいうべきものであった。人は伝統に服従することによって自然に服従するのである。この点ルソーの自然主義とは全く反対である。こういうところから『エッセェ』中の「幸なるかな、人の命ずる所を命ぜられた以上によく遂行し、その理由について些も思いわずらわぬ人、幸なるかな、天の流転にしたがって流転する人」という言葉が生れてくるのである。

モンテーニュにとっては、自然とは本来純白なものであった。人間がこれを汚すのである。自然の中には、善良さも節制も均斉も堅固さもその他のしずかな人目にかくれた諸々の徳もすべて備っているのだが、人間はいつも不安と動揺の中にあってこれを感得することができないのだ。ピロニスムは、「レイモン・スボン弁護」の中で、モンテーニュが共感をもって語った唯一の説であるが、彼がこの教えの中に見た人間は、「赤裸にして空虚な人間」L'homme nu et vide であった。それは自らの弱少を認め、性来の無知にかえった人間、「人間の学にわずらわされぬ、神の学をうけるにふさわしい人間」、「神の刻印をうけるにふさわしい白紙の心」であった。そして彼の願いもまた自然という鏡に向って己れを空虚にし赤裸にして、これと合致することであった。

モンテーニュは「人間は自分自身の中に彼が考えているよりも以上のものを持っていることを知らないのである。そして自分の外を探し廻って、他人の借物で間に合わせている。しかし自然は人間に必要なものはすべて彼の中に与えてくれているのだ」と言う。彼は百姓たちを見る。彼らはアリストテレスもカントも知らないし、お手本も教訓も与えられはしない。それにも拘らず自然は彼らの中から日々哲学者にも劣らぬ堅固と忍耐の美しい成果を引き出している。今彼の農園で働いている農夫は、今朝父を或は息子を葬ってきたのだ。しかも彼は黙々と働きつづける。彼が床につくのは、死ぬ時である。彼らにとっては、貧乏も病気も死もごく自然なあたり前の事なのである。彼らは恐しい病気でも親しみのある名前で呼んでいる。そうしてそのような心でしずかに耐えしのんでいる。この民衆の単純さについての考察は晩年のモンテーニュにとっては一つの名づけがたい深奥な学となるのである。

ソクラテスの教えも究極において自分自身に帰ることを教えているのだとモンテーニュは考える。彼は現代のような時代にもしもソクラテスのような人が生れてきたら、我々は果して彼の人格の素朴と単純さの美を理解しえたであろうかと問うている。何故なら我々の眼は人目をひく人工的な美に馴れて、自然の美を感じなくなっているからである。ソクラテスの魂の動きには、自然で万人に共通のもの mouvement naturel et commun しかなかった。百姓や女達と異るところがなかった。彼はいつも馬車屋や靴屋や石工から彼の思索を引き出した。だから誰でも彼を理解した。我々の世界は何の恒常性もなく、我々人間は空しい風にすぎない。その中にあってこの人は何か現実に役立つものを提供しようとしたのである。彼はいつも変らない。彼はどんな時も大地をふみしめ、ゆったりとした普段の足どりで歩く、生に対しても死に対しても。彼が示したものは、崇高な魂とか豊かな魂とかではなく、健全な人間の魂であった。彼は自然に平常の人間の素地から堅固で力づよい信念と行動と道徳をつくり上げたのである。彼こそは最も自然に合致しえた人間であり、自然のもっている諸徳を最も見事に成就した人間と言うべきであろう。

このようなソクラテスの像から、デカルトのボンサンスへは、ほんの一歩である。デカルトの理性に対する信頼は、根底にモンテーニュの自然に対する信頼につながっている。デカルトにとっては理性は純粋無垢であって人間の情念がこれをくもらせるのである。だからこの鏡をきよめることが仕事であった。これに反してパスカルにとっては第一の自然である理性も第二の自然である想像力と同じように信じ難かった。これは無力であり、人間を裏切るものである。彼の「自然は堕落している」という言葉は、自然は不条理である、アプシュルドであるという意味である、彼はモンテーニュのグロテスクの感覚に惹きつけられている。彼の『パンセ』の方法も自然をどこまでもアプシュルドなものとして把握することに全力が集中されている。小林秀雄の言う知性の断片たる逆用である。パスカルにとっては不条理な自然から生れるものはすべて不条理の痕跡を止めている。自然の中には、モンテーニュが見ていたような諸々の徳、堅固さ、善良さ、忍耐、勇気、正義、慎重、節制等を見出すことは出来るであろう。しかし自然の中をどんなにさがしてみても、そこに慈悲charitéの一かけらをも見出しえないであろう。だが人間を、人間の狂愚から救い、医してくれるものは、ただ慈悲のみである。これがなかったら、すべての徳も空しいのである。そこからパスカルは、自然の上に、心情の秩序、charitéの秩序というものを考えたのだと思う。

だが、モンテーニュの胸中に生きていた自然は合理的でも不条理でもなかった。それは親しい伴侶のようなものであった。彼は時代の分裂と抗争混乱の渦中にあって、人間の意見というものを信用せず、ただ自然だけが信じられた。彼はそこに一脈の光を見出し、それが指し示す道をどこまでも歩もうとしたのである。

「自然は温和な先達である。だが温和とのみ言わんよりも一入慎重で正しき先達である。私は到るところにその足跡を探し求める。」

個と全体

次の文章は、去年の九月西宮市の夏期文学講座の仏文学の部を担当した際の講話に手を加えたものであります。元来「くろおぺす」に載せる性質のものではなかったのですが、大分深入りしてしまって、未練がでてきたので、載せて貰うことにしました。初めの三分の一を除いてすっかり書き改めましたが、全体の骨子は元のままであります。

今日の私の話の題は「個と全体」というのであります。これは大変大きなテーマであって、ここで簡単に論じつくすことは到底困難であります。実はこの講座の話があった際、できれば題も決めてほしいということでしたので、思いつくままにこの題を選んだのですが、これといって準備があったわけではなく、この題なら何を話すにしても一応関連がつくだろうと考えたまでであります。そのつもりで聞いていただきたいと思います。

一口にいって、文学は個と全体の問題を取り扱うものであるということができます。社会学とか心理学とかは、それぞれ限定された自己の対象をもっていて、その取扱う社会的乃至心理的現象は全体としての具体的人間から抽象された一種のエレメントであります。これに対して文学は常に生きた具体的人間を扱います。それが架空の人物であれ、実在の人物をモデルとするものであれ、各々は各々の名前をもち他の誰とも混同されない独自の存在をなしています。その点では文学は歴史に近づきます。がここでも両者の間には混同することのできない一線が劃されています。すなわち歴史は過去の事実を扱います。たとえばナポレオンは一八二一年に死んだ、これは歴史的事実であります。ということはもはや決定され、一個の物と同じであって、もし死ななかったらなどということは問題にならない、自由というものが入り込む余地がない、ということであります。ところが現実を過去の事実としてではなく、時々刻々の相において眺める時、現実は異った姿を現わします。私は今ここで皆さんにお話しています。これは私が話をしようと決意してこのテーブルの前に立っているからであります。もし私がこの決意を失ったなら、私は一言も話を進めることはできません。私の話はすんでしまえば、なんだこんなものかということになるでしょうが、今私はいくらかでも御期待にそいたいと思って決定と未決定の間を暗中模索して進んでいるのであります。人生そのものについても同じことがいえるでしょう。人生も過ぎてしまえば、こんなものかという心持がしますが、時々刻々の命には夢があり、闘いがあり、何ものかを実現したいという祈りがあります。我々は小説を読んで面白いと思った時、その筋を尋ねられて困ることがよくあります。それは筋書や結末をいくら詳しく話してみても自分の感じているものを伝えることができないからです。というのは、我々が共感するのは筋や事実ではない、個々の事実の寄せ集めの向うにあるもの、生命乃至は自由なのだということであります。私が「個」というのは、この生命この自由をさしているのであります。だから「個と全体」といっても、又「自由と秩序」或は「自我と社会」といってもよかったのです。詩は必ずしも小説や劇のように人物を取り扱わなくても、これは常に最も内奥の個人的な具体的な体験から生れるものである点で、「個」の最も純粋な表現になっているのであります。

ところでこの「個」は、全体を離れては存在しえないのでありますが、しかし全体の部分ではない。全体は自己のワクの中へ「個」を閉じこめようとしますが、「個」はいつもこのワクからはみ出してしまう、またそれなればこそ自由でもあるわけで、両者の間にはたえず緊張があり、この緊張こそ生命の緊張でもあるのであります。私は、フランスの作家にあってはこの二元論的緊張が他の国の場合よりも特に顕著に見られるように思います。そこで皆さんが今後フランスの文学作品をお読みになる際、この観点から考えてみられたら、フランス文学に入っていく、新しい一つの手がかりになるのではないかと思います。実はこれが今日私がいいたいことでありまして、結論の方を先にお話しておいて、これからフランス文学史上の二三の作家と作品についてこの問題がどのように扱われているかを少し考えてみたいと思います。

先ず最初に十七世紀の大喜劇作者モリエールの『人間嫌い』を取り上げてみましょう。これはモリエールの傑作というばかりでなく、その深さにおいてシェクスピアのハムレットにも匹敵するものであります。フランス文学史では十七世紀は古典主義の時代と言われ、この時期の作品は他の時期には見られない完璧さに達したのですが、それだけに冷いものがある。ところがモリエールの喜劇は、喜劇そのものの庶民的な性格からいっても、そのような貴族主義的欠陥を免れています。彼は劇作家であると同時に俳優であり、劇団の座頭であった。当時は国王の庇護をうけなければ何も出来なかった時代だから、王の機嫌を取らねばならなかっただろうし、喜劇は当時の社会の病患を諷刺することからモリエールにはいつも敵があった。又晩年には親子ほど年齢のちがう若い妻との家庭内のいざこざが絶えなかった。そういう数々の心労を背負いつつ最後に舞台で倒れるまで健康な笑いをもって生きぬいた生活人であったモリエールは、天性の喜劇人であったと言えます。「人間嫌い」という作品は、こうしたモリエールの内心の鬱憤が吐露されているという点で、ただ人を笑わせるだけの喜劇とは全く異ったものをもっているのであります。

さてこの作品は、題名が示すように、人間に腹が立って仕方がないという男が主人公であります。幕が上ると主人公のアルセストが何かぷんぷん怒っているのを友人のフィラントがしきりになだめているのですが、相手が何で腹を立てているのか分らない。「もう君みたいな人間とは絶交だ」とアルセストは叫びます。訳をきくと、フィラントがほんの行きずりの男にまるで十年の知己ででもあるかのような応対をしていたのがいけないというのです。アルセストには世間の人間が誰彼なしに口先だけの愛想をふりまいて、本当の友人もそうでないものも価値のあるものもないものもごたまぜにしてしまっていることが心外でならないのです。それが彼には道徳感覚の麻痺、価値の抹殺と感じられるのです。しかしフィラントには彼の気持は分らない。「じゃどうすればいいのか」と聞きかえしますと、「人間は心にないことを言ってはいけない。腹の中がすっかり見えていなければいけない」。「そんなことができるものか。じゃあ、君はあのエミリーの婆さんに面と向っていい年をしてべたべた塗りたてるのは見苦しいと言えというのかい」「そうだとも」「そんなことをしたら社会生活が成り立たなくなってしまう」「構わない。ぼくはもうすべての人間を憎んでいるのだ。人間全体と喧嘩するんだ」「しかし善人だっているだろう」「いや駄目だ。人間は自分が悪党であるか、そういう悪党を大目に見すごしている人間かのどちらかなのだ」まず、こういう調子であります。アルセストは丁度その時或る訴訟事件に関係しているのですが、その相手の男というのは、札つきの悪党で、この男の弁護をしようというような人間は一人もいない程彼の悪事は知れわたっている。それだのにこの悪党は平気でどこの家にでももぐりこみ、自分のしたいことをしているのだ。それを考えると、人間というものが空恐しくなって、「人類と絶縁して砂漠にでも逃げ出したくなる」とアルセストはいいます。これに対してフィラントは「人間に対してもっと寛容でなければならない。人間はどうせ不完全なのだ。人間を矯正しようなどとは狂気の沙汰だ。自分は平静な心で人間をあるがままにうけとることに努めている」と言います。そして「それでは君をだまして君のものを横領する奴がいても平気かい」と言うアルセストに対して、「そういう人間の悪徳は動物の兇暴性と同じことだ」と答え、「君もそんなにがみがみ言っていないで訴訟のためにもっと奔走した方がいい」とすすめます。ところがアルセストは友人の勧めを拒絶し、「ぼくは絶対に奔走しない。ぼくの正しいことは、誰でも一目で分ることなのだ。これを奔走しなければ敗訴になるというのなら潔く敗訴になろうじゃないか。そうなれば人間がどれだけ不正で厚顔無恥であるかがいよいよ暴露されるわけだ」と答えます。フィラントは相手の頑固さ加減にあきれてしまいます。ところが、このアルセストにも実は弱点が一つあるのです。それは彼が恋をしているということなのです。しかもその恋の相手というのが日頃彼が人間に要求している理想とは正反対の女性なのです。このセリメーヌという若い未亡人は典型的なコケットで、誰にでも愛嬌をふりまいて、男達を周囲にひきよせ、ちやほやされるのが好きで、才気もあり、仲々的確な批評をする、おだてられるといい気持になってその場にいないものは誰でも彼女の才気の弄りものにされてしまう。あんな女のどこがよいのかとフィラントに突込まれると、アルセストは「いや自分はあの人の欠点に気づいていないのではない。だが自分の気持がどうにもならないのだ。自分は愛の力であの人を時代の悪い影響から救ってあげるつもりだ。実は今日もそのことであの人に会いに来たのだ」と言います。やがてセリメーヌの前に出ると、アルセストは「今日こそはっきり話をつけましょう。このままでは我々はいずれ別れねばなりますまい。もしあなたが実際に私のことを思っていて下さるなら、その証拠を見せて下さい」と膝づめ談判をはじめますが、「私は、自分の気持はもう申し上げましたわ。あれ以上にお求めになるのは無理よ」「しかしあなたは外の男に対しても私にするのと同じ態度をとっておられるではありませんか」「でも折角好意を見せて下さる方を帚木で追い出すわけにも行かないでしょう」といった風でいつまでたっても埒があかず、その中にいつもの取巻き連がやってきて蔭口がはじまります。結局アルセストは彼の頑固さのおかげで一歩毎に人間の壁にぶつかります。オロントという男のことでは、彼の詩を面と向ってくさしたために名誉毀損で訴えられ、フィラントの尽力でようやく片がつきますが、例の裁判の方は案の定、敗訴となり、差し押えを食いそうになります。セリメーヌとの恋愛も結局手紙のことから女の不実が暴露されます。しかも彼女の不実さは周囲の男全体に及んでいるので、腹を立てた連中が皆で押しかけてきて、彼女はすっかり面目を失ってしまいます。しかしアルセストはそれでも彼女を諦めることができないで、皆が帰った後、最後の試みをします。彼は打ち萎れたセリメーヌに軽薄な社交界を去ってどこかしずかな処で一緒に暮そうとすすめます。しかし女は、「未だ若い身空で、そんな淋しいところで暮らすのはいやだ」と言って断ります。彼女には、アルセストが期待しているような愛情はなかったのです。こうして「すべてに裏切られた」アルセストは、ひそかに彼に好意を寄せていてくれた女性を友人に譲って「自分はどこか人間のいない平和郷をさがし出してそこで自由に暮そう」と言い残して舞台から立去って行きます。この去り行くアルセストの後姿には孤影落寞とした余韻が漂っていて、味わい深い幕切れになっています。旧師の辰野隆先生はこの作品を愛され、教場でも幾度も講義され、又翻訳もしておられますが、題名を『孤客』と訳しておられます。恐らくこの作品に長い間親しんでおられる中にアルセストに対する敬愛の情が深まり『人間嫌い』というような安っぽい呼名がこの人物にふさわしくないと感じられたからでしょう。が特に最後の場面のアルセストのイメージをこわさないためにこの孤客という題名を選ばれたのではないかという気がします。

大体従来の批評では、アルセストは高潔な人物として同情の眼で見られてきたのですが――ゲーテもルソーもそうであります――。二、三年前偶然読んだ戦後のある新しい評論家の『人間嫌い』の研究では、アルセストが自我にとじこもった傲慢な男という風に批評されているのを見て意外な感じに打たれたことがあります。人間は自己を実現するためには、そのおかれている社会のしきたりに従って身を処していく生活技術を体得しなければならぬ。そのためには辛抱づよい謙虚な努力が必要である。しかるにアルセストはそういう謙虚な努力を軽蔑し、自己の中にとじこもっていたずらに人を批評するばかりである。彼の中には疑いもなく立派なものがあるが、それは何一つ実現されない。自己を実現するためには自己を出なければならぬ。彼は彼の批評意識の中で人間が変質されていることに気がつかぬ。実生活の苦労人であったモリエールがこのような男だったとは考えられない。友人のフィラントは平凡な俗物かもしれないが、生活を尊重し、良識の立場を守り、友人のために何かと尽力している。モリエールの本当の思想はむしろフィラントの良識の方に見出されるのではないか。――その評論家はこういう風な考え方であったように記憶します。これはどこか中村光夫の『志賀直哉論』を思わせるものがありますが、仲々するどい洞察を含んでいて、前世紀人に共通するロマンチシスムに対する批判とも見られます。とはいえ事実はやはりアルセストはモリエール自身以外の処から創られることは不可能であったでしょう。ただこの場合大切なことはモリエールが喜劇人であったということです。彼は彼の中なるアルセストを笑うことができた、そうすることによってアルセストという心の病い――それは高貴な病いではあっても、一つの病い或はパッションであったことには変りはない――から癒されることができたのであります。ところがルソーはモリエールのこの笑いについてモリエールを非難しているのであります。

ルソーの『人間嫌い』論は『ダランベールへの書簡』の中にありますが、そこで彼は劇場設置の可否を論じ、演劇は公衆道徳上有害であるという立場をとっています。そしてその一例としてモリエールのこの作品をあげたのですが、彼の非難は、喜劇作者は何でもかでも観客を笑わせねばならぬというところから、本来何ら滑稽でない立派な人間までも笑いものにしてしまう、というにあります。ルソーはモリエールを愛読していたと思われますが、世間の腐敗堕落をあれほど知りぬいていたモリエールが、その腐敗堕落の犠牲者であるアルセストを笑い物にしたと感じて、それに心を傷つけられたのでしょう。彼はアルセストの中に彼自身を感じていたに相違ありません。彼はアルセストをこんな風に弁護します。アルセストは人間嫌いではない。彼が人間に腹を立てているのは、彼が人間を愛しているからだ。人は自分の子供が悪い事をすれば怒るが、他人の子には怒らないではないか。アルセストが何でもないことに激昂するのは、彼が長い間人間悪を凝視してきたため、些細なものの中にも人間全体の悪を見てしまうからだ。決して自己の小さな利害のためにがみがみ言っているのではない。彼の憤りは、私的なものではなく、公共の精神に発しているのだ。これに反して友人のフィラントのような男は、自分の生活さえ無事であれば世の中にどんな不幸が起ろうと平然としているし、その代り一寸でも自分の利益が侵されたとなると、大声で騒ぎ立てるのだ、と言います。ルソーのフィラントに対する憎しみには人を驚かせるものさえあります。恐らくフィラントの人間に対する寛容であれとか人間をありのままに受け入れよとかいう哲学がエゴイストの鉄面皮さと見えたのでありましょう。ルソーはフィラントの中に順応主義者を見、そこに不倶戴天の敵を認めているのであります。そして彼自身は徹底した孤立主義、非順応主義であり、彼の生涯は或る意味ではアルセストを地で行ったとも見られるのであります。

ジャン・ジャック・ルソーは十八世紀の啓蒙主義者の一人に数えられていますが、他の啓蒙主義者とは何か異質な人間を感じさせます。そして彼の不可思議な人格が時代に与えた深刻な影響は今に至るまでつづいているのであります。ルソーは一般に自然に還れということを唱えた思想家と言われています。彼は、人間は邪悪だが、自然のままの人間は善であるとか、人間は自由に生れ、束縛の中に生活しているとか言って、自然と社会を全く対立させて考えます。ではその自然とは、どういうものか。彼は『人間不平等起源論』の中で自然人という観念を取りあげて次のように論じています。人間は現在見るような姿に創られたのではない。今我々の見ている人間は文明と社会にそこなわれた人間である。しかし本来の自然のままの人間に出会うために、過去をどんなにさかのぼって行っても無駄であろう。歴史の中で見出される人間は、常に何ほどかの「社会」を身につけている。しかるに人類は社会生活をはじめる以前に長い長い期間をへてきた筈である。ルソーによれば、人間は社会的動物ではない。この社会的動物以前の人間が自然人なのだが、これを考察するためには、歴史的方法ではなく、天文学者がするように仮説によるしかない。彼は人間から社会に属すると思われるものを一々剝ぎとっていくことによって自然人に到達しようとします。こうして発見された自然人は、言語をもたない、――言語は社会的なものだから、家族ももたない――家族も社会だから、一定の仕事もなく、いかなる人間関係ももたず、各個に孤立した生活を営み、性欲が起れば異性をもとめて性行為を行うが、行為がおわれば、別々になって相互に認知することはない。母親は子供を生んでも、母の手を必要とする間だけ養育し、あとは棄ててしまってその後は相手を認知しない。彼らには未来の観念はない。彼らの欲望は自己の手のとどくせまい範囲に限られていたから、彼らは自足し、自由で、幸福であった。何故なら自由とは欲望と能力とが釣り合っていることに外ならないのだから。彼らは病気も余り知らなかっただろう、とルソーは考える。病気は文明がつくるものだからだ。道具が発明されると手足はそれだけ衰弱する。道具を知らなかった自然人は強健でよく訓練された身体を享受していたであろう。彼らは道徳を知らなかったが、自然にそなわる憐憫の心、あの動物にもある程度見られる他人の苦痛に対する嫌悪はもっていた。彼らの中には他人に対する害意はなかったと考えられる。彼らは時として獲物を争うようなことがあるにしても、むしろそれは例外で、ふだんは他人のものを奪う危険を犯すよりも自分でさがす苦労の方が安全だと考えたであろう。こうして自然人は他に依存せず、他を必要とせず、他と交わらず、単独に自由に健康で平和に暮していたとルソーは考えるのであります。これは絶対的個であります。私には、ルソーの自然は窓も入口もないモナドを思わせます。ルソーにとっては、他人を必要とするということが、人が人を隷属させる事態をつくり出すのであって、自然そのものは、自足していたのです。これが自然が善であることであったのであります。だから人間の進歩の歴史とは、自然の絶対的自足の状態から人間が遊離していく歴史であり、社会はその過程に生じたのです。すなわち、技術が向上し、自足が破れ、人間相互の依存関係がすすみ、人が人を必要とする度合がつよくなり、或る段階において決定的な依存関係、一方が他方を隷属させる状態が発生する。主人と奴隷、富者と貧者があらわれる。さまざまな欲望がめざめ、不安がめざめる。精神的欲求、不断の完成欲が人間を駆りたて進歩は急テンポとなり、不平等は益々大きくなる。虚栄、貪欲、羨望、卑屈、残忍、陰謀、復讐、窮乏等々の悲惨が文明の進歩とともに増大する。……これがルソーが描き出した「自然」と「社会」との対照図でありますが、ヴォルテールはこれに対して「小生は貴下の著書を読んで四つ足で歩きたくなりました」と皮肉を書き送っています。ルソー自身も、私の言うことから、人は私が人類に野蕃人のような暮しをせよと主張しているかのように解するだろうが、実はそうでないのだ、と断っています。人間は社会生活を営むべきなのである。しかし社会が人類の不平等と悲惨の生みの親であることも事実である。とは言え、社会がその成立の当初から自己の自由を売り渡そうとする人達によって形成されたとは信じられない。人間は自己の自由を守るために社会を形成したに相違ない。それは自由な契約から生れたのであって、支配からではない。社会の根本原理は契約《コントラ》である。そしてこの契約によって社会の一員となったものが市民である。自然人は、進歩のある段階において、自然人であることをやめて市民とならねばならないのである。この市民と自然人とは正反対の概念であることをルソーは強調します。自然人は本能のままに動く、彼は自己のためにのみ生きる。彼は私人 homme particulier である。市民はこれと反対に己れ一個としてはもはや存在せず、社会の一員として全体のためにのみ存在するところの公共的人間である。彼の存在は、彼の個人的意志を社会全体の意志である総意 volonté général のために不断に犠牲にすることによって発揮される。彼を動かすものは本能ではなく義務である。彼は道徳的人間である。現代はこの二つの観念を混同しているのだ。現代人は自然人でもなければ市民でもない。中途半端な混合物であるにすぎない。ここに現在の混乱がある。このルソーの市民という思想には全体主義的なものが感じられます。

こういう思想が大革命のテロリズムを生んだとも言えます。個人の意志と「総意」とを調和することは困難であって、屢々「総意」が圧制となることは一般的現象であります。しかしルソーの契約という思想には、もっと深いものがあります。私はむしろ一つの社会が重大な危機——たとえば洪水とか伝染病とか敵の攻撃とか——に見舞われた時、我々の前に現われてくるものが契約社会であると考えてみてはどうかと思います。この時我々は一致団結します。この場合総意とは、危機と闘うことであり、これは何人にも異論の余地のないものであります。何はともあれ社会を救うこと、社会を救うことによって私は救われるのです。社会はこの時それが形成された当初の原理と姿に立ちかえったとも見ることができるでしょう。ルソーの思想をこういう風に考えてくると、彼の社会契約という思想は社会を物質的必然乃至メカニズムとして考えようとするマルクスの方法と対照して新しい意味をもってくるように思われます。現代のように社会の存立そのものが危機にさらされている時代にあっては、特にそうであります。そしてこの思想はフランス人の心の奥深くひそんでいる眼に見えぬ霊、呼びかけのようなものであって、こんどのレジスタンス運動の原動力もこの「契約」という思想の中に見出されるのではないかと思います。カミュはルソーの直系の後継者とみられる作家ですが、彼は『ペスト』の中でこのテーマを扱っています。彼は『異邦人』では純然たる否定的存在であったものが、『ペスト』の中ではいかに社会の積極的な防衛者となるかを示そうとしているようであります。しかし社会が再び平穏になると、「顚落」の主人公は再び地下にかえっていきます。思うに契約という思想はずっと古くユダヤ的源から出たものでありましょう。人と人との契約の根底には神と人との契約がなくてはならぬ。モーゼに率いられたイスラエルの民が形づくる社会は「契約」の象徴であるとも見ることができます。

ルソーの書簡体の恋愛小説、『新エロイーズ』は有名なアベラールとエロイーズの物語から暗示されたものであります。アベラールとエロイーズは、例の不幸な事件のために別れ別れになりながら、その試練を通して相互の愛情を一層高い精神的な友情にまで純化していきますが、『新エロイーズ』の作者も同じような純化を主題としているのであります。ルソーは自分の小説を理解するためには高い道徳的感覚が必要だと言っています。この恋愛小説の主人公ジュリーとサンプルーは恋し合っているが身分がちがうために結婚は許されない。ジュリーはただ一度男への同情から身体を許しますが、後に自分の過失を悔い、ほかの男へ嫁ぎます。だが、サンプルーに対する愛情はかえない。しかし今は肉欲をはなれた友情にかわっている。そして相手にもそれを要求する。サンプルーは旅に出る。それは自己を改革するための旅である。彼が旅から帰ると、ジュリーは夫とも完全な理解のもとにサンプルーを家庭に迎える。そしてサンプルーを以前から愛していた女性を呼びよせ、二人を一緒にして四人で信頼と友情からなる共同生活を営むことを夢想する。しかしこの計画は彼女の突然の死によって夢想に終る。このような夢想は、良識の見地からすれば、何か自然に反したあいまいなもの、或る危険なものを感じさせるのですが、ルソーから言えばそういう人間はこの物語のもつ深い道徳性を理解することができない人間だということになります。彼自身ヴァラン夫人と同棲生活をしていた時、夫人には別に男があって三人は同じ家に一緒に暮していたのであります。そしてルソーは、彼と夫人との間に肉体的な関係ができる以前も以後も三人の間の友情は変らなかったと書いています。或る意味ではルソーはそういう友情を求めていたのだとも見られます。こういう関係は凡俗な人達の間では醜悪なゆがんだものになってしまったでありましょう。そうならないためには不断の自制と高貴な原理への全き献身が必要であります。この不断の自己犠牲の上にのみ信頼は維持されるでありましょう。ルソーにはこれが真の道徳と見えたのであります。そして彼は自己の中にそういう自己犠牲への感激性とつよい要求を感じていたと考えられるのであります。

ここでルソーは、彼の考えている倫理的人間を、政治的な面からではなく、内面的な心情の面から考察しています。その意味では『新エロイーズ』で夢想されている友情による共同社会とは、心情に映じた一つの契約社会であると見ることも出来ます。ルソーは心情による自制の倫理を考えているのであります。彼は「理性はあやまつことがあるが、心情 sentiment はあやまたぬ」と、言います。ルソーは心情の観念をパスカルから取ったと思われるが、パスカルの心情はルソーのそれとは根本的に異っています。ルソーの心情は自然の声であります。あやまったことのない自然は心情を通して語りかける。その声が良心の声なのである。自然は、社会の外に孤立している人間に対しては本能的な智慧として働く。動物を導く本能があやまつことがないように、自己保存の本能の命令はあやまつことがない。そして人間が社会生活に入るとき、それは良心の声となり、そこで彼の果すべき義務を教えるだろう。大切なことは、常に自然がかたるということであり、人間の声がこの自然の声を打ち消してしまわぬようにすることである。『エミール』が書かれた意図はここにあったと思われます。ルソーは、世間の人達は子供を社会に送り出すために、社会教育と称して社会の大人たちの色々な偏見や習慣を教えこみ、子供を自分達の社会の人間に仕立てようとするのに対して、彼はそういう社会教育は一切不用であると考えます。否、そういうものが青年の中なる自然の光をそこなうのである。このような教育はフィラントのような順応主義者をつくるにすぎない。良き社会人となるということは、社会の人間となることではなくて、社会を批判する人間、一個のアルセストとなることなのだ。それには自然人であればあるだけ良き社会人が出来る。ルソーは自分の教育方法を、人は子供にできるだけ多く教えようとするが、私はできるだけ教えないようにするのだと言います。たえず子供に働きかけてきて、子供を自然がおいた場所からひき出そうとする「社会の力」を遮断し、人間の中にではなく、事物の中に子供を置くこと。人間社会のいろいろな依存関係や従属関係、命令や服従や訓戒や約束はすべて遠ざけられる。子供は人間に服従することではなく事物に服従することを学ぶのである。子供は非常に狭い世界にいるのだ。彼らは自己の中にとじこめられている。彼らは自己の手のとどく範囲のことしか知らない。だから彼らの欲望がこの世界をこえないように監視されなければならない。彼らは無智の幸福の中にいる。自然は人間を出来るだけ長くこの幸福な鎖国状態にひきとめたがっているのだ。だからルソーの教育は知育よりも体育を先にする。子供は子供であって大人ではない。子供には、道徳や情操のことは分らないのだ。しかし身体の方は精神よりも成長が早い。それは活動と訓練を求めている。或る年齢に達すれば、訓練次第では子供の身体は大人と同じ働きが出来るのである。こうして身体の訓練から技術の習得という風にすすむ。エミールが決定的な人間関係に入るのは、彼が異性を求める時である。それまで自分のためにのみ生きてきたエミールはいまや一人の伴侶を必要とする。彼は恋愛を通じて自制の倫理を学び、結婚という契約によって、社会へふみ出すのである。このエミールの自然人から社会人への移行には、何か飛躍のようなものが感じられます。「社会の力」から遮断され、人間関係の外で専ら事物を相手に学んできたエミールが、人間関係に入るべき時がくると、いつの間にか社会人としての力量をそなえた人間になっています。だがここにルソーのねらいがある。すなわち、エミールは人から教えられるのではないのであります。ルソーは、「自分がよいと思うことがよいのだ」と断言しています。これは、他人の言葉に迷わされるな、ただ自己の内なる声のみ聞け、と言うことであります。ルソーにとっては、自然はすなわち自己であり、自然と自己の間には何らの不調和はありえないのであります。彼の原始的自然への郷愁も自制的倫理への要求もこの同じ自己の二つの相であったのであります。そしてこの自己たろうとする叫びを最も大胆に率直に表明したものが、彼の有名な『告白録』であります。

ここでもう一度前述の『人間嫌い』に話を戻してみると、あのアルセストの胸中に鬱積する憤激の嵐の中にも、あくまで自己たろうとする叫びが聞かれるのであります。そしてそれがあの人物に一種兇暴な魅力を与えているのであります。アルセストという人物を一つの身振りであらわすならば、それは「否《ノン》」の身振り、「俺はいやだ。俺は君達とはちがうのだ。俺は君達と一緒にいくのはごめんだ」という拒絶の身振りであります。それは人間性の奥にひそむ暗いパッションであり、病いであることをモリエールは見抜いていたのであります。それは又「私は私の見てきた誰とも同じにつくられていない」という言葉ではじまる『告白録』の主導モチーフをなすものであります。ところでルソーは自然は自足していると考えていた。この自然観は彼の思想の根底をなしていたと言ってよい。自足していること、他を必要としないことが、ルソーにとっては善なのであった。したがって彼は自己もまた自足している筈であった。これに対して、たとえばパスカルは、自然は堕落していると言い、彼にとっては自然と自己とは根本的に不調和であった。自己は決して自足しなかった。それは絶えざる欠乏状態にあり、彼が心とよんだのもこの貧困状態そのものをさしていた。彼は聖書で言われている霊における極貧者の一人であった。パスカル、ボォドレール、ゴッホのような人々は皆同じ系列に属している。ルソーが実際に自足していたかどうかは疑問でありますが、彼自身は常に自分は他を必要としない、自分は一人でやっていけるのだ。自分は巴里もサロンも劇場も学芸も名誉も交友もそういうものは何ら必要ではないのだ、自分は無人島でも幸福に暮していけるのだ――事実後にルソーは無人島でしばらく暮すことになる――と考えていたことは事実であります。彼はこう言っている。自分がフォンテーヌブローの森の小屋に引きこもった時、巴里の友人達は、ルソーは偉そうなことを言っていても二、三カ月もすれば寂しくてたまらなくなって逃げかえって来るだろう、と考えていた。ところがそうではなかった。彼らは私を自分らと同じ人間のように考えていたのだが、私は彼らとはちがうのだ。私にとっては、彼らがそれなくしては生きていけないように考えているものも彼ら自身も必要ではないのだ。彼らは真の幸福を知らないのだ。

ルソーはこういう気持を巴里の友人に対して抱いていたが、この態度が友人達の心を傷つけたことは事実であろう。ルソーの一生は放浪の一生であったが、彼はこれを二つの時期に分けて、自分は前半生は自然人として衝動のままに暮してきた、この時期はヴァラン夫人との幸福な同棲生活の終ると共に終りを告げ、巴里時代からはじまる後半生では社会人として社会に貢献せんがために活動した、と語っています。つまり前半は私生活、後半は公生活という意味であります。ところが、彼の公生活における動きをよく見ると、たえず社会から逃れよう、逃れようとする動きが感じられるのであります。ランソンはルソーも巴里時代の最初の間は普通に友人附合いをしていた。ところが『人間不平等起源論』が成功し、文名が上りだした頃から態度が急に変ってきたことを指摘しています。その頃ルソーは自己改革ということを考えます。自分の生涯は世の模範とならねばならないという誇大妄想狂じみた観念にとりつかれ、それが次第に彼の中に根を下ろしていきます。彼は殊更人とちがった粗末な服をし、それ迄の秘書の仕事をやめ、楽譜写しの手仕事で生計をたてようとします。下宿の娘で、彼の言葉によれば勘定もできず、時計の時間をよむこともできない女を内縁の妻とし、又どこか田舎に引きこもることも考えます。このような動きは社会を逃れてもとの自然人の生活へ戻ろうとする動きと見られるのですが、ただそれが倫理的要求として自覚されるようになったということが重要なのであります。思うに『人間不平等起源論』を書いて自然人の観念を発見したことは、ルソーにとっては自己発見であり、それは彼の天才のめざめであると共に彼の中にあるパッション、自己たろうとする意志のめざめでもあったのであります。このパッションが彼に一人離れの道を歩ませ、巴里を去らせ、やがては『エミール』事件によって「人類との絶縁」に至るまで彼を追いやるのであります。この迫害のかげに、彼が『告白録』の中で訴えているような友人の陰謀があったのかどうか私には何も言う資格がありませんが、問題の「サヴォアの助祭の信仰告白」は私自身も読んでみてひどいものだと思いました。ルソーは少年時代に一度生活の必要上カトリックに改宗し、その後巴里時代に人間は生れた国の宗教にしたがうべきだという考えからプロテスタンティズムへ再改宗しています。又彼が色々な意味で感化をうけたヴァラン夫人も改宗者で彼女のカトリック信仰は全く自己流なものだったらしく、こういう事情が集って、ルソーを宗教上の問題についてひどくセンスの欠けた人間にしたという風にも考えられます。ただルソー自身は本来宗教的な人間で、その点が他の啓蒙主義者と異る点ですが、それが余計に不幸な結果になったようです。とにかく彼の著書が新旧両教会側を憤激させたことは充分想像されます。そういう訳で迫害の原因がどこにあったか判断は仲々難しいと思いますが、彼の晩年の「人類との絶縁」について考えると、かのアルセストがさがし求めた「僻遠の地」を思わせるような孤独の境遇は、あのような自然人の観念につかれていたルソー自身が心のどこかで自ら望んでいたものではなかったかという気がするのであります。彼は「自分のような社交好きな人間がどうしてこんなことになったのか」と自問しています。恐らくこの述懐に嘘はなかったでしょう。ルソーは社交界では、「穴熊」という仇名がついていたらしいが、彼がいつも人附合いの悪い非社交的な人間であったとは思われません。気のおけない友人同志の交際は彼の最も好んだものだったでしょう。それにも拘らず、彼の中には、自我という金城鉄壁の砦があった。そこには彼の自信があった、一旦、この砦にこもってしまえば、社会が何であろう、他人が何であろう、彼は世間とは無縁な人間となる。否、そうなる筈であった。ところが事実は、彼が自我にたてこもっている時でも、「社会」は容赦なく彼の自我の奥深く侵入してきた。対人意識が執拗につきまとった。そしてそのことは彼を益々社会に対して身構えさせることになった。彼は「僻遠の地」にありながら、心の中の「社会」を前にして苦しい演戯をつづけねばならなかった。アランは情念のとりこと称する人達は自己を演じているのだ、と言っていますが、モリエールは、アルセストがアルセストを演じている、そういう人間の急所を実に見事に描破しています。『告白録』も又、ルソーがルソーを演じる、そのような演戯意識から生れたのだと言うことができるのであります。このように我々が我々自身に対して演じている自己は、或る意味では自己そのものよりも強力であって、専制的な力で我々を支配し「人類との絶縁」をも辞さぬカタストローフへ曳きずっていくのであります。

　私には、ルソーには弱さの感覚が欠けていた、という風に思われます。こう言うと変に聞えるかもしれませんが、私の言うのは、ガブリエル・マルセルが劇的感覚とは人間の根源的な弱さの感覚であると言った、その意味での弱さの感覚乃至は劇的感覚であります。成程ルソーは自己の弱さに終生苦しんできたのだし、自分を強い人間であると考えてはいなかったでしょう。彼は人間の弱さについて真実味のこもった言葉を残しています。こんなことを言っています。過失を犯して何よりも辛いことは、そういう過失を犯すまいと思えば犯さずにすんだと思われることだ、と。これはルソーでなければ言えないような真実感をもった言葉ですが、同時にいかにもルソーらしい言葉であると思います。これは別のことばで言えば、どうしてこういうことになったのか分らない、ということであります。私は悪をのぞんだことはないのに、どうしてこんなことになったのか。それは自分が自分以外のものに動かされたからだ。悪は外にある。外の力にまきこまれることにある。彼は自己の中に善なるもののみを見るが、一歩外へ出れば人間は邪悪なものと映じてくる。この内と外とのたえざる分裂と矛盾こそルソー的体験を形づくるものであります。ルソー的人間は、自己に近づくために、現実におかれている人間関係から自己を抽象する。外部は不純である。真の自己を見るためには、自己を内部に移し、外部の不純なものを除去しなければならない。こうして私の眼に現われてくる自己は常にある完全体、――完全であるべきもの――であって、弱さや過失は、その完全体の汚点にすぎない。このような弱さは、パスカルがミゼールと呼んだものからいかに遠いことだろう。人間の弱さの生きた具体的な感覚は、現実のリズムの中にある。このリズムから離れるとき、弱さの生きた感覚は失われ、弱さの実体はかくされてしまう。劇的人間は、このルソー的人間の内と外との対立を越えようとする。劇は人間をわれと汝との具体的な絡み合いの進行していくリズムの中で捉えようとする。この時人間は不完全なものである。我々を摑んで離さぬ状況の中でわれも汝もどうして完全でありえよう。人間が完全であったら、劇は存在しなかっただろう。劇的感覚とは、まさしくこの不完全性の感覚に外ならないのであります。ルソーは、モリエールがアルセストを観客の笑い物にしたということで非難しましたが、我々がアルセストを見て笑うとき、アルセストを侮蔑しているのではない。我々は我々の中にアルセストを感じている。そしてアルセストがよく分るのだ。だからこそ彼が——その怒り、無力、絶望が——おかしいのだ。我々は笑うことによって、笑っている人間と同じ場所に立っている。ここでは共通の弱さを分ち合うことができないことはむしろ不幸である。この共感の喜びが劇であり、ここに全体への復帰の道がひらけてくるのであります。

ルソーの『告白録』以後「文学とは告白である」ということが、近代文学の世界では殆ど一つの通念となってしまったが、ルソー以前には自己告白などというものは良識に反した行為であった。自己はなるべく人前に出さぬのが慎しみある態度であった。常人とちがう自己、そのようなものは、未熟な、粗野な、訓練の足りない、未だ十分に形成されていない、従って取るに足りぬ自己であった。表現されたものだけが真に存在する。勿論人間は孤独を感じる時はあろう。自分を誰にも理解されないと考えることはあろう。しかしそういう時、人は祈ったと思う。孤独は神の領分であった。これに対してルソーはこう言った。他人とちがう自己こそが真の自己なのだ。社会生活の中に表現されている自己、皆と同じ恰好をして、同じようなことを言ったり、したりしている自己、そんなものは本当の自己でない。我々の中には社会生活の中では実現しえない自己がある。この自己はどの誰とも似ていない、赤裸々な自己である。世間の人間はこれを怖れ回避している。彼らは自己をいつわって生きているのだ。ルソーはこうしてこれまで排斥されていた自己の復権を要求し、社会がこの赤裸の自己に課そうとする訓練と服従を拒絶しようとしたのであります。この自己の内部における価値転換こそ告白文学の存在原理であり、『告白録』がもたらした真の革命であったのであります。

ところが、これから、お話ししようとするバルザックは、告白文学に対して社会文学とも言うべきものの原理をうちたてた作家で、ルソーが社会から孤立させようとした個を再び社会のただ中に返して、文学を社会全体に押しひろげたのであります。文学は彼において文字通り社会の表現となった。この二つの思想、「文学は告白である」と「文学は社会の表現である」とは、相対立する原理でありながら、近代文学を形づくる根本思想であって、この二元論の上に近代文学が展開されたと言ってよいのであります。ここで社会とmonde（社交界）とを区別しておく必要があります。バルザック以前の十七八世紀の文学は社交界《モンド》の文学であります。そこでは社会の全貌は現われていない。と言うよりも社会そのものがその赤裸々な姿で存在していなかった。モリエールの描いた社会も、社会と言うよりは社交界《モンド》であります。社交界《モンド》とは、一応趣味教養を同じくしている人々、つまり良識階級によって形成されているサロンとか、宮廷とか、互に認知し合う人々の限られた社会ではないのであります。その文学はラシーヌであれ、モリエールであれ、この社会の良識の表現であることに変りはないのであります。ところがバルザックの社会は、そのような社会でない。大革命によって解放され動きはじめた近代社会であり、それは異様な渾沌とした未知の全体、——もはやそこでは人々は互に他を認知しない——をさすのであります。ルソーの「自然」感覚が絶対個の感覚であるとすれば、バルザックの「社会」は全体感覚であると言うことができます。このルソー的な「個」の感覚とバルザック的な「全体」感覚とが、それまで良識が築いていた形式乃至限界を完全にくつがえして、近代というものを現出せしめたのであります。何故なら、良識とは何よりもまず限界の感覚であり、ルソーの「絶対個」もバルザックの「全体」も、この良識の世界には受け入れられないものであるからであります。バルザックは誰よりもこの限界を押し流す力を感じていた作家であります。彼にとっては、社会は、環境《ミリュ》とよばれるような静的なものではなかった。彼の「人間喜劇」には実に多種多様な環境が描かれているし、それ故に社会の表現ということが出来るのだが、その環境の多様さはすなわち人間意志の多様さのあらわれであって、社会は無数の意志によって生き激動しているものであった。これに反してこれまでの社会は本質的に静的であった。それは区分された小社会から成り立ち、さまざまな身分や職業や地域には、それぞれ厳重な差別や境界が設けられていて、各々が自己の世界を守り、他と混り合わないことが美徳であり、そうすることによって秩序が保たれていた。この障壁が今や到る処でくずされたのであります。巴里と地方、都会と田園、上流社会と下層社会、私生活と公生活、各種の職業……そういうものの間の障壁はくずれ、一方から他方へたえず流入と流出があり、上昇と顚落があり、交替と移動と侵入と混合が行われ、互に交わり、ぶつかり合い、おしのけ合った。すべてのものが動きはじめ、もはや人も安定した姿を失ってしまった。到る処破壊があるかと思うと建設がある。分散があるかと思うと集中がある。この人と物との目まぐるしい不休の激動力には、常に「金」が働いている。「金」こそルソーの言う、人間を自分自身のいる場所からひき出す社会の力そのものである。これこそ最大の破壊力である。「金」

の威力の前にはいかなる差別も境界も障壁も無力である。「金」は、すべてを抽象化し、平等化し、一切の質を量におきかえてしまう。「金」は、固有性や価値の否定者である。「金」は社会のどんな片隅へでも、どんな宮殿の奥へでも入って行く。この侵入を拒むことのできるものはない。そして一度その侵入をうけた処にはもはや平和はない。新たな欲望がめざめ、混乱や反目や策謀や裏切が襲いかかる。……それは人間を駆り立てて世界のはてまでもつれて行くだろう。……だが「金」の破壊力はもっと隠微で冷酷である。たとえばここに地位もない、才能もない、風采も上らない何一つ人目をひくに足るもののない男を考えてみよ。世間の眼にはこんな男は石ころ同様であろう。しかし金は絶対に平等である。どんな人間をも拒まない。そこで男は金を女にする。金をためはじめる。金をためるには使わないことだ。男は金のために欲望を犠牲にする。こうしてこつこつとためていく。その中に手堅い方法で利殖の道をはかりはじめる。……こうして男の凡庸さは金と結びつくことによって一種の非凡さに達し、ついには真の非凡を打ち負かしてしまうのだ。これが「金」の平等化運動である。時々刻々何ものかが破壊されていく。もはや何ものもこの力の外に孤立した存在を保つことができない。社会は一切を巻きこみ引きずって行く。……「金」はこの盲目な力の象徴である。だがバルザックはルソーのように邪悪な社会に対して善なる自然を対立させようとは考えなかった。バルザックにとっては、社会も自然であった。現代社会そのものが原始の密林であった。彼は文明人の皮膚の下に自然人を見ていたのである。だがこの自然人はルソーの自然人のように孤立し、他を侵さず自足した無害な存在ではなかった。自己のねらう獲物を手に入れるまでは昼も夜も獲物のことしか考えぬ、油断のならぬ、狡智にたけた、単純で、残忍で、執拗な、怖るべき原始人である。彼らはパッションの命ずるがままに動く。彼らは殆ど他人の存在を認知しない。彼等はパッションのとりこであり、その意味では全く孤独であって、彼らの眼には友人も妻子も否社会そのものも存在しない。これがバルザック的人間であります。

モリエールは、先に述べたように、『人間嫌い』のアルセストを通じてルソーを予感していたものでありますが、同じ作者の、『タルチュフ』はバルザック的人間とバルザック的ドラマをすでにその深さにおいて暗示しているのであります。タルチュフという男は素姓のしれぬ人物で、無一物で上流家庭にもぐりこみ、にせ信心で主人を籠絡し、その家財産を乗っ取ろうとします。しかも主人のオルゴン以外の家族の者や友人の眼にはタルチュフという人間のいんちきさ加減は明白なのですが、しかもこれを追出すことができない。反対に自分たちが危く追い出されそうになる。そのあわやという瀬戸際で、まるで天の火に打たれたかのようにタルチュフは没落し、奇蹟的に救われる。この劇の真の深さは、タルチュフのような人間がどうして出来るのか、という問の中にある。タルチュフはこの劇の外の人物達とはまるで違っている。彼はこの社会の人間ではない。彼の図々しさや彼の厚顔無恥《シニスム》には何か得体のしれないものがある。言うならば、徹底的に論理的なものがある。それはパスカルが「地方人の手紙」の中でつきとめようとしたものである。宗教が世俗化して真の信仰とにせの信仰との区別もつかなくなる。そういう処へタルチュフのような――またドンジュアンのような――良心を全く持ち合わさない、神を畏れぬ人間が生れる。そしてモリエールの考えでは、良心のある人間は、良心を持たぬ人間を天の助けでもない限りどうすることもできないのだ。アルセストの絶望と恐怖もここにある。ルソーも又アルセストの絶望を痛切に体験したに相違ない。彼はこのような良心の痲痺は、自然にそむいた人間社会の堕落の結果であると考え、人間が自然にかえるならば、自然は彼の中に再び良心をめざませることができる筈だと信じた。そこから彼は人類に向って、腐敗した社会をのがれて自然にかえれと叫んだのだった。彼の叫びは大革命を呼び、旧社会は崩壊し、その結果として近代社会が出現した。だが、バルザックが近代社会に見たものは、鎖を解かれたパッションの激烈な闘争であり、パッションの破壊作業によって次第に侵蝕され、解体されていく社会の姿であった。バルザックにとっても société という言葉の本来意味する社会は、そのようなパッションの闘争場ではない。それは人間と人間との精神的な結合であった。契約であった。彼は精神的指導者の大連合のようなものを夢想していたらしい。「人間喜劇」の各作品はそれぞれ当代の著名な人物に献げられている。社会はそうした精神的権威によって指導されなければならない。宗教は社会の防壁となるべきであった。もし反対に社会が盲目なパッションに委ねられ、その力によって精神的基盤が完全に解体せられるとき、真の意味の社会は消失する。その時、社会は実際の原始状態よりも遥かに暗黒な原始状態に逆戻りしていることであろう。

バルザックは神秘的な宇宙意志を信じていたようであります。世界の根源には普遍的な一つの意志が存在し、世界はこの意志の多様な分化に外ならなかった。人間存在の一切は意志であり、バルザック自身は彼の内なる創造的意志を通じてこの根源なる意志と一体であった。バルザックが解体に瀕しつつある社会に対置したものは、この内なる創造的意志であった。今や世界はばらばらになって崩壊しつつある。しかし彼は彼の中に創造的意志の、或は創造的愛の深い調和と統一を感じている。しかもその彼はこの世界と一体なのだ。ここに一つのはげしい確執が起る。分裂と渾沌と解体の世界と内なる創造的意志の統一との間の確執である。彼は世界を内なる調和の中に摂取しようとするのだ。……解体が勝つか、調和が勝つか。……バルザックは「人間喜劇」の構想をはじめて思いついた時、有頂天になって妹の家に馳けこんで「俺はナポレオンが剣でなしとげたことをペンでするんだ」と豪語したということであります。この時、彼は自己を発見したのである。そして彼の発見した自己は創造的自己であった。ルソーは「私は誰とも似ていない」と叫んだが、バルザックの叫びは「私はすべてである」であった。彼が、「人間喜劇」の巨大な構想を通じて垣間見たものは、創造的全体とも言うべきもの、一切を彼の創造的愛の中に包摂しうる可能性であった。それが彼を狂喜させたのだ。これこそ彼の熱烈な心がひたすら求めていたものだった。彼は世界の多様さに常に眩惑されていた。驚嘆は彼の天才の泉であった。しかし彼はジレッタント風に多様性に溺れていたのではない。彼の求めていたものは全体であった。一切を網羅すること。自ら多様と同化することによって多様をくみつくすこと。彼はすべてであり、一である。彼において多と一が統一されねばならぬ。彼は自己の創造する虚構の世界と現実の世界を屢々混同した。それどころか彼には彼の小説の人物の方が現実の人間よりも一層現実的に見えた。彼は彼の生み出しつつある世界が現実の世界と同じ密度、充実、抵抗、厚み、重みをもつことを要求した。彼が「金」にあんなに大きな役割を与えたのもそこからくる。彼の「人間喜劇」は、巴里生活風景とか地方生活風景とか何々生活風景とか……分類されている。だが「人間喜劇」の世界の統一はこのような分類の中にあるのではない。それは外から押しつけられた何らかのシステムから来るものではない。それは全体性そのものにある。作者の創造的意志の全緊張の中にある。彼はこの緊張の中に全体を保持しようと願っているのだ。問題は、彼の創造的意志が世界の多様性にうちかつことができるかどうかにある。世界をあますところなく征服し、彼の内なる調和と統一の中に世界を摂取することができるかどうかに懸っている。そこからあの超人的な仕事と驚くべき意志の緊張が来る。彼の前には囚人のような苦役の日がつづく。仕事、仕事、仕事、それは彼が双肩に負わなければならぬ世界そのものの重圧であり、彼がただ一人耐え通さねばならぬものなのである。だがこの苦役の彼方に彼は一つの扉を見ている。そこには一人の天使が待っていて、彼のために扉をひらいて、彼を神秘の国に迎えてくれるのだ。そこまで行きつくためにはまずこの世界を征服しなければならぬ。世界は無限でない。終りがある。全体は無限ではない。それは完結せられねばならぬものである。彼がこの事業を完成する時、彼はこの世に勝ったのだ。そしてこの世に勝った者のみが愛と至福にあずかることができるのだ。……

こうしてバルザックは文学を社会の全領域に拡大し、文学は文字通り社会の表現となったのでありますが、これは同時に小説というジャンルの確立を意味したのであります。ということは、近代小説の成立は、近代社会の形成と切っても切れぬ関係にある、ということであります。思うに詩や劇には、自己の独立した様式がある。これに比し小説ははるかに社会と密着していると考えられます。ともあれ、良識社会をもたぬ近代の作家は、就中小説家は、バルザック以来近代社会という渾沌たる全体に直面して制作することを余儀なくされたのであります。フローベェル、モーパッサン、ゾラなどバルザックにつづく所謂自然主義派の小説家は当時の時代精神であった実証主義と相まって文学を社会の表現という方向へ展開して行ったのであります。ところが十九世紀の末に至って、この傾向に対する反動が起って文学を再び自我の方へ引き戻そうとする動きが見られます。これは社会へ外部へと向っていた作者の眼を内部へ集中させ、そこに未知の豊饒な領土を見出そうとするもので、詩人によってはじめられたこの仕事を小説の世界にもたらそうとしたのがジイドやプルウストであります。自己の中の最悪のものにいたるまで捨てなかった、というジイドは、「文学は告白である」とするルソー的性格を受けついでおります。ジイドはドストエフスキー論をかいて、バルザックとドストエフスキーとを比較しつつ、ドストエフスキーの中にバルザックとは次元を異にする心理的リアリティを見ようとしています。しかしジイドにあってもその自我の探求は、社会に背をむけることによってなされていたのではなかったことは、彼のコミュニズムに対する態度などにもあきらかであります。

これから最後に取り上げようとするロジェ・マルタン・デュ・ガルの『チボー家の人々』は、或る点ではルソー的伝統とバルザック的伝統を調和させようとする試みとも見られるのであります。デュ・ガルはジイドの弟子とも見られる作家であって、彼はジイド的主体性の提出している問題をやや通俗化しつつ、これを広大なバルザック的社会的視野の中に展開しようと試みています。この小説は、第一次大戦前夜のフランス社会を舞台にして、当時の複雑微妙な社会情勢の推移を鮮かに浮彫し、まさに、堂々たるバルザック的ロマンの貫録を示しているのですが、この作品の中心をなす青年群像は、作者の執拗な自己分析と自己批判をへて見出されたもので、作者の告白乃至は自己診断とも見られるのであります。主人公はチボー家の二人の兄弟であって、兄のアントワーヌは若い有望な医者で、人生の根本問題に対しては、懐疑主義の立場をとっているが、個々の実際面ではあくまで合理主義者で、計画的で、堅実で、決断力に富み、自己実現への強い意志を抱いている。自己の仕事を愛し、エネルギッシュで、確固とした自信をもっている。人間への奉仕を好み、良心的ではあるが、根は徹底した個人主義者で、心の底では革命と混乱を憎悪し、多忙で、能率的で、快適な生活を愛している。小説の中で彼について非常につよい印象を残す場面があります。アントワーヌへ女から電話がかかってくる場面で、その女は人妻で、アントワーヌはその夫に会ってから、女と別れようと決心している。彼は電話の相手が女だと分ると、女の声の洩れてくる受話器を卓上においたまま、テーブルからはなれて女があきらめるまで待っている。そういう場面でありますが、ここに見られるアントワーヌの自制力には、作者の体臭のようなものが感じられるのであります。これに反して弟のジャックは夢想的で、激情的で、苛立ちやすく一層不安定である。彼の行動を捕捉することはむつかしい。それは突発的であり、時としては無動機にすら見える。アントワーヌの明快な割り切った態度に比較して彼の方はたえず疑惑と矛盾につきまとわれている。彼には自信がない。彼の中には言いがたい魂の渇きがあってその不可解な衝動によって動いているかのように見える。小説は、少年ジャックの家出からはじまるのだが、この一切をふりすてて逃れたいという欲望は、常に彼の胸底にひそんでいる。それは最も強暴な抑えがたいパッションである。彼は幸福が眼前にあらわれた時、恋人を捨てて理由のない逃亡を決行する。彼はこの逃亡の理由を問われた時、こう答える。「人間一生に一度は自己たろうと決意すべきだ」と。こうしてジャックは自己たらんがために彼が属していた社会の一切から、家庭からも友人からも幸福からも、絶縁しようとするのだ。学校を卒業し、一定の職業について、一生これに縛られる、そういう人生に彼は堪えられなかった。こうして彼は自己たろうとして自己実現の道を自ら拋棄してしまったのだ。否、むしろこう言うべきであったかもしれぬ。彼は自己実現の手段にすぎぬ道を拋棄したのだ、と。実を言えば、彼はこの人生に自己実現以上のものを求めていたのだ。そこが彼とアントワーヌとをへだてているものなのである。してみれば彼の自己たろうとする願いは、自己をこえたものへの自己犠牲の要求でもあったのだ。この矛盾が彼を責めたてる。彼はこの地上で余計者にすぎない自己の空しさを感じている。そしてその空しさから脱しようともがく。戦争の危機が迫る。インターナショナルの反戦活動への参加。恋人との再会。恋愛の再燃。個人の運命と全体の運命が一つの渦巻となって流れる。遂に戦争が勃発する。ジャックの期待はことごとく破れる。再び一人になってジャックは「人類のために何か自分を役立てたい」ために殆ど自殺的と見える行為に突入していく。こうして空しさからの彼の必死の呼びかけもついに無益な死に終るのでありますが、作者はジャックを実に深い愛情をもって描いています。

このジャックとアントワーヌとの性格の対照は、『人間嫌い』のアルセストとフィラント以来の典型的な対立を一層現代化して内面的に掘り下げて表現しています。ただこの小説の特色は、作者がいわば小説というメカニズムの奥深く姿をかくしてしまって、作者個人の見解を作品の中からさぐり出すことが全く不可能なことであります。これがデュ・ガルの小説観でもあるらしく、彼はこの小説観を恐らくジイドの純粋小説の理論から教えられたのではないかと考えます。これがこの作品の長所でもあり、同時に短所でもあって、たとえば、ルソーの『告白録』が一歩毎に自己を主張しているのとは、同じく告白でありながらも非常にちがっているのであります。これが戦後になると、デュ・ガル的な安定が失われてこの対立は、ルソー的な鋭い甲高い叫びを帯びてくるようであります、カミュのかなり最近の作品「顚落」は、順応主義者であった主人公が、突如として徹底的非順応主義者に変貌するのですが、その叫びには一種兇暴なものすら感じられます。私は一昨年の秋来日したガブリエル・マルセルがカミュのノーベル賞受賞の報をきいて「私はカミュを認めない。サルトルには何かがあるが、カミュには何もないではないか」と言った言葉を思い出します。カミュの苦悩もジャックの苦悩と同じように己れの空しさにあるのではないか。マルセルはそれを一言で言いあてたのではないか。だが、この空しさには、何か必死の呼びかけがある。それは何であるか。……

ともあれ、「個と全体」というテーマがフランスの作家意識にどのように深く根を下ろしているかほぼ分っていただけたかと思います。我々もまた日々この対立と矛盾の中に生きているのでありますが、我々が生きているという事実、日々前進しているという事実は、また何らかにおいて、この対立を克服しているということでもあるのであります。ベートウベンの晩年の音楽は、この対立を生きぬいてついにこれに打ち克つことのできた偉大な魂の勝利を語っているように思われます。

V

能と道化

はじめて能を見たのは、十五、六年前のことである。尤もそれよりももう十年余り昔に一度見たことがある。当時宗家をとび出した梅若六郎が各地で能を一般公開していた頃だった。これを大阪の公会堂の二階から覗いたのだが、高校に入ったばかりの私には、何の予備知識もなかった。「熊《ゆ》野《や》」の読み方も知らぬといった具合で、謡本の用意もなかったのだから、文句もさっぱり分らず、呆然と数時間を過ごしたにすぎなかったが、それでも「熊野」のあの不思議な魅力は感じてはいたようである。というのは、それから十年後、偶然次のような即興詩をうたい出した時、私の中には十年前舞台に見た「熊野」のイメージが働いていたことは事実だから。それは「うしぐるま」という題のこんな詩である。

花ちるしたのうしぐるま
やつれしひとの面かげを
仄かにのせてわが曳ける
花ちるしたのうしぐるま
風のさそひにおもふせて
つつむ肌へはあせたれど
まつげをそむる花びらに
なみだの色も映ゆるらん

影しづかなるあゆみにも
花のひかりのうつろへば
かなしき鈴をならしつつ
花ちるしたのうしぐるま
花ちるしたのうしぐるま

まことに古めかしいもので、「くろおぺす」のような雑誌に今更こんなものを載せるのは気がひける。これは、その頃興味をおぼえはじめた古今集を読んでいる途中で、偶然に心に浮んだ戯れの一節にすぎないのだが、私としては、はじめて自己の存在の深部にふれることのできた詩なのである。それまでやってきたことには、まだ何一つ確かなものがなかった。否、本当に確かなもの、たよりになるものがどんなものか知らなかった。そういう私は、この詩ではじめて、自分自身の声を聞きわけることが出来、そこに覗いている内心の告白——それは、私には、何か疑いようのない或るものを明かしているように思われた——に驚かされたのである。

実を言えば、この詩が能を見ようという決心を固めさせたのだった。何しろ十年前のことがあるので、能には内心怖れをなしていたのだ。とは言え、私は例によってその方面の知識を前もって準備しなかった。私にはどうもそれが出来ない。結局十年前と変りないというのが正直な話である。或る時友人に近く能を見に行く積りだと話したことがあった。その友人は「好きな人は能を見て泣くそうだ」と言ったが、私はその折もそんなものかと思っただけで、自分にもそんな経験がありうるとは夢にも期待していなかった。さて、春さきの、雪の少し降った、或る日曜日の朝、鎌倉から水道橋の宝生能楽堂へ出かけた。時間が早かったので、能舞台のある場所には客がちらほら見えるだけだった。その中で静岡から今朝汽車で来たという中年の女性ファンがいて、その熱心さに感心させられたのを覚えている。一番目の能は「巻絹」といった。まず主人が現われて、主君が霊夢をうけて巻絹千疋を熊野権現に奉納することとなった次第をのべ、都から届く筈の巻絹を待っている由を語る。そこへ下人が荷を負うて都から熊野へ下って来る。途中音無の天神に参詣し、たまたま境内に梅の花のあるのを見て

音無しにかつ咲きそむる梅の花匂はざりせばいかでしるべき

という和歌一首を詠んで神前に手向ける。一方主人は下人の到着が遅れたため、命ぜられた期日に絹を奉納できなかったのに腹を立て、その場に下人を縛ってしまう。その時である。遠くの方から《のう、のう》と呼ぶ声がする。それはいかにも遠くの方から、男とも女ともつかぬ、性も齢もさだかならぬ幽溟のはてから聞えてくるかのような寂しい声であった。と、音無の天神の神霊が白い装束に女の面をつけて現われ、縛られている下人のそばに馳けよって、この男は昨日自分のためにやさしい和歌を一首詠んで手向けてくれた、そのおかげで自分は焦熱地獄にあって一滴の露にあったよ

うな思いがしたのに、悲しや男はこうして縄目の恥辱をうけている、人間というものはつれないものよ、《人倫心なし、その縄解き給へ》と言って、下人の胸にすがりついて泣くのである。泣くといっても、手をしずかに面に近づけて心もち首垂れるだけのしぐさであるが、深い悲しみがあふれている。私には、この単純な思想の中にこめられた力とやさしさが分った。そして、このような思想に培われた中世人の心が、現代人の心よりも一層はっきり理解できるように思われた。こうして近いはずの現代が遠くよそよそしいものとなり、遠かった昔が身近に話しかけてきた。これは全く思いがけぬ経験だった。私は眼頭の熱してくるのを覚えた。舞台では罪を許された下人は縄を解かれ、神霊は、これを喜び、和歌の功徳を讃えて、神遊びの舞いを舞っていた。こうして能は終ったが、その時の感動から能という新しい世界が私の前にひらけたのである。

それから三年ほどの間、よく能を見に出かけた。勿論私のことだから、結局自分勝手な見方をしていたにすぎないが、その間、能を古いと感じたことは一度もなかったように思う。能の思想の中には、今から見てかえって非常に新しいと感じさせるものが必ずあった。それは能が人生というものを大摑みに見せてくれるということからくるのかも知れない。現代の日本の文学が微視的とすれば、これはまさに巨視的である、とも言えるだろう。新しさはそういうところにあるのかも知れない。中世にあっては、先ず普遍的原理が存在し、個々のものはそれに従属せしめられていた。これに対し、近世はそのような原理を否定して、個々のものから出発しようとする。ここに二つの態度が分れてくる。巨視的とか微視的とか聞きなれぬ言葉を使ったが、実はこれは同人の石渡君の文章から便宜上借用したもので、別に深い意味はない。たとえば、芭蕉なども大摑みで、巨視的である。有名な《荒海や……》や、最上川の句にしても、大きな自然を一摑みにしている感じで、細部の観察など何一つないにも拘らず、凝縮された厚み、深みをもっている。これが芭蕉の新しさでもある。

またよく演ぜられる能で、「卒都婆小町」というのがある。小町物の一つで、ここでは小町は、これ以上衰えようのないほど衰えきった乞食の老婆となって現われる。彼女が路傍の卒都婆の上に腰を下ろして休んでいたことから、通りがかりの僧にとがめられ、二人の間に問答がかわされ、やがて小町の身の上話になる。昔色々な男に恋されたこと、彼らにつれなかったこと、わけても自分の言葉を信じて九十九夜通いつづけた揚句、こがれ死んだ男のことを語るうちに、突然この朽木のような老婆の中に情念の炎が燃え上がる、思わず女は狂いつつ、《小町がもとへ通おうのう》と戯れ、よろめく足で立って舞う、が、それも束の間のことで、やがてもとの老婆にかえって、しずかにその場を立ち去って行く。

同じエピソードを男の側から取り扱った「通小町」では、深草の少将の亡霊があらわれて、九十九夜女のもとへ通った折のことを物語るのであるが、《扨その姿は、笠に蓑……》のくだりで、蓬々と髪をふりみだした白装束の少将の亡霊が、笠と蓑をつけて、間遠なつづみの音が断続する間、ゆっくりと舞台を一めぐりする。ただそれだけのことで、一種凄惨な気配がただよい、女の言うがままに、車にも乗らず、馬もすてて、雨の中をとぼとぼとたどる男の、《身一つにふる雨は泪か、あら暗《クラ》の夜や》というような恋の苦しさをよく出していた。

いずれもまことに単純で、どこまでも大摑みである。しかし大摑みであるということは、大雑把ということではない。そこには深刻な恋愛体験のにおいがする。私はむしろ、芭蕉の「虚にゐて実を行ふ」という言葉を思いうかべる。これを現代文学の恋愛心理の紆余曲折と比較すれば、私の考えている能の新しさも分って貰えるかと思う。

私は今この文章を書きながら、主として余り能を見ていない人を念頭においているのだが、その人達に能について何かを伝えられたかどうか甚だ疑問に思っている。能の魅力というものは思うほど単純ではないようだ。私はもう十年以上も能を見ていないが、いま特にどんなものが見たいかと聞かれたら、「遊行柳」などの名をあげるだろう。これは劇的な要素には乏しいが、いまの自分が一番惹かれているのは、この種類のものだ。物語は西行の有名な和歌

道のへに清水ながるる柳蔭しばしとてこそ立ちどまりつれ

にちなんだもので、かつて古歌にゆかりの名木として知られていた柳が、いまは世人から全く忘れられ、見るかげもない朽木となっているさまを哀れと思って、旅の僧が経をあげてやる。すると柳の霊があらわれて、僧の厚い情に深く謝し、経の有難さを説き、柳に関するさまざまな故事を物語る。それだけの能だが、これを見たときは、何か非常な純粋な感動をうけたことを覚えている。このような単純な物語から深い感動を生み出すのが能の特色の一つであるが、この感動は、映画のよ

うに外から感覚をつよく揺り動かすという風なものではない。むしろ、ひそかに我々の中に育つと言った方がよいかも知れない。だから、それは永続的である。能は他の劇芸術に比して、感覚に訴える要素が少い。面も衣裳もつけずに演ずる時さえある。歌舞伎になると、写実主義的要求がつよくなって、雪が降るといえば、舞台に雪を降らし、雨といえば、雨の情緒を醸し出す工夫をする。ところが能は花が散ろうが、月がさそうが、舞台には花も月も見えない。目に見えるものは、見えないものを見るための手段にすぎず、最少限度にとどめられる。能面のうごき一つで、喜びも悲しみも現わすし、「松風」の月光も、「羽衣」の空の美しさも、その面上に映し出すのだ。だからこそ、月の光も散る花も空の美しさも宛も我々が自分自身の中に見出したかのように、我々を動かすのだ。

能の世界は動と静から成り立っている。しかも静は動の上に置かれている。動は静から生れ、又静にかえる。もろもろの情念もすべて終るのである。終りがなければならないという思想は、能の世界の根底をなしている。能の舞台には幕がない。幕とは何か。幕は開始と終結をあらわしているように考えられるが、実際は幕が上ったときには、何かがすでに始まっていたことが暗示され、幕が下りるときは、幕のかげに何かが未だ継続しているという感じが残る。これが幕のもつ余情であって、幕は始めもなく終りもなくつづいている流れの中の一部分を区切る役をするものなのだ。だから能に幕がないということには深い意味がある。私は、能がすんだ後で、役者が扮装のまま、場内のざわめきをよそに、しずしず舞台を去るのを見るのが好きだ。いかにも終ったという感じがする。もしこれが歌舞伎だったら幻滅をおぼえるにちがいない。歌舞伎では、助六はいつまでも助六でいなければならない。幕はそういう助六というイリュウジョンを守っている。幕が下りても──いや、実は幕が下りたから──我々は、助六がまだどこかに生きていると感じる。そして、この幕が生み出すイリュウジョンを皆が信じるところに歌舞伎というものが成り立っているのだ。能の魅力はそのようなイリュウジョンにあるのではない。能にとっては、小町も少将も一つの仮面にすぎない。仮面をつければ、小町はいつでも我々の前に現前する。仮面をとれば、もはや小町はどこにもいない。この現前者、我々の願に応じて現前し、又消え去る者は何であるか。能の生命をなすものは、これである。これもイリュウジョンと呼べば呼べるであろう。が、何かちがったものがある。

能の世界を考える時、私はバルザックの「人間喜劇」を連想する。バルザックは一切の根源に一つの普遍的意志を信じていた。それは、本来善悪美醜に染まぬ純粋な意志であるが、これが個々の環境を通じて人間の情熱と行為となって顕現する時、善となり悪となり美となり醜となる。バルザックの詩的直観は、この根源と合一し、そこから下降して、人間の個々の情熱を、最も偉大なものから最も卑少なものの最も隠微なものに至るまで遍歴しつつ、再び上昇し、一切の活動性の中に無償の意志の戯れを見出すことにあったのではなかったか。私は能の中にもこれに似た思想があるように思うのである。能の世界を見つめていると、そのような或る普遍的で純粋な力が見えて来る。

能には、狂うという思想がある。狂女物というジャンルがあるが、狂うのは女だけではない。男も女も狂う。恋に狂い、恩愛に狂い、いくさに狂い、詩にも狂う。「三井寺」の中には、わが子を尋ねて狂う母が、詩に狂って月夜に鐘を打ち鳴らしたという大陸の詩人の故事を引いて、自分が恩愛に狂うのも、詩人が詩に狂うのも同じ心ではないかと言いつつ、寺の鐘を打つエピソードがある。また、「景清」という能がある。盲目の流人が都から訪ねてきた娘に、昔の合戦を物語りつつ、ただ一騎敵将を逐うて今にもこれを討ちとめようとして逸する刹那に至ると、忽ち物に狂い殺気を帯びるが、それもただ一瞬のことである。彼はすでにこの世を捨てた人である。彼の中なる力は、もはや地上の目的のためのものではない。それは地上になすところのない、地上のものから浄化せられた、無償の力である。このような力にふれられた時、人は狂う。狂うしかないのである。それは、盲目な力ではない。が、悟りではない。それは本来魂の深い飢渇に発するものであり、天と人との媒介者である。人は狂い、煩悩の底に沈められるが、又この力にみちびかれて、煩悩を脱して悟りに近づくのである。東洋には狂者を畏敬する思想がある。狂者はこの根源的な力にふれられているのだと考えられたからであろう。

ここで暫く道化という問題について考えて見たい。さきに私は、小林秀雄のことを書いていた時、彼のドストエフスキー研究に入る前に、道化論を書きたいと考えていた。が結局、このテーマは手に負えなかったので、ヘンリー・ミラーの文章を引用するにとどめておいた。それは「梯子の下の微笑」という中篇から引かれたもので、この小説は一般に想像されているミラーのものとは全く趣を異にした宗教的な敬虔な感情に満たされた作品で、そのエピローグが彼の道化論になっている。独創的な美しい文章で、これをよんで、私は道化という思想に非常に興味をおぼえたのである。というのは、小林が『パンセ』の発想法という言葉で考えているものに、これが関連をもっているように思われたからである。小林はパスカルをドストエフスキーと同質の人、共に「呻きながら求める人」であると見ている。従ってパスカルの発想法とは、すなわちドストエフスキーの発想に外ならないのである。小林がドストエフスキーの作品研究の中で三度繰返して引用している文章がある。それは流刑以前の青年時代の手紙で、「私には計画が一つある、発狂すること」という有名な文句のあるもので、小林はこれを「『罪と罰』について」「カラマゾフの兄弟」「地下室の手記」の中で引用し、ここに全ドストエフスキーが要約されていると断じている。かなり長いものであるが、この機会に全文を載せて見たい。

> 確かに僕は怠け者だ、非常に怠け者です。しかし、人生に対して、ひどく怠けた態度をとる他に、どうも僕には道がないとすれば、どうしたらよいか。幾時になったら、この僕の暗い心持がなくなるか見当がつきません。思うに、こういう心の状態は、人間だけに振り向けられたものだ。天上のものと地上のものとが混り合って、人間の魂の雰囲気が出来上っている。人間とは、何と不自然に創られた子供だろう。精神界の法則というものが、目茶苦茶になっているからです。この世は、罪深い思想によって損われた天上の魂達の煉獄の様に、僕には思われま

す。この世は、途轍もない或る否定的なものと化し、高貴なもの、美しいもの、清らかなもの悉くが一つの当てこすりとなって了った様な気がします。ところで、こういう絵のなかに、一人の人間、絵全体の内容にも形式にも与らぬ、一と口に言えば、全くの異邦人が現れたとしたら、どういう事になるでしょう。絵は台無しになり、無くなって了うでしょう。だが、全世界が、その下で呻いているお粗末な外皮は見えているのだし、この覆いを破り、永遠と一体となるには、意志を振い起せばよいとは解っている。解っていて、凡そ生物のうちで一番やくざ者の為体で、こうしているのだ。これは堪らぬ事です。人間とはなんと意気地のないものか。ハムレット、ハムレット。彼の荒々しい、嵐の様な話を思うと、足腰立たぬ全世界の嘆きが聞えて来る様で、もう僕の胸は、悲しげな不平にも非難にも騒がぬ。僕の心はいよいよ苦しくなり、僕は知らぬ振りをする。でないと心が毀れてしまいそうです。パスカルは言った。哲学に反抗するものは自身が哲学者だ、と。傷ましい考え方です。——僕には新しい計画が一つあります。発狂する事です。いずれ人間どもは、気が変になってみたり、正気に返ってみたりする。それで構わぬ。貴方が、ホフマンを皆読んだのなら、アルバンという人間を憶えているでしょう。あれをどう思いますか。自分の力の裡に、或る不可解なものを持ち、これをどう扱っていいか知らず、神という玩具と戯れている男、そういう人間に眼を据えているのは恐しい事です。

そして小林は、この引用の後に、「これは殆んど全くパスカルのパンセの発想法ではないだろうか」と附け加えている。だが彼は、引用した文章については、殆ど解説の言葉を述べていないのである。恐らくそこに、解説などというものの入り込む余地のないほどの、一糸まとわぬドストエフスキーの精神を見ているのであろう。したがって、この文章から小林が読み取っているものを把握するには、我々もまたドストエフスキー自身からじかに聞きとる外はないのだが、ここで私は、ミラーの道化論中の一節「我々は永遠に外側にいる」という言葉を思いうかべる。私には、手紙の中で十七歳のドストエフスキーが、ハムレットの名を呼びながら、あげている「嵐の様な荒々しい」叫びの生れてくる場所を、ミラーの一句が暗示しているように思われる。そして又同時に、この「永遠に外側にある」という思想は、道化の発生する場所でもあるのだ。ミラーはこんな風に言っている。我々は皆存在したいと願っているのだが、我々は決して存在しなかった、我々は常に存在しようとする過程にすぎない、だから「我々は永遠に外側にあるのだ」と。我々は外側にあるべく運命づけられているのだから、人生の謎は解かれることがなく、解いてはならぬものなのだから、我々は智者となって謎を解こうとするよりも、道化となって謎を生きようではないか。生命の間断なき流れと共に音楽のようにどこまでも流れて行こうではないか。ミラーはこのように言おうとしているのではないか。これがまた狂うということの意味でもある。

西行や芭蕉もまたそのように人生を観じ、そのように狂いつつ、どこまでも流れて行こうとしたのではないか。彼らもまた怠けているより外に生きようがなかった。彼らはそこに自己の運命を感じていた。彼らもまた自己の力の中に「どう扱ってよいか分らぬ、不可解なもの」を感じ、この力の前に、現世の諸価値が見る見る崩れ去り、地上が、「途徹もない否定的なもの」と化すのを見たのであろう。その時、彼らは自己の中に「この絵の内容にも形式にもあずからぬ一人の異邦人」が、言いかえれば一人の道化が生れてくるのを感じたであろう。この時、彼らもまた自分の新しい計画は、狂うことであると告げたであろう。すなわち、道化となって謎のもつれの中に止まること、永久にみたされぬ魂の渇きに、霊の乞食たること、に止まること、この渇きをば、何らかの知識や解決と代えることなく、地上の煉獄をへて、どこまでも浄化して行くこと、である。かくして道化という、世に無用な存在を通じて、生は己れを顕現し、道化は生の最も純粋な表現となる。

私はさきに「小林秀雄論」の中で、小林が「『罪と罰』について」でとった方法は、分析をすてて人物と共にどこまでも流れて行くことであったと書いたが、これは充分ではない。我々は流れをこえなければならぬ。真のドン・キホーテが、彼の犯すかずかずの愚行の中にいないように、ラスコーリニコフは、彼の殺人やそれにつづく七転八倒の苦しみを通じて我々に与えられるのだが、しかし個々の経験や出来事の集合がラスコーリニコフを作り出すのではない。真のラスコーリニコフは彼の流した血もおよばぬところにいる。小林の眼はそういうところに注がれているのだ。彼があれほどラスコーリニコフに惹かれたのも、そこに言いあらわし難い純潔さを見たからである。可視のものをこえて不可視なものを見つめ、不可視の光で可視の世界を照し出すこと、小林の方法とはそういうものであったのである。小林はドストエフスキーの人物全体に共通する純潔で健康な魅力について語っている。これらすべての人物ははげしく懐疑し、絶望するが、そこには或る純潔な生命力が現われていて、いわゆる懐疑とか絶望とかにともなう不健康なものが感じられない。それはあたかも「懐疑がほしいから懐疑するのだ、絶望がほしいから絶望するのだと言わぬばかりの、荒々しい健康な力」なのだ。彼がパスカルの中に見、何よりも惹きつけられていたものも、パスカルの中に感じられる、この荒々しい健康な力であった。彼は『パンセ』の懐疑についてこう言う。『パンセ』はたしかに懐疑の書である。がパスカルの懐疑とは、信じようとしても信じられない、解決を求めたが得られなかった、というような弱さから来るものではない。ありあまる力が解決などという安易なものを乗り超えてしまったのだ。こういう人は懐疑を深くほり下げ、懐疑を純化するのだ、と。そして小林が、先に私が引用したドストエフスキーの手紙の中に見ているものも、この健康で荒々しい無垢な力の戯れであったと思われる。小林が「パンセの発想法」とよんだ意味も恐らくここにあったのである。

好色と花

——エロスと様式

私はかねてから古今集について何か書いてみたいと考えていた。非常に漠然とした考えではあったが、「くろおぺす」に小林秀雄論を書く以前からの計画であるといえば、相当に古いものである。が、実は専門でもなく、不勉強な私には手のつけようもないままに計画だけで放置されていたのである。大体今頃古今集について語ろうとするものは専門家以外にはめったにあるまい。だがある点から見れば——こういう見方が一般に認められるかどうかわからぬが——古今集の成立は日本文学史に於ける最も重要な出来事ではないかというのが私がひそかに考えているところなのである。古今集に於てはじめて日本人の美意識の普遍的様式、一口にいって日本的形式ともいうべきものが確立された。和歌の上では万葉調に対して古今調というふうに言われているが、これは何々調などと言われるものではない。人間と自然と表現（ことば）との間に、普遍的な親密な調和が形成されたことを意味する。それは世界の様式化であり、有情化である。古今集の序文に〈生きとし生けるもののいづれか歌をよまざるべき〉とか〈歌は力を用ひずしてあめつちをも動かし〉とかいってあるのも同じ心であろう。この形式はそれ自体としては抽象的な空虚なものであるが、自在にさまざまなものの形をとることができ、古今集そのものもこの形式の無限に多様な適用とも見られ、作品全体があたかも一人の作者の手になったかのような印象さえ与えるのである。ポール・ヴァレリイは古今集の仏訳への序文の中で「ここに様式がある。」と書いたそうだが、これも同じ事柄にふれているのであろうと思われる。しかしこの様式は万葉集から漸次に発展して来たというものではない。私の考えている様式という点から見れば、古今集も新古今集も同じ一つの様式であるが、万葉集と古今集の間にははっきりとした断絶がある。大伴家持と在原業平とでは根本的に違う。古今的様式がどうして発生したかは大きな謎であるが、ともかくそれは万葉集とは別個のところから突然に現われ、そして現われた時は既に完成していたのである。

ところで、これも私の勝手な独断に過ぎないのだが、一度確立されたこの様式は、長い歴史を通じて古代から中世へ、中世から近世へと継承されたのである。勿論公家の文化と東国武士の精神とは全く異質である。又古代と中世の間には大きな社会的変動があって、王朝人の思い及ばなかったような人間体験の領域が開拓されたことは事実である。それにも拘らず、古今集の伝統的様式は、中世の社会にうけつがれた。たとえばヨーロッパの中世を通じてラテン文化がうけつがれて来たように。中世社会でも古今集は歌道の権威であったし中世の「幽玄」とか「花」とか「侘び」とかいう思想もその源は古今的伝統につながっているのである。この事情は近世に入っても変らない。ここでは俳句という新しい文学形式が生れたが、この新文学も古今集の伝統の外に立ったのではない。芭蕉自身も何を古典として学ぶべきかという問いに対して「古今集に学べ」と答えている。芭蕉は季節感を日本人の生活のすみずみにまでとり入れることに成功したが、それも古今集で形式的に完成された季節感を一層ひろげ、深めていったのであって、その世界の外へ出たのではない。古今集の世界の外に出るということは当時の人には不可能なことであった。芭蕉にとっても、古今的な季節感から万葉的な季節感へ逆もどりすることはとうてい考えられぬことであっただろう。

古今集以来の伝統的様式が崩壊したのは、明治に入って西欧の文化が移入されたときである。それまでの日本人は現在我々が経験している様式の喪失というような苦しみは経験していなかったと思う。彼等にあっては表現するものと表現されるものとの間には調和が保たれていた。彼等は表現したいと思うことを表現できたのである。これを古典主義と呼ぶならば、私が古今集の成立の中に見ているものはそのような古典主義である。そしてこの古典主義を崩したものは、明治以来の写実主義の思想である。西欧の文学はまず我々を写実ということで驚かしたのである。二葉亭の「あひびき」の翻訳がもたらした感動も、その精妙な描写が生みだす新鮮な現実感によるものであった。これは文学ばかりではなかった。ずっと以前のある座談会で――それは武者小路とか志賀直哉など主として白樺派の人達の集った座談会であったが――油絵の特色は一口で言うと何だろうかということが話題になったとき、「それは写実の味だ」というのが座談会の人達の一致した意見であったのを覚えている。新しい文学を目指すものはまず写実を求めた。そのためには古い形式を破らなければならない。文学と人生とを距てているものは古い形式であり、これを壊していくことが文学を人生にじかに触れさせるのだ、という風に考えられた。和歌俳句の世界でも子規が写生を唱えて古今集は退けられて万葉集の直接性と実感が尊ばれるようになった。

ところが形式をこわして写実をおし進めていくことが、西欧文学に近付いていくことにはならないことが気付かれてきた。それはとりもなおさず、写実として受取ってきた西欧文学を、様式として把握しなおさねばならなくなってきた、ということである。芸術は写実ではない。フォルムである。この写実主義に対する批判はヨーロッパでも最近盛んに行われている。様式の喪失ということは我国ばかりのことではない。新しいフォルムの創造が強く要望されている。古今集の時代もそういう様式への意欲の盛んな時代であった。その点では現代とも共通したものを持っているように思われる。

しかし、古今集について様式の問題を具体的に分析するということは、これは非常に困難であって、はじめに言ったように私には手のつけようがなかったのである。ところが三年ほど前、偶然、ドニ・ド・ルウジュモンの『恋愛と西洋』という書物を読んだ。この書はヨーロッパ人の恋愛観の根源を探ろうとしたもので、「くろおぺす」にかなりくわしい紹介をしたことがある。私は著者の独創的な分析に非常な感銘を受けたが、一方この見方を日本文学に適用すれば、私がこれまで古今集について考えていた問題に直接にではないが間接的に触れさせてくれるのではないかと思われた。今一度ルウジュモンの思想を要約してみると、彼はまず西欧の文学に何故姦通文学が多いかという点からはじめてヨーロッパ人の恋愛観には、結婚と根本的に相容れないものがあるという点を指摘し、これを情熱愛（アムール＝パッション）と呼んで結婚愛と対照させる。彼によると、情熱愛は歴史のある時期に、ある条件の下に発生したものであって、その時期を彼は十二、三世紀と見る。そして当時ヨーロッパ全体にひろまっていたトリスタン＝イズー物語は情熱愛の原型を示している。ルウジュモンは、物語の主人公がこの世で許されぬ愛のために、結びつこうとしては引き離され、引き離されては結びつこうとする動きを念入りに分析し、その動きの背後に一種の ascétisme（禁欲主義）とも言うべきものがある、恋人たちは妨害に対しては勇敢に闘うがそれがとり除かれそうになると今度は自分から妨害を作り出す、そこに自分で自分の愛の実現を避けようとする隠れた意志のあることを認めるのである。この禁欲主義の実体は何か。そこで彼はもう一歩さかのぼって、情熱愛の源泉をなすアムール・クルトワをとり上げる。これは十二世紀頃のフランスの南部で吟遊詩人達によって歌われたもので、意味は「雅びの愛」であるが、中世の神秘的な愛を指す。この愛では恋する騎士は意中の女性の面影を胸に秘めて生涯純潔な思慕と絶対的な忠誠を捧げることが許されるのみであってそれ以上を求めてはならない。従ってその歌はいつも満たされぬ恋のなげきという形をとる。この愛を結婚愛とくらべると結婚愛が自然の愛であって、自然な欲望の充足による心身の安定の内に豊かな稔りを約束された幸福な愛であるのに対して、情熱愛は充足されない、又充足されてはならぬ、久遠の渇きの中にとどまろうとする愛であり、地上にあっては本来的に不幸な愛である。このような純潔の要求は自然から来るものではない。それは自然に背くところの要求であり、エロスである。エロスとは神的本質より出た魂が肉体の牢獄を脱出して天上なる故郷に帰ろうとする動きであり、それは充足よりも浄化を、幸福よりも救済を願うものであり、窮極的には彼らにとって魂の解放である死に向う。

ルウジュモンのこのような情熱愛の解釈に興味を覚えた私は、これに相当するものを日本の歴史に求めるとすればどうなるかと考えてみた。その時王朝時代の好色という考えが浮かんだのである。情熱愛は歴史のある時期に発生し、一度発生するとそれがヨーロッパ人の恋愛観を形成し、ヨーロッパ的な抒情の形式を決定してしまった。そのように「好色」も又王朝時代にはじめて発生したものである。万葉集には好色という観念はいまだ現われていない。万葉集に歌われている恋愛は王朝期の好色とは根本的に質を異にしている。しかも、この好色は古今的様式の発生とも切り離すことができないもので、これも又一度歴史に現われると、その後の日本人の感情生活を決定してしまうことになったのである。日本文学の伝統は好色文学と戦記文学の二大潮流に大別することができると言っても過言ではない。そしてこの二つのもの、戦争と好色は、ルウジュモンが戦争とパッションとについて指摘しているように、互に密接な関係をもつのである。平家物語が歴史を通じて国民大衆の中で博してきた成功はこの作品が戦争と好色との二つの要素を巧みに配合してあることによるのであろう。源氏物語と平家物語の二つが古典中で最も日本人に親しまれている代表的作品となっているのも意味深いことである。

王朝時代の好色は、西欧のアムール・クルトワ（雅びの愛）のように純潔を要求してはいないが万葉集に見られる恋愛と比較するとき、アムール・クルトワと夫婦愛との間に見られたような対照を見出すことができる。

まず万葉集の「妹」と古今集の「きみ」或は「ひと」とを比較してみよう。この万葉歌人が自己の愛する女性を呼ぶために用いた「妹」という言葉は実に美しい。この「妹」の一語の中には万葉集の全感動が込められているかのように感じられる。なかでも人麿の「妹」は特に美しいものである。この歌人ほど「妹」という言葉に真率な深い感情を込めたものはいない。というのも人麿が万葉歌人中でも最も身体的な歌人であって、彼の手にかかると「妹」という言葉は常に充実した身体感をあらわすことになるからである。次に挙げる長歌は人麿の作品の中ではむしろ暗示的なぼかした手法を用いたものであるが、彼本来の身体的充実感を味わうことができる。

秋山の　したへる妹　なよたけの　とをよる子らは　いかさまに　思ひをれか　たくなはの　長き命を　露こそば　あしたに置きて　夕べには　消ゆといへ　霧こそば　夕べに立ちて　あしたには　失すといへ　あづさゆみ　音聞く吾も　おぼに見し　ことくやしきを　しきたへの　手枕まきて　剣刀《つるぎたち》　身に副へ寝けむ　若草の　その夫《つま》の子は　さぶしみか　思ひて寝らむ　悔しみか　思ひ恋ふらむ　時ならず　過ぎにし子らが　朝露のごと　夕霧のごと

これは若くして世を去った人妻の死を悼んだ歌である。夫婦はまだ若かったのである。二人は「たくづぬの長き命」を約束されていたのである。そこへ、突如として死が襲いかかり一瞬の内に若い命を奪い去ったのである。その夢のような感じを歌に托しているのであるが、「秋山のもみじのように匂うばかりの妹」とか、「すくすくと伸びた若竹のようにしなやかな妹」とか或は「しきたへの　手枕まきて　剣刀　身に副へ寝けむ　若草のその夫の子は　さぶしみか……」などの句は人麿一流の切実な身体感で若い無垢な命と暗黒な死との対照を強調している。だが人麿の「妹」の身体感はそういう形容の句を必ずしも必要としていない。例えば、

さゝの葉はみ山もさやにさやげども吾は妹思ふ別れきぬれば

のような歌にあっては「妹」は形容の句を伴わないけれども、さびしい山道を一人旅していく実感がすぐさま旅人の心に描く「妹」の身体感に結びついている。このように万葉集の「妹」は常に身体的な対象を思い起させるのである。これに対して古今集が妹の代りに用いている「君」とか「わが思ふ人」とか「恋しき人」とかには、「妹」に見られるような身体感乃至個別感を欠いている。例えば業平の有名な歌、

名にし負はばいざこと問はむ都鳥わが思ふ人はありやなしやと

を、先述の人麿の旅の句と比較してみると身体感の欠如が一層はっきりするであろう。業平の歌では「わが思ふ人」が妻であるのか友であるのか或は他の関係にある人であるのかはっきりしていない。「きみ」とか「ひと」とかいう言葉はむしろそのような非限定的な対象を指しているのである。

君がため春の野に出で若菜つむわが衣手に雪は降りつゝ

これは仁和の帝が臣下に賜った和歌であるが恋歌と呼んでもよいようなやさしい情感にあふれて

いる。事実これを恋の歌と呼んでもよいのである。従って「きみ」ということばは「妹」のように個別的に限定された対象を指すよりも、恋人でも臣下でも友人でも親子でもよいいずれの形でも取り得るような、そしてそれ自体としては限定されない、普遍的な形式であるといった方がよいのである。古今集が万葉集の「妹」ということばを排したということはそれの持つ身体性個別性を嫌ったからである。このことは古今集の形式的な対象が情感を欠くというのではない。だが古今集のやさしさは対象の現実感からは来ない。むしろ形式性から出てくるのである。万葉の「妹」が人を具体的な個別的な関係の中にひきとめるのに対して古今集は人を現実的な関係から純形式的な関係へと解き放つのである。

万葉集には挽歌や羈旅の歌が多い。そこでは愛する男女はひき離された状態に置かれている。「恋ふ」とか「恋し」とかいう心理はそういう状態がなければ発生しない。しかし万葉の恋は、プラトンの『饗宴』の中のアリストファネスのエロス観のように本来一つの身体を為していたものが二つにひきさかれたため、もとの一つの状態に戻ろうとする衝動をあらわしている。従ってそれは対象の生々とした身体感覚を持っていて窮極に於ては、

夕されば小倉の山に鳴く鹿の今宵は鳴かず寝ねにけらしも

の充足と合一の中に最高の表現を見出すのである。これに反して古今集の恋の嘆きには、そのよう

な合一への衝動力が欠けている。

郭公なくやさ月のあやめぐさあやめも知らぬ恋をするかな
よひのまもはかなく見ゆる夏虫にまどひまされる恋もするかな

ここでは現実的な対象感覚が呆やけてしまって、いつもいつも同じ恋の嘆きが単調にくりかえされ、一種のナルシシスムが生れる。古今集に於ける恋とは万葉のように現実的対象への合一衝動ではなくて、「あやめもわかぬ恋」とか「まどひまされる恋」とかいうことばで暗示されているようなまどいの状態、永久化した不充足の状態であって、それは無対象的無限憧憬ともいうべきものである。

古今集には「花」という思想が現われている。これも万葉集には見られぬものである。万葉集にも花の歌は多く見られるが古今集の「花」は具体的な現実の花ではない。それは、現実ではなく現実の上に咲き出ているもの、現実としては存在しえないもの、非現実性の象徴である。それは常にいざないであり、常に魅惑であるが、これを現実に所有することによって渇きをいやすことはできないのである。いざないの後に残るものは、いつも「飽かぬ嘆き」である。

花に飽かぬ嘆きはいつもせしかどもけふのこよひに似る時はなし

プラトンは、エロスについて、はじめは一個の美を愛し、次に数個の美を愛し、それから多数の美へと進んでいき、やがてあらゆる美が一つであることを知って個々のものから解放され、それらの美の原型である美そのもの、美のイデアにのみ憧れるようになる、と語っている。「花」に憧れる心は、あらゆる花にひかれる心、あらゆる花を見尽したいと願う心であり、片時もじっとしておれぬ落着かぬ心である。

世の中に絶えて桜のなかりせば春の心はのどけからまし

が、同時に又それは非現実性の「空」の、イデアの体験である。

いくとせの春に心はつくしきぬあはれと思へみよしのの花

この「花」にこがれる心は、すなわち好色の心でもある。好色の対象とする女性は色であり香であるところのもの、「花」である。それは多様性のいざないであると同時に究極的な「一」の体験である。

ジュリアン・グリーンというカトリック作家は、その日記の中で、「好色漢とは、同じものを飽きることなく求め続ける人間である。そういう点では聖者と一味通じるところがある。今私が書きたいと思っている人物は聖者と好色漢だけだ。」と書いている。グリーンの言おうとするところは、飽きっぽい人間や移り気な人間は凡庸な人間である。非凡な人間は飽きない。飽きないということにはミスティックなものにつながるものを持っているというのであろう。グリーンがバルザックのことを思い浮べていたかどうかはわからぬが、「絶対の探求」の作者にあてはめて見るとグリーンの思想は一層よくわかる。バルザックの人物は作者からこの「飽きない」という非凡性とミスティックの刻印を受けている。業平という歌人にも何かこのミスティックなものを感じさせるものがある。彼は人麿や西行や芭蕉に比較してもよいような歌人ではないかと思うのだが「飽かなくに」というのが彼の根本的なモチーフである。「飽かぬ嘆き」は彼に於ては特に痛切である。

月やあらぬ春や昔の春ならぬわが身ひとつはもとの身にして

突然行方の知れなくなった女のもとの住居を一年後に訪ねて昔をしのんで一夜を過した時の歌である。……月はないのではない、月はあのように去年と変らず輝いている。春はこのように今盛りである。だがこの月、この春は、去年愛する人と共に見たその月、その春ではない。去年の月、去年の春はどこへいってしまったのか、それは永久に過ぎ去ってどこにもない。只自分だけがそのどこにもない月どこにもない春を忘れることができないで、もうどこを探してもないもののことを嘆き続けている。この業平の歌う Nevermore の歌の調べには、何か彼の苦い心の内がのぞいているような気がする。

好色の本質が女から女へ移っていくことではなく一つのものを求め続けることであるとすれば、「伊勢物語」のような作品ばかりではなくて「竹取物語」のように多数の男が一人の女性を求めるのも或る意味では好色文学と見ることができるのである。「伊勢」と「竹取」とは表裏一体を為すと見てもよい。「竹取物語」にあっては好色の対象が地上の人間には所有できない天上のものであり、イデアであって、その愛が地上では充足されることのない不可能への憧れであるということが一層明らかである。従って万葉の恋の究極の姿が〈夕されば小倉の山に鳴く鹿の今宵は鳴かず寝ねにけらしも〉の深い充足と平和にあるのに対して、好色は小野小町と深草少将との恋の伝説、百夜通えば思いをかなえてやると言われて九十九夜通い続けてついに焦がれ死んだという深草少将の逸話の中にそのあわれの極致を見出すことができる。

この深草少将のエピソードに見られる、「叶えられぬ恋」のあわれは、先に引用した業平の歌の「見果てぬ夢」のあわれと同じものなのである。プラトンは所有し得ない幸福への願望と所有しているものを永久に所有していたいという願望とは同じものであると言っているが、「叶えられぬ恋」も「見果てぬ夢」も、一方は所有し得ないものへの憧れ、他方は所有したかと見るまに失ってしまったものへの憧れであり、共に不可能への憧れであることには変りがないのである。和泉式部が亡夫資盛への絶ち難い恋を歌と文に托したその日記は、深草少将の恋と共に好色の、究極に於ては同じものであるところの、今一つの姿を示している。源氏物語が上巻を紫の上を失った源氏の限りない悲嘆と思慕をもって巻を閉じ、下巻を男に逢うことを肯んじないであくまで拒み続ける浮舟をどこまでもあきらめず執拗に女に近づこうと心を砕く薫の君の無限の恋情で筆をおいているということは、好色の極まるところの姿をこの二つの恋の中に見出したからであろう。

ここに愛と死の主題が現われる。源氏物語はその発端から既に死が大きな役割を演じるのである。万葉にも挽歌が多く記載されて、死という事実が万葉人の心を強くとらえていたことを物語っている。だが王朝文学に描かれている死と万葉人の死との間には重大な相違があって、この死に対する態度の相違は、万葉と古今との間の断絶の裂け目を覗かせてくれるのである。万葉にあっては生と死は互に異質であって死は常に生の外部から突然生を襲うのである。生は生である限りに於て死を受け入れることができない。万葉人にとっては死とは全く人間の理解を超えたものである。人麿の数々の挽歌は慟哭の強さと高さに於て比類を見ないが、その感動の力は死を全く理解しないところから来る。死を理解しないということが彼の敬虔さなのである。先に引用した長歌では〈朝露のごと　夕霧のごと〉と死を比喩的な暗示のベールで包んでいるが、これは死を美化しようとするようなロマンチックな意図から来るものではない。むしろ死というものの理解し難い奇怪な相貌を敬虔な畏怖をもって和らげようとしているのである。〈いかさまに　念ひをれか〉というような一種稚拙な表現も不可解なものに対する子供の素朴な疑問と驚きを思わせる。次に引用する長歌では路傍の屍が歌われているが、死者の亡骸は彼等にとっては神聖なものであったと思われる。それは個人の美醜を超えたものであった。ここでも人麿は死者の面から死の赤裸々な形相を古代人の拙い手つきで恭々しく蔽い隠してやるのである。

……荒磯《ありそ》もに　いほりて見れば　浪《なみ》の音《と》の　しげき浜辺を　しきたへの　枕になして　荒床に
ころ伏すきみが　家知らば　行きても告げむ　妻知らば　来ても問はましを　たまほこの　道
だに知らず　おぼぼしく　待ちか恋ふらむ　愛《は》しき妻らは
妻もあらば採《つ》みてたげましさみの山野の上《へ》のうはぎ過ぎにけらずや

反歌は屍をあたりの野に咲くうはぎの花にたとえているのである。屍を抱き上げて、その妻にも知られず久しい間打ち捨てられているのを悼んでいる。これは人麿の鎮魂歌である。

このような死に対する万葉人の態度は古事記伝の中の本居宣長の死に関する思想を思い起させる。妻恋しさのあまり黄泉の国に下ったイザナギノミコトは彼女を待っている間に家の内部を覗き見し、死の怖しい形相を見てしまう。ミコトは驚いて逃げ出し、辛うじて黄泉の国の境界を越えると岩で道路を閉ざして、後から追ってきた妻であった死の神といい合う。死の神が「汝の国の人草日に千人絞り殺さむ」というとミコトは「汝千人殺さば、我日に千五百の産屋《うぶや》建てむ」と答える。この箇所で宣長はかつてあれほど愛し合った二人が一度生死を分つとこのように敵味方になる。生死はかくの如く悲しいものであると述懐している。私はここに一種のタブーを見る。それは「死の顔を見るな」というタブーである。私にはそれが人麿の挽歌の中にも感じられるような気がするのである。万葉人にとっては、子供にとって死が存在しないという意味で死は存在しなかったということができる。死者は不在者である。そして死者が目前にある時は静かに寝ている人である。

おきつなみ来寄る荒磯《ありそ》をしきたへの枕とまきて寝《な》せるきみかも

そうでない時はどこか遠くにいる人である。

あきやまの紅葉をしげみまどひぬる妹を求めむ山路知らずも
島の宮まがりの池の放ち鳥人目に恋ひて池に潜《かず》かず

これらの歌の中には真の意味の死は存在していない。「亡き人」という時の「亡き」の感覚はここに感じられない。勿論万葉人にとっても死は「ない」の体験である。しかし万葉人は「ある」の世界に没入して生きている人々であって、「ない」の体験も何等かに於て「ある」の体験から理解されるに過ぎない。然るに王朝人にとっては「ある」はもはや人間の意識を占有することができない。「ある」は絶えず「あらぬ」に侵蝕される。「ある」は忽ちにして「あらぬ」に転化する。「ある」とは、あるかなきかにあることである。……万葉集には否定法の表現は少いが古今以後になると否定法が盛んに用いられるようになる。前述の〈月やあらぬ春や昔の春ならぬ……〉のねじれたような表現はその典型的なものであろう。この否定法の導入によって和歌は万葉の直接性の世界から離れるのである。

折口信夫氏は古代の「とこよ信仰」について語っているがそれは宣長の思想と正反対に見えながら結局同じことを言っているように思われる。氏の言う「とこよ」は死者の国であり神の国である。古代人はとこよから来る神人を迎えてその加護の下に生活していた。死者と生者とは子供の想像の内でのように生きた交りをしていた。母を失った子供にとっては、死んだ人はどこか遠い所にいてそこから自分達を見守ってくれている人である。彼等の為す善い事悪い事は皆死者に通じる。このような子供の意識に於ける死者のあり方を折口氏は古代人の中に考えているのではないかと思われるが、ここでも死は存在しないということができる。死が姿を現わすのはこの死者と生者の生きたつながりが絶ち切られる時である。折口氏は平安時代を「とこよの夢破れて」というふうに言い表わしている。この時代に入って「とこよ信仰」が崩れ、生者と死者或は人間と神との生きたつながりが絶ち切られ死すべき人間が死すべき人間を見つめ始めたのである。その時「知」が目覚める。好色とはこの人間が人間に抱く好奇心に外ならない。万葉人の恋にあっては知的要素は全く欠けている。彼等はひたぶるに恋したのである。古今集では「知る」という言葉が特殊な意味を持つ。愛することと知ることとは分かち難く結ばれている。この死の導入による愛と知の融合からエロスが生れる。好色とはあわれを知り尽したいという渇きである。あわれを知るとは人間のはかなさを知ることであり死を味うことである。もはや死は愛を外側から襲うものではない。死は愛の内側に入り込んでくる。愛にあたかも引き寄せられるかのように死は愛に忍び寄るのである。「死の顔を見るな」というタブーは破られて死のベールを上げて死に見入ろうとする態度が現われてくる。源氏物語の中には、かの「死」の詩人と言われたポオを思わせるような死の凝視すら見られるのである。……帝の深い愛に包まれながらはかなく消えるように世を去る桐壺、愛のさ中に突如として襲いかかる死の恐怖を描いた夕顔、年若く罪の呵責がついに死に至らしめる柏木、そして源氏の最愛の紫の上の死。ここで作者は紫の上を一度は死から蘇生させているがこれは死を描く上に極めて注意深い手法である。蘇生した紫の上は一応は回復するが一度死に触れられた体には死の影がつきまとい心は死にとらわれている。愛する妻の命をひき止めようとする源氏の必死の努力にも拘らず死の影は次第に濃く二人の間にたちこめ、死に魅入られた彼女は既に半ばは彼岸の人を思わせるのである。愛と死はここではもはや二つのものではなく一つの主題をかなでている。源氏物語には死者の顔を見るという場面があって強く印象に残る。夕顔の死の場面で亡骸を包んで運ぶ莚の縁から豊かな黒髪が垂れているといった凄艶な描写が見られ、宮中に戻った源氏は今一度夕顔の死顔を見ようと夜中ひそかに宮中をぬけ出していくのである。又紫の上の死の直後、あたりに人がない隙をうかがって夕霧はそれまで人知れず憧れていた美しい義母の死顔を盗み見、始めて近々と見る死顔の美しさにうたれる。このような着想は死というものの魅力を何等かに於て体験している意識からでなければ生れなかったであろう。こうして死は万葉に於けるが如く愛の単なる破壊者ではない。愛と死は一つの世界を形造っている。或る意味では死は愛を完成する。愛は死と直面することによってその本来の不可能への憧れの持つ無限性をあらわにするに至るからである。かくて好色の愛は自然の愛ではない。自然の愛は充足され充足されることによって安定に達しようとするのに対し、好色は自然に背くところの要求から発する決して充足されないエロス的無限渇望である。

従って好色は自然の欲望の放縦ではない。折口氏は王朝時代の好色は「いき」であると言っているが、この「いき」を通して見る時、好色の本質は一層はっきりする。「いき」については九鬼周造氏の『「いき」の構造』という示唆に富んだ書物がある。九鬼氏はその中で情熱愛は「いき」からの背離である、「いき」に遊ぼうとするものは趣味愛にとどまることができなければならぬと言っているが、ルウジュモンの情熱愛の分析と九鬼氏の「いき」の分析とは全く別物のように見えながら考え方には或る類似点が認められて、私は興味を覚えたのである。

九鬼氏は「いき」は媚であると言っている。それは異性を相手とする人間関係であるから一人では成り立ちえないものである。それは相手に可能性の道を開くものであるが、どこまでも可能性にとどまっていなければならない。欲望の飽満は「いき」にとっては致命的である。「いき」にとどまる者は亀を追うアキレスのように無限に相手に近づきつつ決して相手に到達しないことに甘んじなければならない。それ故「いき」の二元性を最もよくあらわすものは交わることのない平行線であって「いき」な人間同志の関係をよく象徴している。従って苦界に発生したと言われる「いき」の根底には厳しい禁欲精神がひそんでいる。「いき」は快楽を求めるように見えながらいかなる快楽の誘惑にも抵抗することのできる自制力がなくてはならぬ。「いき」の追求するものは現実的な対象でもその所有でもない。そういうものの上に出ることとである。ここでは行為は一種の擬態である。自然に身をまかせることは堕落である。それは「いき」のとどまろうとする世界から現実に顚落することである。本当に「いき」な人間というものは或る意味では普通の人間ではなくなってしまうことである。たとえば嫉妬ほど自然な人間感情はない。だが又嫉妬ほど「いき」に反するものもない。いかほど趣味が洗練されていても嫉妬に胸を焼かれていては「いき」とは言えない。だが嫉妬の苦しみを免れ得た人間がどれだけいるだろうか。「いき」は選ばれた者の世界であり、そこには一種の奥義がある。それは教えることのできぬものである。「いき」を実行する者にとっては「いき」の道は限りなく奥深いものである。それは道徳ではないが大きな犠牲を要求する。そこに又「いき」に対する熱烈な帰依者が存在する理由がある。「いき」であるためには自己の実行している「いき」の理想に対して常に感激的な状態でなければならない。この感激性、この心の緊張こそ「いき」の生命である。この一種のヒロイズムによって「いき」は野暮が閉じこめられている自然の直接性から脱却し、九鬼氏のいう「目くばせ一つで何もかも了解するやわらいだ理会から来る無拘泥」の世界に遊ぼうとするのである。歌舞伎の世界はそのような「いき」の開花したものである。がその根底に於ては反自然的エロス的渇望がひそんでいるのであって、この自然と反自然との調和こそ歌舞伎の成功の秘密をなすのである。

唐木順三氏は『中世の文学』を「すき」の分析から始めている。氏は「すき」を平安朝の末期から中世への過渡期に現われた一つの精神の状態であって鴨長明や西行などの生き方に代表されているものと見る。それは全的に宗教に身をゆだねることもできず、しかもその内心の宗教的不安は単なる歌人であることにも安んじさせない。そこから宗教的要求と美的要求との両者を満足させようとする一種のディレッタンティズムが生れたという見方である。だが「すき」は最初は好色の意味に用いられ、又和歌、芸能の道への執心を意味していた。増鏡の中に後鳥羽院が若い歌人に下された言葉に「かぎりなきすきのほどいとあはれなり」という句がある。「かぎりなきすき」それは一つの道にどこまでも深入りしていこうとする執心である。古人はこの執心を重んじ、芭蕉も俳諧の道に於いて、執心を第一としている。芭蕉は、自分は若い頃には官途に就こうと考えていろいろと奔走してみたがどれもうまくいかなかった。今ではこの俳諧の道一筋につながって生きているという意味のことを言っている。これは芭蕉が役人になろうとしたがうまくいかなかったから俳諧の道を選んだというのではない。それは身を立てようとする努力がすべて失敗に終った時に彼の前に開けて来た新しい生き方であってそれを彼は一筋の道と言うのである。それはもはや自己実現の道ではない。むしろその意志の放棄であり身を破る道である。それは或る目的のために為される行為ではない。それは無目的であり無動機である。それは終結することのない無限追求であり、どこへ行くとも知れずただ果ての果てまで歩もうとする心である。唐木氏は「すき」は「すさび」と関係があると言っている。「すさぶ」とは前へ前へと進んでいくことであり己れ自身を追うこころの動きを指している。これは「すき」の動きであり「すき」は「すさむ」のである。それは「狂い」であり「浮かれ」である。「すき」はこのような世界を開くのである。芭蕉はこれを「虚」と呼んで「実」

の世界に対置させ「実」の上に置いている。死の風雅は「実」の世界を脱して「虚」の世界に入ることであるがそれは合理主義の道によってではなく狂うことによって、非合理性の道によってである。〈いなづまに悟らぬ人の尊さよ〉という句を詠んでいるが彼の「風雅」の道、「月花の愚」はこの悟らぬ心、頑な心を尊ぶ道である。

喪にある者は喪をあるじとし
酒を飲む者は楽をあるじとし
我は寂しさをあるじとす
憂き我を寂しがらせよ閑古鳥

この有名な芭蕉の言葉の心もそこにある。子を亡くした親が明けても暮れても死んだ子のことを考え人の慰めも聞き入れず、家業も手につかず、しまいには周囲の人からも愛想を尽かされてしまうような愚かな親心、一切合財呑み尽してしまった揚句路傍に倒れている酔いどれの姿を芭蕉は尊しとしたのである。ドストエフスキーも『罪と罰』でマルメラドフのような呑んだくれを描き、『カラマゾフ』ではゾシマのもとに集まる巡礼の中に死んだ子のことがどうしても忘れられない苦しみを訴える農婦のことを語っているが、そのようなセンチメンタリズムの中に民衆の魂のあたたかみを感じたのである。芭蕉も又同じ心で庶民が心の奥に守っている思いつめた頑さを尊んでいるのである。そうしたものが名利を離れ「実」を超えたものに触れさせる。芭蕉はその民衆の心に向って、自分も同じであると呼びかけているのである。自分も又頑な心で自ら寂しさを求めて生きているのだと。「寂しさなくば憂からまし」と言った西行も芭蕉も、寂しさに浮かれ寂しさに狂うことを願ったのである。エロスは神ではなく神と人間の間を仲介する精霊《ダイモーン》であるとプラトンは言っているが、西行や芭蕉が求めた寂しさはそのような精霊《ダイモーン》ではなかったかと思われる。折口氏によれば、昔は旅人は神人であると見做されていた。常人は一所に留っているが国から国へ経めぐり歩く旅人は神である。特に蓑と笠を身につけることは常人ではなくなることを意味しているのだが、これは芭蕉が「奥の細道」の冒頭に書いているような物狂わしい旅への出発の意味するものを暗示するように思われる。寂しさとは〈夫の子はさぶしみか……〉のようにつまを失った心の状態、或は荒れ果てた昔の都の跡を見る時の心の状態など、欠除の相を表わす言葉であって、「寂ぶ」は「荒ぶ」である。それは人間的なものを奪われた心の状態である。「神寂ぶ」というように「神」と「寂ぶ」の間には関係があることは人間から見れば人間的なものから遠ざけられることである。人間的なものとは何であるか、それはまず人間が一人ではないこと、共にあることである。幾人かの人間が団欒をしていることである。つきつめて言えば二人の人間が命のあたたかみを通わせ合っていることである。それを奪われることが「さぶし」なので、普遍化されて「寂しさ」となる。「寂しさ」を求めることとは自らそのような欠乏の状態に身を置き神との交りを求めることである。そこに西行や芭蕉のような生き方が生れてくる。かくて「寂しさ」はエロス的な無限憧憬である。芭蕉も西行もこのダイモーンに憑かれつつ果てしなく流れていったのである。ルウジュモンは、パッションの果ては行き方知れずなることであると言っているが、「すき」の極まる一つの姿を「わび」の中に見ることができよう。「わび」は王朝文学に既に現われている。

わくらばに問ふ人あらば須磨の浦にもしほたれつゝわぶと答へよ

就中王朝女性のあり方の根底には常に「わび」があり「わび」は元来女性によって開拓された世界ではないかと思われる。夫の好色のために苦しみ抜いた女性の記録である「蜻蛉日記」は女の宿命のぎりぎりの姿を示している。作者は「わび」を「つきなし」という一言で表現している。自らをこの世に用なき者と思い、望みもなく引き止めてくれる絆もなく漂うようにあるかなきかにただ在る。在ることになじまず、在るが故に在ることを嘆き続けるのである。ここに生命は最小限度に縮小されながらもこの最小限度は最大限度に通じるのである。胎児が身を縮めて母体に密着し母体と一つの命を息づくようにこの絶対の受動性に於て「わび」は宇宙的生命の胎児的な状態への復帰をするのである。この受動性に於て「あわれ」の世界が開けてくる……「蜻蛉日記」の作者が寺に籠るために唐崎へ徒歩で逢坂山を越えていく途中、関所を過ぎるとやがて眼下に近江の湖が開けてくる。その湖上に何か白く鳥が散らばって浮いているように見える。よく見ると鳥ではなく釣り舟であったことに気がつく。その時彼女は感動のあまり声を挙げて泣くのである。ここに彼女の「わび」は天地の有情に応ずる。西行も芭蕉もその「すき」の「狂い」の道を果てしなく歩み続けつつ天地の有情化を身をもって行じたのである。彼等はそのために友を捨てて都を遠く離れたのであった。

月の色に心をきよく染めましや都を出でぬわが身なりせば

だが西行の心にも芭蕉の心にも都は消え去ったのではない。都を遠く離れれば離れるほど都に引き寄せられていたのである。都というものがなかったならば彼等の求める寂しさはその人間的意味を喪失してしまったであろう。

吉野山やがて出でじと思ふ身を花散りなばと人や待つらむ

西行ほど寂しさを求めた歌人はいないが又西行ほど人なつかしさを歌った歌人もない。この人間から遠く離れようとする心と人間に呼びかけようとする心、遠心力と求心力との間の二元論的緊張の内にこの「すき」の世界が形造られているのである。都にある者は「わび」を思い、「わび」にある者は都をなつかしみ、この二元性を包摂し得た時始めて都は都と言い得るのであって、「みやび」と「わび」との間には常に対話が行われているのである。この人なつかしさの内に「語らい」

の世界が開ける。古今集に於て始めてあらわれた形式の世界は別の意味では「語らい」の世界でもあったのである。古今集の「きみ」とはこの「語らい」の対象を意味する。万葉集にも相聞歌は数多くある。しかし万葉の「妹」は身体的な直接的対象であり、そこには「きみ」と「われ」との普遍的な対話の世界はいまだ形造られてはいず、直接的合一の一元的世界を志向するのである。万葉集のこの一元的世界が崩れて普遍的なものの媒介によって二元的世界に分化したことがすなわち「語らい」の世界が出現したということなのである。この人と人との「語らい」、その内に込められた限りなくなつかしいもの、普遍的なもののやさしさ、それが「きみ」の表現しているものなのであるが、それは彼等に於てはじめて体験されたのである。彼等は訪い訪われるということのかけがえなさを知っていた。生命の中には訪うてくれる者がなければ全うし得ない、救われない何かがある。それを彼等は何ものよりも尊び、この生命の絶対的依存性をやさしさと感じ、これを頼りにして生きていたというふうに見える。

忘れては夢かとぞ思ふ思ひきや雪踏み分けて君を見むとは

訪い訪われるということは彼等の生活のすべてを形造っていたと言っても過言ではない。彼等が生きていた世界は狭い宮廷に限られていた。王朝人はサロン的人間であった。サロン人とはランソンの言葉を借りれば「話す人」である。彼等は生産する人間でもなく、武器をとる人間でもない、指導する人間でも指導される人間でもない。彼等は語らいを喜び、「語らい」に生きる人であった。自己を主張することしか知らぬ人間は語り合うことができない。彼等は自己に固執しないことを美徳とし、反省することを喜び、他人の喜びや悲しみに共感することができるようにつとめ、人間のさまざまな運命や経験に興味を持ち、美しいものやさしいものに感動する繊細な心を培った。人間性の普遍性の自覚が英雄主義に代った。「ものを思う人」とか「あわれを知る人」とかいうのがサロンに於ける理想的人間像なのである。そういう人こそ真に語る喜びを知るのである。「源氏物語」の世界はこうした「語らい」の世界に外ならない。本居宣長は、人間の心ははかなくいやしいものであると言っているが、「源氏物語」の諸人物は、どれも皆、はかなくいやしいままの心の持主である。彼等は帝から名もない下人に至るまで同じ人間に描かれている。作者が人間を描く態度は帝であろうが誰であろうが変ることがない。が彼等はそのはかなくいやしい自己を知っている。彼等はものを思い、それぞれに応じてあわれを知り、「語らい」を喜ぶのである。紫式部が好色というようなテーマを選んだということも、好色がこの「語らい」の世界を形造るからである。男女の「語らい」ほどあわれ深い語らいはない。それはすべての「語らい」の原型である。この経験なくしては「語らい」の世界もあり得なかったであろう。従って王朝人にとっては「好色」とは一人の人間が一人の人間に触れることのあわれさであり、その根底には人間存在のはかなさと孤独の自覚が横たわっているのである。この孤独な人間と人間がはじめて出会い、そこに開けてくる「語らい」に於て人間同志の間にはじめて物質的なものではない自由な普遍的な結びつきが体験され、人間はその時はじめて沈黙の閉ざされた世界を出て、「理解」と「交わり」の世界にはいるのである。「語らい」を失うことは人間が人間であることの自由を失い再びそこから出て来たところの、もとの物質の暗黒に、芭蕉のいう夷狄禽獣の世界に逆戻りすることである。宣長の「もののあわれ」も又この人間が人間であるということの意識に外ならない。この人間の体験の中での恐らくは最も深く最も微妙な体験である「語らい」の最も純粋な表現が音楽である。「源氏物語」などに見られるように、「語らい」の席で音楽が好んで奏されるのも「語らい」の経験が音楽の経験に通じているからであろう。この純粋な形式の芸術である音楽の持つ運命からの救いの力、普遍的なものの慰めの力は又彼等が「語らい」の中に経験していたものであって、「語らい」も又自然の直接性から脱しようとするエロス的願望である。

この文章のはじめに古今集に於て様式というものが確立されたということを書いたがこのことは自然の直接性の世界に対して今一つ別の世界――それが「語らい」の世界であり、様式の世界であるのだが――が自覚されたということである。すなわち王朝人の意識に於てはじめて形式というものが個々の具体的な内容から独立したのである。そして一度形式の世界が具体的な現実から独立して意識されると、芸術衝動というものは形式のもつ多様な可能性の探求となる。それは外界から受ける現実的動機とは違った形式そのものへの意志という新しい欲望の目覚めでもある。この時はじめて、芸術は独自の体験として把握される。この形式への愛或は芸術愛を私はエロスという名で考えてきたのである。「すき」は日本のエロスとも見られる。「新しさ」の探求というものもこの形式への愛に於てはじめて深い芸術的動機となる。石川淳氏は「世間では僕のことを知的だといっているが、僕は知的なんかではないのだ。僕はハイカラなんだ。」と言っていたそうだが、リラダンを思わせる強靭な形式感覚の持主であるこの作家の言葉は彼の「すき」者としての形式主義的信念を吐露したものとして非常に興味があった。古今集の歌人達も或る意味ではハイカラであったと言える。古今集の精神そのものが新しさの探求、芭蕉の言う「流行」の世界への冒険の上に立っていたのである。

人はいさ心も知らず故里は花ぞ昔の香に匂ひける
花の色は移りにけりないたづらにわが身世にふるながめせしまに

これらの歌には万葉集には見られなかった一種新鮮な感動と若々しい自負とがある。作者は自己の歌の新しさを信じこれに陶酔している。自分達が開拓した形式の世界の多様な可能性を予感している。勿論これらの和歌は無内容というふうに感じられるかも知れない。又単なる技巧のたわむれに過ぎないと見えるかも知れない。しかしその技巧への傾倒には熱烈なものがあった。この美しい形式への意欲が時代の新しい動きでもあったが、その欲求自体は人間性の深部から、人間の宗教的な非合理的な本質から発したものであった。彼らに於てはじめて形式愛が体験されたのだが、それは深奥なエロス的体験であって、好色とか「すき」とか又時代が遅れるが「いき」とかも同じ体験の中に包摂されるような普遍的な性格を持つものであった。この体験に於て内容と形式の関係が逆転され、形式が内容の上に置かれ、現実は形式の内に摂取されて意味を一変する。これが世界の様式化である。何故日本人にとって決定的ともいうべき美的体験がこの時代に発生したかという問題は非常に興味のある問題ではあるが又解決の困難な問題であろう。だがこの時代の精神運動の原動力となったものは神仏の融合ということにあったと思われるが、この神道の自然信仰と仏教の哲学的超越精神との融合から、物質と精神、現世主義と超越性との混合した独自の精神形態が発生し様式愛が受動性の深部に於て体験されたのである。王朝文化のこの特質はわが国の文化全体に見出すことができると思われる。形式愛は王朝時代から中世へ継続されそこに独自の完成を見る。ホイジンガーによれば、物質を様式化し、そうすることによって物質を精神化したいという熱烈な要求が中世精神の一つの様相である。ルウジュモンも戦争とエロスとの密接な関係を指摘しているがわが国の戦記文学の中にも同じ現象が見られる。たとえば平家物語が国民大衆に常に愛好されていることも戦争に対する興味よりも戦争が絶えずこれを様式化しようとするエロス的意志を通じて表現されているからである。この戦争の様式化は後に歌舞伎の世界に移されて徹底的に遂行されることになるのである。「能」は武人であり、行動人であった中世人が行動というものについて抱いていた究極の思想を示している。「能」の世界は「動」と「静」とから成っている。「動」は「静」から生れ、「静」に帰っていく過程として理解されている。波立つ水面が静止に返るように。「静」は事物の永遠の相であり、しかも諸々の「動」がそこから生れてくる力、というよりも高度の集中である。

この時行為は現実の功利性から浄められ純粋の行為となる。かくして行為は不断に死に不断に生れるところの「狂」であり「興」であり、虚空に開く花、純粋の形式である。有名な「鉢の木」の一夜の客のために愛惜する梅の木を切って火をたくというエピソードは、この行為の形式化の美しい典型である。芭蕉は「虚にゐて実を行ふ」と言ったが、この「虚」の世界はすなわち形式の世界である。彼の連句の世界では人間と自然の一切がその些事の些事に至るまで形式化せられ、シェークスピア的多様さの中に展開されつつ、是非分別を解かれた純粋な「興趣」に還されている。このような世界を芭蕉は夷狄禽獣の境を出て造化に還ることであると考えたのである。

形式の世界は現実の世界を否定するものではない。それは「虚」と「実」の二元性の内に展開されるのである。形式が崩壊するということはこの実在の二元性が崩壊し世界が一元化することを意味する。もはや「実」の世界しか存在しない。こうして人間存在の全体性が否定される。人間性を形造るところの影の反面――隠微な諸々の生命が息づいているところの女性的な世界――が抹殺される。有用性とか合理性とか以外のものの存在の場は失われてしまう。「すき」の代表的作家の一人であった永井荷風は文明開化の実利主義の社会の中に自己の「すき」の生きる場は全く失われたという自覚を持って生き続けた作家である。様式の崩壊は自我とか個性とかの存在を危うくする。それらは有用性とか合理性とかいう観念によっては達し得ない場所にある。形式の世界は「実」の世界では実現し得ない生命の内奥のものに通じているのである。

すき・わび・嫉妬

私は以前古今集や源氏物語を中心として日本的様式という問題で「くろおぺす」に少し書いたことがある。永年書きたいと思っていたものではあったが、何分用意が不足でめくら蛇におじず式のものであった。自分としては追々後を書き足していくことで補いたいと考えていたのであるが、事情のためにこの方面の読書からも遠ざかってしまうことになった。そういうわけで今これといって新しくつけ加えることができないのだが、当時書き洩らしたこともあるので、もう一度前の問題に立ちかえって考えてみたいと思う。

私は前の「エロスと様式」を、初めは『すき』について」という表題にするつもりであった。その「すき」という概念は前にも書いたように唐木順三氏の『中世の文学』から得たのである。氏はこれを西行や長明などの生き方にあらわれた風流といった意味に解釈している。私はこれを好色から風雅、「いき」までを含めた広い意味に拡大して、そこに日本人の美的生活をつらぬく様式的精神の特質を見ようとしたのであった。「すき」をそのような日本独自の様式への意志と見れば、それは歴史の至る所に、現代生活の中にも見出されるように思われた。私は「すき」を日本のバロックとも考えてみた。この場合バロックをどう考えるかが問題だが、たとえばボォドレールをフランスのバロック精神の一つの典型と見る意味でのバロックとすれば、この比較は「すき」という言葉の中に私が見ようとしている反自然的な様式への意志を一層明確に示してくれるように思われた。勿論日本人にはボォドレールにはない東洋的な自然感情がある。しかしこれまであまりに形式というものを自然に従属させてきたので、私は一度はっきりと形式を自然から分離したかったのである。

私は「すき」を「まめ」に対照させた。「まめ」は実直で正常で合理的な道である。これに対して「すき」は正常な限界を逸脱してしまう。唐木氏は「すく」は食うことに関係があると言っている。プラトンのエロスのように貪婪な欲望をあらわすのではないかと思われる。それは一つのものに溺れて他の事を顧みないような深い執心、限度を超えた、限界というものを知らぬ執心である。芭蕉も己れの「すき」の道を、まず第一に寝食を忘れることにあると言っている。前にも引用した

喪にある者は喪をあるじとし
酒を飲む者は楽をあるじとす
我は寂しさをあるじとす

という句では、芭蕉は「心の師とはなるも心を師とせざれ」という古人の教えの逆を言っているのではないかという気がする。さびしさは心なのだから、さびしさをあるじとすることは、心をあるじとすることである。心が心のあるじとなれば心は己れ自身の外にしるべをもたず、心のままに動く外はない。それは狂うことであり、浮かれることである。「憂き我をさびしがらせよ閑古鳥」の句の心も「さびしさに狂わせてくれ、浮かれさせてくれ」と言っているのであろう。後鳥羽院の「かぎりなきすきのほどいとあはれなり」という言葉も、「すき」の道が、しるべもなく、限界もない、

行方もしれぬ世界に深くさまようことのあわれを言っているのである。古人には、このような「すき」に対しては日常の道徳では律し得ないものがあるという考えがあったようである。たとえば「草紙洗小町」という謡曲の中で、大伴黒主が歌合の相手の小町に勝ちたい一念から陰謀をたくらみ、結局は露見するが、作者は黒主の行為を和歌への熱心がさせたわざであるとして、同じ和歌の功徳によってその罪を許している。

私は「すき」のこのようなかぎりなさに、ルウジュモンがパッションについて語っているところのエロス的無限渇望をみることができるように思われた。そして「すき」の本質を、ルウジュモンがエロスを規定したように反自然的と規定し、自分の様式に関する思想をこの反自然という線に沿うて進めて行くように努めたのである。なお私はこの「すき」の反自然性の源流をクールトワジーという思想に結びつけていた。クールトワジーについてはルウジュモンを紹介した折にもふれたが、説明しにくい言葉で、一応「みやび（雅）」と訳してよいのではないかと思う。私は、ルウジュモンの『恋愛と西洋』からは実に多くの示唆を得たが、ルウジュモンの思想の中で最も心を打たれたのは、クールトワジーというものの重大さを指摘している点である。これは宮廷風の無意味な形式、軽薄な遊戯と考えるべきではない。或はその形式性とか、遊戯性とかは、人間性の深いところに根ざしているものなのである。ルウジュモンはこのクールトワジーの深い根をさぐることによって、ヨーロッパのキリスト教文化の源泉を汚染している異端的要素を明るみに出そうとしたのだ。ルウジュモンの分析のこの結論については私としては必ずしも同感できないのではあるが、その着眼には深い洞察と豊かな示唆があると考えている。ルウジュモンは中世のクールトワジーの中に「愛の宗教」ともいうべき一種の宗教を見ようとしている。私は、王朝時代の「みやび」の発生の中にも或る深奥な「愛」の体験があったのではないかと考えてみた。その時古今集の様式的精神が一つの体験として、エロス的な体験として理解されるようになったのである。この「みやび」は、王朝時代以後近世の「いき」まで日本のクールトワジー伝統を形成している。或る日本文化に関する座談会で、ローゲンドルフ神父が、大岡昇平の『野火』を読んでも私たちはそこにまず「みやび」を感じてしまう、と言っているが、クールトワジーの伝統の根深さを語るものとして興味ある発言であると思った。

だが、民族の歴史の或る時期に発生してその美意識に決定的な形態をあたえるクールトワジーとは何か。その深奥な反自然的意志は何を意味するのか。これは容易に答えられない難しい問題をなしている。しかし、たとえばマラルメのような詩人を考えるならば——そしてしばしば私は古今集とマラルメを結びつけて考えたのだが——、クールトワジーの世界の奥深さは、充分想像されるのである。マラルメにとってはクールトワジーは彼の人格と切り離すことのできない一つのミスティックの世界をなしている。そして彼が生涯自己に課した厳しい反自然的様式的意志の実行はこのミスティックの世界に通じている。だから私にはクールトワジーが一つの要素としてマラルメの中にあるというよりも、マラルメの世界が、大きく考えたクールトワジーの中に包摂されるといった風に感じられるのである。

したがって、「みやび」を反自然的な意志として理解するならば、好色を単なる自然と混同してはならない。折口信夫氏は日本文学を「男はもろむき心、女はうはなり（嫉妬）」と一口に要約しているが、これは美しい定義であると思う。しかしここに重要な問題がある。ここで氏は日本文学にあらわれた男女を「もろむき心」「うはなり」と定義することで、人間を自然として、赤裸々な直接的な自然として把握しようとしているのである。しかし好色は単なる自然ではない、自然にそむくものを本質としているのである「かぎりなきすきのほどいとあはれなり」という言葉は好色にもあてはまる。好色のあわれも、その執心のかぎりなさ、はてしなさ、「飽かなくに」にある。行方もしらぬ恋の道というように、その行方のしれなさにある。そのエロス的な渇望の無限性にあるのである。それは自然の限界をこえる。芥川龍之介の「好色」も好色をそういうものと解釈している。彼が惹かれているのも反自然性ということなのだ。そして、反自然性ということは超越という魂の問題につながっている。勿論好色が真の超越をもたらすかどうかは疑問であろう。ルウジュモンはパッションを偽りの超越と断じている。が好色にそういう問題を見落すことは好色という主題の真の意味を取り逃がすことになるであろう。

だが、「男はもろむき心、女はうはなり」という人間の自然的規定に対して、好色が反自然的なエロス的無限渇望であるとすれば、これに対応する女の方はどうなるか。私は前の評論で、平安時代の女性の中にすでに「わび」が見られることを指摘した。そればかりではなく、「わび」という新しい体験世界はまず最初女性によって開拓されたのではないかと考えられることも述べておいた。私は「わび」と「嫉妬」との関係を考えて見たいのである。

「落窪物語」を読むと、「わび」という言葉が頻繁に用いられているのに気付く。困るとか、辛いとか、悲しいとかいう場合に「わびて……」という風に使われている。この物語は日本流のシンデレラ物語であって、シンデレラ姫にあたる落窪姫はいつも自分のような者は死んでいた方がいいのだと言っている。「わび」はそういう主人公の女性のシンデレラ的境遇と密接な関係をもっている。彼女は、わび暮していたのである。これは「蜻蛉日記」の作者が「つきなし」と形容した心境と相通じているのである。

わくらばに問ふ人あらば須磨の浦にもしほたれつゝわぶと答へよ　行平

わびぬれば身をうき草の根をたえてさそふ水あらばいなむとぞ思ふ　小町

これらの和歌にあらわれているような「わび」という体験は万葉にはなかったものである。最初の行平の和歌も、男性のものでありながら、女性的な体験を示している。問題はそういう女性的な体験を男性の世界が受け入れたというところにある。これらの和歌では、「問う人あらば……」とか「誘ふ水あらば……」とか、対人的な意識を離れることができない。そういう意味では二元的である。だから荒涼とした風景を前にしておぼえる感動は、「寂び」であって「わび」ではない。しかし「わび」は二元的でありながら人を逃れようとする。それは引きよせながら拒んでいるのだ。

或は拒みながら引きよせる。それが「わび」の女性的なところである。ところで「わび」という言葉は日常どういう風に用いられているか。「待ちわび」とか「恋いわび」とかいう時「わび」はどんな心持を現わしているのか。たとえば「待ちわぶ」を例にとれば、待っている人がいくら待っても来ないので、もうとても来る望みはないと諦めながら、それでも待つとはなしに待っている、とひょっくりその人が現われる、そんな場合「待ちわびていた」という表現が一番ぴったりするように思われる。待つということにおとろえきって、待っている対象からも無限に遠ざかりつつ、殆ど無対象的にただ待っている。それは待つことの永遠化である。「待ちわびる」という体験には、卑近な形ではあるが、無限体験がふくまれているのだ。一方では待つ望みがなくなり、しかも待つことを止めないという瞬間において、無限が顔を出し、無限に待つことが体験される。「わぶ」という言葉は体験の中にふくまれているこの無限性に関係していると思われる。「わび」は無限体験、或は受動性の体験である。こうして「わぶ」は宮廷生活の栄華のかげで女性たちによってその受動性の深部で体験され、はぐくまれ、その自覚性を形づくったのである。常にわびているということが、女らしさとなっている。落窪姫に幸運が訪れるのも男の「すき」が「わび」に惹かれたのである。また後世「侘び数寄」と言われ、「すき」は「わび」を求めるのである。こうして、男の「すき」に対応するものは、女の「わび」である。そしてそれはともにエロス的無限に源をもっている。

しかし、このことは「女はうはなり」ということを否定するものではない。嫉妬は依然女の宿命であり、そういう宿命が女の中に「わび」を開拓させたのではないかと私は考えるのである。嫉妬ほど自然なものはないが、またこれほどクールトワジーに反するものもない。クールトワジーの世界では嫉妬役はいつもにくまれ役である。このにくまれ役は、ヨーロッパでは夫であり、日本では北の方である。継子いじめという古くからある主題も嫉妬の変形と見なすことができる。嫉妬はクールトワジーにとっては、そこから漸く脱出してきた自然の暗黒を意味していた。嫉妬にひきこまれることは自意識を取りまいている暗黒にまた顚落することであった。源氏物語でも嫉妬は凄じい力で描かれている。それは人間に外部から取りついてくる、奇怪な、祟りをする、不吉な力として描かれている。六条御息所は嫉妬の権化であるが、彼女はむしろ嫉妬の鬼にとりつかれた犠牲者のように見える。自分で自分を浅ましく思いながら――そしてそれは戯画化された髭黒の妻の場合も同じであるが――嫉妬の鬼は許してくれないのだ。それは彼女の意志の外に動き出す。嫉妬は死をもたらす。桐壺は北の方の怨みで次第に衰えて死んでしまう。葵の上は六条御息所の嫉妬のために殺される。紫の上さえも源氏が外の女に六条御息所のことを話したということのためにその怨みで世を去るのである。このような嫉妬が次々に死をもたらすという考え方は、嫉妬を死の神、すさびの神のわざと見ていることを示している。嫉妬につかれた者は死の神にとりつかれたのであり、否応なしに生の敵となるのである。このような嫉妬についての考え方は、作者がいかに嫉妬を怖れていたかを示しているが、又同時に自然というものに対して抱いていた怖れをも示している。この意味では女性は自己の内に死の原理を内包していたのである。そのような宿命が女性に「わび」の世界を掘り下げさせることになったというふうに考えられるのである。

源氏物語の中で、明石の上という女性は重要な人物である。この物語の前半は地方の豪族の娘である明石の上が、ついに国母の地位にまで進む出世物語とも見られる。しかも彼女は源氏の子を宿しながら、源氏の招きに応じて上京することを非常に躊躇するのである。自分のような身分の低い者は、高貴の人々の間でつらい思いをするのではないかと案じるのであるが、そういう気持が「わび」になっていくように見える。このような「わび」は、後半の宇治十帖になると、かたくなな拒否の形をとる。宇治の大君は薫の愛を拒んで自ら求めるように死んでいく。最後に浮舟という女性があらわれる。作者は、この女性を描くのに全力を打ち込んでいると見られるが、ここで作者の「わび」は、明白な形をあらわす。この世の憂きかぎりを見尽したこの女性は、いわば「わび」女である。二人の男の間で数奇な運命にもてあそばれ、一度は自殺を決意して家を出、心ならずも生きながらえているこの「わび」女と、薫の限りなき執心による永遠に満たされぬ恋という主題があらわれてくるところで物語は終っている。

私はこの浮舟という女性は、文学史的にも重要であると思っている。それは後に文学にあらわれる遊女という新しい典型に通じるものがあるからである。遊女は苦界の女であり、「わび」の女である。この女の「わび」に対する態度が「いき」となったのである。王朝時代の宮廷と江戸時代の遊里は二大クールトワジー社会であり、一方は「雅び」を生み、他方は「いき」を生んだ。それは日本のクールトワジーの伝統を形成している。この狭い限られた形式で固められた反自然的な社会で形成された「雅び」や「いき」が、広く日本の国民生活に浸透したということは注目すべきことであると思う。

遊女はクールトワジーの象徴であった。そこからあのような理想化が生じたのであると思う。「いき」の世界でも嫉妬はいつも嘲弄されている。近松劇の世界でも嫉妬が重大なテーマをなしている。源氏物語では嫉妬が死の呪いとして生に敵対したのに対し、ここでは死が嫉妬に打ち勝つのである。死への破局的な意志であるドラマの世界では、死は生に対して優位を占めている。遊女は死の原理をあらわす。彼女の愛は死を志向している。その愛は無償であり、死ぬことしかできない。彼女は嫉妬できぬ。だが妻は死ぬことができないのである。彼女は生に縛られている。だから、「寿の門松」の浄閑は「わしには菊があり、菊にはわしがいる。」と言って嫁の菊を残して伜を吾妻と逃がしてやるのである。しかし生き残る者も死を急ぐ者も、同じ死を分つことによって生をのりこえ、生と死の和解に至るのである。これが劇の世界である。

Ⅵ

パントマイム「惨事」

――グリムの童話より

ドイツの或る小都会の出来事。

舞台は、中央やや下手よりに鉄のジグザグの階段が立っている。アパートによくある階段である。その階段をのぼりつめた突端に、窓のある小さな部屋がある。それが丁度天井の片隅から鳥籠を吊したように見える。だが最初幕が上った時は、部屋は黒い幕で観客の眼からかくされている。人物は道化風のメイクアップと衣裳。動作もやや操り人形風を加味してアクセントをつけ、これに音楽をあわすようにする。音楽は擬音を多く用い、喜劇的なおどけた音楽。幕が上ると、のんびりとした昼間の景。舞台の上手から男が豚をひっぱって出てくる。うしろから、その男の伜の兄弟二人と近所の鼻垂れ小僧が三人ぞろぞろついてくる。皆薄馬鹿みたいな顔をしている。兄は七、八歳、外の連中はもっと小さい。豚の鳴き声を模倣した音楽。ブヮァーブヮァーブヮァー。男は階段の下まで豚をつれてきて柱にしばりつける。そして腰にぶら下げた斧を取り出す。子供達はその周りに坐ってぼんやり見物している。男はゆっくりと斧をふりあげて、豚の脳天を目がけてヤッと打ちおろす。音楽。豚は一撃でコロリと参ってしまう。子供達は感心してぱちぱち手をたたく。男は一寸得意然と、見物人にでもするように子供達に軽く会釈すると、殺した豚をかついで斧をのこしたまま行ってしまう。あとに残った子供たちは互に手真似で斧で打つ恰好をしては面白がっている。と、矢庭に兄の方が立ち上って斧を手に取り、弟に〈お前豚になれ〉と強要する。弟の方もにやにや笑いながら言われる通りに地面に四つん這いになる。豚の鳴き声の音楽。ブヮァーブヮァーブヮァー。それが不吉な無気味さに高まっていく。しかし子供らは平気でにやにやしている。見物している三人も、豚になった弟も相変らずにやにや笑っている。兄もにやにや笑いながら、斧を両手でにぎって、頭の上にふり上げる。……と、ぱっと舞台は暗くなり、それと同時に上方の部屋の前の黒い幕がのぞかれ、部屋の中が明るくなる。陽気な音楽。室内では先刻の男の若い細君がたらいの前で歌をうたいながら赤ん坊を湯に入れている。と、突然それが止んで、豚の鳴き声を変形した異様な音楽がひびく。ブワアアアア……アッアッアッ……。女ははっとして顔を上げる。そのはずみに赤ん坊を湯の中に落す。がそれにも気が付かず、窓にかけよって、窓から首を出し右左を見まわす。それからあわてて首をひきこめ、部屋を飛び出し階段を右左に折れまがりながらかけ下りる。せかせかとした女の操り人形のような機械的な身振り。ガチャガチャという音楽とも騒音ともつかぬ音楽。女が階段を下りる間に舞台は明るくなる。だが子供たちのいたところだけは黒い幕で隠しておく。かけつけた母親がその幕のかげにとびこむと、ガチャガチャという音楽がばたっと止む。同時にさっと黒い幕が取りはらわれる。すると、地面にうつ伏せに長くなった弟のそばに、兄が斧をぶらさげてポカンと突っ立っている。三人の子供はいない。その光景を母親が大きく見開かれた眼でのぞきこんでいる。この驚愕の姿勢は暫く動かない。やがて女はこわごわ仆れている弟の死骸の上に顔を近づける。突然、わっとばかりに死骸にとびかかり、死骸を抱きしめ、これに頬ずりする。かと思うと、両手を天にあげ、にぎり合わせ、

身もだえし、はては両手で死骸をつかんで無茶苦茶に揺すぶる。それから狂気のように救いを求めてかけ出し、あっちへウロウロこっちへウロウロしている中に、ふと先刻からぼんやりとつっ立っている兄の姿が眼にとまる。逆上した母親は咄嗟に息子にとびかかり、持っていた斧をひったくり、いきなり息子の頭の上に打ち下ろす。豚の悲鳴の音楽。ブワァァァァ……アッアッアッ――。子供は何の抵抗もせずばたりと仆れる。女は自分のしたことに驚愕し、呆然と仆れている息子を見つめている。暫く不動。音楽は沈黙。やがて女は我にかえると、斧を抛り投げ、両手で顔を蔽う。それからそろそろと指の間から顔を出す。十本の指の間から、見開かれた二つの眼が、ゆがんだ口があらわれる。ふるえる手が息子の方にさし出される。女は死骸の上に身を投げ、先刻と同じように、頬ずりし、抱きしめ、われとわが髪の毛を摑んで身もだえする。その時、遠くの方でイヤーン、イヤーン、イヤーンと赤子の泣くような音楽がきこえる。母親はギョッとした顔で身を起し、両掌を頰にあて、口をあけて息を呑む。イヤーン、イヤーン……。女はとび上り、物すごい勢で階段をかけのぼる。たえずイヤーン、イヤーン、イヤーン。音楽のテンポは早くなり、威かくするような不吉さを加えていく。やっと馳けつけた母親は部屋にとびこみ、赤ん坊をたらいの中から抱きあげる。そして狂気のように部屋の中を歩きまわりながら、また頬ずりし、抱きしめ、ゆさぶり、はては両手で赤ん坊の足をつかんで逆さにしてふりまわす。しまいにへとへとになって赤ん坊をたらいの中に抛り出し、椅子の上にがっくりとなってしまう。イヤーン、イヤーン――ブワア、ブワア――イヤーン、イヤーン……。怖しい音楽がいつまでも女の耳を離れない。はっとした女は立って部屋を出ていこうとするが、階段を下りかけたところで又引き返し、赤ん坊を抱き上げ、放心したように階段を下りてくる。重苦しくのろいテンポの階段の音楽。階段の下には騒ぎを聞きつけた近所の女房連が四、五人集まって、下りてくる女を心配そうに見守っている。しかし女はそれに眼もくれず女房連の前を通って息子の死骸のそばにいく。そして抱いてきた赤ん坊も一緒に並べ、一つ一つ死骸を代るがわるに抱きあげる。女房達は母親の心をしずめるために、彼女を息子の死骸から引き離そうとして、無理に彼女を抱きかかえてひっ張って行こうとする。すると女は突然その手をふりほどき階段の下にかけより、何か固く決心したかのような足どりで階段をのぼっていく。葬送行進曲のような死を暗示する階段の音楽。女房たちは不安な様子でそれを見送っている。女は階段をのぼりやがて部屋の前に立って扉をあけてしずかに中に姿を消す。窓の扉が自然に閉じられる。最後に甲高いつんざくような音楽が一声鳴りわたると、それが長く長く尾を曳いて消えていく。後は深い静寂。女房たちも姿を消している。舞台は全く空虚。しずかに夜の闇が下りてくる。……（これから以後は音楽なし。純粋のパントマイムで演出される。）

男が提灯をさげて帰ってくる。一歩、二歩、三歩、四歩、五歩、六歩。……と大きな身振りで足を運んできて、ごっとんと弟の方の死骸につきあたり、つまずく。男は提燈を死骸に近づける。吃驚仰天。そこでその死骸をまたいで又一歩ふみ出そうとすると、ごっとん、又つまずく。提燈を近づけると、こんどは兄の方の死骸である。又もや吃驚仰天、それをふみ越えて行こうとすると、ごっとん、こんどは赤ん坊である。男は吃驚仰天、提燈のかげの三つの死骸をかわるがわる見くらべては、信じられないという風に、空いている片方の手で自分の頭をポカポカたたいたり、頬っぺたを思い切りつねってみたりする。それから又、おそるおそる死骸に近づき、順々に提燈で照らしてみる。やっぱり夢ではないらしい。男はくるりと死骸に背をむけて、観客の方へ向って二三歩進み出る。提燈が手からすべり落ちる。一杯に見ひらかれた虚ろな眼、あんぐりあいた口、その顔をつき出して、肩ごしにうしろを指さす。それからこめかみのあたりに両のこぶしをおしあてる。その手がだらりと下にたれる。眼はどんよりとなり、しまりのない口もとに、頭をぐらりぐらりと左右にふりはじめる。と、階段のかげから一人の老婆があらわれて、男に近づき、昼間からの出来事を手まねで話してきかせる。首をかたむけてその話を聞いている男の頭は次第々々に低く垂れてくる。老婆は話しおわると男を残してまた階段のかげに消えてしまう。男は頭を低く、顎が胸にさわる位に低く垂れ、両手をだらりとさげたまま長い間じっと立っている。やがて顔をあげると、半ば背後をふりむいて、三人の子供の死骸をじっと見つめ、それからまたもとに向き直り、こんどはゆっくりと階上の部屋の方を見上げる。窓も扉もしまっている部屋を不安な眼で見上げていた男はゆっくりと階段の方へ歩きはじめる。それから一歩一歩とノロノロした足どりで階段をのぼりはじめる。際限のない階段をのぼるように右に左に折れまがり、のぼって行く。そして部屋の前に立つと、しずかに扉を押しあけて中に入る。……かなり長い間たって、亡霊のような男の姿が再び扉口にあらわれる。片手にナワをさげている。そのナワの先が人間の首が入る位の輪にむすんである。男は階段を下りはじめる。が、すぐに又立どまる。そして何か考え込んでいるように階段の中途に佇んでいる。やがてナワをもった手をゆるゆると持ち上げる。その先端の輪が顔の高さになるところまで上げて、その輪をじっと見つめている。それから首をつきだしてその輪の中に入れる。その時ぼうっとかすんだ白い月光がさしてきて、立っている男の影を舞台の背景のカーテンの上に大きくぼんやりと映し出す。……しずかに幕が下りる。

附　記

大変陰惨な主題で、どうしてこんな題材を選んだかと聞かれそうである。こういうものが案外パントマイムに適しているとは、後で気がついたが、当初は別に理由はなかった。この春来日したアメリカのバレー団の上演曲目に私は見なかったが、メスがオスを食ってしまうというような甚だショッキングなものがあるので、一寸対抗してこんなものを思いついたのである。はじめは喜劇風のバレーにするつもりだったがどうもうまく行かなかった。ところが気がついてみると自分ではバレーのつもりだったものが自然にパントマイムになっている。そう気がつくと案外すらすらと一篇のパントマイムが一応出来上ってしまった。パントマイムなどというものははじめてだが、つくってみると、これは何でもパントマイムになるなと思った。新聞の三面記事でも、月光仮面でも、パントマイムになる。そしてパントマイムには普通の劇とはちがった独自の表現世界があると思った。この作品も全然音楽ぬきで純粋なパントマイムとして演出することも考えられる。その場合は階段などはいらないし、全体をうんと圧縮して象徴的な単純化を行うべきであろう。その方が一層純粋な効果をあげることができるかもしれない。

二、三年前新劇で詩劇ということがやかましく論ぜられ、その試みも大分あったようである。しかし考えて見ると、新劇に欠けているものが、小川さんの言われるように、「肉体」であるとするならば、むしろ反対の方向に、つまりパントマイムの方面にもっと関心が払われてよいのではないかと考えられる。小川さんは近代劇を会話劇と言われているが、そして一応そういうことも言われると思うが、しかしイプセンやチエホフの劇が身振りを忘れているとは思えない。ただ動作の自然さを重んじたので、近代の写実劇には台詞と並行してパントマイムが演ぜられている、と思う。その点近く来日するモスクワ芸術座の舞台を見ることはいろいろ勉強になるだろうと期待される。我々はことばが分らないから一層よくパントマイムが味わえるかもしれない。そういう意味で亡き名優六代目菊五郎はパントマイムの名人であったと、今にして気が付いた。彼は歌舞伎俳優であったにも拘らず、写実ということを重視した人だ。ところで、その写実ということが、実はパントマイムのことでもあったのである。だからこそ鈴木泉三郎の「生きている小平次」のような殆どセリフのない新劇を上演して、当時絶讃を博したりすることができたのであろう。又これは学生劇だが、五、六年前南山大学の巴里祭の催しで、ヴァン・エックさんの演出されたジャン・コクトオのパントマイム「エッフェル塔の花嫁花婿」の舞台もたのしい記憶である。ともあれ、ふとした偶然の思い付きが、前号の小川さんの評論の提唱に図らずも応じたことになったのは自分ながら面白い。

楽劇　ブオンコンテの最後

――ダンテ神曲「煉獄篇」より脚色

次いでいまひとりが言った、「君を
　高い山にひきゆくその願いが果されるよう、
　やさしい憐みで私の願いを助けてくれ。
私はモンテフエトロのもの、ブオンコンテだ、
　ジョバンナも他のものも私のことをかまってはくれない、
　だからこれらのものに混じり面を伏せて行くのだ。」
私は、「どんな力、どんな運が
　君をカンパルジーノのそとに迷わしたからといって、
　君の埋葬の地が全く知られなかったのだ。」
「ああ」、と答えた、「カセンチーノのふもとに
　アルキアーノという名の流れがよぎる、
　その源はアッペニーノのエルモのうえだ。
その名のなくなったところに、私は
　喉をさしつらぬかれてたどりついたのだ、
　野を血にそめながら逃げ足で。
そこで私は眼が見えなくなり、マリアの名を
　言ううちに言葉を終えた、そこで

私は倒れて、肉体だけが残った。
私が語るのは真実だから、生きてる人々に伝えてくれ、
神の天使が私をとらえると、地獄のやつが
叫んだ、『ああ天のものよ、なぜ奪うのか、
こいつを俺から盗む一滴の涙のために
お前がこいつから永遠のものを持ち去るなら、
俺は残りを違った風にあつかわしてもらう。』
君も知っているように、空中には
湿気が集まり、これは冷さに出あう
ところに昇れば直ちに水にもどる。
（悪魔は）悪のみ求める悪しき意志に
智慧を加えて、瘴気と風をおこした、
その天性が与える力によって。
かくて谷を、日が暮れるとともに
プラトマーニョから大いなる峰にいたるまで
霧でつつみ、上なる空を蔽ったため、
一ぱいにはらんだ大気は水と化した、

雨が降り、その雨で地面の耐え得ないものは
溝に流れこんだ、
さらに大いなる流れに合し、
奔流となって河の王に
合したので、とどめるものとてなかった。
私の肉体がこごえているのを、その河口で
誇らかなアルキアーノが見出し、さらに、
アルノーに運び、私の胸の十字を解いた、
それは苦痛が私を征したとき自ら組んだものだ、
岸辺を、川底をまろばしゆき、
ついにその獲物で私をつつみ蔽ったのだ。」

（浄罪篇　五歌　八五―一二九）
小川正己訳

舞台は煉獄の浄罪山の中腹、洞窟前の景。正面奥に洞窟の大きな入口。舞台の上手に山の切れ目が見え、下から登ってきた道がそこに出て、洞窟の前を通って、下手から斜めに頂上へつづいている。その坂の途中に大きな岩が一つ見える。舞台の下手前方、観客席とすれすれの処に、もう一つ

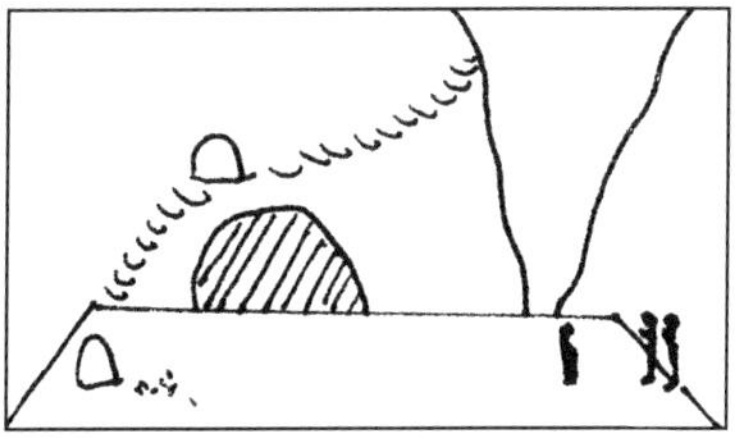

大きな岩。その前に小石が五つ六つ清水が流れていることを示している。

煉獄の歌〈ここには苦しみはあるが、絶望はない〉の合唱で幕が上ると、洞窟の入口の前で数名の煉獄の霊が列をつくってぐるぐる廻りながら浄罪の業を行っている。灰色の長衣。皆一様にしずかな悲しげな表情を浮べている。合唱がすむと、下方でダンテとウィルギリュウスのうたう三界遍歴の歌〈われはいと高きものの命によりて三界を旅ゆく者である〉の意の二重唱がきこえてくる。やがて二人の姿が右方の山の切れ目にあらわれる。ダンテは、洞窟の前で行をしている霊を指して、ウィルギリュウスを顧み、あの人達は何をしているのか、とたずねる。ウィルギリュウスは、問うて見よと眼で答える。ダンテの呼びかけに応じて、霊の一人が列を離れしずしずと二人の前に歩み出てくる。その霊は〈われはモンテフエトロのブオンコンテである〉と名告る。そしてダンテに乞われるままに、彼の最後の模様、いかにして彼が断末魔の苦しみによって地獄の劫罰をまぬがれたか、その次第を物語る。彼はダンテの方へ一歩のり出し、頭をうしろに反らし、これを見よ、と自分の喉をさし出す。その喉にはむごたらしい傷痕が見える。同時に、舞台は暗くなり、ブオンコンテの霊だけが喉の傷を示している形でスポットの中に立っている。煉獄の音楽が消える。と、遠くで戦場のラッパがきこえ、次第に近づいてくる。それを耳にすると、それまでは悲しみに打ちひしがれていたブオンコンテの顔が忽ち殺気を帯びる。

音楽が間近に迫った時、彼は突然身をひるがえして洞窟の中に消えてしまう。これと入れ違いに洞窟から群衆がとび出し、暗い舞台一杯に入り乱れて騒然とした戦場の音楽の中を乱舞する。そこへ一きわ高くあたりを圧する低音の独唱がきこえ、ブオンコンテはこんどは甲冑を身にまとい、剣を携えて洞窟から登場する。そして威風堂々と舞台を縦横に闊歩し、〈何ものか抗しえざる力が権力と栄光の方へわれをひきずって行く〉と権力への意志を絶叫しつつ、昂奮にかられたブオンコンテが坂道をかけ登り、中腹の岩の前に仁王立ちになった時——。突然音楽がたち切られたように止まる。

最初はブオンコンテの姿が見えない。

よく見ると、岩の上にうつぶせに倒れている。しずかに顔をあげた時、くびを貫いた矢の先が喉につき出ている。顔はすっかり悲しげな表情に変っている。彼は身体を起し、よろめく足で山を下りてくる。それから倒れてはおき、倒れてはおきしながら、舞台を一周する。長い長い時間。その間音楽は最小限度のあるかなきかの状態で、しかも深い苦悩を表現しなければならない。又ブオンコンテの動作は舞踏ではないが、しかしすみずみまでバレーの精神で貫かれていなければならない。ブオンコンテは最後に舞台の先端部の岩の前まで辿りつく。そこで清水を見つけ、這いよって掌に水を掬おうとするのだが、掌から水がこぼれて飲めない。そこで地面に両手をついて口からじかに飲もうとするが、喉からつき出た失が邪魔になって飲めない。二度、三度、試みるがどうしても飲めない。その時彼の苦悩と絶望は極限に達する。音楽はここで最小限度を脱してやや高まりつつ断末魔の苦悩を描写する。ブオンコンテは膝で立ったまま両手を前方にさし出し、祈るような哀願するような眼を天にむける。……やがてばたりと仰向けに岩に倒れかかったまま息が絶える。——忽ち音楽は一変し、嵐の音楽となる。沛然たる豪雨。雷鳴。稲妻。スポットライトに照らされたブオンコンテの亡骸の外は、舞台全くの暗黒。その中を嵐があれ狂っている。と、どこからともなく一人の白衣の天使が現われてブオンコンテに近づき、その喉の矢をそっと抜きとっていってしまう。するとブオンコンテの顔からは苦悩の色が消え去り、法悦の表情に変って行く。それにつれて彼に注がれている照明が周囲の暗黒に反比例して明るさを増していく。そして音楽の中には嵐の音楽に拮抗して救いのモチーフがあらわれる。二つのモチーフは暫くの間は相譲らず競い合っているが、やがて嵐の音楽は遠ざかり、救いのモチーフが全体を支配するに至る。すると夜が明けるように舞台が明るくなり、幕が上った時と同じように洞窟の前では煉獄の霊が浄罪業を行じている。その中の一人が列を離れて、ブオンコンテに近づき、その手をとる。ブオンコンテは手を取られたままましずかに身を起し、あとに従う。その霊がブオンコンテの甲冑を剝がせる。と、もとの灰色の長衣があらわれる。ブオンコンテと案内者の霊は行列に加わる。行列は〈日の入らぬうちに、日の入らぬうちに〉をくりかえしつつ、頂上につづく道を登って行く。ダンテは跪き、ウィルギリュウスは立ったまま列を見送る。音楽。幕。

＊本編の筆者の肉筆原稿から次の断片が見つかった。作者はどこかに挿入することを意図していたのかもしれない。（編者）

非業の死を遂げし者　臨終のきわに至るまで罪人なりしが
その時　天上の光は　我らを省みしめしにより
悔いつつ　また赦しつつ　神を見る願いを我らの胸に満たす
「彼」と相和らぎて世を去れるなり

詩

波

いつの日のゆふべなりしか
いづこなる浜べなりしか
さまよへる二人はしらず
夢のうちあゆむがごとく
うつゝなき耳にひゞくは
よせかへす波のおとのみ
胸底にざわめくごとく
よせかへす波のおとのみ

いつの日かしらぬゆふべに
いづこともしらぬ浜べに
はてしなき歩みに疲れ
いつ果つる夢ともしらず
ゆきくれしふたりの影は
ゆふぐれの沫にぬれて
身にまとふ衣はしほれぬ
くちびるのいろもしほれぬ

かゝる日のかゝるゆふべに
たえまなき波をかなしみ
寄るべなき身をばはかなみ
いひいでしはかなき言葉
たえだえに囁くほどに
いひいでしはかなき言葉
きくものはたゞ風と波
しるものもたゞ風と波……

『あゝいかゞせし、いかゞせし
なにごとのくらき思ひに
なが頬のかくも蒼きや……?
なにごとにこゝろ痛みて
なが影のかくもだすや……?
ゆふぐれの海に見いりて
ものいはぬ影のごとくに

蒼ざめし影のごとくに……

のぞみもて胸をさゝへよ
弱りゆくこゝろに耐へよ
悲しみのざわめく海に
ともしびを仰ぐがごとく
幸はひをしづかに願へ
幸はひはいつかきたらむ
まつものゝ心のうへに
そのときはいつかきたらむ』

かくは言ひ、かくは語れど
なが影はわれに答へず
こたふるはたゞ波の音
こたふるはたゞ波の音
『そのときのくることあらじ
そのときのくることあらじ』
波はかくいへるがごとし

あざけりていへるがごとし

『あゝいかゞせし、いかゞせし
いかなればまたかくばかり
なが影のわれにつれなき……？
心なき波のひゞきに
悲しみのあまりにしげく
幸はひのあまりに遠く
なぐさむるすべなき胸は
のぞみさへ失せしといふや？

あゝさらば、弱き心に
のぞみえぬ幸はひならば
たのみえぬ幸はひならば
幸はひも今は願はず
悲しみにともにすがらむ
悲しみを乞ひねがひつゝ
悲しみにかたくむすばれ

悲しみのつゞくかぎりは

いつまでもわれら離れず
つらき世も生きがたき身も
もろともに忍びてゆかむ
幸はひはたとへこずとも……』
あゝされど、なれはこたへず
こたふるはたゞ波の音
『別れゆくときはきたらむ
別れゆくときはきたらむ』

『あゝいかゞせし、いかゞせし
なが心われを離れて
いづかたの波にまよへる……？
うつろなるなれが瞳は
いづかたの空をやどせる……？
わが声もあまりにとほく
こたふべきすべさへもなく

なが心はやに思ふや？

たゞひとり、別れゆく日を、
逃れえぬさだめのまへに
頸だれて別れゆく日を。
そのときのいつかきたらば
そのときのつひにきたらば
あゝわれは何をたのまむ
そもなにを心にたのみ
生きの日をわれはしのばむ

いとせめて口をひらきて
わがためにしるしあたへよ
わがこゝに誓ふ心は
世の常のいつはりならず
とこしへに消ゆることなき
ひとすぢのまことの愛と
別るゝ日たとへくるとも

別るゝ日たとへくるとも……

あゝわれはその一言に
ながいへるその一言に
弱き身と心をゆだね
いつまでもなれを思はむ
面かげを抱きしめつゝ
たえだえに汝れを呼びつゝ……
別るゝ日つひにくるとも
別るゝ日つひにくるとも』

かくは言ひ、かくは語りて
せがめどもまた誓へども
なが影はわれに答へず
その声はついにきこえず
こたふるはたゞ波の音
こたふるはたゞ波の音
『忘れゆくときはきたらむ
忘れゆくときはきたらむ』

あゝかくてことばは絶えぬ
この胸はちゞにくだけぬ
とこしへにもだせる影に
うちよする波のごとくに……
いまははやなすすべしらず
いまははや言ふすべしらず
さながらにくづるゝごとく
なが影にわれはすがりて

くちびるをもとめ探れど
くちびるは凍れるごとく
なが胸におもてをうづめ
慟哭のこゑをあぐれど
その声も波にけされて
虚ろなる耳にのこるは
ゆふぐれの渚の砂に

むせびなく波のおとのみ
永劫の波のおとのみ……。

甘き匂ひ

Un parfum nage autour de votre gorge nue !...
——Baudelaire

厳かに夜空に満ちて、星くづの瞬くごとく
限りなき灯しびの影、花やかに揺めくもとに
冷やかな石を枕に、花嫁はしづかに眠る……
蒼ざめし瞼を閉ぢて、くづ折れし花束のごと——
やるせなき甘き匂ひはあらはなる喉にたゞよふ……。
頸だれて、あゝわれ待ちぬ、長き間を、いと長き間
を……
星空をしづかに流れ、灯しびの林を流れ、
世の幸を呼び交ふごとく、ゆるやかに鐘の鳴る時、
祝ほぎの歌のしらべの花のごと注ぎかゝるを——

やるせなき甘き匂ひはあらはなる喉にたゞよふ……。

あゝされど鐘はきこえず、打ちふるふ歌は響かず、
とこしへの沈黙《しゞま》の息に、灯しびは幽かに慄へ
さながらに生命の焔、燃えながら尽きゆくごとく
一つづゝ、また一つづゝ、音もなく消えゆきし時
——

やるせなき甘き匂ひは、あゝしばし闇にたゞよふ

……

牛車

花ちるしたのうしぐるま
やつれしひとの面かげを
仄かにのせてわが曳ける
花ちるしたのうしぐるま
風のさそひにおもふせて
つつむ肌へはあせたれど
まつげをそむる花びらに
なみだの色もはゆるらん
影しづかなるあゆみにも
花のひかりのうつろへば
かなしき鈴をならしつつ
花ちるしたのうしぐるま
花ちるしたのうしぐるま

はごろも

松が枝にはるはきぬらむ
うぐひすの声も冴ゆらむ
うらかぜにしら帆もはれ
うしほには舟こそながせ
あをなみに月はさりつつ
空はみなぎるがくのねや
　波とはごろも
　波にはごろも
さゞめきて潮はみつるや
雲さけて照るははごろも
しぶきして日は生れたり
しぶきして日は生れたり

挿話

その日より、朝な夕なを、
杖とりて、われは通ひぬ、
牢獄の壁のした道。
日はさゝず、樹々はそよがず、
いつもいつも、舗道の石に、
空ぐるま、虚ろにひゞく。
その道に、われらは逢ひぬ、
その道を、往きつ戻りつ、
同じこと、われら語りて、
人の世を、ともに嗟きぬ。
幸はひを、われは説きしに、
汝が瞳、いつも悲しく、
ひたすらに、人眼に怯え、
たゞひとり、その身を責めて、
逢ふごとに、色も褪せつゝ、
汝が頬は、日に日に痩せぬ。
目のあたり、見つゝすべなく、
この胸は、悔のみまさり、
われ故に、汝れは苦しみ、
汝れ故に、われも苦しみ、
誓ひてし、心も弱く、
汝はいひぬ、『別るゝ時』と。
頸垂れて、われは答へず、
遠ざかる、汝をば追はず、
入日さす、淋しき空に、
影法師、永久《とは》にかくれぬ。
そのひより、主《ぬし》まつ犬の、
心もて、われは通ひぬ、
牢獄の壁のした道。
その道に、日ねもす立てば、
汝れが眼に、宿る涙か、
囚はれの、洩らす吐息か、
雨雲の、いつもいつも
空蔽ひ、ひくゝ垂るゝは……。

小唄

巷をゆきてわが思ふ
いづこの空を仰ぐべき
いづこの石に憩ふべき
今日も昨日も明日もまた
巷に雨のふるなれば
巷の雨にうたれつゝ
秋の木の葉の散るごとく
果つる命と知りながら
ふとせきあぐる哀愁の
とゞめあへねば今日もまた
巷の空を仰ぎつゝ
巷の空をわたりゆく
鐘のゆくへにあくがるゝ

秋の小唄

青磁を愛づる指先に
　古りにし夢やかよふらむ
冷きいろの柔ぎに
　灯しびのかげ映ゆるらむ
しぐれの音に瞬けば
　ひとみに揺らぐ秋のいろ
涙と共に飲みほせば
　落葉の香こそのこりけれ

うれひの舟

山々にさ霧ながれぬ
みづうみに漣たちぬ
もろもろの小花の群は
ゆふぐれの風に慄へつ
その岸にわれは流しぬ
櫂もなき愁ひの舟を
汝が眠る姿をのせて
流れゆく愁ひの舟を
ひろごれる雪の衣に
蒼ざめし瞼をとぢて
くろ髪の藻に枕して

まどろめる愁ひの姿
一輪の花の泛びて
波の間に漂ふごとく
水底の歌に曳かれて
流れゆく愁ひの舟は
みづうみの波に揺れつゝ
ゆふぐれのさ霧に消えぬ
見送りて小花の群は
ふるへつゝひそかに泣きぬ
その岸にわれは流せり
ひとゝきの愁ひの舟を——。

声あり

星の夜は汀にいでよ
櫓をとりてとく仕度せよ

いまこそは船出する時

この世にて愛せしものゝ
想ひ出に舟を満して

いまこそは船出する時

希望なき暗き波間へ
美はしき世を夢みつゝ

たゞひとり船出する時。

耳にかくいへる声あり
とほきより、とほき墓より――

星の夜にいへる声あり……。

春の渚

はゝそはのはゝ燃えゆきにけり
――茂吉

春の渚にたゞひとり
涙流して葦を刈る
寂しき子らが瞳には
とほき汐路や映るらん

はゝを尋ねて
はるばると

海をわたりて
　来し汐路

春の渚にたゞひとり
涙流して葦を焼く
寂しき子らが瞳には
面かげのみや映るらん

渚の葦に
　燃ゆる火に
かすかに泛ぶ
　はゝの影

あゝ天地にたゞひとり
涙流して笛を吹く
寂しき子らが瞳には
白き雲かげうつるらん

はゝそはのはゝ
　燃えゆきて
煙となりし
　雲のかげ
恋ふるがごとく
　漂ひて
あゝ消えゆきし
　はゝの影……

白き蛇

時蘭けて空はもの憂く
ものなべて亡びの気配——

老樹あり　己が齢に
おとろへて　枝を傾く……

水の面　風は　死に絶え
大いなる白蛇はひとり
まどろみの影をおとせり

鱗なす白き肌へに
雲ひくゝ垂れてうごかず
冷やかに醒めやらぬ夢
永劫のかなたにかよふ……

いくばくの時はすぎしや……？

もたげたる首を　仄かに
薔薇いろの光そめたり……

秋の噴水

秋くれば汝れをともなひ、噴水のほとりに行かむ
あたゝかき杉生の苑の石の上に、汝れを横たへ
その胸にこの手を添へて、安らかに吾も臥しつゝ
ししとに睫毛にそゝぐしたゝりに瞼をとぢむ

胸底に秘めたる花の口寄せてさゝやくごとく
泣きぬれし祈念に薫る告白の吐息のごとく
水盤のさゞめく声は片時もたゆることなく
落葉ちる苑生の奥に、しづかなる時は流れむ

あゝかくて深き眠りに、もろともに落ちゆきし時、
西空に冷く凝る朱の血のいろに映えつゝ
細りゆく水の調べはたえだえの沫あぐれど

冷やかな石の枕に、くだりくる黄昏の靄
地にたれし長き衣を、横たはる二人に曳けば

沈みゆく夢魂の闇は、忍び泣く歔欷をきくのみ。

潮風

目を閉ぢよ　潮風に
胸ひらかん
　海の香に
瞼の上の太陽よ
あゝ幸福のひとゝきよ

くだけつゝ　わが足濡せ
かゞやく波のざわめきよ

肉の香よ
　まろき腕よ
　　蔦色の肩よ

灼かれ　ぬぐはれ
　いま　砂上に跳躍する！

風よ　風よ　とほき国々よ
　夢に　まどろむ島々よ

金色の波に沫して
　すぎゆくもの
　　　白帆よ

あゝ　紺碧の一線！
　　　絶え入る心！

天空に描く眼に見えぬ輪の幻惑！

風か？　帆か？
　翼か？
　　力満ち満ちしはためきよ！

飛び去れ！　一瞬の影！
虚空を結ぶ一本の箭！
　　あゝ
　　　囚はれの魂……

夜は来りぬ

あゝ夜はつひに来りぬ……

遥かなる墓標に咽ぶ木枯はけふも荒びて
わが窓の枝を揺るがせ、空とほくわたりゆくなり
あゝ汝れを失ひ果てゝ憂悶の重き心は
醒めやらぬ夢を尋ねて、あてもなく何処さまよふ
……？

人の世の悲しき文に頸垂れし耳もと近く
悲しげな静きを立てゝ、降り注ぐ今宵の雨は
亡き人の眠れる土に降る雨の音とも聞え
やるせなき悔の鞭《しもと》にこの胸は打たるるごとし……

『あゝ夜はながし、夜はながし』われはふとかく呟きぬ
倦みはてし己が心にたえだえにもの言ふごとく

『人の世の書物をとぢよ、頸だれしかうべをあげよ
いとしげき雨の今宵を、幸はひを待つ人のごと
花やかに灯しびもして、いましばし心遣らはむ
在りし日に、汝れを待ちつゝ、宵毎になせしがごとく
暖炉には柴折りくべてあかあかと火を燃えしめよ
冬深く匂へる薔薇は白埴の瓶にあふれて
花の香の漂ふもとに、きよらかな褥をのべむ
もろもろのたのしき品はわが坐せるほとりに並べ

すぎし夜の宴のさまに、いま一度こゝを飾らむ』
くゝくゝと鳴きつゝ鳥の時告ぐる古き時計は
汝れをまつうれしき時を、いま一度刻みはじめぬ
愛らしき翼《はね》を荷へる頬あかき天の使ひは
冬薔薇の中にゐまひて、祝福をわれに送れり
汝が愛でゝ唇ふれし美はしき玻璃の器も
朱の血のいろかと見ゆるよき酒をしづかに湛へ
照りそふる鏡に映えて、ひそかなる宴をまてり
灯しびのかなしきいろはしめやかな涙に霧らひ
やさしげに闇にまたゝく瞳より降りくるごとく
あたゝかく眩ゆきものをしとしとゝ額にそゝぐ……

あゝかくて、冬の大地が暖かき雨を吸ふごと
よみがへる春の思ひは、胸底にみちひろごりぬ
もろもろの胸に巣くへる憂愁の淋しき群は
春の日の野べに溶けゆく雪のごと、いつしか消えて
忘却の冷き冬にとじされし胸の扉は
なつかしき夜毎夜毎の歓びに、またも慄へぬ

あゝいまは何を恐れむ……?
　そも何をわれは嗟かむ……?
よしたとへ、外の面に風の悲しげに吹き荒ぶとも
よしたとへ、凍れる土に音たてゝ雨は降るとも
此処のみはよろこびの灯に星さへもかゞやくごとく
あたゝかき汝れが息吹はさながらに立ち匂ひつゝ
柔らかに抱くがごとくわが胸を蔽ひつくしぬ……

移りゆく時の嗟きもはや遠くわれを去りしや……?
うつゝなき耳にはすでに、雨の音も木枯の音も
いと遠きものゝごとくに、しみじみと囁くものは
　かすかなる訪れの音、
　ふるへつゝ扉にふれて忍び音にわれを呼ぶ声
　……
その声のきこゆるまでは

その声のきこゆるまでは――

あゝたとへ、夜は長くとも、雨風の音はしげくとも
とゞめえぬ時の嗟きは世の人の胸に満つとも
この耳は何もきこえず、この胸は何も思はず
人の世をとほく離れて汝が胸に憩ふがごとく

汝がことを、たゞ汝がことを
　ひたすらに思ひつゞけむ

うれしげに動きてやまぬ灯しびに目を凝しつゝ
夜の虹を仰ぐがごとき面影に身をつゝみつゝ

巡礼

わが妻よ、旅にいでばや、一日かく夫はいひぬ
われらかく老い果てたれば、人の世に待つものはなし
さかしらにいへる言葉も、いたづらに耳に厭はし
亡き親の代にせしごとく、巡礼の旅にいでばや

白き足袋、白き脚絆に、手にもてる鈴をふりつゝ
ちゝはゝの悲しき歌を、しめやかに吟みつゝ
疲るれば、汝れを背に負ひ、もろともによろぼひ歩み
しらじらと寂しき路を、蝶のごと、彷徨ひゆかむ

かくて夏いつか去りゆき、秋くれば何処に在らむ
　……？
されど身は何処にあるも、旅なれば、何処もおなじ
あてどなくわが行く方に、しづかなる雲は流れて
柳散る水のほとりに、足伸べて、しばし憩へば
布洗ふ村の乙女は、吐息して、独り語らむ……

『さびしげな二人が旅よ、人の世はかくのごとし』と。

しづかなる瞳

しづかなる汝れが瞳は、しづかなる汝れが笑まひは、
たとふれば冬のみ空の遠果てにいざよふ雲か
仰ぎみる淋しき胸は、故しらぬ悔に疼きて
わがおもひ涯てなき空にあてどなく漂ふごとし

しづかなる瞳をみれば、しづかなる笑まひを見れば
幸はひのあまり深きに、わが心いたく怯えぬ
世の人もいふにあらずや、幸はひは夢にすぎずと
もろもろの歯がみと嘆きいつの日か襲ひきたると
あゝ吾はこれを信ぜず、ひたすらにこれを否めど
人の世のかなしき定め、背きえぬことを思へば
そはいつか、いつの日なるか、逃れえぬさだめの時
　は……？
あゝ知らず、かひなきわれは、汝《な》を胸にいだきしめ
　つゝ
狂ほしき接吻の間も、唇にくりかへすのみ……。
『しづかなる汝れが瞳よ、しづかなる汝れが笑まひ
　よ』

潮音

汝はきくや、汝れも恋ふるや、みんなみの潮のひゞ
　きを
いまは亡き栄えをたゝふとこしへの潮のひゞきを
　……。
さらばわれ汝れに語らむ、荒くれが男の命、

その口にかたり伝へしもろもろの昔がたりを――
光茫のかすめる空や、そが見たる謎の邦々、
あるは又、珠と沈めるわたつみの夜の宮居を――、
さらばわれ汝れに語らむ、うら若き海の男が
もろ腕に、波をくゞりて、獲しといふ奇しき王女を
――。

さらば汝も、生命に誇るくろがねの男の胸に
水底の王女のごとく、蒼ざめし素裸のまゝ
しろがねの月を浴みつゝ　淋しげに抱かるゝ時――
大いなる夜をたゝへて、荒くれが太き喉より
嗄がれし声もてうたふ唄ごゑを夢にきゝつゝ
南の潮のひゞきに、ゆるやかに錨をあげむ……。

啓示

罪深き女の心憐みて神もいはずや……？
汝が心われのみぞ知る、汝がすべてわれに委ねよ
汝が肉も汝れが心も、今よりはわがものなれば
あるまゝの汝が姿もてこの胸にしづかに来れ……！

わが肉の五つの傷に、わが愛のしるしを見ずや
……？
かくばかり鞭打たれつゝ、かくばかり衰へ果てゝ
汝がために流せし血なり、わが愛の淋しき血なり
唇をひそかにあてゝ、乳のごと、甘きを啜れ……！

魂よ、もろき器よ、すゝり泣く罪の女よ、
忘れえぬ幸をもとめて、汝が乳房いのちに病むや
……？
人の世のあだなる夢に、汝が心狂ふといふや……？

いとせめて、空ゆく風に、星かげの冴えわたる夜は
素足もて、巷に立ちて、道をゆく人に尋ねよ
『十字架のそびゆる丘はいづこなる方にありや』と。

美はしき秋

――噴水のほとりに立ちて――

ひろごれる胡蝶の翅のあざやかさに匂ふがごとく
蒼穹に衣裳をのべて、美はしき日の正午たり
仰ぎみる絢爛の樹々、金色の箭を射るごとく
秋の日は焔の座よりその葡萄の房ささげたり

風ひらく瑠璃色の門、大気は鐘楼のごとく
影揺らぐ寺院をすぎてひめやかに鳴りいづる時
散りまがふ黄金《こがね》に映えて、映えかへる明鏡の奥
落葉は啓示のごとく、瞑想のとばりをかゝぐ

ひそかなる祭礼に似し憂愁の青き翅音に
浴みする寂光の脚、翳ふかき愁石のうへ
しづかなる花紋を撒けば、沈黙の泉のほとり
まどかなる夢に虹して、追憶の散華そゝげり

かざし見る翡翠の珠に、仄かなる愁ひを寄せて
底深き胸の泉に滾々と詩の湧くごとく
垂れこむる瞼のうへに、揺れやまぬみどりの房よ
ゆるやかに照り崩れつゝ、噴きあぐる千々の接吻

……

花々の鈴うち揺りて遁走する調べのごとく
盃もなき饗宴に、細りゆく祈願の弧線……
消えかゝる正午の虹に化粧なき肩を曝せば
悔恨の白き吐息は涙なき頬を濡らせり

今にして何をか冀ふ

今にして何をか冀ふ？　みじめなる人の心よ
汝が瞳はやに疲れぬ　汝れが手をわれにとらせよ
せめてこの秋の一夜を　しめやかな涙のごとく
硝子戸をしづかに伝ふ　夜の雨に耳を澄まさむ

何故にきよきを冀ふ……？　何故につよきを冀ふ
……？

既にして木の葉は落ちぬ　悲しみに人は汚れぬ
力なくか弱きがまゝ　浅しく醜きがまゝ
くだかれしその姿もて　この胴にしづかに来れ

とけ多き世にながらへて　劫えたる人の心よ
さげすみの冷き眼　こゝにしてしばし忘れよ
よしたとへ歯がみと嗟き　汝がひめし夢にみつとも
身に受けし汚辱をかぞへ　慄へ泣く夜はあるとも

こゝをかの世にいれられぬ　人々の棲家と思へ
世のこゑもとゞかぬ処　波さわぐ小島と思へ
窓の戸をふかく閉せる　夜の部屋に灯しびを消し
望みなき闇に向ひて　いらだてる心しづめよ

あゝわれもいたく疲れぬ　いつはりにいたく疲れぬ
われも又心はおなじ　性あしき己れと知れば
今はたゞ弱く貧しく　あるまゝの二人がうへに
いさゝかの耐ふる心を　ひたすらに乞ひ願ふのみ

今にして何をか冀ふ……？　みじめなる人の心よ
美はしき季節は去りぬ　もろともに人は疲れぬ
あるがまゝたゞあるがまゝ　その外は何も思はず
とこしへの闇のしゞま　ふる雨に耳を澄まさむ

あけがたの雨

さむざむと玻璃戸をぬらす
あけがたの雨のふるころ
悲しみに凍るがごとく
きさらぎの雨のふるころ
ものうげに夢にきこゆる
雨だれのしづくの音に
小止みなきしづくの音に

ふとわれは夢より醒めぬ

あけがたの冷き床に
雨のふる淋しき床に
失へるものゝ思ひに
いたづらに己れを嗟き
果てしらぬ悔をいだきて
のぞみなき空にさ迷ふ

夜な夜なの夢の涙に
泣きぬれし目をあきし時

われは見き、己がほとりに
見もしらぬ一人の女
したしげにわれを目戍りて
頸だれて坐せる姿を――

そのさまを仄かに見れば
そのさまは
　あゝそのさまは――

故しらぬ悔に疚きて
啜りなく人の心に
忍びよるあさあさ毎の
寂寥のその影のごと
浅ましきその影のごと

くちびるは悲しきまでに
口紅のいろに染められ
しどけなき姿のまゝに
灯しびのかげにうなだれ
蒼ざめてわれを眺むる
その頬のさびしき笑みも
くちびるにかなしく残る
口紅のけしえぬ媚びも
見るものゝ病める心に
さながらに語るがごとし
　あけがたの雨ふる空を
　わが夢の雨ふる空を
　憂愁の瞳にうつる
　とこしへの雨ふる空を――

『あゝきみはいかなる人か?
いづこより来りたまひし?
のぞみなきこのあけがたに
雨のふるこのあけがたに
さびしげに枕べにきて
うなだれし見しらぬ人よ
何ゆゑにかく浅ましき
姿してきみはゐたまふ……?
何ゆゑにかくしたしげに
きみはこのわれを見たまふ……?

そもきみはいづこの地にて
かなしみのいづれの時に
このわれを見知りたまひし?
あゝわれにはや覚えなし
なにごともはや覚えなし
かなしみに衰へしごと
きみを見し時も処も
きみが名もきみが面ても
このわれにはや覚えなし……』

枕べの見しらぬ人は
わが言へることばをきゝて
心なくいひしことばを
悲しみて嗟くがごとく
淋しげにわれを見つめて
何ごとか言はむとすれど
力なくあるかなきかに
唇にうごかせるのみ
口べにのいろもかなしき
唇をうごかせるのみ……

『あゝきみは言ひたまふらし
何ごとか言ひたまふらし
されどわが心よわりて
耳さへもうとくなりしか
いひたまふ声はきこえず
何ごとも耳にきこえず
いたづらに聞ゆるものは

ふりしきる雨の音のみ
しわぶきの音にも似たる
咽びなく声にも似たる
あけがたの雨の音のみ……

いとせめてその手をのべて
わが指にふれしめたまへ
やさしげなきみがみ髪を
この頬にふれしめたまへ
ふる雨のあまりに繁く
その音のあまりに繁く
声をきくすべもなければ
慰むるすべもなければ……

あゝきみがさしのべたまふ
このみ手のつめたきことよ
わが頬にかすかにふれし
この髪のぬれたることよ

あゝきみは来りしならむ
必ずや来りしならむ
見もしらぬとほき空より
あけがたの雨にぬれつゝ
あけがたの雨ふるなかを
とぽとぽと来りしならむ
きみが手のかくも冷えしも
この髪のかくも濡れしも
またきみがかく浅ましき
姿ともなりたまひしも
あゝされぱその故ならむ

たぐひなききみがなさけよ
はかりえぬきみがなさけよ
そのきみが瞳のいろに
しみじみと見入らせたまへ
湛へたるなさけの露を
唇にすくはせたまへ
あたゝかききみが息吹の
ゆたかなるきみがみ髪の
わが面にふりかゝるまで
雨のごとふりかゝるまで

ちかぢかと顔よせたまへ……

…………………………

あゝきみがふかきなさけよ
たぐひなきふかきなさけよ……』

…………………………

…………………………

ふりかゝるみどりの髪は
　ふさふさと瞼を蔽ひ
草の葉のふれあふごとく

さやさやと耳にそよげり

その胸にかうべをあてゝ
目を閉ぢて耳をすませば
とほくより又近くより
しめやかに囁くごとく
ふりしきる雨に交りて
息の音もきこゆる思ひ
仄かなる胸にかよへる
息の音しきこゆる思ひ……

くろ髪の隙より仰ぐ
眼ざしは慈愛に霧らひ
露ふかき葉末に光る
淋しげな星かげのごと
慄へつゝ空にのこれる
あけがたの星かげのごと——

その甘き星の滴《しづく》は
睫毛よりしづかにあふれ
こぼれては
またこぼれては
しとしとと露のごとくに
くろかみの房をつたひて
この喉をうるほすごとし
あくがれに衰へはてし
この喉をうるほすごとし

……………………………
……………………………

あゝかくて草葉のかげに
幼児のやすらふごとく
あけがたの風に吹かれて
けだものゝ地に臥すごとく
くろかみの雫にぬれて
いつしかに眠りゆく時——

わが夢は運ばれゆかむ

あけがたの星の彼方へ
眼ざしにかすかに宿る
淋しげな星のかなたへ
あけがたの雨にぬれつゝ
きさらぎの雨にぬれつゝ

わが夢は運ばれゆかむ……

誓ひ

『誓ひてよ　いとしき人よ
わが思ふいとしき人よ
地に咲ける花より外に
空に棲む星より外に
この世には知る人もなき
けふの日の二人がことは
何ごとも胸につゝみて
われが名は人に言はじと

世をおそれ人目に劫え
ひたすらに忍ぶ心の
いかばかり苦しかるとも
いかばかり切なかるとも
こらへてよ　たゞこらへてよ
わが思ふいとしき人よ

あゝいつかその時のきて
はかなさを知る時のきて
よしわれは　君に捨てられ
忘らるゝ身とはなるとも
けふの日の在りしを思ひ

耐へしのぶ心はあれ
怨まじの心はあれ
この胸はよも耐へえまじ
わが恋の世にあらはれて
心なき人目にあふを……

あゝ君よ　問ふことなかれ
この胸に問ふことなかれ
悲しみに馴れしこゝろの
何ゆゑにかくも弱きと

誓ひてよ　たゞ誓ひてよ
わが思ふいとしき人よ

悲しみのいとゞにふりて
人の身の耐へがたき日も
かすかなるあはれにふれて
風のごと胸さわぐ日も

あゝ君が心に燃ゆる
愛の火の消ゆるのちまで
灰のみの残るのちまで
われが名は人に言はじと
誓ひてよ　いとしき人よ』

かく言ひて　われを眺めし
眼ざしは胸をはなれず
さながらに罪のゆるしを
乞ふごとくいひしことばは
切なさを声につたへて
いまもなほ耳にのこれり。

その故に　いまこゝにして
文をかき歌つゞるわれ
これも亦空しき業と
いつはりのはかなき業と
心にはかねて知りつゝ

捨てやらぬ性をもつ身の
世に生けるそのしるしとて
いさゝかの栄《は》えをも冀ひ
あるときは人の心の
とこしへのまこと冥すと
自らにかくは言ひつゝ
自らをしばし慰め
悲しみを胸にあばきて
それをもて歌つゞるわれ

面かげにひめし姿は
天つ日のごとく匂へと
わが歌は命にみちて
世の人の耳にひゞけと
あゝわれも願ひはすれど

誓ひたることを思へば
この胸はそゞろに痛み
ことさらに疲れしさまに
かすかなることばを選び
ものうげにゆるき調べを
たえだえにたゞよはせつゝ
やるせなき胸の吐息に
うつし身の姿を蔽ふ……。

あゝされば世の人は、よし
こゝろみにわが歌をよみ
あはれなるふしに惹かれて
わが胸にそをはぐゝみし
人の名を心にたづね
さまざまに手だてをつくし
その慧き眼をこらし
謎めきしことばの裏を
いかばかりおし測るとも
慧き目をほこれる人よ
よもきみも知ることえまじ——

人の世の固き誓ひに
つゝまれし心のうちを
その底にひそかに秘めし
人の名も、その面かげも……。

あゝきみは知ることえまじ
あゝ人は見ることとえまじ

もろもろの物の形を
沈めたるさ霧の中に
おぼろ夜の月にも似たる
蒼ざめし影より外は――。

揺籃

揺籃《ようらん》にはなびらしきて
ながら病める胸をうづめむ
花びらにひそむ乳房に
くちづけの涙そそがむ

われもまた弱き心に
枕せむ　汝が臥すほとり……

ひそかなる風にうごきて
揺籃のゆるくきしれば
声のなき歔欷にふるへて
こぼれ落つ　花のいくひら……

なれが香の染みて匂ふを
憂愁のつゆすふごとく
唇にしづかにうけて

垂れかかる髪をいだきて
揺籃のうすらあかりに
しばらくは　われも眠らむ……。

書簡・その他

昭和二十九年一月七日

明けましておめでとうございます。

御手紙と原稿入手いたしました。御懇切な御言葉をいただき有難うございました。こうしてささやか乍ら仕事が出来ましたことも先生の御激励の賜であります。今後も何とか頑張って御厚情に報いたいと考えて居ります。

さてルオー論ですが、これは元来「小林秀雄論」のはじめにくる筈のリルケの風景画家論から偶然派生したもので、その結果小林論でいうことが一部こちらへ入りこみ、又こちらで言い尽せないことを小林論の方へ廻すといった具合で、根本的に無理ができました。その癖はじめの五、六枚のところで一番苦労したのですが、結局うまく行きませんでした。おかげで小林論の方もひどく書きにくくなって困っているところです。そういう次第で、今この形をこわすと収拾がつかなくなりそうな気がします。そうならぬ程度に、読者に唐突な感じを与えぬように手を加えたいと思います。

問題は、風景画とか、風景画家とかいう言葉から一般の人がどういうものを受け取るかという点にあるようです。私としては、リルケの著書の中で〝レンブラントは偉大な風景画家だった、彼の崇高性（これは宗教性といってもよいと思います）は、生を風景画的に見たというところから来る〟という言葉に接した時、突然眼がひらかれたような感じがしたので〝風景画家としてのルオー〟という表題だけでも読者はそこから何かの暗示をうけ取りはしないかと考えたのです。しかし風景画という言葉にはもうそんな力はなく、普通には空虚な、陳腐そのもののようなひびきしか伝えないようであります。独文の若い人などと話しても、リルケの『ロダン』はいいというが、この『風景画家論』は殆ど読んでもいないようです。恐らく表題そのものが魅力を感じさせないのでしょう。ところでリルケの風景画観というものは独創的なもので、風景画にこれだけの意味をもたせるということは、リルケの外には誰もしていないのではないかと思います。この、風景を求めて転々とした詩人の真の思想を把握することは困難ではありますが、しかしそういうことを離れても風景画という言葉はなかなか示唆に富んでおります。それは絵画ばかりでなく文学の方面にも適用できるし、私はリアリズムなどというあいまいな表現よりもこの方が正確でいいと考えております。たとえばフローベェルの手法の新しさも、リルケのいう意味での風景画的であったところにあります。又ドストエフスキーのような作家の中にさえ、天才的風景画家を見出すことができます。勿論〝風景画家としてのドストエフスキー〟というといよいよ変なものですが、さすがに小林秀雄はその風景画家ドストエフスキーをしっかり見ています。実際はリルケがレンブラントについて言った言葉は、ドストエフスキーにそのままあてはめていいもので、ジイドもいっているように――つまり風景画的に――描いています。たとえば有名な『地下室の手記』の独語も、〝みぞれまじりの夜〟の実感から切り離しては意味がなくなります。ドストエフスキーはどんな思想を表現する時でも、そういう風景画的な背景を忘れません。そしてその背景は思想そのものに劣らず重要でそれ自身が思想であります。彼は最も語りがたい思想――そして彼にとっては語り難いものが真の思想であったのですが――を風景に託しております。風景にそうした語りがたい思想を語らせたという点では、ドストエフスキーは他に比類を見ない作家で、ここに彼の天才の秘密がかくされていると、私は考えております。一枚の木の葉について語りつつ、隠微な思想を表現する。そうした彼の魔術も、やはり彼の風景画的な技法から来ていると思います。一言にしていえば、リルケの考えている風景画的精神とは、象徴主義に帰着すると見られます。たゞリルケの本当の思想は仲々摑みにくく、私自身にも未だよくわかっていないといった方が本当です。というよりも、私に入っていけないものが奥の方にあるような気がします。ここに書いたリルケの風景画についての見解も、実は私自身の考え方になってしまい、又そういう限りでしたが、私にはリルケの思想が摑めていないのです。で、あれをリルケの風景画観といってしまうには、少々自己流の考え方を加えすぎているのです。先生が指摘しておられますように、私の文章が東洋の山水画の精神と同じもののように聞えるのも、私の考え方が自然に東洋的な考え方に傾いて行くからでしょう。

勿論リルケの中には東洋的なものが確かにあります。しかし先生がシャトオブリアンの名を出されていることは、更に意味深いものがあると思いました。たしかにリルケの思想は、浪漫派にさかのぼります。浪漫派詩人こそ実に風景の発見者でありす。これはシャトオブリアンには特によく当っています。彼は魂を通じて風景を探求し、心なき風景を孤独な魂の告白にまで高めることができた人です。フロオベェルがシャトオブリアンの文章を模範にしていたということは、甚だ特徴的です。この見方からすれば、近代の精神を風景画の精神だったと言ってもよいのではないでしょうか? ここで東洋というものは一応考慮の外におく訳ですが。また一方この点から、東洋の山水画と近代のロマンチズムを源とする風景画との相違を考えることもできるでしょう。リルケは風景画というものの成立する条件に、人間と自然との分離ということを挙げています。すなわち近代に至って人間と自然の内に分離が生じ、人間は自然との内に横たわる深淵を自覚するようになった。自然に対して人間は無縁なものとなり、孤独なものとなった。このような自覚に立って孤独な人間は、自己の孤独に耐えつつ自然を他者として、深い畏敬の心をもって眺めるようになったが、このことから、はじめて風景画が生れたといっていいます。したがって東洋の山水画にある自然に帰一するあの安らぎ、老子の「常徳離れず、嬰児に復帰すべし」という境地とは同一でないものが近代の風景画の精神の中にあるように思われます。ただルオーの場合、自然の非情な沈黙が、キリストのしずけさの中に注ぎ込むことによって、そこに東洋的なものに一味通じるものがあらわれています。恐らくルオーがあのようにくりかえし風景の中にキリストと子供たちを描こうとしたのも、「常徳離れず　嬰児に復帰する」そのような境地を求めたからでしょう。しかしそこへ辿りついた道程は東洋人とちがったものがあると思います。ヨーロッパ人は自然と和解するためにはキリストを必要とするとすれば、我々は人間社会と和解するためにキリストを求めています。我々は自然の敵意を感じません。自然は我々にとっては理解しやすく、人間社会は理解しがたく敵意のあるものに感じられます。我々は人間社会で傷ついた心を自然の中でいやされようとします。とはいえ我々の中でも我々と自然を結びつけている絆は次第に失われつつあるように見えます。先生は「ただそこにあるということの謎」という言葉からセザンヌの静物画を連想されましたが、私も書きながらセザンヌのことを念頭にうかべておりました。実はこの言葉はリルケにはないもので、私が勝手につけ加えたものなのです。私の考えでは、風景画をつきつめたものがセザンヌの静物画になるのですが、リルケ自身もそう考えていたかどうか、この辺に私の考え方とリルケの思想との開きがでてくるように思われます。

もう一つ、先生の書き込みの中に、恩寵の問題があります。あそこで挙げた人間のタイプの比較において、恩寵の問題は当然取り上げるべきでありました。近代人ともう一つ別のタイプの人間、「嬰児の心」simple cœur の人々、すなわち悪党にもなれば聖者にもなる、そういう人々にあっては恩寵は全的に働きます。彼等にあっては一度恩寵にふれれば人殺しをするような者も聖者となることができます。恩寵のドラマが演ぜられるのは彼等のような魂の内でです。『楡の木陰の欲情』もそういう意味ではやはり恩寵のドラマになっています。単純な魂の深さは、分析という方法が不可能な点にあります。これを描くためには、彼等を恩寵の場である試練に投じることによる外ありません。しかるに近代人、知識人の場合には、彼等の良心そのものが、反省そのものがしばしば恩寵の働きを阻害します。聖者にもなれず、悪党にもなれないというのが彼等の運命であります。彼等には本当の意味でのドラマが欠けています。彼らは恩寵の圏外に暮しています。思うに人間は単なる反省によって救われるものではなく、むしろ暗黒の中を前進することによって救われるのでしょう。だから我々の生命の危機においては、我々の迷いのもととなる反省を拒否する力が必要な場合があります。私は病中の一番苦しかった時期にフローベェルの『聖アントワーヌ』の中の〝私は石になりたい〟という聖人の叫びをしばしば思い出しました。ともあれ、新しい文学はドラマチックなものの追求を要望しているように思われます。その点アメリカ文学には期待すべきものがあります。彼らはこの「嬰児の心」simple heart を実にしっかりと摑んでいます。

ところで私ののべたような風景画観とルオーとがどう結びつくのか、肝心のところが依然としてあいまいなままに残されています。私はリルケがレンブラントについて言った言葉こそルオーを解く鍵であると信じたのですが、ルオーの絵にある詩を分析して見せることは出来ませんでした。ただ風景をみていると、あれこれの風景というよりも、風景そのもの、風景の魂といったものが直接我々に語りかけて来るような感じがして、それが私に風景画の精神について考えさせたのでした。私の場合、我国の和歌俳句の伝統に立って風景というものを考えていたようです。それがリルケの風景画観に啓示をうけ、ルオーの風景画精神の探求となったわけです。

実をいうと、私はリルケのいう風景とガブリエル・マルセルの「旅人」（ホモ・ヴィアトール）とを結びつけて見たいのです。私が「晩秋」を黄金の旅情といったのは、あの画が黄を基調としていることと、もう一つはあの絵——というよりも、すべての風景画があらわしている情緒を、旅情と形容するのが、一番ぴったり来るような気がしたからです。我々は旅人にならなければ真の風景というものは我々の前にあらわれては来ない。リルケは〝芸術家とは哲学者のように謎をとこうとせず、謎を愛し敬う人であり、芸術作品とは愛をもって飾られた謎である〟といっていますが、この心は旅人の心であります。この思想は小林秀雄がいつもそこに帰っていく核心にある思想であって、私が小林に教えられたもっとも立派な思想であります。「画家は、物理学者のように物体の等価を認め、而も物体の外見を決して壊さぬ。物理学者が破壊し得る物体の内部構造とは、画家にとっては、物体の不滅の外形にまつわるヴィジョンの一様式にすぎぬのではないか」と小林は「偶像崇拝」の中で書いています。又「謎は年と共に深まるが、いよいよ生々と裸になってくる」というサント・ブーブの言葉によく出会います。小林はミレーの〝敬虔なペシミズム〟について美しい言葉を書いていますが、彼の現在の心境をよく語っているような文章でした。同じ著書の中で小林はゴッホの次のような手紙を引用しています。ゴッホはそこでゴンクールやツルゲネフのことを語りつつ、「彼等は女のように死ぬのだ、こういう人達は、神についての固定観念もなく、抽象もなく、無関心なストイシスムもなく、人生に対する侮蔑もなく、感じ易く、生々としていて、いつも自意識を失わず、ひたすら堅固な生活の地盤に立っているが、彼等こそ女のように死ぬのだ。余りに愛しすぎたためにみじめな女のように」と書いているのです。ドストエフスキーと全く同じ思想です。確かに現代人は愛しすぎたがために女のようにさびしく死なねばならない。外に死に様はないのです。それを思うと小林の敬虔なペシミズムという言葉の意味が一層よく分って来ます。それは旅人の心、その智慧——人生を、通りすぎねばならぬ一つの道程と見て、これに深入りしようとしない、旅人の智慧であり、これこそ現代が忘れているものです。私は風景画の精神からマルセルの fidélité を引き出してくることもできるような気がしております。

大変長々と書いてしまいました。乱筆で定めし読みづらいことと存じます。実は今書いた中で〝ルオー論〟の補いになるようなものがあれば、後記のような形でルオー論の後にもって来てはどうかと考えました。しかし読み返してみて我ながら感心しません。折角書きましたので一度先生にお目通しいただければ幸いであります。特に大部分が「小林秀雄論」の中で取り扱う筈のテーマでありますので、そのつもりで読んでいただいて、何か御意見でもあればお聞かせねがいたいと存じます。

また身体のことを御心配いただき感謝致します。幸い、年があけてから平常に復しました。もう大丈夫と思います。「小林秀雄論」も今迄のところ一応まとめて、早く一くぎりをつけたいものと考えております。

一月七日

越知保夫

木村先生

昭和二十九年二月五日

寒さが厳しくなりましたが皆様お変りございませんか。ぼつぼつ試験も近づき相変わらず御忙しいことと存じます。ベルナノスは完成されましたでしょうか。

さて雑誌の原稿の集り具合はいかがですか。私も小林論毎日気にかかりながら一日延ばしに今日まで延ばして来ました。その間覚書のようなものが大分たまりましたのでその中から二三書き抜いてお目にかけようかと考えております。

ルオー論についての先生の御言葉からその後も色々考えました。ようやく自分が考えていたことがやや明瞭化して来たような気がします。一言でいえば諦念ということについて考えていたのだと思います。マルセルが「旅人」（ホモ・ヴィアトール）の中で、ギュスターヴ・ティボンの次のような言葉を引用しています。

Tu te sens à l'étroit. Tu rêves d'évasion. Mais prends garde aux mirages. Pour t'évader, ne cours pas, ne te fuis pas ; creuse plutôt cette place étroite qui t'est donnée ; tu y trouveras Dieu et tout. Dieu ne flotte pas sur ton horizon, Il dort dans ton épaisseur. La vanité court, l'amour creuse……

クローデルもこれに似た思想をジャック・リヴィエールに書き送っていたと思います。小林秀雄もドストエフスキーを、一所を守って動かず成熟していった魂であると見ています。私にはマルセルが、旅ゆく者を論じつつ一見その反対のように見える一所を守る精神を強調しているところが素晴しいと思われるのです。諦念の問題は今の私にとって一番大切な問題で、病後はじめての仕事に風景画家論をテーマに選んだことも偶然ではなかったような気がします。こういうところから今後の自分の思想を育てて行きたいと考え、よき機縁を与えて下さったことについて深く感謝致しております。
　先日拝借中のベルナノス《Un mauvais rêve》を読みましたがこれは実にすばらしいものでした。恐らく現代カトリック文学中の白眉でしょう。新潮社が何故これを全集に加えなかったのか不思議な位です。一度この書の翻訳のことも御相談したいと考えております。（中略）
　何とかして雑誌の方を成功させたいのですが、生活が戸惑いの形なので、志がにぶり勝ちでした。原稿を書かせるということが、金の問題よりももっと難問題だということが漸く分って来ました。よき編輯者となるためには人に書かせることが上手でなければならないので、これが自分に出来るかどうか一寸心もとない気持がします。しかし私達の力でこれを守り立てて行くことができれば、現代のシニスムの破壊の嵐の中に、何か新しい希望を形成することができるでしょう。この頃カロッサを少し読んでいるのですが、今の自分には非常に心にふれるものがあります。
　それではいつ頃そちらへ参上したらよいか、お知らせ願います。私の積りでは去年のように三月上旬頃がどうかと考えていました。それでゆっくり構えてしまったわけですが、もっと早い方がよいとすると、大急ぎで小林論をまとめなければなりません。末筆乍ら皆様に宜しくお伝え願上げます。

越知保夫

木村先生

昭和三十年十二月二十九日

御手紙有難うございました。皆様にぎやかにクリスマスをお迎えのことと存じます。
さて拙文につき懇切な御批評をいただき有難く存じました。早速御返事いたしたいと思い乍ら、次号の原稿のことやら忘年会やらでゆっくり筆を取る機会なく失礼いたしました。

さて一番問題となる点は「自然」ということにあると思います。これはとても重大な問題で、私にはこれについて満足な答えを出すということは出来ませんが、小林の考えている「自然」というものには、色々教えられるように思うのです。小林は「実朝」の中で、「流れゆく落葉の淀む江にしあれば暮れての後も秋は久しき」という和歌をひいて、秀歌というものは自然との深い親近から生れてくるものだ、といっていますが、彼はセザンヌの絵に対しても同じ気持を抱き、又そこから出発しているように思います。私は小林のそういう自然に、東洋的なものを感じるのですが、彼の考えている自然体験はミスティックなものに通じていると思うのです。彼が、セザンヌは自然に向って愛しているという、しかしそれは言葉にならぬ中に自然の沈黙の中に呑み込まれてしまう。そしてセザンヌは深淵に向って身を投げ出す、といっている個所などは、ミスティックの体験の大切なものにさえ触れているのではないでしょうか。聖者にとっては、神は又そのような深さではないのでしょうか。そういう訳で、小林の引用しているセザンヌの言葉を『キリストの模倣』と比較することはさほど無理だとは思えないのですが……。とくに『キリストの模倣』がコローの枕頭の書であったということを考えて見ればコロー、ミレー、セザンヌとつながる自然と『キリストの模倣』との間には意外に深い内的なつながりがあるのではないかという気さえするのです。小林が「彼らこそ自然に還ろうとして誤たず自然に還った人たちであった。」という時、その自然は、ルソーの自然ではなく、もっと全く別のところへ通じる道であった、ということをいっているのでしょう。

祈りということについても、小林が、セザンヌの絵は彼の自然に対する信仰告白であるといっている位ですから、やはりそれほど不自然ではないように思います。先生もお読みになったと思いますが、『近代絵画』の最後の方でセザンヌの晩年の肖像画について、小林は非常に感心しているらしく（それは二人でカルタをしている図の方かと推察されますが）こんな風に書いてあります。「この人たちは百姓らしいが明日は畑に行くとも思われず、永久にカルタをつづけているように思われる。彼らはカルタをしているというよりも、カルタを聞いている……」そして、ちりぢりに消えさる空しいものは姿を消してそこに永遠があらわれ、名づけがたいものへの信仰があらわれていることを指摘しています。つまり小林にとっては、それは中世の宗教画と同じ思想を表現していたのです。ちがうところは、中世の画家たちのように、宗教的な題材や聖者を描かず、カルタをしている男とか、セザンヌ夫人とか、その辺の風景とか敷布とか食器とかばかり描いたことだった。しかしセザンヌはそういうものを通して中世の画家の到達していたところまで到達したのだと、そういう風に考えていると思うのです。私がルオーの絵の宗教性はこの風景画家的精神に源をおいていると考えたのは、小林がセザンヌの中に見ている「自然」と同じものではなかったかという気がします。そしてこの思想の根底には、ボードレールの

　自然は神の御社にして
　その生ける柱は時折おぼろげなことばを洩す

という象徴主義の思想が存在します。このことは、近代人にとって自然というものがどういう意味を持っていたか、又象徴主義という思想が近代人の魂にどれだけ深く根ざしているか、を考えさせます。小林がミレーの晩鐘の図について、これらの農夫が耳をすましてきいているものは自然の声である、といった気持も非常によく理解されます。

勿論、まちがった自然があります。パスカルの La nature est corrompue といった意味の自然です。このことについては、こんどのモンテーニュ論で少し触れてみましたが、こういう自然のつかみ方につい

てもう少し考えてみたいと思っています。いまグリーンの Léviathan をよんだところですが、そういう風によむと、非常に面白いと思いました。グリーンとモンテーニュを対照させて自然というものを考えたいと思っています。

別の話になりますが、先日マルソーのパントマイムを見て来ました。道化論をかいてみたいという考えもあって行ったのですが、近来にない感激を味わいました。こんどはこれを書いてみるつもりです。

今日はこの位で筆をおくことに致します。御返事がこんなに遅れてしまったことを、くれぐれも御詫び申上げます。又印税の方も御心配いただいて有難く存じます。未だ来ませんが間もなく届くだろうと思います。

それではよいお年をお迎え下さるようにお祈りいたします。

十二月二十九日

越知保夫

木村太郎先生

昭和三十一年三月二十二日

春らしくなりましたが、新学年を迎えてお忙しいことと存じます。お葉書いただいて以来、ゆっくりお返事致したく、いつも心にかかりながら延び延びになっております。

何より、先生のお言葉をいただくと書いてよかったという心持がいたします。病中のことを考えると、何故もう少し勉強しておかなかったかと残念でなりません。何をやるにも一からやり直さねばならず、今の状況では、結局間に合わせ仕事しかできません。内心恥しく思っているのですが、しかし人間というものは、いい状況が与えられればそれだけ仕事ができるというものではないように思われます。

こんどのモンテーニュは、グリーンのところが割合うまく書けたような気がします。モンテーニュの方は大体が学校の講義で話したようなことなので別にどうということもないようなものになりました。実はもっと外のことを書く積りで若干用意していたのですが、うまく行きませんでした。

正月の休みにカミュの homme révolté を読みましたが非常に感銘を受けました。そこで monde sans grâce ということをいっていますが、サルトルやカミュの無神論的実存主義の意図しているものを一口にいえば、人間を恩寵から切り離すことにあるのだと言えるように思います。ところがグリーンやベルナノスも、別な意味で、この monde sans grâce を探求しているので、そこに両者の間に一味通じるものが見られるのだと思います。中世が自然と超自然との調和という上に築かれていたとすれば、近代はこの間の断絶にはじまるともいえましょう。モンテーニュの自然はこの超自然から切り離された自然であったと見られます。私は、モンテーニュの自然に対して、反カトリック的であるかどうかという風に見る態度をつとめて避けました。モンテーニュが見つめたものを見つめること——先ずそれが大事だという気がしています。

この次の号にはマルソーのパントマイムのことを書きました。その次にパスカルの figure という思想を取り扱って見たいと考え、ジルソンの『中世哲学』などを借りて来て読んでいます。出来れば一度、名古屋へ行っていろいろ御教示を得たいと思っています。

末筆ながら皆様に宜しくお伝え願います。

三月二十二日

越知保夫

木村太郎先生

越知君の手紙

木村太郎

くろうぺすに越知君の手紙をのせたいと言われるので、さっそく、あちらこちらしまいこんでおいたのを探し出して、数えてみたら、手紙が四十九通、ハガキが二十八枚あった。誰のでもみなとっておくわけではないが、越知君のにはおのずからそうさせる何かがあったのだろう。

年代順にわけてみたら、次のような数が出た。

昭和二十七年　手紙二
昭和二十八年　手紙十五、ハガキ二
昭和二十九年　手紙十一、ハガキ一
昭和三十年　手紙四、ハガキ三
昭和三十一年　手紙五、ハガキ一
昭和三十二年　手紙二、ハガキ十四
昭和三十三年　手紙三、ハガキ一
昭和三十四年　手紙もハガキもなし
昭和三十五年　手紙七、ハガキ五

最初の手紙が昭和二十七年十月十二日付で、最後のが昭和三十五年十二月二十六日付である。つまりこの約八年間越知君とわたしとの文通は続けられたわけで、また越知君とわたしとの付合いもだいたいこの八年間のことなのである。わたしが越知君を知ったのは越知君の長兄昌三君を通じてであった。昌三君とわたしとは暁星中学校の同期であった。クラスがちがったので、最初はほとんど交渉がなかったが、中学の三年の時わたしが父を失って寄宿舎に入るようになってから急に親しくなった。それで大阪の家へ泊りがけで遊びにいったこともあったが、年がだいぶちがうので、その頃の越知君をわたしは少しも覚えていない。わたしが越知君を知ったのはずっとのちのことである。たぶん昭和二十七年のことだったと思う。「弟もこの頃やっと起きられるようになった。何か仕事があったらやらせてみてほしい」と昌三君に頼まれて、南山大学の夏期外国語講習会を手伝ってもらった。それから二、三年、夏になると来てもらったし、翻訳の仕事なども手伝ってもらった。またカトリックの仲間で雑誌を出す計画なども一緒に立てた。そんなこんなで、二十八、九年には文通が比較的繁かった。この雑誌の計画は結局立ち消えになってしまったが、しかし、これが越知君の病後ペンをとるキッカケになった。そのことを考えると、この雑誌の計画もまんざら無意味でもなかったと言える。いっこう実現しそうもないわたしたちの雑誌の計画に見切りをつけた越知君は「くろうぺす」の同人になった。そしてわたしたちの雑誌のために書き始めていた「小林秀雄論」をくろうぺすの八、九、十号に連載し、またすでに脱稿していたルオー論を十二月号に載せた。このルオー論のはがきに越知君はこう書いている。

次の小論は、一昨年開かれたルオー展を見てきた直後に書かれたものである。……これは長年病床生活を送った後で曲りなりにもどうにかまとまったものが書けた、その最初の文章なのである。随分長い間書こうと思い乍ら、どうしても書けなかった。自分にはもう仕事は出来ないのではないかとさえ思われていたのである。そういう状態からはじめて脱出することができた機縁になったのが、このルオー論である。

だからこのルオー論は越知君にとってまことに記念すべき文章なのである。

昭和二十九年一月八日付の手紙はこのルオー論に関するものである。越知君はルオー論の原稿を、一度見てもらいたいといって、わたしのところへ送ってよこした。折り返し越知君からきたのがこの手紙である。相当長いものであり、頁数の都合もあろうが、これはぜひ載せてもらいたいと思う。なおこれに引き続いて、二月五日付の手紙をくれた。わたしが提出した疑問についてさらに考えたものがここに述べられている。この手紙もぜひ載せてもらいたい。

なおもう二通、ぜひ載せてもらいたい手紙がある。それは昭和三十年十二月二十九日付のと三十一年三月二十二日付のとである。前者はくろうぺす十五号の「近代・反近代」に関するものであり、後者は十六号の「モンテーニュの問題」に関するものである。

以上わたしの選んだのは、いずれもくろうぺすに越知君が発表した文章に関するものである。内容からいって、くろうぺすの文章と重複するところもあるが、しかしそれぞれわたしが提出した疑問に対する答として書かれたものであって、おのずと自分の文章についての弁明、あるいは註釈になっているからくろうぺすに発表された文章と併わせ読まれるならば興味が深いだろうと思う。

手紙といえば、何か私事的な内容を期待されるかも知れないが、そういったものはほとんどないといっていい。最近奥さんからもらった手紙には、昭和二十二、三年頃から二十八年頃までの越知君の日記が残っていて、それは「最も孤独な時期」のものと思われ、「信仰に向いつつ、内部の闇にひき戻されながら救いを求めるうめきのようなものがあまりに生々しく残されている」とあったが、そういった跡はわたしへの手紙にはほとんど見られない。越知君はほとんどいつも仕事のことしか語っていない。あとは用件的なことばかりである。ただ時として生活の不安について洩らしているところもある。それに対してわたしのしてやれたことはせいぜい翻訳の仕事の世話ぐらいのものであった。もっと何とかしてやれたらと残念でならない。仕事の面でも大してやれなかった。ただ越知君の書くものを力になってやれなかった。

読んで、そのつど心に浮ぶ疑問を書き送ったくらいのものである。それでも越知君は非常に喜んでくれた。それほど越知君は孤独だったのである。越知君がくろうぺすの同人になったのは昭和二十九年のことであった。そしてその年の九月発行の八号に「小林秀雄論Ⅰ」を発表した。文章を書く自信を取り戻し、また励まし合う友を得た越知君は目に見えて元気になっていった。いわゆる「暗い日記」が二十八年頃で終っているのも偶然ではなかったのである。

わたしが越知君から個人的な問題で相談をうけたのはあとにも先にも結婚問題ぐらいのものであろう。その間わたしは、その結婚が自然的条件からいって、将来大きな困難を予想させるものに思われたので、何よりもまず奥さんを信仰の道へ導くことを越知君に勧めた。幸い奥さんは洗礼を受けた。埋葬の日に奥さんに会って、そのあまりにしっかりしているのにわたしは驚いた。「はじめから覚悟していました」と奥さんは言った。越知君も「ぼくの書くものはすべて子供への遺言だ」と言っていたと言う。

越知君は「旅人」Homo viator の思想に深く惹かれていた。越知君の死に遭って、まずわたしの心に浮かんだのもこの思想だった。

今わたしの目にはルオーのあの「郊外のキリスト」の絵がまざまざと浮かんでいる。そしてその風景のなかのキリストがいつかわたしには越知君に見えているのである。

一九六一年三月二六日、枝の主日

「詩を読む会」例会報告

北原白秋

二月二十日、第四回例会。出席者十一名、研究題目に北原白秋と三木露風を予定していたが、時間の都合で露風は次に廻した。担当者は福井さんだったが、都合で遅刻されたので筆者が代理をつとめた。一応予期されたことだが、白秋に対する同情は微々たるもので、前の藤村、有明、泣菫、敏の場合には、一同がとにかく共感をもって読んだ詩も可成あったが、白秋にはそれが殆どなかった。読んだ詩は前期の『邪宗門』『思い出』『東京景物詩』から七八篇、後期の『水墨集』『海豹と雲』から五六篇。筆者の好みから「邪宗門秘曲」「凋落」「晩秋」「糸車」「落葉松」などが読まれた。

その時出た意見を拾うと、白秋の詩は全くの拵えもので、人の共感を呼びうるものが全然ないという全面的否定、これが一つ。白秋には人間的なものが欠けている、内部を見ていない、従って現代の我々を動かす力がないという意見。朔太郎の詩と比較して、たとえば同じ「敵がいる」という詩句のあるものでも、白秋の場合は幼児感覚であって朔太郎の近代的な意識にくらべると、次元の低いものだという意見。肯定的な方では、文学史的に見てこれまでの四人には現われていない現代の生活感覚、一種の「感覚のくずれ」が認められ、そこに朔太郎や中也の萌芽があること、詩の言語と感覚を現代生活の広汎な分野に拡大した点に彼の業績を認めようとする意見。彼は元来素朴な詩人で後期の「落葉松」など愛誦するに足るという見方。或は彼の振幅の大きさとか、又これは筆者の意見だがユーゴー的なもの、ボードレールが、「天才の豚」と嘆じた意味での天才を認める見方。この外、前期をとるか後期をとるかについて意見が分れたが、これは解決を見なかった。大体この辺ではなかったかと思う。

これらの意見を後で考えてみると、やはり白秋の近代性――或は前近代性といった方がよいかもしれぬが――が問題になってくる。白秋に「感覚のくずれ」があることは事実である。が、彼には、ボードレールをはじめ近代詩人の宿命であり、彼らが詩作の場として選んだ自意識上の苦闘は全く見られない。彼が人間の内部を見ていないとする意見もここにある。この点で彼は技巧派であり乍ら、本質的には素朴な詩人であった。むしろ彼は詩人の本能から自意識を極度に怖れた。本来、詩的霊感と自意識とは両立しがたいものだ。この両立しない霊感と自意識の相剋こそ近代詩の生れた場所だが、白秋は怖れた。怖れは彼の感情の最も大きな部分を占めている。彼の「敵」は自意識であった。この恐怖が彼を幼児の世界、自意識の未だめざめない、未分化の世界に溺れさせた。幼児感覚は彼の詩の霊感の源をなすもので、そのことは或る意味では彼が天性の詩人だったことを証明しているとも見られる。且つまた幼児のこの無意識の世界に深くわけ入ったということは、全く新しい領土の開拓であったことも認めなければなるまい。と同時に、彼が幼児的な世界しか歌えなかったということは、人間性というものが歌えていないという事にもなる。恋人を歌い母を歌ってさえもそこには人間性が、現われない。こんな詩の何処がいいのかといった意見が生れる所以もここにある。これは詩人として致命的ではあるが、尚これをもってしても彼を全面的に否定し去れないものが詩の中にあると思う。私としては、彼の日本語のリズム、音楽性に対する、人麿以来とでも評したい感覚を取りたいと思う。「邪宗門秘曲」は最も聞きぐるしい、非音楽的な外来語を殊更寄せ集めて来て、全く新しい言葉の独自の音楽を創造しようとした大胆不敵な試みで、彼が言語の音楽性について抱いていた自信が窺われ、事実見事に成功していると思う。その限りでは、彼の技巧派としての面目躍如としている。「化粧《けはい》の料《しろ》は毒草の花よりしぼり」という、毒から美を造り出すということが彼の一生を通じての念願であった。

彼が無意識的な詩人（この意味でもユーゴーと比較できる。ついでながらホフマンシュタールはユーゴーが子供を歌ったということを彼の独創性として高く評価していたそうである。）であったということは、彼の詩の音楽性と密接な関係がある。彼の発想は根底がリズムで、リズムがきまれば、イメージの方は自らリズムに沿うて生れてくるという風に見える。だから、リズムが乱れている時は、イメージも乱れ、いたずらにイメージにイメージを積み重ねるばかりで、詩的効果が上っていないが、リズムが明晰に摑めている時には、イメージも明晰となり、見事な出来栄えを示している。「落葉松」もその一例だが次に掲げる「糸車」などは、筆者の好みだが少し大げさに言えばヴァレリーのいうmiracleに達しているとも言えるかと思う。

糸車

糸車、糸車、しづかにふかき手のつむぎ
その糸車やはらかにめぐる夕ぞわりなけれ。
金と赤との南瓜《たうなす》のふたつ転がる板の間に、
「共同医館」の板の間に、
ひとり坐りし留守番のその媼《おうな》こそさみしけれ。
耳もきこえず、目も見えず、かくて五月となりぬれば、
微《ほの》かに匂ふ綿くづのそのほこりこそゆかしけれ。
硝子戸棚に白骨のひとり立てるも珍らかに、
水路のほとり月光《つきかげ》の斜に射すもしをらしや。
糸車、糸車、しづかに黙《もだ》す手の紡ぎ、
その物思やはらかにめぐる夕ぞわりなけれ。

編集後記〔くろおぺす十二号〕

　去る五月八日同人安水稔和君の詩集『存在のための歌』の出版記念会が三宮パウリスターで催された。筆者は病気のため出席できなかったが仲々盛況であったようである。若い詩人の第一歩を祝福しようとする人たちが私たちの周囲に少くないということは、クロオペスの仕事自身にも希望をもたせてくれる。文学の仕事は元来孤独なものである。が一方目に見えぬ糸で未知の無数の心とむすびつけられている。詩人は孤独の中でたえずこの未知の心と応答をくりかえしつつ自己の仕事を形成していく。この意味でそれはあくまでも共同的な営みである。私たちが骨を折ってクロオペスを出しているのも結局はこの目に見えぬ糸を編んでいるのだともいえる。私たちはそのことを忘れないで、この糸をしっかりと握って、未知の心とのむすびつきを一層深めて行くように仕事をすすめて行きたいと思う。

　こんどの編集は少し方針をかえて巻頭作品の取扱いは止めた。しかし特別の意味があってのことではない、適当な作品が見当らなかったからである。毎度言うことであるが、全同人の執筆を強く要望しておきたい。同人雑誌の健全な発展のカギはここにあると信じる。

　こんど鈴木雅也氏が復帰された。捲土重来の意気で大いに書いていただきたいと思う。

詩集『存在のための歌』について

「詩を読む会」で三木露風を読んだ折、安水稔和君がこんな発言をしたことがある。自分はこんど露風を読んで失望した、露風は底が浅いという感じがした、白秋はもっと自分の中の色々なものを詩の中に歌っている。だからこそ、露風の詩人としての生命が短命に終ったのに反して、白秋は死ぬまで詩を書きつづけることが出来たのだ、と大体こんな意味だったかと思う。白秋と露風という対照的な二人の詩人の特質のこのような把握には、詩人が詩人を理解しているのだという、何か生理的な動かせないものがあって、非常に教えられるところがあった。ところで私は安水君を生理的な詩人という風に感じている。知的乃至は情的ではなく、生理的だという意味である。先の意見にしても、安水君は詩人を評価するのに、純粋性という見地からではなく、詩人の生命力やその根強さという点から評価しようとしている。否、安水君にとっては、純粋な詩人という観念は、この本能性の深さ、純粋さをあらわしていると見てよい。だから深い本能に即して詩作していった白秋の方が、露風よりも純粋だということになる。こういう考え方は、安水君のように非常に若い詩人の場合注目すべきことではないかと思う。

白秋をここに持ち出したのは、安水君が一番近い資質の詩人は、白秋ではないかと、私には思われるからだ。詩からうける印象にも両者似たところがある。白秋は技巧派のように見られているし、事実そうである。(表現上のバーバリズムは彼の最も忌み嫌うところであっただろう。)が同時にまた素朴でもある。露風の方が或る意味では知的だと言えるだろう。白秋の言葉を紡ぎ出す操作は単純で無意識的で生理的である。その意味で素朴なのだが、素朴が詩人の心を単純にのぞかせてくれるという意味では素朴とはいえない。白秋はあくまでも言葉の詩人であって、――つまり真の詩人であって、――彼が手をふれる一切のものは忽ちかの天衣無縫の言葉に化してしまう。一切はここで先ず言葉なのだ。その言葉は均質で、明るく、かげ一つない。が、この明るい言葉の背後には、不透明な一つの森がある。《真昼の中の夜》がある。そこには、告白といった心の弱さはどこにも覗いていない。これらの言葉はそういう人間的な弱い心から生れて来たというよりも、詩人自身にさえ窺いえぬ本能の深みから生れて来たという感じがする。一つ一つ磨きのかかった言葉でありながら、執拗な体臭を感じさせるのは、その故であろうか。

つい白秋のことばかり書いてしまったが、いま言ったことは安水君にもあてはまるのではないかと思う。安水君は今后どういう風になって行くだろうか。これは勿論分らぬことだが、私には、白秋がくずれて行ったという意味で、くずれて行くのではないかと思われる。そう進むより他ないように思われるのだ。しかしくずれるといっても、弱体化して行くというのではない、一層根深く赤裸々なものを打ち出して行くという意味である。こうして詩の幅と深さをまして行くのではないだろうか。私はそれに期待している。

四季の詩人たち

「詩を読む会」例会報告

三月例会は「四季」を中心とする詩人グループを読むことにした。三好達治から始めて丸山薫、田中冬二、津村信夫、立原道造、伊東静雄という順に拾い読みしていったが、出席者も少数で、これといった意見も出ない中に、目ぼしいところはあらかた読んでしまった。私も詩人の顔触れからみて多少は話もある気でいたが、個々の作品を前にしてみると具体的に取りあげたい問題も思い浮ばなかった。後で雑談に移った時、時代的背景ということが話題になった。私の関心も主としてここにあるので、例会報告からは大分離れるが、それを少し書かせて貰うことにする。

先ず断っておきたいが、私は年齢から言えば「四季」とは何か関係がありそうな筈だが、実際は何もない。詩を解さなかったせいもあって、当時「四季」を手に取った記憶すらない。このような詩に対する無関心は言語道断と見られるかもしれないが、これは必ずしも私一人のことでなく、私が大学に入った昭和六、七年頃といえば、時代がそうであったので、そういう私から見れば現在の詩の隆盛（?）の方が幾分異常に感じられる位である。したがって直接には「四季」の影響はうけなかった訳だが、それにも拘らず近頃自分の中に「四季」との一種の血縁めいたものを覚えるようになった。前に書いた小林秀雄論にしても、今思うと小林を、その「四季」的な面から見ようとしていたのだと言えないこともない。私の頭には、「四季」のことを考えようとすると、小林、河上（徹太郎）、三好、中原、梶井（基次郎）といった若い作家群が一つにむすびつき、彼らの時代と烈しく対決している苦闘のさまが浮び上ってくる。彼らを無意識の中に導いていた思想は何であったか。私はそれを考える。これは勿論「四季」を直接語ることにはならないが、その精神について何らか触れるところがありはしないかと思う。

一般に言って、「四季」の詩人は外見は割合大人しそうに見えて、内部に何かシンの強さといったものを持っている。その彼らの背骨をなすものは、私には anti-moderne すなわち反現代的精神であると思われる。そして彼らが反抗した相手は、一つは左翼のイデオロギーであり、他方はいわゆるモデルニスムであったと見られるが、彼らにとってはこれは必ずしも二つのものではなく、時代の流れを追う時代精神という点では同じ一つのものの「さまざまな意匠」であって、彼らの自己形成はこの時代精神に対する懐疑と反抗からはじめられたといってよい。マリタンはコクトオに向って「凡そ誠実な精神であって anti-moderne でないものはない」という意味のことを言っている。先に名をあげた青年たちは主としてフランスのサンボリストを勉強していた。そして彼らがボードレールやヴェルレーヌやランボオに学んだものは、何よりも先ずこの anti-moderne の精神であった。彼らが、近代精神とは、自分で自分を食い裂くような痛烈な批判精神であると考えたのも、同じことを指している。そこが、これまで象徴派の詩に意匠の新しさを見、これに魅惑されていた人達と彼らの異るところである。当時世間ではモダーンという言葉が流行していた。彼らはモダーンというものを信じなかった。そういう新しさの裏にある精神の古さによく気付いていた。彼らの中には日本の近代への疑惑がめざめ、贋ものの「近代」から脱出し、これを克服しなければならぬという決意が次第に形づくられていた。それが彼らを都会とくに東京に背をむけさせ、後に「四季」と「コギト」を近づけた一つの理由であろう。

当時マルクシズムはジャーナリズムを風靡してい

た。否ジャーナリズムだけではなく、個人の談話の中でも大きな力を振っていた。しかし彼らの反抗は、「左」に対する「右」という風なものではなかった。彼らが反抗したのは、イデオロギーというもの自体に対してであったと言える。イデオロギーというものは一つ一つの個性を否定しようとする。一つ一つの「物」は、どんなささやかなものでも、他とは混同できぬ己れ固有の形を天からうけて存在しているのだ。この差別を抹殺することは圧制である。だがイデオロギーに憑かれた眼にはそのような個々の形の差別は映らない。彼らの眼は片隅のささやかな事物の上には注がれない。それらの一つ一つを見分けるには愛情がいる。理解がいる。詩人たちが反抗したのはそこである。梶井基次郎がレモンの中に見出したものも、他と紛れようなく存在している物の「形」であって、この形についての真剣な反省は人をイデオロギーのある処から非常に遠いところへつれていく。彼らは自然に近づいたが、彼らはそこで宮沢賢治のように百姓になって自然にかえろうとしたのでもなければ、藤村のように自然に托して己れの心を歌おうとしたのでもなかった。彼らがイデオロギーの世界を去って自然の上に眼をむけた時、そこに見たものは一切の物が、一木一草にいたるまで己れ自身の形を守っている姿だったのだ。彼らはそこにdivinな世界を垣間見たとも言えよう。梶井基次郎の「城のある町にて」はそういう感動を生々と伝えている。この病弱な詩人が一個のレモンの形を言語に定着させようとして生命を縮めるような苦しい制作を実行したのも、レモンが垣間見させたこのdivinな世界を捉えたいという願いからであろう。

また三好達治の

雪

太郎を眠らせ、太郎の屋根に雪ふりつむ。
次郎を眠らせ、次郎の屋根に雪ふりつむ。

のような詩が我々を誘い、我々の前に突然ひらいて見せるものも、「城のある町にて」の作者の見たものと同じ世界なのである。

しかし社会革命のための文学が叫ばれていた時代の空気の中で自分たちのささやかな仕事を守りぬくということは並大抵ではなかったと思う。彼らは文学というものをどういう風に考えていたのだろうか。それについて河上徹太郎がヴェルレーヌの「叡智」の訳の序文で言っていた言葉が思い出される。そこで彼は自分が青年時代にこの詩集一巻によって救われたことを述べ、ヴェルレーヌという一人の飲んだくれの放蕩無頼の徒が、ひとたび敬虔な心にかえって歌った時、その歌は最も厳格なカトリック信者の心さえ動かし、その耳に不快なひびきを残すようなただの一句もなかった、という事実が私を救ってくれたのだと言っている。私はこれを読んだ時、当時のこれらの若い作家たちの心がそこに如実に覗えるような気持がした。彼らは大むね生活においてはデカダンであった。或は自分をそういう風に考えざるをえなかった。彼らは知人や家の者からは見放された不良であり、現代の混乱と懐疑の子である。しかし彼らにあって、すべてが現代の悪によって失われたのではない。この失われなかった何ものかを救うということ、これが彼らの文学にかけた祈りであった。彼らは性急であった。そして自己を救おうとする苦しい闘いの中で、多くの才能が短命な生涯を閉じた。大岡昇平は死んだ中原について、その家族の一人が、「あんな人間のために皆さんがこんなにまでしてやって下さることが、自分たちには分らない、」と述懐したことを伝え、そのあとに、それはもっともなことだと附け加えている。この大岡の言葉は仲々意味深いものを示唆している。浪漫主義者にとっては、世間や民衆の無理解に対する憤りと侮蔑は共通のテーマをなしている。ところが、大岡の言葉は、民衆のそのような無理解に少しも不平を持っていない。私は、これは大岡一人の感慨ではなく、中原自身にしてもそう考えていたに違いないと思う。この詩人たちは民衆の埋もれた声なき生活の意味を理解しようと努めた。しかし民衆に理解を求めはしなかった。また民衆の生活を改善しようとも考えなかった。リルケが風景画家について語っているように、彼らは民衆の沈黙と忍苦の生活から、彼らの心のたよりになるものを取り出すことに努めたにすぎない。彼らは屡々村を歌った。村は自然と人とが一つにとけ合っている、民衆生活の真の姿であった。彼らにとっては民衆は自然と同じものであり、自然と同じように無関心であった。彼らはそのような無関心を善しと見たのである。彼らは自分を世に無用なものと観じ、彼らの文学を何か文学以外のものに役立てようとは考えなかった。彼らはただ自然を前にして自分自身をととのえようとしたのだ。時代の混乱の中で精神的にも物質的にも見失った形というものを、自然との親近性において回復しようと願ったのだ。かくして文学はそのような自己救済の手段であり、造型への意志は自己救済の意志と一つとなった。この自覚から、芸術至上主義などというものとは全く異った謙虚なしかも厳しい仕事への献身が生れてくる。これが、芸術の階級性とか政治性とかを強調した時代の思想に対して、彼らが自己を支える支柱とした思想ではなかったかと思う。

例会で田中冬二の詩を読んでいる時、安水君から、これは受けとるためだけの詩であるという意見が出た。私には何か「四季」の詩人の急所をついた意見のように思われたが、残念乍ら、意がよく摑めない。芭蕉に「虚にいて実を行う」という言葉がある。これは余りに実につきすぎているという意味であろうか。私なりに考えてみると、「四季」の問題は、自然へ出て行った者が、どういう風にして再び人間へ帰ってくるかという問題であるように思われる。結局人間は人間の中に帰ってくる外ない。芭蕉は晩年「志を高く持して俗にかえるべし」といった。

そして洒脱を説いた。彼は自然の寂寞を探った後、生活というものの尽きぬ味わいに思いをひそめたように見える。「四季」の世界は俳句的なものにつながっているが、芭蕉のそれに比べると、その貧しさ、音色の単調さがよく分る。芭蕉の世界は自然と人とが相会し、色と響きと匂いとさまざまな動きにみちたシェイクスピア的な――これは小林の言葉である――流動してやまぬ多様な世界であった。個々の俳句はそのような世界への招びかけであった。芭蕉も又一個の道化であった。

私は堀辰雄を中心とする立原道造、野村英夫などのもう一つのグループに全くふれなかった。この人達は、戦時下にあって自己の世界のいわばリルケ的な純粋性を守った人たちである。そこに anti-moderne の精神を見ることができるであろう。

立原道造に関しては、苦手とする人が、二、三いた。「クロオペス」には女性の間にも立原ファンは見当らぬようである。しかし私はこの詩人を女性ファン向きな情緒的詩人とは思わない。むしろ本能的な詩人であって、その詩は何よりも言語の純粋な力の上にきずかれている。私もまず苦手とする一人だが、この詩人の発想には、何か独特のもどかしさ、摑みにくさがある。彼は「歌をどうしておまえのうちにおくりかえそう」と歌っているが、そのもどかしさは、印象が思想となって明瞭な形に定着されることを嫌い、思想をたえずその源におくりかえし、生成のあいまいさの中に保とうと故意に努めているところから来るようだ。だからこの詩人の世界に入るためには、あいまいさを解こうとせず、辛抱づよくこれと親しむようにしなければならない。これは仲々骨の折れる鑑賞である。

最後に伊東静雄について一言。私にはこんど読んだ詩人の中でこの詩人が一番面白かった。「野の夜」などは、くりかえし読んでみたが、味わいは減じない。不思議な魅力である。「伊東静雄には何か言いたいことがあったのだ」という意見が女性の間から出たが、私にもそういう風にうけとるのが正しいように思われる。この詩人には、つよい沈黙がある。そういう意味で、私は森鷗外の晩年を連想する。二人の間には人間としての偉さを感じさせる点でも共通したものがあるが、鷗外の晩年の作品は、彼が胸中深く秘めた大きな抱負の断片にすぎないのだという印象を与える。そこから彼独特のあそびが出てくるのだが、伊東の晩年の作品にもそういう鷗外的なものに通じるあそびを私は感じる。「野の夜」をよんだ時、小川さんは、何か向うにあるものを感じさせると言われたが、自然はここでは、透明な明るいヴェールのように、その彼方にあるものへ大きくひらかれている。何かを完結させようとする意志が全く放棄されていて、それがこの上なく美しい。パスカルは「流れの中にではなく、流れの上に坐っていなければならない。立っていてはいけない。坐っていなければいけない。」という意味のことを言っている。詩人はここでパスカルの言葉のように自然の底にしずまず、又自然からはなれず、その表面にしずかに安らっているという風に見える。新同人の若い詩人杉本氏の詩に伊東の影響が看取されるのも面白い。「四季」の詩人の中で今なお若い人に影響を与えうる少数の一人であろうか。次に私の愛誦する「野の夜」を掲げておく。

野の夜

五月の闇のくらい野を
わが歩みは
迷ふこともなくしづかに辿る
踏みなれた野の径を
小さい石橋の下で
横ぎつてざわめく小川
なかばは草におほはれて
――その茂みもいまはただの闇だが
水は仄かにひかり

真直ぐに夜のなかを流れる
歩みをとめて石を投げる
いつもするわが挨拶
だが今夜はためらふ
ながれの底に幾つもの星の数
なにを考へてあるいてゐたのか
野の空の星をわが目に見てゐなかつた
あゝ今夜水の面はにぎやかだ
蛍までがもう幼くあそんでゐて
星の影にまじつて
揺れる光も
うごく星のやう
こんな景色を見入る自分を
どう解いていゝかもわからずに
しばらくそこに
五月の夜のくらい水べに踞《しやが》んでゐた

遺稿　バロック雑感　山田君へ

貴兄の今度の雑誌の評論「スヴィドリガイロフ」は大変興味深く拝見しました。あそこで貴兄はバロックについて触れておられますがそれについて僕も少し書いてみたいと思いました。といっても僕のバロックについての知識は誠に貧弱なものでありますが、それでも貴兄とバロックについて話し合うようになってから随分久しいものです。

貴兄が大病のあと僕の家に下宿していた頃、毎日のように話し合いましたがその時も「バロック、バロック」とこの言葉をくり返したものです。当時僕は小林秀雄について評論を書いていました。貴兄はトルストイやヘンリーミラーを読み、ロシアの円屋根建築の研究にかかっていた。僕等はバロックという概念の随分勝手な使い方をしていたのだが、しかし自分の中の一番あいまいな、だが一番稔りのあるものについてこの言葉を用いていたように思う。又小川さんもホフマンスタールの研究からバロック劇の世界に這入っていった。そういうわけでクロオペスとバロックは関係が深いと云えないこともない。

ところで貴兄は『罪と罰』の中には二つの世界がある。ラスコーリニコフを中心とする世界とスヴィドリガイロフの出現と共に現れてくる、或は垣間見られるもう一つの世界があるといっている。この二つの世界のひそかな出会いに貴兄が強い感動を覚えているのがよくわかる。これはシェストフ的なものを感じさせます。勿論シェストフは倫理的であるが、貴兄は芸術的である。

ラスコーリニコフは枠の中に閉じ込められこれに反抗し脱出しようとするが、できない。スヴィドリガイロフの世界ではこういう枠は消え去っている。ラスコーリニコフの世界が有限の、自然主義的な遠近法のある世界とすれば、スヴィドリガイロフの世界は、遠近法のない「面」の世界、その「面」を通じて無限定なものが、ロシア的無限が無気味な顔を覗かせる世界である。貴兄がバロックという言葉で考えているものはこの後者の世界である。そこでバロックは古典主義乃至自然主義と対立する概念である。貴兄が挙げているリーグルやヴェルフリンを知らないので話にならないのですがヴォーリンゲルを考えてみても一応この思索の系統はわかります。僕がいま問題にしたいのはバロックを古典主義の反対概念として把握するということなのです。

僕自身はバロックを「すき」とか「いき」とかと結びつけて考えようとしているのですが、それについてバロックを反古典主義という風に規定することに疑問を感じているわけです。最近ファガソンの「演劇の理念」という本を人に借りて読んだのですがこの点について考えさせられるものがあった。

この書物の中でファガソンはバロックという概念をドイツの美学者とは少し違った使い方をしていたように思う。彼はソフォクレスの「エディプス王」に対して、ラシーヌの「ベレニス」を持って来る。そしてギリシャ悲劇の世界に対してフランスの古典劇をバロックと考えようとしている。彼の云おうとしている思想はなかなかわかりにくいのだが一応こういうことになるのではないかと思う。

彼によれば本来劇は行動でなければならない。彼は劇的行動の展開を「行動の悲劇的リズム」と呼んで、これが悲劇を形成するものであると考えているようである。その典型的なものがソフォクレスの「エディプス」である。この「悲劇的リズム」を分析すれば、目的――葛藤（アゴーン）――受苦（パッション）――認識（エピファニイ）となる。即ちまず行動の目的が与えられる、そこで葛藤が生じる。受苦がやってくる、最後に解決が来て一切が明瞭になる。

「エディプス」では行動がまさしくそのようなリズムで進行するのである。ところが「ベレニス」にはこの「行動の悲劇的リズム」が欠けている。つまりそこには真の意味での行動がない、むしろそこにあるのは行動の一部分に過ぎない、或は或る瞬間に於ける行動である。ラシーヌの描こうとしているものは行動ではなくして行動に至るまでの心理である。劇全体は理性の定めた秩序の中に生起するのであって行動がそういう既成の秩序の外に出るということはない。

フランスの十七世紀の古典劇乃至サロン劇は、こういう意味で理性の劇であってこれはベルグソンがいう意味での一つの閉ざされた世界を作っていると考えて、ファガソンはこれをバロックと呼ぼうとしているようである。だからここではバロックはクラシックの反対概念であるどころかクラシック自体がバロックだということになる。ファガソンはフランスサロン劇の「根を絶たれた感じ」という言葉を使っているが、こういうバロック的性格がミュッセから現代のジャン・コクトーに至るまでのフランス劇の伝統を成しているという見方をしているのである。

僕にはファガソンのバロック解釈が独創的なものなのか、それほど目新しいものではないのかわからない。僕自身はバロックといえばボードレールを思い浮かべ、彼をフランスの作家の中で最もバロック的な詩人の一人と考えていた。そういうボードレールのバロックはクラシックと必ずしも対立させて考えることはできない。そういうところで今度バローの公演に接したわけなのだがあれを見てファガソンのいうフランス劇のバロック的伝統というものを改めて痛感したのである。

岩田豊雄は新聞の劇評の中でバローの演技以上に演出家としてのバローを高く評価して、中でも「クリストファー・コロンブス」の演出を激賞していた。それはバローの特質と彼の演劇理念がコロンブスの舞台の上に最もよくあらわされていたという意味でもあって、バローの演劇理念がここでは歌舞伎的なものに近づいてきているという点を指摘してあった。先刻もいったようにバロックと「すき」とを結びつけようとしていた自分にとってはこれは特に興味のある点である。バローは早くからクローデル劇の上演を希望していたがクローデルは容易にこれを許さなかったということである。

クローデルが日本の能とか歌舞伎を愛好していたということは周知のことであるが、彼がそれらから何らかの影響を受けたかどうか、これは疑問である。が彼の劇の中には歌舞伎から取ったのではないかと考えたくなるようなものが随所に見られる。あのコロンブスの舞台の使い方に僕はそれを感じた。クローデル劇には歌舞伎と同じ強い様式の精神がある。バローがクローデルに演出家としての意欲をそそられたのもこの様式性にあったと考えられる。この様式化への意志というものが演劇人としてのバローの天才を俳優以上にすぐれた演出家に仕上げたという風に考えられるのである。

「ハムレット」はテレビで一部を見ただけであるけれどもここでも心理的なものを様式化しようとするきびしい明確な意識の緊張といったものを感じた。僕は、この様式化への意志こそがいわゆるフランスの古典劇の伝統の根底にあるものであって、フランスバロックを形成していると考えるのだがバローを通じてわずかながらもその現実に触れたことは何か大きな示唆を得た感じがする。特に日本文化の「すき」を通してバロックを考えようとしている自分はフランスバロックと日本バロックとの親近性に触れたことは貴重な体験であった。

だが以上のようなファガソンのバロック概念と普通レンブラントがバロックだという意味でのバロックとはどういう関係になるのか。その辺のところはむしろ貴兄にお尋ねしたいところですが、そのことについて最近に聞いた話があります。

或る日本の画家がアムステルダムの美術館で館長の好意でそこに所蔵のレンブラントをゆっくり茶を飲みながら見せてもらった、その時の話に館長が画家に向ってあなたの国の最大の画家は広重であるといったそうである。不思議に思ってその理由を尋ねるとそれは「市民性」にあると答えたということである。そしてこの市民性に於て広重はレンブラントに通じるものがあるというのである。

この市民性という言葉は普通に取られているよりも宗教的意味に解されるべきであると思われる言葉である。小川さんはいつかバロック劇の世界を「王様と乞食が手をつなぐ世界」という風にいっていたが、この市民性というのもそういう普遍性と解すべきではないかと思う。例えば「浮世」という言葉によって互に結び合わされている一つの無形の共同社会の一人と考えるべきである。それは根元的には宗教的な普遍的な共同意識であり、そこから浮世絵芸術の偉大な様式が生れて来た。

　浮世絵が最後の窮極の表現を「旅」の内に見出したということは深い意味がある。又この外にも二三年前に来日した非形象派の評論家でレンブラントと光琳とを比較していた人があったことを記憶している。勿論そういう見方がどれだけ根拠があるかは問題であるとしてもとにかくそういう結びつきの可能性があるということはバローと歌舞伎との親近性と共に我々のバロック論に一つの示唆を与えるものであることは確かであろう。

補遺――書簡

　補遺として二通の木村太郎宛越知保夫書簡を掲載する。なお句読点は適宜補った。


その後御無沙汰いたしております。

秋めいてまいりましたが。皆様お変りございませんか。

先だって、くろおぺすの拙文に色々御言葉をいたゞき早速御返事しようと思いながら何となく落着かぬま、つい失礼してしまいました。

先日嶋尾公民館でフランス文学の話をさせられました。

何ともないことなのですが、はじめてのことで、すむまで一寸気がかりでした。結果は全く無反響で、失敗であったようです。

しかし一般に最近こういう機会は多くなって来たよ

うです。
一昨日、須磨の聖ヨハネ病院で一晩泊って来ました。
この病院のことは、御存知のことと思います。神言会の方がよく来られるそうですから。ドイツのババリア地方の修道会の経営で、ドイツ小村の素朴さが感じられます。建物も簡易ホテルといった感じで、かえって気分が休まります
先生も一度おいでになったら、と思いました。
その後マルセルの劇のホン訳はいかゞでございますか。
マルセルもかなり読まれるようになりましたから、出版にも期待がもてるのではないでしょうか。それにクローデルの、エンシャンジュなども出版できないでしょうか。あれはとても面白いと思うのですが…
それから、南山では深瀬基寛氏をよばれるとか聞きましたがそうなると南山文学も面白くなりそうです。
小生もマルセルについてはもう一度カトリックの雑誌で書いてみたいという気持をもっていますが、この頃はひどく気力減退で、くろうぺすにさえ毎号書けない始末です。
東洋思想という問題はむつかしい問題ですが、自分としてはこの領域で何かしたい気がしています。
今、源氏物語をよんでいます。大分王朝文学と馴じみになりました。唐木順三の「中世の文学」というのがありますがあ、いう仕事がしたいと思っております。
末筆乍ら、御一同様に宜しくお伝え下さい。
御身体大切に
九月十九日
越知保夫
木村太郎先生
〔一九五八年〕

その後御無沙汰いたしております。お変りございませんか。

新学年もはじまり、お忙しいこと、存じます。

去年の秋お目にか、った時、厄介な話をお耳に入れ失礼いたしました。その折、長い時間をさいて話をきいていただきましたが、あの日のことはいつも心を去りませんでした。その後問題は大変むつかしい状態になったこともありましたが、幸、相手の両親がい、人で理解もあり、最後に娘に対する愛情から折れてくれました。

で急な話でありましたが、二月廿八日に簡単な式をあげました。

式には偶然兄が四人顔を出してくれましたので、どうにか式らしい恰好がつきました。いま離れの方に二人で暮しております。

あんなに御心配いただいた先生に今迄御知らせ申上げなかったことについてはお詫びの申上げようもありません。実は式の直前までごたごたしていた上、式がすむと無理がこたえたのか、半月ばかり寝込んでしまいました。こんどは今迄とちがって責任のあることを思うと非常に不安になりましたが、学校がはじまるようになって身体の方は大分しっかりしてきたので授業もぼち／＼はじめています。それに秋から持ちこしたホン訳があり、これが原稿を紛失するなどの災難もあって、漸く先日片がつきました。そんなわけで、最近やっと一息ついたという形です。結婚通知はどちらにも出さずじまいになってしまいました。

これからは生活問題とも取り組まねばならず前途多難です。

「群像」の懸賞に応募したのですが、残念乍ら落選しました。

〃くろおぺす〃にのせた「好色と花」「エロスと様式」を出したのですが、選外佳作には入っていましたが、候補作品の中にも入りませんでした。

小林秀雄論をもう一度やり直して、——小林秀雄における自由といった主題で、マルセルが、「拒絶から祈りへ」をこれは自分の自由の哲学だといった意味の自由を、小林のベルグソン理解を中心に探求してみたいということも考えています　こういうもので金になればいい、のですが。…

先生の「マリアへのお告げ」はもう出版されましたか。前の「信仰への苦悶」に劣らぬ新訳を期待しております。

今何か御計画がおありでしょうか　何かホン訳のお手伝いの仕事などあれば、是非やらせていたゞきたいと思います。

今度のホン訳は、ドンボスコ社の「je suis — je crois」文庫中の「キリスト教と共産主義」(Henri Chambre)で、私の名前は出さず、原稿一枚百円です。この程度のアルバイトの口でもあれば助かるのですが。ドンボスコが、もう一つやらせてくれるとい、のですが、お知合いでもあれば先生からも宜しくお口ぞえをお願いいたします。

このホン訳のことで、一つお尋ねしたいことがあります。

Condamnation の訳語ですが、これは書物に対しては禁書、人間に対しては破門と訳せばいい訳ですが、マルクス主義のような思想に対する場合は、どう訳すべきでしょうか。私は一応「断罪」としておいたのですが、これは全然いけないので訂正しなければなりません。

御教示ねがいたく存じます。この外 Magistère というのも困りました。最初に Magistère de l'Eglise は教会当局と訳しました。これで大体通じていたのですが、或る辞書に「教権」という訳語がありましたので、これにかえました。しかし「教権の資料…」などという言葉は一般には何のことか分らないと思います。(その点教会当局の資料…といえばよく分

りますが）
しかし教会に「教権」ということばがあるらしいのでそれを用いました。教権でよいでしょうか。
それから拝借のマルセルの著書、もう一度読み直してという未練のためについずる〳〵べったりになって何とも申訳ありません。今「Du refus à l'invocation」をよんでいます。これをよみ了えるまで今暫く御猶預《ママ》願います。
末筆乍ら、皆様に宜しく御伝え願います

四月十八日

越知保夫

木村太郎先生

追伸、只今御葉書頂戴いたしました。

御心配いただき有難く存じます。身体の方も一時回復がおそいので心配になり阪大で電気心動図を取って貰ったりしましたが、その結果も特別の変化もないらしくぼつ〳〵回復してきたので漸く安心しました小関君がこちらに来ることになり心丈夫です。

仕事の方は先生のいわれるように、時評的な方向へ道を開拓しないと原稿でかせげるようにはなれないということが分ってきました。一つテーマを考えています。しかし現代文学をよみ漁るということは、とても大変ですね。

漱石、―竜之介、―太宰という線を、知識人の良心の奥にひそんでいる「やましさ」（自己への懐疑）といったもので従断してみようかと考えています。そして知識人の神という表題をつけたいと考えています。

サルトルなどがいうmauvaise conscienceというのは「やましさ」ということになるのではありませんか。これは私も自信ないのですが。

〔一九六〇年〕

越知保夫に関する
エッセイ・評論

越知保夫著『好色と花』

遠藤周作

この評論集の著者、故越知保夫氏は作品の数も少なく、その名も中村光夫氏や山本健吉氏、平野謙氏のような一部の人を除いては文壇にもあまり知られていなかった。しかし私は砂漠のなかに金鉱を掘りあてたようなよろこびをもってこの本を読み終わることができた。

そのいずれのエッセーも一行一行が著者の信仰と思索とに裏づけられ、たとえばガブリエル・マルセルや邦訳されもした『西洋と愛』の著者ルージュモンなどを語る時も、いわゆる外国文学者の紹介解説にありがちな、根のない、うわすべりを感じない。読者は越知氏が自分でえらんだこれらの思想家や文学者を、自分の人生という歯でかみしめたことを一ページ一ページに感じることができる。

「小林秀雄論」は氏にとってほとんど処女作にふさわしいものらしいが、処女作といっても長い病苦にふしていた氏が昭和二十八年やっと小康をえた時、筆をとったものである。しかしそれにはやはり処女作にふさわしい情熱やみずみずしさが行間にあふれている。著者はたとえば小林秀雄の「ゴッホ」を語りながらこの画家の手紙には「画家と聖者が交々現われ（中略）画には到底表現され得ないような、画として表現されるには適しないような或るものが顔を出している」という小林の意見を引用しつつ、このあるものの探究こそ小林が人間をとらえる地点であると語っている。

小林はそれを「純粋な意識」と名づけ、それについて越知は、「これから先もう行く処がない地点、そこに一つの窓が永遠に向って開かれようとしている地点」だといっている。

このような小林のとらえかたはもちろん、反対の起こるのは予想されるところで、平野謙氏が別な観点から「社会化された私」を頂点とする小林を見たのと対立する。しかし「そこに一つの窓が永遠に向って開かれようとしている地点」にたったのは小林氏と共にこの本の著者自身であり、越知氏はその時からカトリックのふかい信仰に身を投じたのだ。

こうして彼は、人間と地上の永遠的契約を語るマルセルを読み、人間の情熱にたいする愛をのべるルージュモンを解説するが、それはすべて「そこに一つの窓が永遠に向って開かれようとしている地点」からの見かたである。

日本のカトリック界はかつてすぐれた哲学者、吉満義彦氏をもったが、ここにすぐれた評論家、越知保夫氏の遺作を見ることができた。ただ両氏とも同じ病に倒れ、残念である。

序〔『好色と花』（一九七〇年）への〕

中村光夫

越知君とは、高等学校で同級でしたが、当時はほとんど交渉がありません。蹴球部に這入っていたので授業時間のほかは、そっちの方に没頭していると いう風でした。

大学に這入ってからも、彼が左翼運動をやって警察に捕ったということを噂にきいて意外に思ったくらいでした。

少しゆっくり話合うようになったのは、彼が身体をこわして、鎌倉の極楽寺の裏の谷間に療養生活をおくるようになってからで、此方も鎌倉でぶらぶらしていたころだったので、山にかこまれた静かな二階で、寝たり起きたりしている彼とよく半日をすごしました。

話題は大概文学のことでしたが、彼はフランスの本はもちろん、日本の古典なども興味をもって読んでいたようで、その印象を、断定的でなく、しかし執拗く固守する風に話すので、議論するには面白い相手でした。

小説をひとつ見せてもらったことがあります。「煙草について」という題で、彼の実生活に材料をとったらしい兄弟のいさかいをひとつの「良心」の問題として描いたものでなかなかしっかり書けていました。

そのうちに詩をかきだして、今度は吉田健一のやっていた「批評」にのせてもらいました。そのとき、越知君にも同人になってもらったと記憶しています。しかしそのころはもう同人雑誌などやっていられなくなりそうな時勢で、同人の会合もそうできなかったし、とくに越知君は健康上東京にはでられないので、ほかの同人たちと顔を合わす機会はありませんでした。なかに、彼の詩をみとめている者も二、三いたので、そういう友達があのころ得られたら、といまさら惜しまれます。

戦争は本式になり、燈火管制の時代になりましたが、それでも始めの一年ぐらいは、まだ食物にもゆとりがあり、越知君は散歩できるほど恢復してきました。

稲村ヶ崎に住むようになった僕の家に遊びにきて、赤児に湯をつかわせるのを見て笑ったりしたことがありました。これが僕の彼について持っている唯一の陽気な記憶です。このころ彼はまず健康といってよいほどの状態で、泳ぐことは禁じられているが、海に身体を浸すだけの、文字通り海水浴ならできると自慢していました。

戦争がひどくなって、彼が西宮市川岸町というところへ引っこんだときも、僕は大して心配しませんでした。関西は何といっても彼の本拠です。しかしそこで戦災にあい、大阪の家にもどってからの生活はなかなか大変のように手紙でも感じられました。
そのうち関西で出ている同人雑誌に彼の名を見かけるようになり、よい仲間を得たらしいのを蔭ながら喜んでいました。健康を恢復して勤めにでられるようになったと聞きました。彼の苦しかった半生の彷徨もょうやく実を結ぶ時期がきたのではないかと、月並ながら、僕等は期待していたところに突然の訃報をうけて、悲しむより、意外の感がまっさきにきました。

肺結核は、こじれれば治りにくいにちがいないが、いまでは死ぬことはまずない、かりにそういう気の毒な人がいても、それは何年も寝ついてからだ、と素人考えできめているせいもあったかも知れません。疎遠になっていた僕は、彼の結婚も最近お子さんができたこともまったく知りませんでした。

先年の夏、大阪へ行った折に、姫島町の遺宅を訪ねて、初めて奥さんと赤ちゃんに御会いしました。彼が晩年にようやく生活の上でも幸福をつかみ、仕事も軌道にのりかけていたことは、奥さんのお話からも察せられました。

彼がこの幸福からくる負担に堪える体力を持たなかったことが、終りを早めたとも言えますが、人生の一番張りのある季節を生涯の終りと重ね合わすことは必ずしも不幸ではあるまいという気もします。

彼の最期の模様は、——奥さんのお話をきくと——彼自身もこのことを意識していたのではないかと思わせます。

遺された方々の悲しみと不幸にはうたれながら、越知君の生涯については、何か納得が行った気持でした。

今度彼の遺著『好色と花』が手に入りやすい形で再刊されるのは、彼がこの孤独のなかで育てた思想をはじめて世に問うことになるでしょう。

一九七〇年六月二日

中村光夫

あとがき〔『好色と花』（一九六三年）への〕

山田幸平

孤独瞑想の文学者、越知保夫氏の評論集を世に送り出すにあたって、その関係者の一人として望外の喜びにたえない。かえりみれば、昭和三十六年二月十四日未明、越知さんが昇天されてより、まる二年、遺稿集の計画が実行に移されてまる一年、多くの人の協力によってここに漸くその実を結ぶにいたった。

いかなる実生活の苦難に落ち入っても微笑を捨てず、痩身に鞭打って、思索と表現に立ち向った精神の軌跡がここに永遠に記念される幸運を私たちは噛みしめてみるべきである。

一部の人達には読まれていたとは言え、生前、広く一般に知られることなく終った越知さんの業績は、数編の詩、書簡、及び二、三の訳業をのぞいてほとんどもれなく集成されたが、この一巻の書物の成立の事情を述べることは、そのまま越知さんの伝記と、その生涯をかけた文学的抱負をも明るみに出すこととなろう。

越知さんは、明治四十四年大阪姫島で生をうけ、キリスト教的色彩の濃い家庭で成人した。東京の暁星中学に遊学中は、司祭職を希望していたほどの強い信仰を持っていたが、一高を経て東大在学中に、マルキシズムの激しい思想的洗礼を浴び、実践運動に没入して特高の縛に会い投獄された。その前後から身はすでに結核に冒されてはいたが、獄中さらに肉体を痛めるにいたった。以来、越知さんの闘病生活と、自己の文学的鉱脈を探りあてようとする執拗な努力が続けられるのである。当時の精進は素晴らしく、友人の北鍊平氏が頼みを受けて仏文研究室におもむくと、図書借出の名簿には、同窓の中村光夫氏とともに、もっとも多量の原書を借出していたと言う。

昭和十七年、鎌倉に独居し、病い小康を得て、中村光夫、吉田健一氏たちの拠る同人雑誌「批評」に古調の詩を連載していたのもこの頃である。重要なのは、この頃小林秀雄氏の「無常といふ事」が雑誌「文学界」に連載され、この一連のエッセイに触れることによって、はじめて小林の文学に正面から対することになることだ。と言うことは、本居宣長や源氏物語などの日本の古典や、プルーストの『失われし時を求めて』の原文を腰をすえて読み始めながら、待ちに待った自己の文学的鉱脈の入口に達したことを意味するのである。しかし、皮肉なことには、太平洋戦争の拡大にともなって病状ふたたび悪化し、鎌倉から関西に居を移して療養に専念しなければならぬ運命を迎える。当時、「書ける」、あるいは「書けない」という言葉が越知さんの口癖であった。

私は推測するのだが、おそらくこの時、越知さんの心境は、筆を持つ端緒をつかんだ喜びとともに、それを押し進めることのできぬ自己の病弱に切歯していたのではなかったろうか。小林の文学によって歴史に触れ、やがて自己の生い立った環境と日本を、特異な位相で受容しなければならぬとは、夢にも知らなかったであろう。反抗の季節は深まり、やがて終戦を迎える。

越知さんと親しかった人は、皆、あの戦後の混乱期に姫島の生家に病臥しなければならなくなった時期が、その絶望のもっとも深かったことを知っている。己は痩身を横たえながら、戦後の活潑な文学運動を望見し、思想の二元的分裂に更に魂をさいなんだことでもあろう。のちに当時の境涯を指して、「流刑」という言葉を微笑を以てかぶせてもいたが。

しかし、越知さんは徐々に立ち直って行く。

その精神の回心にもっとも力あったのは、姫島教会、古屋司祭である。当時、剛直な越知さんの自我と、柔和な、あたかもチェスタートンの小説中にあらわれる神父さんのような古屋司祭との闘いは、それ自体、一個の劇であったろう。同時に、木村太郎氏の激励と絶えざる文通によって、仕事への希望が湧き、ルオー論、小林秀雄論の構想が練られた。また、懸念される健康に関しては、北錬平氏や阪大の山村雄一氏の助言によって次第に自信と恢復が得られていったのである。

こうして、昭和二十八年の春、越知さんは、希望に満ちた季節を迎えようとする。もとよりこうした人々の支援の背景には、母堂の暖かいまなざしや、古武士の風格を持つ令兄たち、ゴッホの弟テオにも似て、越知さんの生涯を見取った令弟正五氏などの存在を逸してはならぬ。この季節、煙霧の重くたれる姫島カトリック教会の聖堂の左最前列で、歌ミサの合唱の底に、あたかも沈黙の修道僧の如く、必死に祈る越知さんの姿が望見されるのである。やがてまもなく、いそいそと神戸へ通う越知さんの姿が繁くなる。

当時、発足したばかりの同人雑誌「くろおぺす」に送った小林秀雄論の冒頭の一句に、底知れぬ分裂現象を起している当時の世相と自己とを、一気に統一せしめようとする祈りにも似た、「やっぱり一元論なのだろうね」との小林の言葉が刻み込まれたのである。

以来、同誌に休みなく力作が送られ、雑誌の強力な推進力となると共に、山本健吉氏や小松伸六氏などの推賞するところとなり、自身もまた巨視的な観点から文学界に問題を投じようと孜々として精進した。が、遂に病魔の再訪するところとなり、突然、絃が切れるように夭折したのである。

五十歳にも達した越知さんの死が、あえて夭折という感が強いのは、その遅い文学的出発にもよるが、なによりも、晩年いよいよ闘志をかき立てて、新たな思想的主題を探って我々に期待を抱かせていたからでもある。

亡くなる二週間前、越知さんは、「今度は、ピエタを主題にしたエッセイと中村光夫論、この二つを書こうと思っています。」と私に語った。この、二つの相異なる主題によっても、またこの評論集に見受けられる多様な主題によっても、著者の特異な才能は明らかであるが、しかし、「小林秀雄論」やルオー論などの永く心中に暖めていた作品に比較すると、キリスト教的な見地から扱ったルージュモン、ダーシー、マルセルなどを主題とする紹介や論述は、未完成という感をまぬがれ難い。越知さんのよき理解者であった小川正己氏がつねに第二の吉満義彦氏に擬していたように、彼がさらに高次な次元において、美と宗教の新たな展望を我々に告げてくれるために、せめてもう十年の月日が欲しかった、と惜しまれてならない。

しかしこのような我々の希望を外に、越知さん自身は、深く自己の短命を予見して、先を急いでいたものの如くである。悦子夫人との恋愛を契機にして、その健康を心配する友人たちの反対を押し切って結婚に踏み切ったとき、結婚は、カトリック的世界にあっては、一個の重要な秘蹟であり、一人の思想家として、思想と実生活のまぎれのない統一の下に、幸福を追うべきであるとの自覚を謙虚な言葉で表明されていた。また生前、その作品は、すべて令息保見ちゃんに送る父の遺書として書き続ける、との意志が夫人に告げられてもいた。

この一巻の編集は、つねに終末に触れ、容易に結びつかぬ人と人、ものとものを結合せしめる類まれな著者の資性を記念して、年代順にまとめてはいない。むしろ、一つの作品を一つのモザイクとして、全体を神秘な色彩を放つ薔薇窓風に仕立て上げてみた。

越知さんの肉体そのものは、あたかもジャコメッティがきざむ人像に似て、その立つ位置はつねに絶体絶命の断崖であった。

しかし、この一巻を編むに際して、今さら私が驚嘆しているのは、越知さんを支持する人の層の厚みである。何が、人々をしてこの孤独な文学者に魅せられたのであろうか。思うに、それは彼の無垢の魂であり、ただただその無垢を拠点として、豊穣をねがい、人間の救いを祈願する越知保夫の意志的な生涯である。「魂はあらゆる束縛から、創造の調和からすらも、みずからを解放することを目標とする。」(ヘンリー・ミラー)

平野謙氏は、「文学界」に連載した「文学・昭和十年前後」と題する長篇評論の最終回に、越知保夫の小林秀雄論に言及した。そこで、越知保夫が、小林という一個の批評対象への限りのない信頼と愛とを支えとしてその論を展開しているとし、これは昭和初年、若年の井上良雄が小林を批評するに際して、「愛の実践」と呼んだものとそのまま吻合し、三十年という時間の歳月をへだてて、井上良雄から越知保夫に架橋された小林秀雄像は、卓越した理想像となっている、と指摘される。

これまで、徹底して微視的な観度から昭和十年前後の文学的現象を追求してきた平野氏が、最後に越知保夫の肖像を投入することによって、一種、巨視的な視線を開いているのは、この一巻を世に送るに際してこの上もないはなむけとなった。

ただ平野氏はこうも反問される。われわれの生を、「音楽のようにどこまでも流れて行こう」という主調音によって、小林秀雄の「ドストエフスキイ体験」の愛の苦さを考察した越知保夫に対して、「しかし、ほんとにただ投じぱなしだったか、小林のドストエフスキイ像は、ベルグソン流の時間の流れにただ投じぱなしであったか、」と。

作家の意識が「社会」という新しい絶対的な権

威者の前に屈服した時代、そこからさまざまな個有の混乱が生じた時代に身を横たえたとき、意識は時代というヴィジョンの坩堝をくぐりぬけて、はじめて自己の純粋性に到達できるのである。ラスコーリニコフの辿った道はそれだった。まず時代の精神にとらえられた彼は、遅疑するところなくその渦中に身を投じた。そして悪戦苦闘のすえ、いつか時代をつきぬけて、永遠の岸辺にうちあげられていたのである。小林秀雄が人間をとらえるのは、まさにこの地点である。もうこれから先ゆき場所がないという地点、そこにひとつの窓が永遠にむかって開かれようとしている地点、裸の心が裸の物に出逢う地点、「物をじかに見、物に見られる」地点、それを措いてほかにない、と越知保夫はいう。おそらくそのとおりだろう。ただ時代につきうごかされたラスコーリニコフの「悪戦苦闘」にたぐえられるものとして、やはり私は「社会化された私」を一頂点とする小林秀雄の昭和十年前後のたたかいを措定したいと思うものである。その媒介なしに、歴史と母親の愛情とを一枚岩のように重ねてみせた「ドストエフスキイの生活」の序文もまたあり得なかった、と私はみたい。

と、断言する。まことにその通りである。越知保夫もまたあますところなく時代の苦汁をのみ、時代の手傷を受けて始めて永遠の岸辺に打ち上げられたのである。小林秀雄が、時代と思想との親近性の故に、永く小説『罪と罰』の世界に立ち止ったように、越知保夫もまた時代と信仰との悲劇的な葛藤の故に、永く『罪と罰』の世界に踏み止まった。言わば、小林と『罪と罰』と越知保夫とは、三位一体の形而上学的世界を現出する。今にして思い当るのであるが、私などが出逢った時、すでに越知保夫は、あたかも『罪と罰』の終章にあたる異様な静謐をその身辺に漾わせていた。そして、「そこにはもう新しい物語が始まってゐる——一人の人間が徐々に更新して行く物語」という小説の最後の一句の如く、身は、新たな恩寵の世界へ一歩踏み込んでいたのである。これは、私一個の感想ではあるが、越知保夫の信念の回生は、その独自の経路と、人々の心に打ち込んだ傷跡の深さの故に、日本の思想史の上に特異の位置を占めるのではあるまいか。言ってみれば、若年期のカトリック入信と、青春期の左翼思想への接近とカトリックへの反逆、そして深刻な苦悶を経たのちの信仰の回復という、くっきりとした思想転回のわだちの跡は、『罪と罰』の世界から『白痴』の世界への移行にも似た鮮やかな刻みを残している。ただ、このラスコーリニコフからムイシキンに再生する身振りの劇は、残された越知保夫の散文の世界に、露わには見えない。

この一巻に収められた諸エッセイの文体は、客視すれば、いかにも静かなひかえめなものだが、この文体の底で、これを支える痩身が、常に烈々たる気迫に満ちていたことを私は伝えておきたい。おろかな事ではあるが、常に身近に接しながら、越知さんの臨終に立ち合うまで、私はこれに気付かなかった。臨終に際して、越知さんは、最後の最後まで生を呼ぼうとして必死に闘った。

「もう、ええ、もうええんや」という言葉が混濁した意識の底から聞こえてきたのは、息を引き取る寸前であった。その夜、越知さんの遺骸を置いて、私は姫島の街を彷徨した。夜明けは未だ遠くにあった。どうしたことか、ゴッホの原画について、相異なる印象を語った眼が生きてきて仕様がなかった。おびただしいゴッホの線と色彩をみて京都美術館を出たとき、越知さんは、秋日に眼を細めて、空を、甍を、道を眺めてしみじみとこの色、この線と指さすのであった。ひとつの冬を越し、やがて春も過ぎ去った日射しのきつい午後、梅田の喫茶店ジャヴァに憩いながら、ゴッホの絵には太陽がいっぱいあるのに、どこかに死臭が立ちこめている、とも語るのだった。

この評論集の出版は、何とかして越知さんの生前の業績を世に出したいという旧「くろおぺす」同人たちの願いを基礎にして、木村太郎、中村光夫氏たちを中心とする文学界の人々、近角真観、北錬平氏を中心とする旧一高の同窓の人々の強い支援を得て準備された。そして、幸いにも、筑摩書房の暖かい協力を得て漸く実現の運びにいたったものである。ここにそれらの方々、並びに広く巷間にこの事業に陰になり日向になって支援して頂いた方々に厚く御礼を申し上げたい。

また多忙な実務の間にあって、一年の永きにわたって事務の一切をお世話頂いた岡山猛氏を中心とする筑摩書房の編集部の方々、不慣れな私たちを助けて校正の労を頂いた高橋和夫氏に深い感謝を捧げるものである。

終りに、この一巻を飾るにふさわしく、装画に、気鋭の画家、国画会の菊地辰幸氏を得たのはまことに幸運であった。

昭和三十八年二月十四日

山田幸平

新版あとがき〔『好色と花』(一九七〇年)への〕

山田幸平

この越知保夫の遺稿集『好色と花』が出版されてからちょうど七年経った。今度新しく叢書の一冊に加えられて多くの読者の前に現われることになったが、それは重なる喜びであると同時に、この著作が見知らぬ時間の流れの中でいかに変貌するかという興味も湧くのである。

ちかごろ私は、妙なことを思い出している。それは越知さんの臨終に立ち合ったとき、いつその顔に布を被せたのだろうか、ということだ。『好色と花』が出版された翌年、私はスペインのトレド美術館で、エル・グレコの描く布に写されたイエズスの顔の絵を見た。

このことを思い出しているのは、この著作がいわゆる写しの秘義に触れていると感じるためである。生前の越知さんは、決して自分の境涯に満足していたわけではない。けれども、およそ五百枚のつつましいこの作品によって写しの秘義に触れ、いさぎよく身を消したことによって、あざやかなこの一巻の生を証明することができたのである。わたしはよくよくこうした方に縁があるらしい。エル・グレコ研究のため、ヨーロッパへ行くたびにパリの長谷川潔氏のお宅を訪れる。このすぐれた銅版画家が、その透徹した眼と繊細な手の動きによって、永らくフランスで失われていた黒の技法を復活させる有様を眼のあたりに見るにつけても、ごく自然に、あの白い『好色と花』の表紙の奥に、削り落されたような著者の風貌を浮かび上らせるのである。

越知保夫は、死の直前ふいにゆたかなモチーフをつかんで書きはじめたが、ここには人間の死と生、死と愛の凄絶なドラマがひそんでいる。同時に、かつて遠藤周作氏が珠玉のエッセイと評したこの著作の価値は、作者の危険な生と密接につながっているのである。

越知保夫の生れた土地は、淀川の流れ一つを距て梶井基次郎の育った土佐堀を望んでいる。純潔と野性が、蝕ばまれた肉体にふしぎに結びついていた二人の文学者をよく思い出すのだが、ひるがえって考えて見れば、この本の読者もまた自らの純潔と野性を狩り出し、文学の運命を形成すると言えるであろうか。

「越知君の思想」という中村光夫氏の呼びかけによって新しく展開される世界は、決して枯渇した大思想や、痛みに満ちたイデオロギーの領域ではない。むしろ曾つて悦子夫人がある文集で指摘した、一杯のお茶を飲み交わすことによって生じる「語らい」というささやかな視座なのであろう。この視座は「もののあわれ」を自得した者でなければ開くことができない、ある軽みを帯びた世界である。ときおり私を襲う想念の中に、越知さんの書かれなかった「中村光夫論」と「ピエタ」がある。この二つの主題を、以前はかけ離れたもののように感じていたのだが、今はそう思ってはいない。「ピエタ」は「ルオー」論を深めるものだし、「中村光夫論」は「小林秀雄論」をさらに展開させようとするのであろう。そして「ルオー」と「小林秀雄論」の根底には、越知保夫が生涯を込めた知識人の道化感覚と、「家」の思想を深めることによって浮かび上る聖家族への思慕がひそんでいるように思われる。だが私にとっては、中村・越知という二人の文人が、お互い小林秀雄氏の思想のどの局面を継承し発展させたか、また発展させる可能性をもったかということを、自分独りの問題史として考えることは、なかなか楽しいことなのである。越知さんの場合、青葉の濃く匂っていた鎌倉の日々の「語らい」が、問題をつかむ大きな機縁だったのでは、と私は推測をめぐらせている。八年前、遺稿集を作っていた頃、新宿の「樽平」あたりで、よく北錬平氏と盃を交わしたが、その折、「越知は、若い頃酒が好きで、ねぎまで一杯やろうと言って私を屋台へ誘ったものですよ」と聞いてあっと思った。病気を境に、いつの間にか酒が茶に代ったのだが、晩年、飲んべえの揃っていた「くろおぺす」の同人たちと深更までつき合っていた姿が、今あらためてしのばれるのだ。中村真一郎氏らのマチネ・ポエチックについての共感を耳にしたのも、このような夜更けの楽しさの中であった。いつもはひかえめな人だったが、話題が文学に入ると、強い響きのある大声が出てきた。青年たちは、しのび笑いをしながらも、いつのまにかこの純潔な仕手《して》の生み出すリズムに捉えられ、文学そのものの「機」に立ち合ったのである。島尾敏雄氏の周辺にいる若い文学者たちが、『好色と花』に一つのうながしを受けて雑誌活動を始めたことも記憶に新しいし、松原新一氏も、折にふれてこの文人の生涯に共感を込めたエッセイを綴っている。たしかに、この著作には、ある静かなうながしが秘められている。読者は、東西を結ぶ幽玄の橋へ、ごく自然に歩み出すことであろう。

昭和四十五年六月九日

山田幸平

アンケート・感銘を受けた本へのこたえ
〔『私の文学遍歴』より〕

島尾敏雄

小川国夫「アポロンの島」（昭33・青銅時代社）
越知保夫「好色の花」（昭38・筑摩書房）
前者は短篇小説集、あとのものは随筆集です。どちらも最初の凝集があり、（越知氏のものはそしてこれが最後になりましたが）それの持つ充実が私を手放しません。「アポロンの島」の表現は日本の小説には見かけにくい明晰な陶酔をもっていると思います。

〔『余白の旅――思索のあと』より〕

井上洋治

世田谷教会で二年間主任司祭の手伝いをしたあと、私は大司教の命令で洗足教会の助任司祭として赴任することになった。一九六二年（昭和三十七年）、ちょうど第二バチカン公会議が、ローマでヨハネ二十三世によって開催された年である。現代社会との対話を目指したこの第二バチカン公会議の影響は、次第に教会に深く広くひろがっていくこととなるのだが、当時一介の助任司祭でしかない私にも、教会の硬直化ということは痛感させられていたし、私たちが大きな期待をこの公会議に持ったことは事実であった。

助任司祭としての教会での生活は相変わらずであったが、それでも心の奥に目覚めさせられてきたものは、少しずつではあったが形をとって成長を続けているようであった。友人のすすめによって手にした越知保夫の評論集『好色と花』に、私は柳〔宗悦〕とは違った面からの接点への糸口をつかみえたような気がしたのである。

越知はこの評論集の中で、ルージュモンの著書『愛について』における、プラトン的エロスとキリスト教的アガペーとの比較・対立論にふれ、更にこのルージュモンの情熱愛《エロス》を日本の王朝時代の「好色」と比較していた。

ルージュモンの『愛について』は、ニグレンの『アガペーとエロース』及びダーシーの『愛のロゴスとパトス』と並んで、キリスト教的愛であるアガペーとプラトン的愛であるエロスとの関係を論じた名著であり、フランス滞在の折私も興味深く読んだ本の一冊であった。ルージュモンは、エロスを「遠きものへのあこがれ」、アガペーを「近きものへの愛」として両者を区別し、遠きものへのあこがれにのみ生きる者には、近き者は束縛か重荷としてしか感じられず、近き者の悲しみや涙に目がとまることがないとする。ルージュモンによれば、これはキリスト教の精神からはおよそかけ離れたものであって、キリスト教的アガペーこそは、この見失われた「近き者」の存在の発見である。私はフランスに滞在中、このルージュモンの考え方に接し、根本的には全くその通りであると思いながらも、エロスにもやはりそれなりの価値をもっと積極的にあたえてもよいのではないか、と考えたことを思い出した。エロスこそは、芸術や学問の原動力となるエネルギーであるように思えたからであるし、ここには「美と倫理」、「芸術と宗教」とでもいいうる、私たちにとっての大問題が秘められていると感じたからである。

（中略）

このようにルージュモンの著書は、私にアガペーの道を明白にしてくれたのであるが、越知保夫は同じルージュモンの著書から、エロスの道が王朝文学の好色に通じるものであることを教えてくれたのであった。そして初めて私が唐木順三の著作に接する機会をもつくってくれたのである。いま当時私が赤線をひいた越知の文章の一節を引用させてもらう。

ルウジュモンのこのような情熱愛の解釈に興味を覚えた私は、これに相当するものを日本の歴史に求めるとすればどうなるかと考えてみた。その時王朝時代の好色という考えが浮かんだのである。情熱愛は歴史のある時期に発生し、一度発生するとそれがヨーロッパ人の恋愛観を形成し、ヨーロッパ的な抒情の形式を決定してしまった。そのように「好色」も又王朝時代にはじめて発生したものである。万葉集には好色という観念はいまだ現われていない。万葉集に歌われている恋愛は王朝期の好色とは根本的に質を異にしている。しかも、この好色は古今的様式の発生とも切り離すことができないもので、これも又一度歴史に現われると、その後の日本人の感情生活を決定してしまうことになつたのである。……

「すき」という概念は前にも書いたように唐木順三氏の『中世の文学』から得たのである。氏はこれを西行や長明などの生き方にあらわれた風流といった意味に解釈している。私はこれを好色から風雅、「いき」までを含めた広い意味に拡大して、そこに日本人の美的生活をつらぬく様式的精神の特質を見ようとしたのであった。「すき」をそのような日本独自の様式への意志と見れば、それは歴史の至る所に、現代生活の中にも見出されるように思われた。……

私は「すき」のこのようなかぎりなさに、ルウジュモンがパッションについて語っているところのエロス的無限渇望をみることができるように思われた。

後に私は、この越知保夫から示唆されたものを、和辻哲郎の『日本倫理思想史』、唐木順三の『無常』、『日本の心』、『詩とデカダンス』、『中世の文学』の諸著作、大西克礼の『万葉集の自然感情』、梅原猛氏の『美と宗教の発見』、亀井勝一郎の『日本人の精神史研究』などの数々の著作によって私なりに深めていき、今は一応曲りなりにも、何とか日本文化の底流ともういえるパターンを私なりに垣間見たような地点にまでこぎつけえたように思うのであるが、当時はまだ何となく心の奥底に目覚めはじめていたものがこの方向によって多少は形をととのえうるのかもしれないと思っただけであった。

補遺

〝一杯のお茶〟のこと

越知悦子

越知はお茶が大層好きなようでした。いずれ貧しい紅茶でしたけれども、一日に幾度も幾度も口にしておりました。わたくしがお茶を飲む心というものを持ち合せていたならば、まだまだ飲んだであろうと今ではわかります。

そういう折、「一杯のお茶と世界とを換えてもよいといった人の心がわかるようですよ」と申していました。とても熱意をこめたように、あなたはどうですとはきかずに、幾分悲しげな様子で、語ったものでした。

はからずも「くろうぺす」の追悼号に、山田さんがこの〝一杯のお茶〟について書いていて下さいました。それで親しかった山田さんにもこのお話をしていたことを知って、お茶を共にするということにどういう意味をおいていたかがわかるように思えました。

そのような時、越知は沢山のことを語りたいと思つていたに違いなくて、たとえば、――僕がさまざまの不如意のようなものに耐えて今まで生きてきたからということで、もうお茶などにしか興味をもつていないのだなどと思つてくれてはいけない、もつと別の、思想といつたものなのですよ。私の生を支えているといつたふうなものなのですがね。――などと言いたかつたのではないかとわたくしは想像したりします。本当の越知は、わたくしの想像のような言葉は口にするものではございませんでしたが。

越知は王朝文学にあらわれた古代人の心を非常に愛しておりましたが「彼らは愛する人でもない、学ぶ人でもない、楽しむ人でもない、まして仕事をする人でもない、語らいに生きる人である。」といつた意味のことを書いています。これには「一杯のお茶」の意味を感じさせられるようなものがあつて、〝もののあわれを知る〟という、語らいの世界に生きる人々の心を越知も一杯のお茶と共に味わつていたふうでございます。

山田さんが書いておられたように、喫茶店でも紅茶やコーヒーを好んで味わい深く飲む人で、誰彼となく御一緒したようですが、ただの時間待ちにちよつとお茶を飲むといつた気安さなどは持ち合せなかつたようでした。酒もたばこもいただけませんでした。

人生ということの悲しみが日常においてさえ絶間なしに骨身を削つているかのように見えた人であつただけに、束の間の休憩が必要だつたということもわかるわけなのです。

お茶を一緒に飲むということは、一つの人生を負うている人間とまた別の人生を負うた人間とが、一刻の間だけ、その互の人生には一寸もかかわりあうことなしに語り合うこと、そして別れること――互の人生は全く見当もつかぬ、しかしそれらにかかわらず二人の心の奥底に諾があるといつたものに見えていたのではなかつたでしょうか。そういつたあるかなきかのもの、いうなればこの諾は、他者からではないし自分自身からでもない、啓示のようなものであるといえるのかもしれません。

越知は、長い年月、このかすかな諾によつて生きて来たのではないかと思わされます。こうした日常の隙々の出逢いによつて旅人《ホモ・ヴィアトール》の意識を持ち続けていつたのではなかつたのでしょうか。そしてわたくしが思いますのに、どんな偶然のような出逢いからも、越知は諾を聞かぬことはなかつたということでございます。いま、わたくしには、自分自身を太初の時点まで退いて他者の内からの諾に聞き入る越知の姿が想い出されます。（機縁によつて生きるということを自分でも申しておりました。）そうした姿には、古代人が〝もののあわれを知ること〟といつた程のおごりもないのでした。この地上への旅の姿とはああいつた姿をいうのではないかと、いま、白昼夢のように驚かされることがあります。

何よりも、わたくしは、いまは「一杯の茶と世界を換える」という心をそのままに信じています。恐らく越知は自分の仕事を後に遺そうなどとは本気にしたことがなかつたと思います。越知の仕事はすべて、孤独なお茶である、世界と換える一杯の茶をさえ求めている人への諾であるといえます。

越知を愛して下さつた方々の御好意によつて成つたこの出版によつて、あのように好きであつたお茶を世を去つた今も誰彼に誘われて楽しんでいるようなものとなりました。

（昭和三十七年十二月九日）

越知保夫年譜

一九一一（明治四四）年

九月二〇日、大阪市西淀川区姫島町に越知得次郎と文の四男として生まれる。

〈同時代〉中村光夫生まれる。

一九一七（大正六年）年　6歳

大阪市立愛珠幼稚園、大阪梅田北浜の幼稚園に学ぶ。梅田北浜には、越知家の実家があった。

一九一八（大正七年）年　7歳

大阪市立愛日小学校に三年次まで学ぶ。

一九二一（大正一〇）年　10歳

東京の暁星小学校に四年次から編入。寄宿舎での生活が始まる。五、六年生のころ野球を得意とし、投手になる。

一九二三（大正一二）年　11歳

カトリックの洗礼を受ける。

一九二四（大正一三）年　12歳

暁星中学に入学。中学時代には同人誌「藤の影」を作成。チェーホフを愛読し、司祭を志していた。

一九二七（昭和二年）年　16歳

暁星中学校を四年で卒業、第一高等学校に入学。一高の寄宿舎では、シニスムに直面する。そのため、寄宿舎を出て、越知家が東京麻布に購入した家に兄弟とともに住むようになる。

フランス語を学び、サッカーに熱中する。伊豆山中へ旅行する。このころから吉満義彦の薫陶を受ける。

一九三一（昭和五年）年　20歳

東京帝国大学文学部に入学、フランス文学を専攻。図書館に入りびたり、書を読み漁る。吉満義彦のカトリック研究会に参加する。左翼運動に参加。

一九三四（昭和八年）年　23歳

東京麻布の自宅で左翼運動のビラを印刷していたところ検挙され、拘禁される。六か月後に釈放されるが、このころ肺結核を患う。そのため、生家の大阪に帰り、大阪府の浜寺、箕面、芦屋などで転地療法する。

一九三七（昭和一二）年　26歳

東京に戻り、鎌倉極楽寺に住む。中村光夫との交流を深める。

一九三九（昭和一四）年　28歳

東京大学文学部を卒業。中村光夫、吉田健一らが寄稿していた「批評」に詩の寄稿を始め、一九四三年まで継続した。吉満義彦の自宅を訪ねる。

〈同時代〉小林秀雄『ドストエフスキイの生活』刊。

一九四〇（昭和一五）年　29歳

鎌倉に転居。

一九四一（昭和一六）年　30歳

鎌倉を去り、大阪に帰る。浜寺、箕面、仁川、芦屋、香枦園で転地療養する。このころ、父・得次郎、母・文が夙川教会でシルベン・ブスケ神父から洗礼を受ける。

一九四四（昭和一九）年　33歳

父・得次郎没。

一九四五（昭和二〇）年　34歳

兵庫県の香櫨園にて戦災に遭い、家と蔵書のほぼすべてを焼失。関西学院にて避難生活をする。

〈同時代〉吉満義彦没、終戦。

一九四八（昭和二三）年　37歳

大阪府の姫島の越知本家へ戻る。当時、姫島カトリック教会は越知邸を仮の「教会」としていた。このころから、主任司祭古屋孝賢神父と交流を始める。マルキシズムと決別し、カトリックに回帰する。

以後、鎌倉に戻りたいと希望するも戻ることはなかった。

一九五〇（昭和二五）年　39歳

〈同時代〉中村光夫『風俗小説論』刊。

一九五一（昭和二六）年　40歳

愛知県名古屋市の南山大学で特別講座などの講師を務める。木村太郎との交流がはじまる。

一九五二（昭和二七）年　41歳

大阪府立社会事業短期大学講師となる。

〈同時代〉小林秀雄『ゴッホの手紙』刊。

一九五三（昭和二八）年　42歳

木村太郎・松浦一郎との共訳でエマニュエル・ムーニエ『人格主義』を刊行。

〈同時代〉須賀敦子が三雲夏生からムーニエを知る。

一九五四（昭和二九）年　43歳

同人誌「くろおぺす」に参加。八号から「小林秀雄論」の連載を始める（十二号まで）。木村太郎との共訳、ヴァン・デル・メールシュ『人間を漁どるもの』（法政大学出版局）刊。

〈同時代〉小林秀雄「新潮」で「近代絵画」の連載を始める。中村光夫『志賀直哉論』刊。

一九五六（昭和三一）年　45歳

俳優座「三人姉妹」（原作チェーホフ）を見て「チエホフの『三人姉妹』」を書く。母文没。

一九五七（昭和三二）年　46歳

〈同時代〉宇野千代『おはん』刊。マルティン・ダーシー『愛のロゴスとパトス』（井筒俊彦、三邊文子訳）刊。秋、ガブリエル・マルセル来日。

一九五八（昭和三三）年　47歳

大阪府立社会事業短期大学の学生であった香川悦子

と出会う。西宮市夏期講座で仏文学の講師をつとめる。その講義がもとになって「個と全体」が書かれる。

〈同時代〉小林秀雄『近代絵画』、中村光夫『二葉亭四迷伝』刊。

一九五九（昭和三四）年　48歳

神戸市外国語大学の講師となる。

一九六〇（昭和三五）年　49歳

香川悦子と結婚。九月一八日長男保見誕生。十二月、長戸路信行との共訳、ギュスターヴ・ティボン『二人での生活』（中央出版社）刊。

一九六一（昭和三六）年　49歳

二月十四日、心臓鬱血のため急逝。享年四十九歳。七月、「くろおぺす」越知保夫追悼号を刊行。「中村光夫論」と「ピエタ論」を準備していると山田幸平に伝えていた。西宮市夙川満池谷墓地のカトリック教区に眠る。妻悦子は、尼崎市教諭として、長男保見を育て、現在も保夫の眠る満池谷墓地近郊の夙川に住む。長男保見は、早稲田大学を卒業し、現在、明治大学大学院教授・弁護士として、千葉市幕張に在住している。

一九六三（昭和三八）年

三月二五日、筑摩書房から遺稿集『好色と花』刊行。同月、私家版追悼文集『越知保夫の追憶』刊行。

一九六六（昭和四一）年

二月、『キリスト教と共産主義』（ドン・ボスコ社）刊。

一九七〇（昭和四五）年

七月、『好色と花』筑摩叢書として復刊。

求道の文学——越知保夫の生涯と作品

若松英輔

はじめに

本書は、越知保夫の全集として、越知の遺稿集となった『好色と花』に収録された著作に加え、作者が生前雑誌に発表した詩、批評、劇作、さらに没後に発表された書簡・遺稿を収める。しかし、ここに一巻全集が編まれている著者は、自身の著作を手にしたことがない。越知は、一九六一年二月十四日、一冊の本を出版することなく四十九歳で世を去った。

没後二年、遺稿集『好色と花』が筑摩書房から刊行される。出版は有志からの出資によってまかなわれた。その名簿には親族や同人に混ざって中村光夫、木村太郎、山田幸平といった彼に近しい人だけでなく、中学、高校、大学時代の同窓生らと共に、伊吹武彦、生島遼一、多田智満子、渡辺一夫といった文学者もいた。

本が出ると、何かに導かれるように読者が集まってきた。そのなかには遠藤周作、島尾敏雄といった作家だけでなく、カトリック司祭だった井上洋治のような宗教者もいた。本書に収録されたエッセィにあるように、遠藤は「砂漠のなかに金鉱を掘り当てた」と述べ、島尾は「最初の凝集があり、それの持つ充実が私を手放」さないと書いた。井上は、現代人に見失われた「日本文化の底流」につながる糸口を発見したと記している。

友人でもあった中村光夫を別に、批評家越知保夫にもっとも早く言及し、また頻繁に反応した文学者は平野謙だった。それは越知の生前からはじまったが、『好色と花』が出る直前、一九六三年一月にも平野は、「文学界」での連載「文学・昭和十年前後」の最終回で、越知の作品にふれ、「二つの小林秀雄論」を書いた（この作品は単行本『文学・昭和十年前後』には収録されず、内容を改められて『さまざまな青春』の「小林秀雄」として収められているが、そこでは越知への言及は削られている）。ここでの「二つの小林秀雄論」とは井上良雄と越知保夫のそれである。井上は、マルクス主義に出会い、転向し、その後、批評家となり、二十世紀を代表するプロテスタント神学者カール・バルトの翻訳者となり、戦後日本のプロテスタントの代表的人物になった。平野は、越知の遺稿集『好色と花』の帯に次のように書いている。

小林秀雄のドストエフスキー体験から戦後の造形美術体験を精刻に追体験することによって、愛とはなにか、と問いつづけた越知保夫は、美も真も聖も、愛につらぬかれてはじめて完了すると確信したもののようだ。不幸にして越知保夫は中道に斃れたが、一貫した問題追尋の美しさは、ここに歴々として明らかである。

ここで平野が書いていることに誤りがあるのではない。たしかに越知の代表作は「小林秀雄論」であり、彼は多くの作品を通じて「愛」とは何かを論じた。しかし、越知は「愛」という言葉がもう愛を表現することができなくなっていることを感じていた。彼の作品はかつて「愛」と表現されていたものを現代に生きる私たちが何と呼び、どこに見出すことができるか探究した。文学、宗教、哲学を架橋しつつ、和歌から、同時代のヨーロッパの思想家までを射程にしながら論じたのだった。

どんな作品にも正しい読み方など存在しない。しかし越知保夫の場合、彼の言葉と生涯の関係は著しく強く、また深い。越知が愛したリルケやゴッホの全貌を語ろうとするとき、その作品と共に、彼らが残した書簡を無視することができないように彼の場合も、その生涯と作品を切り分けることは難しい。哲学者井筒俊彦は、言語とは異なる、生ける意味のうごめきを「コトバ」と表現したが、越知保夫の生涯もまた、コトバに貫かれている。

すでに没後五十余年を迎えた今、彼の言葉をよみがえらせようとするとき、その言葉とコトバの間を埋めなくてはならない。もし、越知にもう少し書く時間が与えられていたなら越知はそれを自らの手で埋めただろう。だが、それは今、読み手に託されている。そうしたことも『全集』を読むことを通じて越知保夫という書き手と出会わなくてはならない根源的な理由になっている。

この全集の初版は二〇一〇年に出版され、今回、新たに編集するに際し、越知の批評活動の奥行きが感じられる書簡と妻である越知悦子氏のエッセイを追録した。悦子氏は妻であると共に生前から越知のもっともよき読者だった。さらに遺族の証言に基づいて年譜に加筆、補正をし、索引を付した。

洗礼まで

越知保夫は、一九一一（明治四十四）年、大阪淀川の近く、現在の姫島市の旧家に得次郎、文の四男として生まれた。大阪市愛日尋常小学校の四年次から、東京にあるカトリック系の暁星小学校へと転校する。

上京したのは保夫だけではなかった。兄昌三、俊一、庸之助の三人もまた、それぞれ小学校四年生になると家を出て暁星の中学、高校へと進んだ。学校は寮生活だったが、当時、両親たちは兄弟たちが週末に帰宅できるようにと麻布に家を借り、関西から家政婦を上京させていたというから、経済環境は恵まれていたのだろう。保夫が学友と共に洗礼を受けたのは小学生のころである。

暁星学園、東京帝国大学で兄昌三の同級生だったのが木村太郎（一八九九―一九八九）である。彼はのちにジョルジュ・ベルナノスやライサ・マリタンなどの翻訳を通じて二十世紀フランス・カトリック・ルネサンスの思潮を日本に伝える重要な役割を担うことになる。また、木村は、越知の師である哲学者吉満義彦の親友であり、カトリック総合文芸誌『創造』の同人でもあった。木村は、後年、病苦の桎梏に出口を見失いつつあった保夫を支え、批評家越知保夫の誕生へと導く。その道程は本書に収録された書簡に見ることができる。

保夫は暁星中学校を四年で卒業して、第一高等学校へと進んだ。このときの同級生だったのが中村光夫である。友人たちが残している追悼文にも記されているように保夫は、高校から大学時代の始めまでサッカーに熱中していた。健康にも恵まれ、プレーヤーとしても秀でていた。同じ時期、彼は、哲学者吉満義彦（一九〇四―一九四五）が指導していたカトリック研究会にも参加している。

吉満は、越知保夫の文字通りの師である。昭和十年代、吉満は、日本におけるカトリシズムの代表的存在として思想・宗教界に留まらず、文学の世界においても積極的に発言した。座談会「近代の超克」に小林秀雄、河上徹太郎、中村光夫、西谷啓治、下村寅太郎らと共に出席しているのも当時、吉満が思想界で占めていた位置と評価を物語っている。越知の作品には吉満の名前はさほど出てこない。だが、その影響は文学と信仰の両面にわたる。

また、吉満は遠藤周作（一九二三―一九九六）の師でもある。遠藤にとって越知の作品は、遠藤自身と吉満の関係をいっそう深化するものに映っただろう。「ガブリエル・マルセルの講演」にあるとおり、越知保夫は遠藤周作の『海と毒薬』（一九五八年）を読んでいる。

左翼運動へ

一九三一年に東京帝国大学文学部仏文科に進学後しばらくしたころ、越知は左翼運動に参加、特高に検挙され、投獄される。「越知君とは、高等学校で同級でしたが、当時はほとんど交渉がありません。蹴球部に這入っていたので授業時間のほかは、そっちの方に没頭しているという風でした。大学に這入ってからも、彼が左翼運動をやって警察に捕ったということを噂にきいて意外に思ったくらいでした」（本書四七五頁）と中村が書いているように、スポーツに熱中しているように見えた青年の逮捕は周囲を驚かせた。両親が準備した東京の家が左翼運動の拠点になった。この場所で彼は同志とともにビラを印刷するなどしていたところを逮捕されたのである。

当時はまだ、プロレタリア文学が盛んなころである。文学者を志望していた若者たちにとって左翼運動に参加するとはプロレタリア芸術運動に表現者として連なることを意味した。中村も、短い期間だったが作家として左翼運動に与した時期がある。彼の処女作もプロレタリア小説「鉄兜」である。平野謙をはじめ、山本健吉や原民喜すらも一時期この運動に連なったことがある。

しかし、越知は違った。彼はどこまでも一人の運動家として参加したのである。むしろ、彼の文学にプロレタリア文学運動の思潮が、ほとんど流入していないことに注目するべきなのだろう。このころから彼が、いわゆる「護教」的な文学から自由だったことは見過してはならない。

左翼として生きる決断をしたとき、越知のなかに書き手として参加する選択は最初からなかった。彼にとって左翼であるとは、文学的問題ではなく信仰とその実践に直結していたのである。

第二ヴァティカン公会議以前のカトリック教会にとって、マルクス主義者は対話の相手ではなく脅威だった。だからこそ彼らを思想的、あるいは政治的な対抗勢力として批判、時に弾圧することに終始し、彼らが出現しなくてはならなかった歴史的、時代的必然に正面から向き合うことはないばかりか、そこに横たわる問題を黙殺した。

その一方で、教会は、マルクス主義がメシアの到来を希求する人間の精神が生み出した不可避な精神的衝動だったことは感じていた。対立するどの思想に対するよりも強力に対抗したことがそのことを証明している。教会はマルクス主義が姿を変えた「宗教」だったことに気がついていた。だが、教会はマルクス主義が救いあげようとした人々、越知がいう「民衆」に対して十分に手を差し伸べることをしなかった。

福音書に描かれているイエスの行動は違った。イエスが公に姿を表わすようになってからの生涯は旅に費やされた。彼は助けを必要としている人が、彼のもとを訪れるのを待ったのではない。彼から人々のところへ出向いたのだった。彼はどこまでも倒れている者のそばに寄り添おうとする。イエスのあとを真剣に追おうとすれば、教会から出なくてはならない、とそう越知には感じられたのではなかったか。

作品中、越知は、直接には自らの左翼経験を語ることはなかった。しかし、その次に引く一節などにはその影響をまざまざと見ることができる。

ルウジュモンにとっては、パッションはそれ自体としては実体のない虚無であるが、我々がこれに捧げる生血をすすって生きる偶像であった。それと同じようにドストエフスキーは思想の中に、時代の偶像、時代の誘惑者を見た。彼は自分自身がこの思想の毒を呑み、この実体のない偶像が人間の若々しい清純な生命を食いほろぼし、その血をすすることによって如何に魅力を帯びてくるかを身をもって体験したのだ。そして彼の周囲に彼と同じ犠牲者を見た。彼は思想がパッションであることを深く理解し、そういうものとして思想を表現したのだが、そこに、彼の文学の秘密があるように思われる。(「『恋愛と西洋』に対するサルトルの批評について」)

「生血」を捧げた人間でなければ、こうした言葉を書くことはできない。文学には時折、不思議なことが起こる。書き手が論じる相手の秘密を言い当てるとき、そこに書き手の「秘密」もまた浮かび上がってくる。

この一文で「思想」の文字に傍点をふったのは越知である。ここでの「思想」が、理性の範囲に収まるものであれば、重んじる者は「生血」を捧げる必要はない。だが彼にとってマルクス主義は観念の体系ではなかった。それは空想的な理想を説くものではなく、直接的に救済にかかわる何ものかだった。ここでの救済とは、彼自身の救済ではない。彼の眼前で嘆きのなかで毎日を送る人々をめぐる喫緊の問題である。

マルクス主義は、一つの「宗教」であると語った人は少なくない。ベルジャーエフやバートランド・ラッセルが指摘するように、確かにキリスト教とマルクス主義は、その構造において近似している。しかし、越知における左翼という問題は、そうした視座からだけでは解決できない問題がある。マルクス主義が「宗教的」だったのは、そのドグマが救済をいい、予言的かつ終末論的だったからだけではない。そこに何事かを賭けて参与した人間の営みが「宗教的」だったのである。ここで「宗教的」とは、人間が何かを仰ぎ、拝むことをいうのではない。そこに自己ばかりか他者の救済を思い、生涯を賭けることが含意されている。越知にとって左翼運動への参加は信仰からの離脱だったのではない。信仰が強いた実践だったのである。

信仰はいつも、営為によって証しされなくてはならない、そう彼は信じた。運動に身を投じるとは、現象的には宗教的離反になるだけでなく同時に、師である吉満への反目を意味することになるようにも映る。しかし越知の内心においては逆だったように思われる。彼は吉満の教えに忠実だったからこそ、教会から離れ、左翼活動家として立ったのである。投獄されることに帰結するとしても、彼にとって、活動家としての実践のほかに政治に参加する道がなかったように、文学もまた、厳密な意味での実践でなければ、彼はそこに人生を賭けたりはしなかっただろう。また、彼の作品のなかで「民衆」と共に「労働」という言葉が深淵な意味をもってくるのはそのためだ。たとえば「小林秀雄論」にある次の一節はその一例である。

ドストエフスキーは、プーシキンに関する有名な最後の講演で、知識人に対して、「働け」と呼びかけた。人間の統一性を回復するものは労働をおいて他にないからである。思想も信仰も労働なくしては空しい。(中略) ベルグソンも哲学の仕事を牛のあとから大地に屈みこみ土を鋤いて行く単調で忍耐強い労働に比較している。哲学がつぎつぎに新しい体系を生み出しつつ、つぎつぎに新しい体系に打ち倒され、遂には哲学そのものの自己否定に終るような従来の哲学ではなく、実在の共同的な探求を目ざす創造的な哲学を夢みた時、哲学者も又掘らねばならぬと考えたのだった。(「小林秀雄論」)

ここにある「哲学」を「文学」に置き換えればそのままのちの越知の信条を表現したものになる。だが、若き日の彼にとって文学はまだ、「労働」に連なるものではなかった。「労働」とは、人間がそこに身を捧げて行うに値する営みであることを意味している。むしろ、後年の彼にとって文学は、「労働」以外の何ものでもなかった。彼にとって小林秀雄は、文学を労働の次元で語った人物だった。だが、初めから越知は小林の作品をそのように読んでいたのではない。ある時期までは越知は小林の作品を認めていなかった。彼にそうさせなかったのは、左翼運動における挫折と無関係ではないだろう。

祈りとは、別の言葉で言えば一すじの道を指す。リルケの考えているセザンヌはこういう一すじの道を歩みつめた聖者であり、小林の考えている自己の仕事の苦しみに耐えている人もそういう人達である。そういう人達はいつ、どこにでもいる筈なのだ、人間生活というものはこういう人々の忍苦によって支えられているのだ、と小林は考えているのである。(「小林秀雄論」)

そう考えていたのは小林秀雄だったのかもしれないが、越知の意見が別だったのではない。貧困と不平等、いわれなき差別に、今と未来を閉ざされた人々が眼前にいる。見わたせばどこも困窮に満ちているという時代、彼は信仰者として教会で祈るのではなく、一個の活動家として左翼運動に列する道を選んだ。このときすでに越知の眼には「自己の仕事の苦しみに耐えている人」の姿はありありと映っていただろう。どうにかして彼はそこに近づこうとする。彼らと共に生きることが未知なる自己と邂逅することになる、と彼は信じている。

後年、越知が「民衆」という表現を用いたとき、同人の間でも物議をかもしたことがあった。「小林秀雄論」の第二章の終りにある「後記（民衆について一言）」で越知はこう書いている。

作者〔小林秀雄〕が極力避けているものを使わなかった方がよかったかも知れません。ただ私としては「敬虔なペシミズム」という言葉に動かされ、それによって呼び醒まされた思想を語るのに、民衆という観念を必要としたのであります。しかし一般的に民衆を論じたいという気は全然ありませんでした。私の民衆というのは、ごく狭い個人的な経験から引き出された思想であって、それを説明するために、リルケの『風景画家論』から長文の引用をしました。

「敬虔なペシミズム」とは小林秀雄の言葉である。ここでの「ペシミズム」とは辞書にあるような「悲観主義」という意味ではないだろう。越知はここに民衆の声にならない、避けがたい悲しみを見ている。さらに彼はそれを「ごく狭い個人的な経験から引き出された思想」であるという。「民衆」というとき、越知保夫は聖書にならい、また彼自身が「小林秀雄の『近代絵画』における「自然」でキルケゴールにふれつつ、書いているように、隣人といってもよかったのである。

この一語は、彼が吉満から継承した精神の表象だったといっていい。半澤孝麿が『近代日本のカトリシズム』で指摘しているように「民衆」の一語は吉満の哲学をとく鍵になる。

民衆に躓くものは教会に躓くであろう。そして同じく教会に躓くものは決して民衆を知らないであろう。民衆には天使が隠されている。（吉満義彦「民衆と天使」）

キリスト教が、真理に接近した実在であるならば、神学という宗教内の論理ではなく、哲学という開かれた場においてもそれを明示できなくてはならない。また、その営みは宗教としてのキリスト教から離れている人々にとっても真実の意味で「福音」とならなくてはならないと吉満は考えた。哲学もまた「民衆」に奉仕することがなければ意味をもたない。この点において学問は宗教よりも、一層実践的役割を求められる。越知はそれを文学で実践しようとする。逮捕されて半年後、越知は「転向」して、釈放される。次の一節は当時の彼の心境を物語っている。

我々は何時も自分自身であることに不安を覚え、何事からも身を引こうと身構え、絶えず脱出を夢みている。父であること、子であること、夫であること、日本人であること……、そうした総べてが、ただもう無意味で、重苦しく、不安なのだ。愛していても、憎んでいても、寝たり食ったりしていても、いつも不安なのだ。現在の自分と和解することが出来ず、これを信ずることが出来ず、そこに根を下ろすことが出来ない。自己への誠実は、絶えず自己を裏切ることとなる。

（「小林秀雄論」）

「自己への誠実は、絶えず自己を裏切ること」になり、人は絶望の壁にぶつかる。だが、この苦難の時節が越知をふたたび超越者の方向に導くことになる。釈放されてしばらくして越知は、吉満を自宅に訪ねる。そこでの対話が次の「小林秀雄論」の冒頭につながってくる。

十五、六年も前のことである。当時健在で居られた吉満義彦先生のお宅を訪ねた折のことである。偶々小林秀雄氏（以下敬称を略す）の話が出た。先生は小林秀雄とは一高当時同級であった間柄だがヨーロッパから帰朝されて以来ゆっくり話をされる機会もなかったようである。

このとき、越知は吉満と話したことが小さな火となって後に彼にペンを執らせることになる。しかし、それには、いくつもの試練をこえなくてはならなかった。獄中での生活は、彼の心身を文字通り蝕んだ。以後、彼は結核を伴に生きなくてはならないことになる。闘病に多くの月日をささげなくてはならなかった越知保夫が、文筆に費やすことができた時間は、そう長くない。詩人として二年、批評家として活動できたのは六年に満たない。その間も彼が無病であったことはない。

三つの時代

文筆家越知保夫の生涯は、次のように三つの時期に分けることができる。

第一期「詩の時代」（一九四〇～四三年）
第二期「翻訳の時代」（一九五三年～五四年）
第三期「批評の時代」（一九五四～没年）

越知が詩から出発していることは彼の批評を考えるとき、きわめて重要になる。小林秀雄が作品中でよく引く、ボードレールが詩人と批評家の関係を語った一節がある。

批評家が詩人になるということは驚くべき事かも知れないが、一詩人が、自分のうちに一批評家を蔵しないということは不可能である。私は詩人をあらゆる批評家の中の最上の批評家とみなす。（小林秀雄「表現について」）

これはボードレールが自身の内心を語った言葉でもあるだろうが同時に、批評が出現した近代以降の文学を貫く、ほとんど詩的な公理といってよいもののように思われる。越知も例外ではなかった。

一九四〇年からしばらく越知は、鎌倉の極楽寺の裏手に暮らし、療養生活を送っていた。中村光夫とよく会って論議を交わしたのはこの頃だった。「話題は大概文学のことでしたが、彼はフランスの本はもちろん、日本の古典なども興味をもって読んでいたようで、その印象を、断定的でなく、しかし執拗く固守する風に話すので、議論するには面白い相手でした」（四八〇頁）と中村は書いている。当時、越知は小説を書いた。原稿がなく、本書に収めることはできなかったが、「煙草について」と題する、兄弟のいさかいを良心の問題としてとらえた作品で「なかなかしっかり書けていました」と中村は読後感を伝えている。それからしばらくして越知は詩を書き始める。今日私たちが読むことができる彼の詩は全て、雑誌「批評」に発表されている。

「批評」は吉田健一を編集長に、中村光夫、山本健吉など、小林秀雄や河上徹太郎らに続く世代の批評家たちが、制約を受けない作品を発表する場として、一九三九年に創刊した同人誌である。同人の集まりは当時東京で行われていて、病身の越知保夫はそこに参加することはなかった。このとき、彼が山本健吉、吉田健一といった同人に出会い、交わりを深めることができたならと中村は書いている。「批評」の同人には中村以外にも詩を認める者はいた。「此の特輯にあって越知保夫君の詩は番外であると考える向きがあるとすればそれは誤りである。蓋し近代の詩人の手に成る優れた作品の特徴はそれ自体が一つの近代論であることなのである」（「批評」第四巻第十号、一九四二年一月）と吉田健一は編集後記に書いている。吉田の批評は的を射ている。たとえば、「声あり」と題する詩で越知はこう謳っている。

星の夜は汀にいでよ
櫓をとりてとく仕度せよ
いまこそは船出する時
この世にて愛せしもの、
想ひ出に舟を満して
いまこそは船出する時
希望なき暗き波間へ
美はしき世を夢みつゝ
たゞひとり船出する時。
耳にかくいへる声あり
とほきより、とほき墓より――
星の夜にいへる声あり……。

こうした詩を読み、現代詩との乖離に言及するのは容易である。だが、ここで彼が試みようとしているのは、新しさを競うような過ぎゆく時間を描くことではない。過ぎゆくことのない、もう一つの「時」、永遠の時間と呼ぶべきものである。ここで彼は、古の時代にあった調べを懐古しているのではない。その「時」を生きている。彼は、彼の時代によみがえってくる永遠の今を言葉に刻もうとしている。

迫りくる死を感じながら、ここで越知が描き出そうとしているのは死者である。肉体が滅んだあとも「生きている死者」である。死者は、聴覚に訴える声では語らない。ここでの耳は魂の耳である。また、ここでの声は、亡き者たちの声にならない声である。彼にとって死者は忌むべき対象ではない。いわば生者に不可視な姿で寄り添う隣人だった。死者は、のちの彼の批評のなかで鍵となる言葉になってゆく。

病から回復し始め、どうにかペンを握ることができるようになった彼が書いたのは画家ルオー論だった。そこでも彼は死者に言及している。

「死の川」をわたる亡霊たち、世の終りに長い眠りから醒めて墓を出てくる死者たちを描く場合でも、ルオーは聖家族の三人づれの姿をかりて描いている。最後にあの黄金色の旅情とも言うべき荘厳な「晩秋」の平和と静謐と憩い。遥かな丘。野中の大樹。丘につづく一すじ道。しずかな水。キリストに従う善良な婦人たち。樹下にキリストの愛撫をうける子供たち。彼等の間をすぎていくキリスト。これは「郊外の基督」のモチーフのそのままの再現であるが、ここでは風景とキリストとの渾然とした融合は一層完全で、人と自然は全く一つの生命を息づいている。（「ルオー」）

友人だった山田幸平が『好色と花』のあとがきでふれているように、越知は「ピエタ論」と「中村光夫論」を準備していた（本書四八五頁）。十字架上で死んだイエスを両手に支えるマリア。ミケランジェロがその姿を石に刻み、ひとはそれをピエタ（敬虔と悲愛）と呼んだ。越知の「ピエタ論」が造形美術論で終わることはなかっただろう。ルオーが絵に描き出したように人間イエスとキリストの間に距離が存在しないように、その死と復活が持続的な出来事であることを論じた「復活」論になっていただろう。マリアは生者を代表し、抱きかかえられるイエスは死者を象徴している。しかし、ここで死者の魂は、愛となって残された人の心に「復活」する。「ピエタ論」は魂の不死を論じる作品だったのかもしれない。

「小林秀雄論」で越知は、現代は祈りなき時代だといった中村の言葉をめぐって論究する。ほとんどの人が辛辣な批判者、怜悧な論争家だといった中村に、求道する精神を発見していたことだけでも、批評家越知保夫の慧眼を認めるべきだろう。欠落を発見するのは、失われたものの真義を知る者だけだからである。越知の眼は確かだった。中村もまた、臨終のときに洗礼を受け、アントニオ・パドアの霊名とともに逝った。あるエッセイで中村は書いている。「人生の大事を決定するのは賭けと祈りの熱情である」（『百年を単位にして』）。

戦争の激化と健康状態の変化から、越知は大阪の実家で暮らすことになる。戦災などが重なり、物心両面において困難に見舞われた当時の生活を越知は、中村に手紙で伝えていたらしい。戦前は豊かだった生家の財力も、このころになると彼を養うには十分とはいえなくなる。

ある時期から越知は大学の講師をして生活していた。一九五一年ごろ木村太郎の仲立ちで南山大学の外国語講座の講師、同じころ兄昌三の長男昌夫が勤務していた大阪府立社会事業短期大学でも講師となっている。一九五九年には「くろおぺす」の同人小川正己の紹介で、神戸市外国語大学の非常勤講師を務めている。

このとき彼が専任の職に就くことができなかったのは一重に健康上の問題である。当時の越知保夫の心境は、本書に収められた木村太郎への書簡に垣間見ることができる。二人の文通は、一九五二年から越知保夫が亡くなる前年まで八年に及んだ。そこに明らかなように越知は、木村からの書簡に多くの教導と励ましを見つけた。彼との共訳というかたちで実際に文章を書く機会がなければ、批評家越知保夫を私たちが知ることはなかったかもしれない。越知には次のとおり三冊の訳書がある。先の二冊は木村太郎との共訳である。

エマニュエル・ムーニエ『人格主義』（一九五三年）
ヴァン・デル・メールシュ『人間を漁るもの』（一九五四年）
ギュスターヴ・ティボン『二人での生活』（一九六〇年）

人格主義という言葉自体、今日ではほとんど見かけなくなった。原語はフランス語のペルソナリスム（personnalisme）である。ここでいう「人格」とは性格を意味するcharacterではなく、人としての格、すなわち人性を意味するpersonaに由来する。人格主義とは、その人の信じる宗教、思想、あるいは社会的な立場でもなく、人格の優位において人間を認識するという立場に立つ。別な言い方をすれば、人は「人格」を有することによって根源的に平等でなくてはならないとムーニエはいうのである。

エマニュエル・ムーニエは、雑誌「エスプリ」の創刊者にして主筆。敬虔なキリスト者だが、苛烈な改革者でもあり「人格主義」（ペルソナリスム）の提唱者。ベルクソン、シャルル・ペギーの血脈を継ぐ実践的思想家、それがムーニエである。

戦争の激化に付随するように、カトリック教会が覇権を説き始め、共産主義への敵意を如実にあらわにしていたころのことである。人間は宗教、思想を同じくすることによって交わるのではなく、人格において邂逅し、対話することができる。また、ひとは信じる宗教、抱く思想においてはかられてはならない。絶対者の分有である人格において、等しく聖性を保持するとムーニエはいった。思想的にはマルクス主義を信奉する人物がかえって、実践においては「キリスト者」となり、キリスト者だと自称する者の行動と結果がかえって、キリストの願いを打ち砕くことがあるというのである。

二十世紀中ごろ、マルクス主義はあまたある単なるイデオロギーの一つではなかった。宗教が時代との間に形成した陥穽をうめる、思想以上の何ものか、だった。カトリック教会のなかにもそうした時流に応じるカトリック左派とよばれる精神運動が勃興する。この運動の中核にかかわるかたちで携わったのが須賀敦子（一九二九—一九九八）である。須賀が洗礼を受けたのは一九四七年、十八歳のときである。

『須賀敦子全集』に収められている松山巖の「年譜」によれば須賀がムーニエの思想にはじめてふれたのは一九五三年、彼女が二十四歳になる年である。それから七年後の六〇年に彼女は、ムーニエに影響されたイタリア・ミラノで活発になっていたカトリック左派の運動に連なることになる。その拠点がコルシア・デイ・セルヴィ書店だった。須賀が参加したころ、この運動体はその隆盛期にあった。そのときのことを自伝的に書いた小説が『コルシア書店の仲間たち』である。そこにはカトリック左派を端的に説明した一節がある。

一九三〇年代に起こった、聖と俗の垣根をとりはらおうとする「あたらしい神学」が、多くの哲学者や神学者、そしてモリアックやベルナノスのような作家や、失意のキリストを描いて、宗教画に転機をもたらしたルオーなどを生んだが、一方、この神学を一種のイデオロギーとして社会的な運動にまで進展させたのが、エマニュエル・ムニエだった。彼が戦後、抵抗運動の経験をもとに説いた革命的共同体の思想は、一九五〇年代の初頭、パリ大学を中心に活躍したカトリック学生のあいだに、熱病のようにひろまっていった。教会の内部における、古来の修道院とは一線を画したあたらしい共同体の模索が、彼らを活動に駆りたてていた。

須賀敦子がムーニエを知ったのと同年に、ムーニエ『人格主義』の翻訳が出版される。訳者の一人が越知保夫だった。須賀はその訳書を手に取らなかっただろうか。越知保夫がムーニエにふれている個所は多くない。それをもってその影響も小さいというのは当たらない。越知保夫がドニエ・ド・ルージュモンの『愛について』（『恋愛と西洋』は原著名の訳だが、日本語訳刊行時に改題された）に大きく動かされたことは、本全作品第II部の「ルウジュモンの『恋愛と西洋』を読む」にあるとおりである。ルージュモンもまた、ムーニエに動かされ、ペルソナリスムの思潮に突き動かされた人物だった。

エロスが合一であるとすれば、アガペは交わりである。パッションはその狂熱の瞬間における我と汝の消滅をねがうが、結婚は両者の独立なしにはありえない。交わりは個別化の原理でもある。こうしてアガペは「受肉」の秘義から出発して、エロスとは逆に個別化に向う。この交わりと個別化はヨーロッパの人格思想の根底をなすものである。ルウジュモンが、ガブリエル・マルセルやエマニュエル・ムーニエ等と共に人格主義者の一人と見なされている所以もここにあると思われる。（「ルウジュモンの『恋愛と西洋』を読む」）

人格主義はアガペを母とし、異なる魂を共存させる個別化の原理となると越知保夫はいうのである。生命に始原があるならば、人はかつて一つだった。人が個であらねばならないのは孤立するためではない。真に人と結ばれるためだというのである。

若い日の須賀は優れた翻訳者だった。最初の仕事は、一九六三年、沙漠に生きた修道士たちの語録『荒野の師父らのことば』で、出版元はカトリック教会系の中央出版社だった。その三年前に、越知保夫は同じ出版社からギュスターヴ・ティボンの訳書『二人での生活』を刊行している。このとき、須賀はすでにイタリアへ渡ったあとで、日本にはいなかった。ティボンも越知保夫と同じく、忘れられた思想家である。しかし、シモーヌ・ヴェーユの読者にはよく知られた名前だろう。遺稿集『重力と恩寵』の原稿をヴェーユから預かったのはティボンである。そこに付された序文はヴェーユの生涯を美しく描き出している。須賀敦子の未完の小説『アルザスの曲がりくねった道』でヴェーユは精神的背景をなす重要な存在だった。晩年といっていい時節、須賀敦子は自分の本棚を見て、ヴェーユに関する本が多いのにすこし驚いたといい、ヴェーユと浅からぬかかわりをもって生きた日々を振り返るエッセイを書いている。

さらに須賀は一九六七年に、ジャック・マリタンとその妻ライサの共著『典礼と観想』を翻訳している。一九二八年に吉満は岩下壮一のすすめと助力を得て、フランスへ留学、マリタン夫妻の近くで暮らすことになる。夫妻はフランスにおける吉満の保護者であり、思想においては師となった。帰国後、吉満最初の仕事はジャックの『形而上学序論』の翻訳だった。マリタンの哲学は越知保夫にも近い存在だった。『典礼と観想』の翻訳が出たとき、越知保夫はすでに没していて、それを知らない。彼がもし生きていたなら、吉満義彦を懐かしみ、それを手に取ったかもしれない。

訳書にはアンリ・シャムブル『キリスト教と共産主義』を加えるべきなのかもしれない。この著作は古屋孝賢神父の名前で一九六六年に刊行されている。神父自身があとがきで書いているように翻訳には、越知保夫が深く関与している。しかし、より精確にいえば訳文は越知によって書かれ、神父の眼を通ったあと、彼の名前で刊行されたのだった。当時、神父の名前で出さなくてはならない書肆の事情があったのだろう。

マルクス主義を批判するのではない、それと「対決」することを目的として書いたとシャムブルはいう。単なるあげつらいという意味において批判するだけなら、対象を直視する必要はない。しかし、実存的決断を迫る「対決」となれば、精確な理解と理性を十全に用い、対峙しなくてはならない。この著作が越知保夫に深い関心を呼びおこしたことは容易に想像できる。

書きたいことがあるだけでは批評家にはなれない。批評を書く、という営みが人間を批評家にするのであって、逆ではない。「我々現代人の頭の中は、屢々あれもこれもという風に様々な夢で満たされてはいるが、その夢を一つの現実の欲望に変じ、現実の意志と行動を生み出させる何物かに欠けているのだ。我々は戦う前に欲望の方を放棄してしまう。その方が楽だからだ」(「小林秀雄論」)という境涯に越知は長くあって、病のために自由にならない身を背負って、自分と闘っていた。

同人誌「くろおぺす」の存在を越知が知ったのはいつだったのだろう。先にふれたように、彼が最初に寄稿したのは、一九五四年である。「くろおぺす」は富士正晴、島尾敏雄、久坂葉子らがはじめた同人誌「VIKING」を母体とし、一九五三年に分枝した。八号を最初に、四十一号まで、彼は二十八篇の作品を寄稿した。四十二号が越知保夫の追悼号である。遺稿「バロック雑感」が四十三号に収められている。同人には、山田幸平のほか、多田智満子、小島輝正、生田耕作らがいた。発行人は安水稔和。編集人は小川正己である。越知はこの雑誌に「小林秀雄論」を皮切りに、ルオー、モンテーニュ、パスカルを論じ、ドニエ・ド・ルージュモン、マルティン・ダーシー、ガブリエル・マルセル、ポール・クローデル、さらに古今集や能の世界へと思索の領域を広げ、遺稿集の題名にもなった「好色と花」などの古典論を書いた。越知が論じる小林秀雄は批評家であるとともに一個の聖性の探究者である。

芸術家の無私と貧しさとの徹底した実践こそ芸術的創造の無償性に外ならず、これは同時に聖者の一切平等の自己犠牲に通じているのである。セザンヌ、ゴッホ、ボォドレールなどの近代の詩人芸術家達の作品のかげに見出される「貧しい人間」、霊の乞食たちの胸底には、常に《Sainteté》（聖）への熱烈な渇きが秘められていたのである。（小林秀雄論）

ここでの聖なるものの探究者とは単に清らかなものを目指す者の呼び名ではない。もっとも弱き者の姿にもっとも美しいものを見出そうとする者である。同時に越知が見る小林は孤高の神秘家（ミスティック）である。ここでいう神秘家は神秘主義者ではない。神秘主義者は世界を理解するために、神秘について知ろうとする。しかし、神秘家は神秘を知るためには動かない。それを生きる。「謎を解こうとせず、謎を深め、謎を純化する」（「小林秀雄論」）。越知は木村太郎との書簡でキリスト教に現れた聖性の探究者を「ミスティック」といい、小林に同質の魂を見ている。中村光夫も小林をめぐって同質のことを論じている。二人は鎌倉で小林秀雄をめぐっても言葉を交わしたのかもしれない。

小林秀雄は『近代絵画』の「セザンヌ」（初出は一九五四［昭和二十九］年九月、「セザンヌ」の第二章）で、リルケのセザンヌ考を深い共感をもって引いている。中村光夫のように、この作品を極めて高く評価する人もいて、今日、小林秀雄とリルケを論じる人がいても驚かない。しかし、小林秀雄がリルケにほとんど言及することがなかったときから、それをほとんど予言的にいった論者がいたとしたら、その言葉に耳を傾ける価値はあるだろう。「人は一度ならず私がリルケを引用し、小林とは甚だ縁遠く思われる詩人を小林と結びつけようとするのを見て奇異の感を抱くかもしれない」（「小林秀雄論」）と越知は書いている。先の言葉を含む越知保夫の「小林秀雄論」の第一章が発表されたのも同年の同月だった。雑誌上で小林の「セザンヌ」を読んだとき、越知保夫は何を思っただろう。小林がリルケに言及したのは『私の人生観』（一九四九）である。越知も「小林秀雄論」で『私の人生観』にも言及している。だが、それはセザンヌ論のような深いかかわりを持ったものではなかった。

越知の作品を読んでいると小林の未来を予見しているような文章に出会う。雑誌で小林の「本居宣長」の連載が始まったのは一九六五年である。一九六一年に亡くなった彼は、もちろん、それを知らない。しかし、「小林秀雄論」の読者は越知保夫が後年の『本居宣長』の出現を確かに感じていたことを目撃することができるだろう。山田幸平のエッセイ「空間を渡る伝統」によれば、越知保夫はそれをたびたび口にしてもいたらしい。越知保夫の没後、ガブリエル・マルセルが再び来日したとき、小林秀雄と対談した。この面会以前に二人の間に共鳴するものがあることを論じた者は越知以外にいなかった。

一九五七年にマルセルははじめて来日する。このとき越知は各地で行われたマルセルの講演を聞いた。そこで語られた言葉を契機に書かれたのが「ガブリエル・マルセルの講演」である。これまでマルセルをめぐって書かれた論文のなかで傑出したものの一つだといってよい。信仰者としてのマルセルと哲学者としての彼、さらには戯曲家でもあるマルセルの言葉の深遠を探ろうとした秀作である。そこで彼が論じるのは信じることと不可視なもの、信仰と死者の問題だった。

「マルセルにとっては、信仰とは、その人の中にあって、他人の容喙しえないもの、他人がそれについて論議し是非する権利をもたないもの、一切の vérification（点検）をこえたものであった」と書いたあと、越知はこう述べている。

invérifiable なもの、点検しえないものの実在性、いわば超越性の実在性ということが、彼の確認したいことであったのである。彼はそれを《 Je ne sais pas ce que je crois 》「私は私の信じているものを知らない」という言葉に定式化しようとしている。そしてこれが、彼の「盲目にされた直観」という言葉の意味であると考えられる。私はこの直観について多くの言葉を費してきたが、今それは結局我々が「無心」とよんできたものに帰着するのではないかという気がしている。そしてのである。

「無心」というものに培われていることが、我々の思想を「存在の中での思想」たらしめている

信じるとは、何かを熟知した果てに起ることではない。知り得ないこと、証明し得ないことを前に揺れ動きながら、また、そこに身を賭して生きてみるということ、それが信じることだというのである。彼は死者の存在を信じている。しかし、それは何であるかを「知らない」。哲学的主題としてもマルセルにとって死者は、もっとも重要な主題だった。マルセルと死者の関係を同じ一文で越知はこう書いている。

死者とは何か。死者は虚無であるのか。死は、我々の中に愛するものの空しい影だけを残して一切を絶滅してしまうものなのか。我々の中には、そうではないと叫ぶものがある。それは直接的な確信である。だが、一方、一切は無であるとささやく声もある。この死と虚無の支配を受け入れさせようとする声と、それをどこまでも拒絶しようとする愛の確信との苦しい闘いが少年マルセルの胸中でつづけられていたと思われる。恐らく忠実という問題にはじめてマルセルを近づけたものは、この内心の闘いであっただろう。それは亡き母への忠実ということであった。

死者の実在を論理で論じ尽くすことはできない。しかし、その存在は、全身で感じることができる。

信じるとは静かな、人生との闘いだというのである。不信という人間の内なる妨げとの闘いである。しかし、それは破れることのない闘い、生き抜くという闘いにほかならない。

マルセルがはじめて来日した同じ五七年の十二月、越知保夫は、「「あれかこれか」と「あれもこれも」」——ダーシーの『愛のロゴスとパトス』を読む」を書く。『愛のロゴスとパトス』の原著者ダーシーはイエズス会のイギリス管区長であり、二十世紀イギリス哲学界を牽引する人物でもあった。この本の訳者が井筒俊彦（一九一四—一九九三）だった。井筒はカトリシズムに魅せられていた時期がある。クローデルはある時期カトリック文学を象徴する存在だったが、越知と同じく、井筒にも優れたクローデル論がある。越知は「「あれかこれか」と「あれもこれも」」の最初を、アニマとアニムスを巡るクローデルの長文の引用から始めている。二人のクローデル論は、この詩人を異次元への旅人として見るところにおいて強く響き合う。『愛のロゴスとパトス』に越知保夫ほど鋭く反応した者はいない。

ルウジュモンの『恋愛と西洋』がパッション論であるとすれば、この書〔『愛のロゴスとパトス』〕はアニマ論である、といってもよいくらいである。前者のパッション論が一種の小説論であったのに対してこのアニマ論は或る意味では非常に独創的な詩論であるとみることができる。（「「あれかこれか」と「あれもこれも」」）

アニマはユング心理学の鍵概念の一つである。それは心理や感情ではない。それは、物理的な存在として、身体と結びついて人間の規定する精神的要素以上のものである。日本人が魂と呼ぶ実体がそのまま合致しないとしても、現代人がいう心ほど表層的なものではない。ダーシーは本書でユングにふれつつ、論を展開する。ダーシーは一九五二年ルドルフ・オットーとともにユングが指導的役割を果たしたエラノス会議に出席している。井筒俊彦は一九六七年から一九八二年までエラノスに出席し、後半は中心的な存在として、それを牽引した。越知保夫もユングに触れている。河合隼雄の『ユング心理学入門』が書かれたのは一九六七年、『愛のロゴスとパトス』が翻訳されたのは一九五七年、ユングが本格的に日本に紹介されるずっと以前である。小林秀雄はユングを愛読していた。彼が『近代絵画』のピカソ論でユングにふれたのは、越知保夫のダーシー論と同じ、一九五七年である。河合隼雄がユング研究所に留学するのは一九六二年、『ユング著作集』の翻訳が一九七〇年である。小林と井筒さらに越知はともにユングに反応した最初期の人物だった。

井筒は越知の存在を知らなかっただろう。彼がその批評を読めばそこに何か交わりが始まっていたことは疑いをいれない。それは井筒が著しい共感とともに訳したこの本に越知が烈しく反応したことが証ししている。また、越知と井筒の間を引き寄せるのはリルケである。その場所には二人だけでなく、吉満も、小林も集うのである。

日本を代表するリルケ研究者のひとり塚越敏は「リルケのもっとも優れた理解者」(『リルケの文学世界』)と吉満を評価している。同時に彼は堀辰雄とともに日本における最初期のリルケ受容者でもあった。吉満の「リルケにおける詩人の悲劇性」は『詩と愛と実存』に収められている。遠藤周作も愛読した吉満の著作のなかでもっともよく読まれたこの著作はもちろん、越知の蔵書にもある。

吉満の『詩と愛と実存』の初版が出たのは一九四〇（昭和十五）年十月、雑誌「創造」にリルケ論を発表したのは同年の五月、越知保夫が吉満義彦の自宅を訪れた日はそのすこし前のことだった。そのときも吉満は越知に向かってリルケについて何かを語ったのかもしれない。吉満の周囲には文学的感性が豊かな人々が集まる。堀辰雄もそうした一人で、遠藤周作を堀辰雄に紹介したのは吉満である。堀は同人誌「四季」に参加していた。吉満も寄稿している。本全集には越知がそんな「四季」の詩人を論じた一文「四季の詩人たち」が収められている。夭折のカトリック詩人、野村英夫もまた四季詩人である。越知は野村英夫についてほとんど言及していないが、「リルケ的な純粋性を守った」人だといっている。越知保夫は、キリスト教哲学を日本で受容した最初の批評家だった。近代日本のカトリシズムの精神史の全貌を論じた試みは未だ現れていない。越知保夫の実相は、近代日本の批評史とともに、カトリシズムのそれを統合的に論究するとき、さらに明瞭になるだろう。

「好色と花」は確かに越知保夫が残して逝った問いを如実に伝えている。それは日本の詩の起源すなわち、日本人の霊性の始原という命題である。ルウジュモンの「情熱愛の解釈に興味を覚えた私は、これに相当するものを日本の歴史に求めるとすればどうなるかと考えてみた」（「好色と花」）と越知がいう通り、当初日本人における「愛」の伝統と実相を論じるという目的で書き始められた作品だった。彼は愛の力に、死を死に終らせない働きを見ている。

こうして死は万葉に於けるが如く愛の単なる破壊者ではない。愛と死は一つの世界を形造っている。或る意味では死は愛を完成する。愛は死と直面することによってその本来の不可能への憧れの持つ無限性をあらわにするに至るからである。

同時に死のなかに愛を完成させる力を見ることを忘れない。死を貫くことによって愛は自らに宿る働きが永遠なるものであることを明らかにするというのである。越知の論究はここでは終わらない。彼が逢着したのは詩的存在論、すなわち、存在の始原という問題だった。「形式の世界は「実」の世界では実現し得ない生命の内奥のものに通じている」という一文でこの作品は終わっている。

ここでいう「形式」は歌だと考えていいが、歌は、現実界の制限を突破し、もう一つの次元へと私たちを導く働きである。形式を求める欲求自体は、「人間性の深部から、人間の宗教的な非合理的な本質から発したものであった」と越知はいう。その始原において歌は、存在回帰を希求する祈りだったと彼はいうのだろう。

そう書いて、しばらくしたとき、突然、死が越知を襲った。前年に彼は香川悦子と結婚し、長男保見が生まれてまだ、半年も経たないときのことだった。

没後

越知保夫によって探究された日本人とキリスト教、あるいは日本人キリスト者の求道のかたち、すなわちその霊性という命題は、文学においては遠藤周作に、宗教的実践においては井上洋治に継承された。霊性とは畢竟、道を求める態度である。井上はそれを求道心あるいは求道性と訳した方が日本人には受け容れられやすいかもしれないと書いている。この全集には井上洋治が自伝的エッセイ『余白の旅』で越知を論じた部分を収録している。

一九四九年、フランス留学生として遠藤と井上が同じ船に乗って渡仏したことには、偶然以上の意味を感じる。井上は友人にすすめられて『好色と花』を読んだと書いているが、教えたのはおそらく遠藤だろう。井上がフランスへ渡ったのは厳粛な修道で知られるカルメル会に入会するためだった。

十字架上のヨハネ、アヴィラの聖テレジア、リジューの聖テレジアを輩出した修道会の霊性は、政治的勢力でもあったカトリック教会とは別な、求道する共同体としての近代カトリシズムの底流となった。修道院での生活は井上の肉体に大きな試練を強いたかもしれないが、耐えがたきことではなかった。むしろ、内なる霊性が拒絶する神学を受け入れなくてはならない現実が、彼を苦しめた。自然は人間と対峙すると神学はいうが、彼の実感は自然によって人間は生かされていると感じていた。万物に神を感じるといえば、汎神論的異端だと教会はいう。彼は自然が神だと思ったのではない。神は万人に働きかけるように、万物にも働いていると感じたのだった。

帰国後、井上洋治は日本を旅し、古典を繙き、和辻哲郎、小林秀雄、柳宗悦、鈴木大拙、井筒俊彦といった人々の思索の跡をたどる。法然、芭蕉、良寛の生は、キリスト教の聖人の霊性におとらず、彼に強く影響した。井上が越知に発見したのも、先行する霊性の開拓者の姿だったのである。彼は自分の共振する主題をめぐって思索する先行者の姿を越知保夫にまざまざと見る。遠藤は砂漠に金鉱を見つけたと語ったが、井上は魂を潤す水を発見した思いだっただろう。

遠藤周作がいかに大きな驚きをもって越知保夫の遺稿集に向き合ったかは、本書に収めた「越知保夫著『好色と花』」からも明らかである。井上同様、越知に日本人とキリスト教という命題を実存的に生きた先行者を発見したという喜びもあっただろうが、遠藤は自らの師吉満義彦の精神を継承した批評家の存在に驚いている。遠藤は、批評家として出発している。小説を書き始めるのはフランス留学以降である。遠藤には西洋の「神」と、自らの内なる日本的霊性との衝突という経験があったが、さらに彼が直面したのは神の不在という問題だった。

神の不在を論じることは神を試すことにはならない。それは人間の側から神に向かって投げかけられる究極の問いから逃げないということである。越知はしばしば、この問題を「謎」という言葉をめぐって論じている。

先に「敬虔なペシミズム」という表現にふれた。それは近代人が感じる「憂鬱や倦怠などとは凡そ性質を異にするもの」だと越知はいう。さらに越知は、それを「人生の謎を解こうとせず、その前に頭を垂れる人のペシミズム、人生に深くなずまず、人生を通りすぎて行く地上の旅人（ホモヴィアトール）の心に通うペシミズムである」と書く。敬虔な悲しみにこそ、人生の謎が潜んでいるというのである。

ここでの「旅人」とは、好んで旅する人間ではない。旅にしか生きることができない者の呼び名である。この世に安住の地を見出せず、超越者の声、高次な意味におけるコトバに導かれ、生涯を生き抜く者をいう。この道は聖者と呼ばれる者たちだけの道程ではない。そうした荒野を歩く人間は至るところにいる。越知はそうした人間を「民衆」と呼ぶのである。ここでの「民衆」は大衆ではない。もっとも高い敬意とともに用いられる、柳宗悦が「民衆的工芸」を「民藝」と呼んだときと同質の「民衆」である。先の一文のあとに越知はこう続けた。

このペシミズムを理解することが民衆を理解することとなるのである。我々の傍で我々に忘れられている民衆は、我々の精神の遍歴が最後に行きつく謎である。それは単純で、裸である。が、その沈黙の深さ、孤独の深さをはかろうとするには、ゴッホのいう「深いまじめな愛」が必要なのである。私はここで一人の詩人が「深いまじめな愛」に導かれるとき、いかに日常思いもかけなかったような遠いところにまで分け入るものであるかを、リルケの『風景画家論』中の一節を引用することで示したいと思う。

遠藤の代表作『沈黙』では日本人キリスト者の霊性と神の不在、さらにはそれを生きた民衆の生がまざまざと描かれている。この小説に描かれている「パライソ寺」（天国の教会）を求めつつ、迫害を生きる人々こそ、越知がいう「旅人」にほかならない。越知は『沈黙』を知らない。この作品が書かれたのは越知の没後、五年が経過したときだった。この二人の間に横たわる問題を考えることも、私たち後世の読み手に託されている。

*

先にも述べたように、本全集の初版は二〇一〇年に発刊された。そのときも出版にあたって、数多くの理解と誠実な協力が寄せられた。どの書籍でも誕生するには目に見えない無数の協力がある。本書の場合は、そこに集まった無私の助力はじつに大きなものだったように思われる。

初版のときも、また新版においても越知保夫のご遺族は資料の提供だけでなく、本文を丁寧に読み込み、さらには年譜の補強において協力を惜しまれなかった。また、平野謙、中村光夫、遠藤周作、木村太郎、島尾敏雄、井上洋治各氏の著作権継承者の皆様と山田幸平氏には、それぞれの作品を収録するにあたってご了承だけでなく、温かい応援の言葉をいただいた。「くろおぺす」の発行人でもあった詩人安水稔和氏には資料の提供にご協力をいただくことができた。

校正、初出一覧の整備、原典照合などの仕事も通常にくらべ、労を要したが専門家によって真摯に行われた。さらにそれらを統括、統合し一冊の本にまとめ上げるのが編集者の仕事である。慶應義塾大学出版会の片原良子さんの努力なくしては、本書が新生することはなかった。また、ここに名前を挙げることのできなかった方々にも改めて深く感謝申し上げたい。

二〇一五年十二月十八日

初出一覧

本書には越知保夫が発表した詩、批評、劇作、書簡等、全編が収録されている。以下にその初出一覧と、越知保夫に言及している文献を挙げる。

✪——詩

越知保夫の詩はすべてで二十三編確認されている。「くろおぺす」の越知保夫追悼号では、十四編の詩が確認されているが、本書の編纂に当たって、新たに九編の詩が発見された。以下の作品はすべて同人誌「批評」（編集人吉田健一）に発表された。遺稿集『好色と花』に詩は収められていない。左記の一覧に記された号数は同誌の発刊号数を示す。

波（第三巻第十一号、一九四一年十一月）
甘き匂ひ（第三巻第十二号、一九四一年十二月）
牛車（第四巻第一号、一九四二年一月）
はごろも（第四巻第一号、一九四二年一月）
挿話（第四巻第一号、一九四二年一月）
小唄（第四巻第八号、一九四二年八月）
秋の小唄（第四巻第八号、一九四二年八月）
うれひの舟（第四巻第八号、一九四二年八月）
声あり（第四巻第八号、一九四二年八月）

春の渚（第四巻第九号、一九四二年九月）
白き蛇（第四巻第九号、一九四二年九月）
秋の噴水（第四巻第十号、一九四二年十月）
潮風（第四巻第十一号、一九四二年十一月）
夜は来りぬ（第四巻第十一号、一九四二年十一月）
巡礼（第五巻第一号、一九四三年一月）
しづかなる瞳（第五巻第一号、一九四三年一月）
潮音（第五巻第一号、一九四三年一月）
啓示（第五巻第二号、一九四三年二月）
美はしき秋――噴水のほとりに立ちて――（第五巻第三号、一九四三年三月）
今にして何をか冀ふ（第五巻第三号、一九四三年三月）
あけがたの雨（第五巻第五号、一九四三年五月）
誓ひ（第五巻第六号、一九四三年六月）
揺籃（第五巻第八号、一九四三年八月）

✪――翻訳

『人格主義』エマニュエル・ムーニエ著（木村太郎、松浦一郎との共訳、一九五三年、白水社刊）
『人間を漁るもの』ヴァン・デル・メールシュ著（木村太郎との共訳、一九五四年、法政大学出版局刊）
『二人での生活』ギュスターヴ・ティボン著（長戸路信行との共訳、一九六〇年、中央出版社刊）
《参考》
『キリスト教と共産主義』アンリ・シャムブル著（古屋孝賢訳として一九六六年ドン・ボスコ社刊。越知保夫が翻訳に深くかかわった。）

✪——散文（批評、戯曲、例会報告、編集後記など）

以下の作品はすべて同人誌「くろおぺす」に発表された。記された号数は同誌の発刊号数を示す。＊印が付されているものは『好色と花』には未収の作品。本書ではじめて刊行される。

小林秀雄論（八号、一九五四年九月）
小林秀雄論　続（九号、一九五四年十一月）
小林秀雄論　三（十号、一九五五年二月）
小林秀雄論　四（十一号、一九五五年三月）
「詩を読む会」例会報告（北原白秋十一号、一九五五年三月）＊
ルオー（十二号、一九五五年五月）
編集後記（十二号、一九五五年五月）＊
能と道化（十四号、一九五五年九月）
詩集『存在のための歌』について（十四号、一九五五年九月）＊
近代・反近代——小林秀雄「近代絵画」を読む（十五号、一九五五年十一月）
モンテーニュの問題（十六号、一九五六年一月）
道化雑感（十七号、一九五六年三月）
「詩を読む会」例会報告（四季の詩人たち）（十八号、一九五六年五月）＊
ルウジュモンの『恋愛と西洋』を読む（二十一号、一九五六年十二月）
『恋愛と西洋』に対するサルトルの批評について（二十四号、一九五七年六月）
チエホフの『三人姉妹』（二十五号、一九五七年八月）
宇野千代の『おはん』（二十五号、一九五七年八月）
「あれかこれか」と「あれもこれも」——ダーシーの『愛のロゴスとパトス』を読む（二十七号、一九五七年十二月）

ガブリエル・マルセルの講演（三十号、一九五八年六月）
パントマイム「惨事」（三十二号、一九五八年十二月）
モスクワ芸術座のリアリズム（三十三号、一九五九年三月）
個と全体（三十三号、一九五九年三月）
小林秀雄の『近代絵画』における「自然」（三十五号、一九五九年八月）
好色と花――エロスと様式（三十六号、一九五九年十月）
エロスと様式（続）（三十七号、一九六〇年二月）
すき・わび・嫉妬（四十号、一九六〇年十月）
クローデルの『マリアのお告げ』について（四十一号、一九六一年二月）
楽劇ブオンコンテの最後――ダンテ神曲「煉獄篇」より脚色（四十一号、一九六一年二月）
遺稿　バロック雑感　山田君へ（四十三号、一九六一年十二月）

✪――書簡

越知保夫・木村太郎　往復書簡（「くろおぺす」四十二号越知保夫追悼号、一九六一年七月）

✪――著作

『好色と花』（筑摩書房、一九六三年・筑摩叢書、一九七〇年再刊）
『小林秀雄――越知保夫全作品』（慶應義塾大学出版会、二〇一〇年）

✪――関連文献（作者五十音順）

井上洋治『余白の旅』（日本基督教出版局、一九八〇年）
遠藤周作「契約と脱出」（『お茶をのみながら』、集英社文庫、一九八四年）

遠藤周作「越知保夫著『好色と花』」(『朝日新聞』朝刊、一九六三年五月七日)
北錬平「友人越知保夫の思い出」(初出不明。一九六三年六月)
島尾敏雄「アンケート」(『図書新聞』、一九六四年六月二十七日初出。のち『私の文学遍歴』、冬樹社、一九六六年所収。)
平野謙「小林秀雄」(『さまざまな青春』、講談社文芸文庫、一九九一年)
中村光夫『好色と花』初版への序文
西岡武良「好色と花――越知保夫」(『愛書異聞』、沖積舎、一九八一年)
松浦一郎「越知保夫さんのこと」(『世紀』、中央出版社、一九六五年九月号)
松原新一「越知保夫と伊藤整」(「たうろす」、一九六五年六月)
山田幸平「空間を渡る伝統」(「たうろす」、一九六五年六月)
若松英輔「越知保夫とその時代――求道の文学」(『三田文学』、二〇〇七年四月)
若松英輔「小林秀雄と井筒俊彦」(『三田文学』、二〇〇九年十一月)
『越知保夫の追憶』(私家版非売品。一九六三年三月)
「くろおぺす」越知保夫追悼号四十二号(小川正己編、一九六一年七月)

著者紹介
越知保夫　Yasuo Ochi
1911年、大阪市西淀川区姫島生まれ。批評家・詩人。
東京の暁星小学校のときカトリックの洗礼を受ける。第一高等学校から東京帝国大学文学部仏文科へ進学。高校のころから吉満義彦に師事する。大学に進学後、左翼運動に参加し、投獄。その後、文学活動をはじめ、1940年から43年の間、吉田健一や中村光夫らが参加した雑誌「批評」に詩を発表。翻訳（共訳）に、エマニュエル・ムーニエ『人格主義』（1953年）、ヴァン・デル・メールシュ『人間を漁るもの』（1954年）、ギュスターヴ・ティボン『二人での生活』（1960年）がある。1954年から晩年にかけて、同人誌「くろおぺす」に小林秀雄論やジョルジュ・ルオー論、フランス文学論、演劇論、日本の古典論などを発表。1961年没。没後2年、遺稿集『好色と花』（1963年）が筑摩書房から刊行された。

編者
若松英輔　Eisuke Wakamatsu
批評家。『井筒俊彦全集』編集担当。1968年生まれ、慶應義塾大学文学部フランス文学科卒業。2007年「越知保夫とその時代　求道の文学」にて第14回三田文学新人賞評論部門当選。代表著作に『井筒俊彦　叡知の哲学』（慶應義塾大学出版会、2011年）、『叡知の詩学　小林秀雄と井筒俊彦』（慶應義塾大学出版会、2015年）、『魂にふれる』（トランスビュー、2012年）、『吉満義彦　詩と天使の形而上学』（岩波書店、2014年）など。他、越知保夫論に『神秘の夜の旅』（トランスビュー、2011年）がある。

新版　小林秀雄　越知保夫全作品

2016年1月30日　初版第1刷発行

著　者———越知保夫
編　者———若松英輔
発行者———坂上　弘
発行所———慶應義塾大学出版会株式会社
〒108-8346　東京都港区三田2-19-30
TEL〔編集部〕03-3451-0931
〔営業部〕03-3451-3584〈ご注文〉
〔　〃　〕03-3451-6926
FAX〔営業部〕03-3451-3122
振替　00190-8-155497
http://www.keio-up.co.jp/
装　丁———中島かほる
印刷・製本——萩原印刷株式会社
カバー印刷——株式会社太平印刷社

Printed in Japan ISBN978-4-7664-2260-3

索　引（人名・作品名）

サ　行

ナ　行

ハ　行

ヤ　行

ラ　行

ワ　行